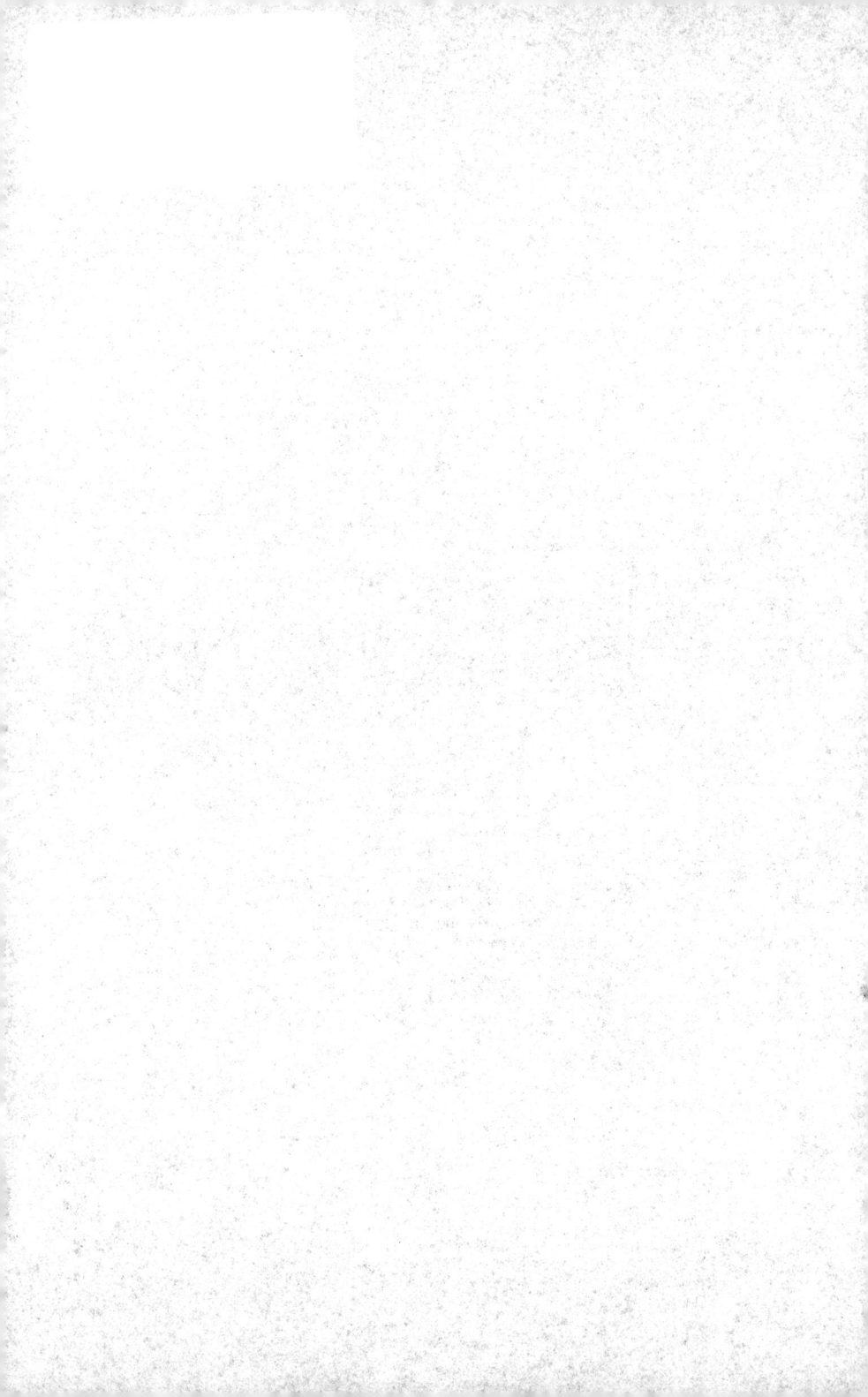

中国少侠英雄传

鞠远滋/著

团结出版社

图书在版编目（CIP）数据

中国少侠英雄传 / 鞠远滋著. -- 北京 ： 团结出版
社, 2016. 10 （2023. 7重印）

ISBN 978-7-5126-4494-6

Ⅰ . ①中… Ⅱ . ①鞠… Ⅲ . ①长篇小说－中国－当代
Ⅳ . ① I247.5

中国版本图书馆CIP 数据核字 (2016) 第236944 号

出 版	团结出版社
	（北京市东城区东皇城根南街84号 邮编：100006）
网 址	http://www.tjpress.com
E-mail	65244790@163.com
经 销	全国新华书店
印 刷	成都新千年印制有限公司
装帧设计	成都天恒仁文化传播有限责任公司　028-65336881

开 本	145mm×210mm　　1/32
印 张	11
字 数	249千字
版 次	2016年10月第1版
印 次	2023年7月第3次印刷

书 号	ISBN 978-7-5126-4494-6
定 价	39.80元

目 录
CONTENTS

楔　子

　　一群豺狼扛着大东亚共荣的旗帜，闯进了你的家门，看着你家胖胖的孩子，张开了血盆大口，伸出了血红的舌头，凶狠地扑过来时，你怎么办？

　　妥协忍让？

　　献上孩子投降？

　　拿枪抵抗？

　　且看共产党领导下的中国少侠的抗战！

第一章

迭逢难小童拜高师　初出道英雄惩恶霸

让我们把时光上溯到一九三四年农历正月的一天。

山东省荣成县北边有一个村落叫贞庄头村。村东北边有一栋三间瓦房，乃是鞠氏家族的祠堂，祠堂的西间住着一老一少，老的姓张名长荣，六十多岁，小的姓鞠，乳名虎剩，虚岁七岁。

张长荣原是山东省诸城县人，十六岁时因家乡大旱，逃荒到贞庄头村。白天，村里财主家如果有活，他便在村里的几家财主家里打工，如果没活，便为财主家看守山林，晚上就住在鞠氏家族的祠堂里，顺便为鞠氏家族看守祠堂。由于生活过于贫穷，一生也没能成家，一直到六十多岁还住在祠堂里。

贞庄头村三百多户，姓鞠的居多，杂姓只有三十几家。村中有一个大财主叫鞠廷江，生性险诈，为人处世刁钻。那真是"黑豆皮上刮漆；古佛脸上剥金"。在村里那是出了名的"铁里虫""盐里的蛆"。生了两个儿子，小儿子鞠洪才，在日本读书；大儿子鞠洪彬，与其父相比，更是有过之而无不及，勾结官府，欺压乡邻，无恶不作，他自己又不知从哪里学了一身功夫，又养了一批恶奴打手，横行乡里，称王称霸。他从青岛买了一辆自行车，车的后面横着绑了一捆荆棘。平日在乡里骑着飞行，荆棘如果划到谁身上，谁的女儿就是他的小老婆，如果没有女儿的就要交钱，名曰"路障费"。

虎剩的爹鞠廷义和娘都是村里老实巴交的人，膝下只有虎剩和姐姐翠萍一双儿女，这年虎剩三岁，姐姐十六岁。鞠洪彬对虎剩的姐姐早已觊觎已久。

一天早晨，虎剩的爹扛着锄头到地里锄玉米，刚一出门，鞠洪彬便骑着自行车闯了过来，车后横绑着的荆棘便划了虎剩爹的衣服，鞠洪彬立刻跳下车，奸笑道："岳父大人好。"

鞠廷义还未及反应过来，一群恶奴立刻冲进了家，抢了虎剩的姐姐便走。虎剩的娘则死死抱着女儿不放，被鞠洪彬抓着头发摔出了屋外，头部重重地磕在墙上，顿时脑浆迸裂，命归黄泉。

虎剩的爹是个老实巴交的庄稼人，一向与人无争，对打仗斗武的人一向是躲得远远的，他既不爱反抗，也没有胆反抗。但这是有限度的，一旦超过了这个底线，胡同赶驴，逼得无路可走，那么驴子也会变成老虎。

鞠洪彬的恶行早已突破了他的底线，压在他胸中的怒火终于爆发了。他抡起锄头，狠命地向一个恶奴的脑袋砸去，随着一声闷响，这个恶奴脑浆迸裂。鲜血和脑浆溅了他一身。虎剩的爹毫不迟疑，再一次抡起了锄头向另一个恶奴砸去……鞠洪彬飞起一脚，虎剩的爹心窝正着，锄头当啷一声掉在了地上，身子晃了两晃，倒地而亡。翠萍哭喊着奋力挣脱了两个恶奴的手，一头扎进了井里，不幸身亡。好好的一家四口人，顷刻三口丧命，只剩下了三岁的虎剩，被张长荣抱走。从此，张长荣便成了虎剩唯一的亲人，虎剩便管张长荣叫爹，张长荣管虎剩叫儿子。

张长荣忙时扛活，一到冬天农闲时节，便扛枪打猎、套兔子。

久而久之，练就了一手好枪法。正是近朱者赤、近墨者黑，虎剩虽然只有七岁，由于成天耳闻目睹，打枪套兔子也很有一套。父子二人生活艰难，能打上点猎物，便算是改善生活。

这天小虎剩套了一只兔子，晚上刚刚炖好端上了桌子，虎剩点上豆油灯，懂事地将兔子的两只后腿捡了出来，送到张长荣的碗里，张长荣见虎剩这样懂事，一股暖流霎时涌遍全身，他一把将虎剩揽在怀里，拿起一只兔腿道："虎剩吃。"

"爹爹吃，虎剩吃小的。"虎剩说着把兔腿推到了张长荣的嘴边。

张长荣道："来，爹爹和虎剩一起吃。"说着自己咬了一口，便又递到虎剩的嘴边。

两人正在推让着吃，忽然外面犬声汪汪，继而狂噑乱叫，似乎被什么怪异吓破了胆。张长荣急忙走出家门，只觉一股血腥味扑鼻而来，夜幕中，但见一个黑影飘了过来，张长荣上前问道："你找谁？"

那人理也不理，双臂一震，张长荣只觉一股大力撞来，身不由己地直像腾云驾雾般地给抛回了屋内，爬起来时，那人也飘了进来，咕咚一声，倒在地上，嘶声叫道："快取弹片，拿金疮药来！"一阵翻腾，晕了过去。

虎剩惊得呆在那儿，作声不得。

张长荣叫道："虎剩，快，快，快关门！"

虎剩急忙关上门。

张长荣把那人扶在炕上，替他检查伤口。张长荣这才注意到，那人面色蜡黄，八十多岁，头戴鹅黄道巾，身着灰色道袍，胸前一片血污，肩背一个包袱，额下长长的白须已被鲜血染红。

张长荣将道人的衣服解开，但见一块长长的弹片，如匕首般地插入肺部，深达数寸，张长荣用手钳住弹片，猛地拔了出来。那道人嗷的一声醒了过来。

张长荣经常上山打猎，认识很多草药，家里自备金创药。连忙把药取了出来，给道人敷上包好。

刚刚收拾好伤口，门外的狗又汪汪地叫了起来。道人刚要走。张长荣连忙伸手拦着，将屋角一个木箱移开，下面是一个地窖。

"快下去！"张长荣连忙对虎剩说："我把敌人引开，你扶道长到狩猎屋去，不要回来。"回头又对道长说："我如果回不来，请你多照看我儿子。"说着，将木箱搬回原位。接着又把后窗打开。

刚刚坐好，门就被人踢开，接着进来了四个持刀的黑衣大汉，蒙着面，眼露凶光。

为首的一个一把抓住张长荣吼道："刚才来的道人在哪里？"

张长荣镇定地指了指后窗道："走了！"

为首的黑衣人将张长荣一把提了起来蹿了出去，其他三人也鱼贯而出。

洞里的虎剩听到外面没了声响，试探着轻轻地移开了木箱，出来看了看屋前屋后没人，便把那位道长扶了出来，包上那盆兔肉，扶着道长在黑暗中，沿着屋东的一条小路，深一脚浅一脚地向北山走去。约莫走了十多里，来到伟德山脚下的一处松林的深处，一间小茅屋出现在眼前。虎剩打开屋门，屋里有土炕，炕上铺有干草，这间小茅屋是虎剩爹为财主看守山林和狩猎的临时住所，虎剩把道长轻轻地扶上炕躺下，点上豆油灯，把包着的兔肉拿了出来，一口一口地喂道长吃下，小虎剩也吃了一点。道长一会儿便慢慢地睡下，而小虎剩却坐待天明，盼望着父亲的归来。

再说黑衣人提着张长荣，使出了草上飞的功夫，一气追下了三五十里，仍不见道长的踪迹，一种中计的想法油然而生，为首的黑衣人一声呼哨，提着张长荣便转了回来，一进屋见移开的木箱和地窖，知道上当，便把张长荣狠狠地往地下一摔。阴恻恻地问道："道长呢？"

张长荣知道今天是难逃厄运，便闭目不答。为首的黑衣人嘿嘿地冷笑了两声，手起一刀，便将张长荣的头砍了下来。回身一声呼哨，便又追了出去……

虎剩和道长在茅屋里一直等到天明，也不见张长荣回来，道长便知道张长荣定遭了厄运。虎剩几次想回去寻找爹爹，都被道长劝住。

道长受伤极重，肺部被弹片严重炸伤，一时半会不敢活动，好在茅屋里有锅灶及日常生活的简单用品，虎剩便把昨天晚上剩下的兔肉热了热，给道长喂下，又打来清水用湿布把道长脸上的血污擦洗干净，但见道长是白眉白须，慈眉善目，看着道长小虎剩不禁又想起他的爹爹，两行热泪禁不住便滚了下来，抱着道长的脖子大哭起来："我要爹爹，我要爹爹。"

道长好不容易将他劝住，并答应等坏人走了带他下山去找爹爹。

虎剩擦干了眼泪对道长道："我到山上采些草药。"

道长道："好的，早去早回。"

虎剩道："好的。"说着便摘下墙上爹爹用的猎枪背上，提着篓子，带着锄头进山了。

伟德山位于胶东的东边，环绕大半个荣成县，全长三百多里，海拔两千多米，山高林密，野兽众多，药材遍地。虎剩平时跟随爹爹上山打猎认识了不少药材，其中"白芨"为治肺部损伤第一要药。小虎剩从早晨出来，漫山遍野地寻着、刨着，饿了就采些野果充饥，渴了就喝点山泉水。一直忙到太阳偏西，各种草药刨了满满的一篓子，还打了两只石鸡子和一只野鸡。便急急忙忙地赶回了小茅屋。

一进门便道："老爷爷，你快看。"说着便把野鸡举了起来。

道长靠着深厚的功力和有效的金创药，经过一天的休息，身体好了许多，见虎剩这样高兴，他也感到了可喜，便道："小虎剩今天收获不小哇！来，爷爷看看都采了什么药？"

虎剩急忙把篓子递了过去，道长医道甚是高明，他翻了翻篓子里的草药，当看到"白芨"和"三七"，大是惊异，原来这山上有这么好的草药，知道自己的伤有救了，便急忙拿起一棵"白芨"抖了抖上面的泥土，便放在口中嚼了嚼咽了下去。

虎剩见了便道："爷爷，虎剩给你洗洗！"

"不用了。"道长说着又从篓子里拿出了两棵"白芨"道："你把这两棵与野鸡炖起来吧。"

"好的。"小虎剩接过"白芨"，便开始收拾起野鸡来。

白藕一棵，花开两朵，如今先放下虎剩之事，掉转笔头，再表一表道长。

原来，道长是自然教的掌门人，道号云鹤道人。自然教是由南宋民族英雄岳飞的孙子岳霖所创。据说岳霖对爷爷岳飞被害极其愤慨。他认为岳飞精忠报国是正确的，但为了忠君之名，而挺身任由汉奸秦桧宰杀，这是愚忠，是对国家对人民不负责任的愚忠，应留身保国才是正理。他跟随岳雷扫北归来，看到朝廷奸臣当道，民不聊生，君臣沉沦于酒色之中，便无心为官，退隐于岭南，创立了自然教，自称自然散人。

自然教广收门徒，勤习武功。所谓自然教是指行动自由，居无定处，没有僧道那么多清规戒律，但习武后要服务于民，报效于国家，功成后不许做官。自然教有一套兵书战策，此书乃岳飞的师傅周侗所传，每当天下大乱、民不聊生时，便由掌门人把兵书送一贤德之人，用以治理天下，但功成后兵书要归还自然教，不准为官。据说明朝刘伯温得过此书，功成后刘伯温退隐较晚，险遭"兔死狗烹，鸟尽弓藏"的厄运。如今这部书传到云鹤道人的手里。当今军阀混战，民不聊生，云鹤道长到处想找一贤德之人赠书以治天下。谁料贤德之人未找到，书却在一天晚上突然丢失。云鹤道长这一惊可非同小可，真是一佛未出世、二佛已升天，他深知如果兵书落入歹人之手，必将祸害天下，那时生灵涂炭，民不聊生，他是万死不能辞其咎，必将成为历史的罪人。他顺着窃贼留下的蛛丝马迹追了下去，一直追到了关东军石原莞尔的司令部里。云鹤道长虽然把书盗了回来，但他也被日军设置的机关炸弹而炸成了重伤，接着被一群日本武士追杀，云鹤道长靠着绝顶的草上飞轻功，从东北逃到胶东。如今他身负重伤，年事已高，而所寻贤德之人尚无下落，深感责任重大。如今他看着烧火炖鸡汤的虎剩，由于生活艰辛，营养不良，长得瘦小，但两眼却极其精明，骨骼清奇，实是一块练武的好料，有心收徒传书，又怕德差。万一不慎，后患无穷。"唉！"道长深深叹了口气，暗道："还是再观察一下再说吧。"

一会儿野鸡汤炖好了，虎剩盛了满满一碗，亲手喂道长吃下。而虎剩却背着道长只吃了些黄精与何首乌等。鸡汤点滴未沾。这一切道长都看在眼里，却未动声色。这样，在虎剩的精心照料下，加上道长深厚的内功，一月过后，道长便可下地走动。

这天，虎剩背上猎枪，带上采药工具，在山里转了一圈，便偷偷地来到他居住过的祠堂。祠堂里空无一人，寻到了祠堂的后面，但见一丘新坟，坟旁放了他和爹爹平时用的一些破衣服等杂物。他知道他唯一的亲人已离他而去。不觉悲从中来，放声大哭，这一哭真可是上惊青天而天不应，下动鬼神而神不灵。也不知哭了多少时候，最后沉沉地睡在了坟头，当醒来的时候，已躺在了小茅屋的炕上。

张长荣的死早已在道长的意料之中，他深知倭寇的残忍本性是不会放过他的，但因自己伤重活动不便，虎剩又小，怕他经受不了这沉重的打击，所以始终没有道破。今天虎剩一天未归，心知不妙。便忍着伤痛来到了祠堂，把昏迷中的虎剩背了回来。通过这一个多月的观察，道长知道这孩子心地善良，爱憎分明，假以时日打造，将来定可造福于百姓。

清明节刚过，这天早晨天刚蒙蒙亮，道长便起了床，昨天他去用暗器打了一只鹿，早晨起来便炖了满满一大锅，等到虎剩起床，肉已炖熟，这一老一少吃饱了，道长便把虎剩叫到跟前问道："你想报仇吗？"

"想报。"

"想报仇必须学武功，你想学吗？"

"想学！"

"学功夫得吃苦，你怕吗？"

"不怕！"虎剩回答得很响亮。

道长道："好，从今天起，我便教你武功。"

虎剩听了连忙跪倒，叩了三个响头。道长将他拉起，正色道："我自然教下戒律素严，现在我将二十戒条逐条念给你听，你要详细忖度，若不依得，早早出声，我不强你。"

虎剩垂手旁立，听他念道："第一条，不许奸淫偷盗！"

虎剩点了点头。道长继续念道："第二条，不卖友求荣；第三条，不恃强凌弱；第四条，不争强斗殴；第五条，不酗酒闹事；第六条，为民除害，行侠仗义；第七条，不勾结匪人，侮辱尊长……"道长一直念下去，念到二十条，道长道："这一条最重要，精忠报国，卫我中华。犯此条者，轻则废去武功，重则五马分尸，你依得吗？"

"依得！师傅说的每一条都是教虎剩做好人，一百条徒儿也依得。不过，徒儿也有一个要求，我想白天学武，晚上习文，多少要读些书！"

道长怔了一怔，忽然哈哈大笑道："你说的正合我意！只学武，不习文，只是匹夫之勇。行！你这个徒弟很对我意！从今天起，你就白天习武，晚上我教你识字读书。"

自此，道长白天教他武功，晚上教他读书识字。这虎剩年纪虽然幼小，可是非常聪明。教起他的各门功夫来，他倒很喜欢练习。道长初下手教他小八门的练身法，继教他应对进退的活身法及方向认识法，再教他练习养神各种秘窍，内功。他可真够伶俐极人，不上半年，这些家数皆能够领略了。有时他也能够在各种门路中寻出一些疑问来请教道长。道长听得，自然欣喜地详细告诉他。晚上道长便教他识字读书，先从《三字经》《弟子规》《百家姓》学起，继教他四书五经，再教他文韬武略。虎剩的记忆力极强，尤其是对六韬的学习，简直是过目不忘。到了第三年，他的拳脚已经练到了炉火纯青的地步，云鹤道长又教他练习兵器。先学棍法，又学锤法，再学刀法，他对刀法尤其是合手。一路八方藏刀式的追风刀极难学的家数，不上三天，居然使得一着不错。五路上下翻飞的家数学得滚瓜烂熟。他又练习大披麻，小披麻，乱石堆山，万峰朝五岳的家数。真个是教无不会，会无不精。道长当然非常喜欢了。在他将单刀练习娴熟之后，又教他练习轻功。他根基扎得甚为稳固，已能使出箭步及马势子，学起轻功自然较平常的人高出一倍了。他初练壁虎游墙功，再练到跳高蹿远的逼身家数。特别是他的轻功尤为突出，他的暗器更是一绝，无论是飞镖、飞刀、飞弹等，无所不精。话休烦屑，到了十二岁，鞠卫华已经是一个矫矫不群的人物了。

一九三九年正月的一天，云鹤道长见阳光明媚，空气清新，便领着虎剩练习轻功。师傅在草梢上飞腾，他便跟在草梢上；师傅蹿到树梢上，他便飞腾到树梢上；师傅飞腾在空中，他便两脚互相一碰，飞腾在空中。两人犹如两道轻烟，在伟德山上飞来腾去。三百多里的伟德山，不几个时辰便打了个来回。伟德山的偏西边有一山峰，名唤老人翁山，此山远看似一戴帽老人，四围壁立，形如刀切，只有山的南面有一条小路可以上山。当地有几句谚语是：老人翁，十八磴，蹬蹬了脚，要你的命。而山上却较为平坦，十多平方公里的山上四围是苍松翠柏，杂树丛生。山的中间平坦的可以种地，山的北边有一眼泉水，终年不干。平地的中间有一根十多米高的巨石，名叫旗杆石，巨石的顶端有一石孔，相传当年黄巢起义曾把这里作为根据地，义旗就插在巨石的石孔上。旗杆石因此而得名。当道长与虎剩飞腾到老人翁山时，两人便落在了老人翁山的旗杆石上。道长向四周看了看，道："此山如此险要，真是'一夫当关，万夫莫开'，水源又如此充足，敌人就是有十万，又奈我何？真是义军绝好的根据地也。"

师徒两人休息了一会，正要起身，突然树丛里蹿出来一只鹿，虎剩捡起一颗石子，急急向鹿打去，鹿这时正好蹿到了前面的崖边，这石子正中鹿的风门死穴。那鹿骨碌碌地滚下了悬崖，崖顶到崖底有数百米深，但在离崖顶十多丈左右的山体上向外伸出了一块巨石，沿着巨石左边正有一眼清泉从石上流过。这只死鹿正好掉落在巨石上。虎剩双臂一张，一个天鹅下平湖的家数，便轻轻地落在了巨石上，虎剩伸手抓起死鹿，正要升上崖顶，突然，他发现了沿着巨石正面是一个大石洞，洞口极大，可容数个人并行，但洞口虽大，却因为洞口出在崖壁凹处，所以在崖上是看不见的。

虎剩忙喊："师傅，快下来看！"

道长听到徒弟的喊声也飘落下来问道："怎么回事？"

虎剩指了指石洞道："师傅，你看，大石洞。"

道长拨开洞两边的杂草钻了进去，虎剩也紧随其后。两人行了数十步，洞里豁然开朗。由于洞口较大，光线较好，洞里的一切都看得清清楚楚，放眼望去，石洞南北约有二百多米，东西目之所及大约一百多米，东西两面看不到边，两人便向西走去，洞底向西是一斜坡，两人顺坡向下走去，越走光线越差，道长便拿出了千里火，两人约莫走了半个多时辰，突然，前面一亮，面前出现了一个小洞口，仅容一人通过，两人出得洞来，竟然是站在山脚下。两人感叹不已，想不到这样大的一座山，竟是空山。休息了一会，虎剩回去取了鹿，几个起落，两人不一会儿便飞回了小茅屋。

经过一天的奔波，已九十岁高龄的道长感到极其疲劳，深有些油尽灯枯的感觉。想想自己未竟之事业，深感不安。

吃完晚饭，便把虎剩叫到跟前道："单刀拿出来演练给我看。"

虎剩马上从背上拔出单刀，霍地倒退了数步立了一个寒鸡独立的势子。将单刀一顺，使了一个丹凤撩云的家数，唰、唰、唰地舞了起来。但见银蛇箍身，一把单刀由紧入慢，渐渐地搅成了一团雪光。不见他的人影。

道长见他舞到酣处，拔出了单刀叫道："徒儿小心了！"道长把刀头往下一掷，只听得"当"的一声响，虎剩的单刀着地，拿刀的右手打开。虎剩吃了一惊，霍地跳出了圈子。怔怔地站在那里。

"过来！"道长温和地道："这一招名为'败刀'，由岳飞的'败枪'演变而来，再无救处。'败枪'是由岳飞的师傅周侗所创，传给了岳飞，当年岳飞进京夺状元，在进考场的前一天，与大将杨再兴、罗延庆相遇，岳飞只用此一招，便败了两员大将。单枪败双枪由此而传开。后来岳飞靠这套枪法败过无数的金国大将。自然教的祖师岳霖是岳飞的孙子，他将'败枪'这招枪法经过反复研究，运用于刀法。来，师傅传给你。"

接着师徒二人反复演练，道长见虎剩会了又道："几百年来此招都无救处，我的师傅一清道长在十多年前已想出了破解之法，名为杀虎指，为师一并传与你。来，你演败刀。"

道长说着把刀一起往虎剩的脖子砍去。虎剩把刀头往下一挪，道长一个卧龙翻身，直向虎剩的胸前滚来，刀由上路转入了下路向左腿砍来，虎剩慌忙让开了左腿，可是道长的左手已骈指如戟，紧紧地按在了他的期门大穴。虎剩这一惊更是非同小可，如果是对敌，这一指即便不死也是重伤。两人又反复演练了多时，直到熟练，两人才收了势子。

道长在门前的木墩上坐下道："贤徒，给师傅倒碗水，为师讲一个故事给你听。"

虎剩到屋里倒了一碗水给师傅，拿了木墩顺从地坐在了师傅的对面。

道长喝完水，放下碗，便娓娓道来："在日本有一个武氏家族，是武术世家，其家族历来习武健身，与人为善，和睦相处，从明朝末年其各位族长均与自然教掌门友好往来，切磋武功，相互学习。武氏家族的上任掌门武男太郎与我的师傅一清道长更是莫逆之交。一清道长便把追风刀法中的'败刀'这招传给了武男太郎。

后来，一清道长生怕这招将来危害武林，便日思夜想，闭关半个月才想出了这招'杀虎指'的破解'败刀'的方法。"

道长喝了口水又道："果然不出我师傅所料，武氏家族中出了一个败类，名叫武男山雄，这个人桀骜不驯，不服武氏家族所管，掌门人武男太郎在世时他还不敢怎么样，十年前他的师傅一去世，便越发无法无天，他在一次日本举行的武术大赛上，靠着一套追风刀，特别是其中'败刀'这一招，败了无数高手。获得了日本武术第一人的称号。从这以后，他便成为一个拎着脑袋要和别人换命的家伙，好勇斗狠，视自己和他人的生命如草芥；他激进偏执，嗜血成性，一旦认为自己正确便死不悔改。他厌恶和平的生活，无时无刻不想着在战争中建功立业，报效天皇。中日战争一爆发，他参加了侵华的关东军，效力于石原莞尔麾下。武男山雄在师傅在世的时候从师傅口中得知中国的自然教有一部兵书战策，便是我平日教你的《六韬》和《百阵图》等书。他便把这一情况报告了石原莞尔司令官，石原莞尔便令武男山雄率领一批日本武士高手来中国盗书。书果然被其盗去。我发觉后便一路追了下去，一直追到了关东军石原莞尔的司令部。他把书藏在装有炸弹的保险箱里。书虽然被我盗回，但我也被炸成了重伤，几乎丧命。五年前的晚上领人追杀我的就是武男山雄。"

道长喝了一口水又道："你将来和武男山雄必有一战，你的轻功与暗器均胜于他，兵器与之相当，但他的内功已有四十多年的根基，远胜于你。一旦你们二人相对，武男山雄性格暴躁，你需以静制动、以智胜武，智武结合为上。"

虎剩瞪着双机灵的大眼，一眨不眨地听着。突然，师傅那慈眉善目的眼睛里精芒四射，虎剩还没来得及反应，但觉一股大力使他的身体旋转了一百八十度，他本来与师傅相对而坐，而现在却成了背对着师傅，师傅将他的百会穴用双掌盖住，但觉一股热流立时沿着任督二脉流过了全身。

虎剩大惊，心知这是师傅把功力注给自己，对师傅来说这无异于自杀。但他苦于全身动弹不得，只急得大叫："师傅！不要这样，不要这样！"但无论怎样喊叫均已无济于事。这样约莫过了半个多时辰，师傅的两手才慢慢地收了回来。

虎剩但觉百脉贲张，头脑一片空明。等到他脉息头清时，但见师傅两目无神，疲惫已极。虎剩不觉放声大哭。

道长慈爱地摸了摸虎剩的头道："贤徒莫哭，快扶师傅回屋，师傅有话说。"

虎剩赶快把师傅扶起，将他搀扶到炕上。

道长把他平时不离身的一个包袱解开，拿出了一本《六韬》道："用兵之道，尽在其中。我今天传给你，望你勤于研读，当战无不胜，保卫国家，造福于民。"

道长说完又拿出一本《诸葛武侯百阵图》道："此书在过去冷兵器时代当称为奇书，行兵布阵，无往而不胜，而今随着火药的发明、枪炮的广泛使用，作用较少，但像'长蛇阵''燕尾阵''九宫阵'等在骑兵作战中还是很有作用的。望徒儿勤于研读，酌情用之。"

道长说完又取出了一本《孙子兵法》和一本《三十六计》道："'兵者，诡道也。'你只有熟读这些书，才能运筹帷幄，决胜千里。"

道长说完又拿出了一本《连山易》和一本《奇门遁甲》道："这些书学起来难度很大，你可量力而行。"

道长说完又拿出《拳经》《追风刀法》《内功心法》等书道："这些书都是本门绝学，我把它传给你，望你为本门发扬光大，造福于民。"

最后，道长又拿起包袱中的一个三尖两刃镖道："这是本门掌门信物，我把它传给你，你便是本门的掌门人。本门人数有百八十人，你的几个师哥、师侄等均布于全国，他们每年端午节中午聚于泰山拱北石下。有事可凭掌门信物找他们，望你多教诲他们，为民造福。"

道长显得很疲惫，示意虎剩倒了碗水。道长接过喝了一口道："记住，我所传你的武功是小胜，传你的兵书是大胜、是智胜，只有武智结合才是最大胜！"

道长歇了歇又道："如今日本侵占了我们大半个中国，屠杀我中国同胞。日军进占南京进行兽性的大屠杀。六个星期内，被日军惨杀的中国平民，总数三十多万。其中包括大量的妇女和儿童。同时，日军疯狂地强奸妇女，全城中无论是幼年的少女或是老年妇女，无数被日军奸污。自称笃信佛教的日军，却残杀和强奸了许多和尚与尼姑。日军还大肆抢掠财务，焚烧、毁坏了全城约三分之一的房屋。日军的暴行都是在各级军官带头和纵容下进行的。这不是个人行为，而是整个日军本身的残暴和犯罪行为。你同日军作战，不能有任何仁慈心，只要不投降，就要干净、彻底地消灭。彻底摧垮其武士道精神。"

顿了顿道长又道："共产党领导的八路军、新四军是抗日的队伍，他们是为民的。共产党治军用的是'三大纪律与八项注意'，你要多学习。"

道长讲到这里已经是有气无力了。他闭眼停了好一会儿，突然睁开了眼，慈祥地看着虎剩道："贤徒，可记得本门门规第二十条吗？"

虎剩连忙说："记得，精忠报国，卫我中华。"

"好！贤徒以后不要叫虎剩，就叫卫华。鞠卫华。"

虎剩忙道："好，师傅，我就叫鞠卫华！"

道长拉着他的手道："卫华，我死后就葬在屋后，不必悲伤，擦干眼泪，赶快奔赴抗日战场，抗……日……"最后道长断断续续的声音，渐渐听不见了。道长就像安详地睡着一样。

鞠卫华握腕试了试其脉搏，脉息全无，不觉悲从中来，伏在道长身上放声大哭，这一哭直哭得一佛未出世、二佛已升天；这一哭真是惊天地，伟德山麓降下了一场大雪；这一哭真是泣鬼神，小茅屋上竟聚集了许多乌鸦，哀鸣不已。

一个十二岁的孩子，自幼父母被恶霸所害，收养他的义父也死于非命，如今这最后一位亲人又离他而去。正是"万丈高楼失足，扬子江断缆崩舟"。他不吃不喝，日夜伏在师傅身上恸哭。哭累了就伏在师傅身上睡了过去，醒了又哭。就这样哭了三天三夜，附近山上有砍柴的农民听到这悲惨的哭声，好说歹说才劝他把师傅埋葬。鞠卫华抱来一块较平整的大青石，拼出指力，在大青石上刻下了"恩师，云鹤道长之墓"几个大字。他又从下面的山岭上挖来了迎春花，栽满了坟头。坟的周围是高大的青松。苍白的月光从摇曳的松枝间洒了下来，在这夜阑人静的深山，越发显得凄惨。他轻轻地抚摸着师傅坟前的大青石碑，不由悲从中来，他先是小声呜咽，随后泪流满面，变成了痛哭，而且声音越来越大，直至放声大恸。他的哭声在万籁俱寂的深夜，显得格外的瘆人。

恸哭过后，鞠卫华的头脑渐渐清晰明朗起来，他明确地认识到，祖国山河破碎，国难当头，自己应该从悲痛中解脱出来，走上为民救国之路。从今天起他要去战斗，为死去的亲人而战，为失去的家园而战，为祖国破碎的山河而战……

想到这里，鞠卫华在师傅坟前连磕了三个响头，擦干了眼泪，回到小茅屋，将师傅遗留下来的兵书用油布包好，藏在老人翁山上的石洞里。再回到小茅屋天已大亮。他今天要下山，除掉贞庄头村的恶霸鞠洪彬，为百姓除害，为父母报仇。他背上镖囊，插好飞刀，一路下山，直奔贞庄头村。

白藕一棵，花开两朵，如今且按下鞠卫华慢表，再掉转笔头来表一下鞠洪彬一家。

鞠洪彬自从害了鞠卫华一家后，父子二人更是横行乡里。去年其小儿子鞠洪才从日本留学回来，在荣成县日军司令部当翻译官，鞠廷江父子依仗日本鬼子的势力，越加无法无天，在家豢养了二十多人枪的家丁。乱摊捐税，鱼肉百姓。鞠廷江处处以土皇帝自居，无人敢惹，这天早晨，鞠廷江刚刚吃完早饭在院里遛鸟，鞠卫华恰巧来到大门前，挺身往里就走。

两个守门的家丁伸枪拦住道："站住，哪里来的野小子敢闯鞠府？"

鞠卫华也不答话，突然伸出两手将两人抓起，往前一抛，两个家丁好像断了线的风筝一样，在空中翻了两个花倒栽下来。跌在鞠廷江脚下的石板上，立刻脑浆迸裂，一命呜呼。把个鞠廷江吓得三魂要出窍，七魄想归西。立刻大叫道："快来人哪，杀了他！"

随着他的叫声，屋里哗啦啦地跑出了二十多个荷枪实弹的家丁。枪口一齐对准了鞠卫华，为首的叫道："哪里来的野小子敢来太岁头上撒野？"

鞠卫华冷笑了两声。也不见他怎么动。但觉有一道光影在眼前闪过。众家丁都被点了穴道，呆立不动。

鞠洪彬听得院子里吵闹，提着枪刚一出门，还没弄明白怎么一回事，提枪手上的关元穴被一根数寸长的大铁钉前后插了个通透。痛得他"哎哟"一声，枪已落地。

鞠洪彬大惊，知道今天是遇上了硬对头，忍着痛抱拳道："朋友，今天是为财来，还是为仇来？"

鞠卫华道："为仇！"

鞠洪彬道："什么仇？"

鞠卫华道："九年前鞠廷义一家之仇！"

鞠洪彬道："你是鞠廷义的什么人？"

鞠卫华道："儿子！"

鞠洪彬阴恻恻地笑道："都怪我当时没有斩草除根，留下后患。你今天就是肋生双翅，也休想逃走。看家伙！"说到这里，只见他左手一扬，一道亮霍霍的东西直向鞠卫华的顶门飞来。

鞠卫华连忙使一个凤点头的家数。一把飞刀从他的头皮上面贴肉飞过。鞠卫华陡然想起自己没有带兵刃出来，不由地打了一个寒战。暗道，我也太鲁莽了，不带兵刃到这里来，万一恶霸的手段高明，那我不是要受他的累吗？他正在沉吟的当儿，冷不防那鞠洪彬的第二刀又到，他赶紧一偏头让了过去。饶你让得快，鞠洪彬的第三刀又到。鞠卫华一伸手将飞刀接住。鞠卫华看见鞠洪彬的门上悬挂着一块巨大的横匾，上面写着"书香门第"四个金色大字。一伸手便将飞刀向挂匾的绳子打去，绳断匾落，这时鞠洪彬的母亲正好站在匾下观望，重达五六十斤的木匾，径直地切在老太太脖子上，老太太连哼也未哼一声，便一命归西。

鞠廷江见老伴已死，吓得魂飞魄散，悲愤已极，连连呼叫："杀了他，杀……"但第二句尚未呼完，鞠卫华手中两粒石子电射而出，飞向了鞠廷江的双目。鞠廷江立刻双睛移位，两粒石子钻了进去。鞠廷江痛得翻滚在地。

鞠洪彬是心胆俱裂，怪啸一声，迅速地纵到了圈子里。手起金龙宝刀，搂头砍下。

鞠卫华冷笑道："你也知道杀父母之痛。"说话间使了一招落马发刀的家数。趁势四爪朝天地往地上一仰。鞠洪彬的刀也直砍下来。好个鞠卫华，他飞起一脚，正踢中鞠洪彬的手腕。饶你鞠洪彬厉害，一张刀也和手脱离关系的。"当啷"一声落在一边。鞠洪彬正待俯首去拾刀，鞠卫华的第二脚又到。他不得不倒退两步。在他退步的当儿，鞠卫华在地上一把将宝刀抓到手里，接着就地使了一个怪蟒翻身，一刀向鞠洪彬的下三路刺来。鞠洪彬赶紧一纵身，闪过这致命的一刀。鞠卫华趁势像燕子一样，从他的脚下蹿了过去。翻起一刀，又照定他的后脑劈来。鞠洪彬晓得不好，霍地使了一个童子拜观音的家数，一张宝刀从他的背上恰恰飞过。他一抬手，一把飞刀又向鞠卫华的嗓子眼射来。鞠卫华恰好翻过了刀，飞刀正碰着刀口，爆的一声，火花四溅，飞刀激开数丈。说时迟，那时快，鞠洪彬此时只注意飞刀中没中，却不提防鞠卫华一刀从右肋边出来，逼到了他的嗓子。他一偏头，更不提防鞠卫华在他偏头之际，使了一个拨草寻蛇的家数，眼见得鞠洪彬的一颗头颅，骨碌碌地由肩上滚了下来。

鞠卫华将刀看了看，但见金灿灿的光亮，刚杀完人竟一点血迹没有。再看刀柄上端镶嵌着一条金龙，下面镶嵌着一行小字："金龙宝刀，德者居之为福，否则为祸。"鞠卫华吃惊不小，因为师傅生前讲述一些武林掌故曾讲过，欧冶子当年铸了一对龙凤剑和一双龙凤刀，龙凤剑为楚王所据有，而龙凤刀则流落民间。龙刀为金色，凤刀为银色，均可切金断玉，若是龙凤合璧，威力陡增数倍。鞠卫华暗思："难道这把刀是金龙刀吗？"想到这里，他随手将刀向院中的一块青石切去，青石应手而开。鞠卫华大喜，用手弹了弹，长啸一声，提刀向瘫在地上的鞠廷江走来。正要举刀砍下，突听有人大喊："刀下留人！"

鞠卫华抬头一看，从柴屋里跑出了两个十一二岁的孩子。两人来到鞠卫华面前，其中一个胖一点的孩子道："小哥哥，我爹爹和妈妈也是被他们害死的。这个老鬼留给我们报仇好吗？"

鞠卫华点点头道："好吧，交给你们吧！"

两个孩子各拿木棍，对着失去双眼瘫在地上的鞠廷江是一阵暴打。一直打到其七窍流血，一命呜呼，两个小孩才丢下木棍，抱头痛哭道："爹爹，妈妈，孩儿给你们报仇了……"

鞠卫华伸手将他们拉了起来问道："好兄弟，不哭了，你们叫什么名字，他怎么害死了你爹爹和妈妈？"

胖一点的孩子道："我们俩都姓鞠，是弟兄俩，我叫石头，他叫铁蛋，我十二岁，他十一岁。"说到这里石头伸手指了指躺在地下的鞠廷江道："因为他看上了我们家的地，便要强买，我们家不卖给他，他们便诬告我爹偷了他家的东西，我爹和我妈被他们吊在树上活活地打死了。并把我们俩抓来为他家放牛。"说罢又哭了起来。

鞠卫华道："好了，不哭了，你爹和你妈的仇已经得报了，应该高兴才对。"

铁蛋擦了擦眼泪，指着两个被点了穴道的家丁道："还有他俩，他们也是父母欠了租子被他们抓来的。"

鞠卫华过去给他们俩解开了穴道。见他们两人年龄都不大，便问道："你们姓甚，名叫什么，多大年龄？"

高一点的道："我叫吴满仓，今年十三岁；他姓高，叫高粱，今年十四岁。我们家欠了鞠洪彬家的租子被鞠洪彬抓来伺候这老狗。"说着指了指鞠廷江。

鞠卫华指了指那些家奴问道："他们还有哪些是被抓来的？"

满仓和高粱又指出了六人，鞠卫华一一给他们解开穴道又问道："他们中间有没有好人？"

吴满仓又指了指两个人道："他们俩平时不欺负人。"

鞠卫华又给他们解开穴道说："你们可以回家了。"

被解开穴道的家丁们一溜烟地跑了。

鞠卫华见铁蛋和石头、吴满仓和高粱都没动，便问道："你们怎么不走？"

石头和铁蛋道："我们没有家，我们跟着你杀坏人。"

高粱和吴满仓说："我们也愿跟着你杀坏人。"

"好，我们一起杀坏人，杀鬼子！"鞠卫华高兴地跳了一个高，他们五个孩子紧紧地抱在一起。

高兴了一会，鞠卫华松开了手道："来，先解决这些恶奴。"他围着这些恶奴们转了一圈，一眼便认出了当年抢他姐姐的几个恶奴。伸手给他们解开了穴道，吓得他们跪在地上，磕头如捣蒜般地求饶："大爷饶命啊，那都是鞠洪彬逼的……"

鞠卫华走到为首的恶奴跟前，一把将他提了起来道："死罪可免，活罪难饶。"说着食指一伸，恶奴的右眼球便被挖了出来。鞠卫华道："留你一只招子学做人。"说话间随手一抛，这个恶奴如同皮球般地被抛出了大门。

剩下的几个恶奴吓得魂不附体，个个磕头如同捣蒜般地求饶。

鞠卫华把剩下的恶奴们穴道全解开道："你们这些人作恶多端，均应该挖去双眼！"刚说到这里，忽地恶奴们又跪了一地，不停地说："大爷饶命啊！我们再也不敢了！"个个磕头如捣蒜。

鞠卫华停了停说："都起来吧，以后再作恶，轻者挖去双目，重者割下脑袋。"接着便吩咐恶奴们把鞠洪彬父子的尸体抬到乱葬岗埋掉。接着又把鞠洪彬的七个老婆都赶了出去，打开鞠洪彬家的钱柜，丫环们每人发给十块银圆打发回家。把七八个长工留了下来，每人发给他们两个银圆，要他们帮忙装车。接着他又吩咐石头、铁蛋、高粱、满仓四人把鞠洪彬家的三辆大马车驾了起来，把鞠洪彬家中的大洋、金条装了一大车，枪支弹药及粮食和衣服等装了两车，剩下的东西锁在屋里，这时门外进来了一个人，这个人叫鞠夕张，与鞠卫华是一个门里，鞠卫华应该叫他叔叔，鞠洪彬家里今天发生的一切，他和村里人都已知道，只不过乡亲们怕受连累，都不敢靠前。鞠夕张现在是党的交通员，平日以行医作掩护，走街串巷，秘密地为党工作。他怕鞠卫华待的时间过长而受害，所以他一进来就悄悄地把鞠卫华拉到一边说："孩子，鞠洪彬的弟弟鞠洪才在荣成县鬼子司令部里干翻译官，他要是知道消息一个时辰就到，你们赶快离开！"

鞠卫华说："大叔，你放心，我们马上就走。至于鞠洪才，他不来找我们，我们也要去找他。我定要除掉这个狗汉奸！"

鞠夕张说："好孩子，千万要小心，快走吧。"

鞠卫华道："大叔，你知道八路军在哪里吗？"

鞠夕张悄悄道："前些日子李奇在天福山举行起义，打过鬼子。应该在那一带吧。你找他们干什么？"

鞠卫华道："我们想参加八路军打鬼子。"

"千万小心，快走吧！"鞠夕张说完匆匆离去。

这里满仓、高粱等人赶着三辆马车，铁蛋把鞠洪彬家里三十多头牛和五十多只羊也一起赶了上山。他们不一会儿来到了老人翁山下的洞口，把东西搬进了洞，把牛羊赶到了老人翁山上。山上有的是野草，也不需人喂养。堵好洞口，他们赶着三辆马车又返回了鞠洪彬家，鞠卫华叫吴满仓站在贞庄头南山的高处，瞭望荣成县方向，如发现敌人马上回来报信。鞠卫华则带领着石头、铁蛋、高粱三人赶着三辆大车，来来往往地一直拉到天黑，把鞠洪彬家搬得干干净净。最后把圈里的十几头肥猪也拉上了山。

这天晚上他们杀了一只羊，煮了满满一大锅肉，几个孩子围在铁锅旁有说有笑。

石头说："你们猜猜鞠廷江的小儿子鞠洪才现在在干什么？"

铁蛋说："哭呗！一下子他死了全家，不哭才怪呢。"

高粱愤愤地说："鞠洪彬父子这些畜生早就该死，我娘说了，'恶有恶报，善有善报'，今天这也是报应。"

鞠卫华用筷子翻了翻锅中的羊肉道："还有比鞠洪彬更坏的人，你们知道是谁吗？"

几个孩子一齐说："鬼子与汉奸！"

鞠卫华说："对，是鬼子和汉奸！我师傅说，日本鬼子占领南京，六个星期就杀了三十多万中国人。"

"三十多万？"几个孩子惊得不约而同地伸出了舌头。

鞠卫华道："城中无论是老人还是小孩，无论是婴儿还是妇女，无一幸免，被他们用机枪、用刺刀、用毒气等，杀得尸横遍野，血流成河。日本鬼子就是一群野兽。"

几个孩子听得目瞪口呆，铁蛋道："华哥，你领我们杀鬼子吧！"

鞠卫华说："好，明天我们去投奔八路军，八路军是杀鬼子、汉奸和坏人的队伍。"

"对！投奔八路军！"几个孩子异口同声地说。

"羊肉熟了！"满仓用筷子插了插羊肉，高兴地说："头儿，你先来。"说着把一块羊腿用筷子插了起来，送到了鞠卫华的面前。

鞠卫华道："来，大家一起吃。"说罢便招呼其他人，一起吃了起来。

第二天早晨天刚蒙蒙亮，几个孩子便被洞外清脆的鸟叫声吵醒。鞠卫华把昨晚的羊肉热好了，大家便围在锅前吃了起来。吃饭间鞠卫华见石头和铁蛋赤着脚，裤子也破得没了裤腿。鞠卫华道："吃完饭你们两人找鞋子和裤子换换。"

铁蛋和石头给鞠洪彬家放了四年牛，从来还没穿过一双鞋子。一听说叫他找鞋子，两人高兴地三下五除二地吃完饭便去找鞋子。可是从鞠洪彬家搬来的几箱鞋子都是大人穿的，根本没有合脚的。他俩便找了一双套在脚上，又各找了一根绳绑在脚上，走起路来如穿拖鞋，一趿拉一趿拉。裤子也是大人穿的，他们也各找了一条套在腿上，裤腿过长，他们就把它挽了起来，也用绳子扎了起来。走起路来活像喜剧舞台上的小丑。

鞠卫华见了也感到好笑。便说："将就一下吧！等有时间我们都重新做。"

接着鞠卫华清点了一下昨天拉来的物资。金条八箱，一百六十多斤，银圆二十二箱，计四百多万元。鞠卫华指着金条和银圆道："这是我们和八路军打鬼子的经费，没有我的话任何人不能动，对任何人都不能说，否则别怪我无情。听到没有？"

"听到！"大家齐声回答。

鞠卫华说："我们既然要投奔八路军，我们就得遵守八路军的纪律，遵守八路军的三大纪律八项注意。"

"华哥，什么是'三大纪律八项注意'？"铁蛋瞪着一双忽闪的大眼好奇地问道。

"这……"鞠卫华一时答不上来，他只是在师傅临终前告诉他八路军有这么一套纪律，具体内容他根本不知道。被铁蛋一问，一时语塞。便道："具体内容我也不知道，等我们找到了八路军，我们就知道了，反正都是守纪律打鬼子。"

他们又看了看粮食，大米、玉米、小麦、大豆等共计四万多斤，还有许多数不清的日用品。

最后又清点了一下枪支弹药，长枪二十一支，短枪六支，步枪子弹二千三百多发，短枪子弹七百多发。还有两箱日本手雷。

鞠卫华每人发给他们一支长枪和一支短枪。每人四个手雷。接着便教给他们打枪，鞠卫华打猎用过土枪。这些枪到了他手里，只摆弄了一会便都叫开了门。他按照打土枪的要领道："标尺缺口对准星，鬼子正中心，三点成一线，吸气举枪——瞄准击发——呼吸退弹壳三步骤，反复练习。"最后每人打了三枪才完。接着又拿过手雷，看到上面有插销，鞠卫华道："手雷的步骤是'按住弹簧、拔插销、扔手雷'。"最后见大家都练熟了，他拿起一颗手雷道："满仓，听令，下面山谷有鬼子，拿手雷炸死他们。"

"是！"满仓接过手雷，手有些抖，怎么也不敢拔那颗插销。

"满仓，勇敢点，鬼子来到跟前了，快拔插销扔出去！"鞠卫华鼓励道。

但见满仓把眼一闭，右手握住手雷，左手猛地一拉插销，右手迅速地扔了出去。只听见下面山谷轰的一声巨响。

"成功了，成功了，我们成功了！"几个孩子高兴得跳了起来。

鞠卫华高兴地说："走，我们去找八路军！"

天福山的二月，正是农忙季节，人们刚吃完早饭，农民们扛着锄头各自向地里走去。而在天福山脚下，一辆马车上坐着五个少年，他们就是鞠卫华一伙。为了掩人耳目，他们把长枪装在麻袋里，短枪藏在怀里，手雷背在包里。他们在天福山已经转悠了三天，连八路军的影子也没见着，不论问谁都摇头不知道。身上带的干粮也吃完了，个个显得垂头丧气，毫无办法。吴满仓首先发话说："我们回去带足干粮再来找，我奶奶说过，'只要功夫深，铁杵磨成针'，我们今天找不到，明天接着找，明天找不到，后天接着找，我就不信找不到！"

石头说："现在到处都是鬼子与汉奸，这里就是有八路军他们也是在暗处，我们这样在明处找，怎么能找得到呢？"

铁蛋却不以为然地说："只要有八路军，他们总要打鬼子，一打鬼子不就是明处了吗？"

"对，"鞠卫华刚说了一个字，突然东北方向传来了轰、轰的爆炸声，紧接着便是爆豆子似的枪声。

"走！"鞠卫华大喊一声，"哪里有枪声哪里就有八路军！我们就朝东北方向找。"

铁蛋拿起马鞭，掉转车头，啪啪两鞭，那匹马撒了欢儿似的朝东北方奔去。他们不敢走大路，大路上经常有鬼子，他们尽量拣僻静的小路走，一直走了一个多时辰，离枪声渐渐地近了。他们翻过了一道山梁，来到北柳村，而枪声就在北柳村的北山，约三里多地，这时枪声已经停了。他们个个心急火燎的，生怕错过机会再难找到。石头一把从铁蛋手里夺过鞭子，啪啪就是两鞭，那马四蹄腾起，飞也似的向北奔去。一会便来到了北山口，他们下了车，但见遍地都是鬼子的尸体，八路军也有许多人牺牲、受伤。八路军正在打扫战场，救护伤员。

原来，这支八路军队伍是荣成县独立营，营长赵山勇与教导员王刚当年都参加了三七年胶东特委书记李奇领导的天福山起义。由于叛徒的告密，起义的第二天便遭到了鬼子的围攻，雷神庙一战，特委书记李奇壮烈牺牲，起义队伍损失惨重。党中央便派黄星和苏月华夫妇来胶东工作。黄星与苏月华都毕业于北京燕京大学，黄星同志读燕大时便加入了共产党，毕业后二人便奔赴延安弃笔从戎。黄星同志接任特委书记后，根据上级指示在各县建立抗日武装，便从起义队伍中挑选骨干到各县组建八路军独立营，赵山勇与王刚被派往荣成县，鞠敬东和王忠伟被派往威海，于得勇则领导天福山起义的队伍转战于乳山、文登昆嵛山一带。

今天这一战所打的是桥头炮楼的鬼子，六十多个鬼子到北柳村抢粮。独立营预先得到了消息，便提前在此设伏。地点选得挺好，两山夹道。但荣成县独立营刚刚成立不足三个月，全营只有二百多人，大多是各村的农民，有的昨天才入伍，今天就打仗，简直无所谓训练。军事技术太差，武器大多是土枪、大刀、长矛和手榴弹。作战只靠勇敢。面对训练有素、武器装备精良的六十多个鬼子，战斗进行得相当艰苦，虽然将敌人消灭了，也只是歼敌一千、自损八百的结果。

鞠卫华等几个孩子看着惨烈的场面，个个不约而同地帮助打扫战场、救助伤员。当他们埋好烈士，把最后一个伤员扶上担架时，营长赵山勇来到几个孩子跟前道："谢谢小老乡，你们赶快离开这里，说不准鬼子的增援部队很快就到，这里很危险！"

"大叔，我们都是来参军打鬼子的！"鞠卫华和铁蛋等人不约而同地叫了起来。

赵营长摆了摆手道："不行的，打鬼子既艰苦又危险，你们还小，等你们长大了再来参军。"

鞠卫华一步蹿到赵营长的身旁道："我们不怕吃苦，不怕危险，国家兴旺，人人有责！"

赵营长高兴地道："哟！这小老乡人小志气大。不过，我们八路军有规定，必须父母同意，年满十八周岁才能参军，你们还小，打不了鬼子，快回家吧，等你们到了十八周岁我再来领你们。"说罢，转身去追赶队伍。

几个小孩疯了一般，鞠卫华第一个蹿到赵营长的身前道："大叔小看人，我们能打鬼子。"

赵营长温和地道："不是大叔小看你们，你们实在太小，不能参军，你们可以回村参加儿童团，站岗放哨哇！"

"我们不参加儿童团，我们要参军！"铁蛋等几个人一齐嚷嚷开了。

鞠卫华知道参军无望，便问道："赵大叔，你敢和我们比吗？"

赵营长瞪大眼睛惊异地问："比什么？"

鞠卫华说："比打鬼子！"

赵营长惊奇地道："怎么个比法？"

鞠卫华说："看谁杀的鬼子多！你赢了当你的营长，我去当儿童团，否则，我当营长，你去当儿童团。"

赵营长看着眼前这个十多岁的孩子，一副凛然不可侵犯的样子，高兴地道："好，你杀的鬼子多，你便来当营长，我当儿童团！"说罢转身要走，鞠卫华一把拽住道："请你告诉我，八路军的三大纪律八项注意是什么？"

赵山勇只得停下道："你听好了，三大纪律是'第一，一切行动听指挥；第二，不拿群众一针一线；第三，一切缴获要归公'。八项注意是……"赵营长一口气背完问道："记住了吗？"

鞠卫华道："记住了。"

"你们赶快离开这里！快回家，小心鬼子。"说罢转身追赶队伍去了。

第二章

伟德山小英雄起义　闹赌馆特务队受惩

孩子们看着八路军的队伍越走越远，渐渐地看不见了，个个垂头丧气。铁蛋一屁股坐在地上道："好不容易找到了八路军，可人家不要咱！"

高粱道："要咱等十八周岁，我还要等五年，过五年鬼子早被他们打完了。"

石头眨了眨眼道："华哥，八路军不要咱们，你可以教我们打枪，教我们功夫，领着我们杀鬼子呀！"

吴满仓道："八路军有个独立营，你领我们也可以成立个独立营怎么样？"

鞠卫华这时一言不发，完全没有了孩子的稚气，变得沉着、冷静。他想起了师傅临终时的嘱咐，再想想现在山河破碎，日寇的铁蹄在祖国大地上肆无忌惮地蹂躏，自己怎么可以坐等六七年到十八周岁呢？听吴满仓这一问，立刻计上心来，他像个大人一样道："好，我领你们打鬼子，荣成县有个独立营，我们再成立个独立团怎么样？"

"好！团比营大，我们要比他们多杀鬼子。"孩子们欢呼雀跃。

　　突然，鞠卫华把手摆了摆，示意大家别出声，大家向他指的山坡下望去，只见十多个鬼子和十几个伪军下乡抢完粮正大摇大摆地走了过来。鞠卫华向大家摆了摆手，示意大家隐蔽好，叫大家把手枪和手雷拿了出来。

　　不一会儿，前面两个探路的鬼子走了过来，一个刺刀上挂着膏药旗，一个刺刀上挂着两只鸡。

　　鞠卫华示意大家都不要动，等鬼子走到了跟前，他一扬手，两颗蛋黄大的石子，像两颗流星般分别嵌入了两个鬼子的咽喉。两个鬼子一声未哼地躺了下去。

　　一会儿又上来了四个鬼子，一个扛着一挺歪把子机枪，其余三个各扛着长枪，刺刀上一个挂着鸡，两个挂着从老百姓家里抢来的包袱，嘴里哼着淫秽的调子。大摇大摆地走了过来。

　　铁蛋早已手雷在手，看着四个鬼子走到跟前，刚发现地上的两个鬼子尸体，尚未来得及反应过来，铁蛋的手雷已出手，因为相隔太近，只有十多米，初次使用手雷心中有些害怕，手雷出手慢了点，手雷没有落地便在四个鬼子的头上爆炸。立刻四个鬼子都躺了下来。

　　石头见鬼子的机枪丢在地下，枪口正好对着山下的鬼子，便一个高跳了过去，伸手就扣动扳机，机枪立刻"哒哒哒"地欢叫起来，枪口与坡下十多米处的鬼子队伍高低角度合适，这一阵狂扫，鬼子与伪军立刻被撂倒了十多个。剩下的十多个鬼子与伪军以为是碰上了八路军，掉头就跑。可惜已经晚了，只见一条黑影如一道青烟般地飘了过去，一道金练闪动，红光到处，立刻血花四溅。立时十几个鬼子和伪军们全都倒了下去。有两个伪军一开始便跪在地下，举着枪不停地喊饶命。

　　鞠卫华叫他们起来看了看，这两个人年龄都不大，便问道：

"你们是哪个村的，姓甚名谁？"

其中一个高点圆脸的道："我姓王，叫王庆，是南柳村的，去年被南台伪军小队长童汉山捉来做饭，今年十七岁。"

个子矮一点的道："我叫王祝，也是南柳村的，今年十五岁，也是童汉山捉来的。我们不想干伪军，知道当汉奸老百姓用手戳我们的脊梁骨，可童汉山说，如果逃跑了不干，下次抓到就杀了我们。"

鞠卫华道："念你们没作恶，没祸害老百姓，否则非杀了你们。你们走吧。"说完挥了挥手。

两个伪军嗫嚅道："我们不敢回去，回去童汉山非杀了我们不可，我们想跟你们八路军打鬼子。你们要我们吗？"

鞠卫华见两人面目善良，不像大奸大恶之人。想收留他们，但人家是想投八路军，"这……这……"正为难时，两个伪军以为鞠卫华不想收他们，便跪在地下一个劲儿地磕头，鞠卫华忙把他们扶了起来道："我们年纪小，想参加八路军人家不收。我们正想自己成立个独立团打鬼子，你们俩如果愿参加，我们欢迎。"

王庆与王祝异口同声地道："愿意，愿意！"

"好，起来吧，从此我们就是兄弟，是战友，是同志。"鞠卫华说罢把手一挥道："快打扫战场吧！"

这一仗痛快淋漓，前后不到十分钟，一个班的鬼子和一个班的伪军被干净、彻底地消灭。计点枪支：机枪一挺，长枪二十二支，子弹一千六百多发。

鞠卫华忙吩咐石头把大车赶过来，赶快打扫战场，把鬼子的枪支弹药都搬到大车上，把没有血的鬼子和伪军的衣服、鞋子和帽子也都脱下装上了大车。几个人赶着大车一溜烟似的奔回了老人翁山。

晚上，王庆烙了两锅大饼，煮了一锅羊肉汤。几个孩子吃得饱饱的，因为几天找八路军奔波劳累，所以一躺下便酣然入睡。

第二天天刚亮，鞠卫华便早早起来，练起了草上飞的轻功。只见他两臂伸开，犹如一只猎隼，贴着树枝飞蹿，力竭时双脚或轻点一下树枝，或双脚互相一碰，犹如燕子抄水般地忽高忽低地在山上飞蹿了三圈。接着拔出了金龙宝刀又练了起来。开始起手较慢，但见一片金蛇箍身，上下飞舞、缠绕。宝刀越舞越快，舞到酣处，但见一团金光，水泼不进，舞近半个时辰，刀法慢了下来。

“好！好！”原来几个孩子也早就起来了，看到酣处，不禁喊了出来。

鞠卫华把刀收了起来。几个孩子马上跑了过来。石头道：“华哥，你教我们功夫吧，教会了我们好打鬼子。”

“应该叫团长，我们是独立团嘛。”高粱纠正道。

“可是我们还没有兵吗？就我们几个人也能叫独立团？”石头疑惑地说。

“我们几个人怎么啦？我们人虽少，可昨天我们不是一样打鬼子了吗？”高粱争辩道。

“昨天只有铁蛋扔了一颗手雷，其余都是华哥杀的，我连枪都还没放呢！”石头噘着小嘴道。

鞠卫华道：“好了，大家不要争了，我一定教大家功夫。但刚才石头说得很对，就我们几个人还不能算独立团，我们还要招兵，我们要招上几百人，甚至几千人，我们要成为名副其实的真正的独立团。”

“上千人？”几个孩子不约而同地惊问。

“是的，要上千人，我们要杀很多鬼子，要把鬼子赶出中国。”鞠卫华道。

"赶出中国去，赶出中国去。"几个孩子攥紧了拳头喊了起来。

鞠卫华道："我们今天的任务就是去招兵。"

"招兵？到哪里去招兵？"几个孩子疑惑地问。

"到荣成县招兵。"鞠卫华把羊皮帽子向后推了推道："荣成县的车站、街道上有许多被地主恶霸欺压的无家可归的孩子，我们就去招他们，你们看怎么样？"

"好，招他们，我们一起打鬼子。"几个孩子高兴地道。

鞠卫华把手一挥道："走，吃饭进城！"

从贞庄头村通往荣成县的公路上，奔跑着两辆大马车。上面拉着柴火，分别坐着三个孩子，铁蛋和石头赶着车，那马撒了欢儿似的朝荣成县奔去。

鞠卫华怕进不了县城，装作是卖柴的，他们把手雷和短枪用袋子装好，绑在大车底下的横木上。不一会儿便走到了城门口。城门左右各一个岗亭，左边驻着四个鬼子，右边驻着一个班的伪军，早晨岗亭里没人，门口左右各两个鬼子六个伪军在检查进出的行人。

鞠卫华他们的两辆大车来到门口，两个伪军翻了翻车上的柴火，又见只是几个孩子，便挥了挥手放了进去。

鞠卫华他们把大车赶到了一个僻静处停了下来。鞠卫华悄悄对大家道："我们这次招兵一定要秘密进行，千万不要引起鬼子汉奸的注意。我们分成三组，石头和铁蛋一组沿大街向南；满仓和高粱一组，沿大街向东；我和王祝向西边车站。每人买十几个馒头带着，有讨饭的无家可归的就给他们馒头，让他们吃饱，然后悄悄地领到这里来。记住，一定要秘密进行，中午我们在这里集合。听清了没有？"

"听清了！"大家异口同声地回答。

"我干什么？"王庆瞪着眼问道。

鞠卫华道："这几个人你岁数最大，是老大哥，你当然为弟弟们看车啦！怎么样？"

王庆道："看车就看车，反正你团长说了算呗！"

鞠卫华便每组发了两块银圆，一挥手，大家便各奔东西。

先说鞠卫华与王祝一组，两人顺着大街悠闲地走着，不一会儿来到了一个馒头摊，鞠卫华拿出钱来买了二十个馒头，叫王祝包好背上。谁知王祝把馒头包好刚要往身上背，突然身后伸出了一双手，王祝冷不防，一包馒头被夺了过去，但见来人十五六岁，穿得破破烂烂，他夺了馒头撒腿就跑。王祝刚要追，被鞠卫华一把拽住。两人便远远地隐蔽着追了下去。一直追到车站南大桥下。鞠卫华与王祝悄悄来到桥下，但见干涸的桥洞里聚集着三四十个孩子，大的有十四五岁，小的七八岁，刚才夺馒头的孩子正在分馒头给大家吃。

鞠卫华来到他的面前，他拿出一个馒头给鞠卫华，鞠卫华没接。当他抬眼一看是鞠卫华时，做贼心虚，转身撒腿要跑，刚要迈步，突然鞠卫华又挡在前面。他马上掉转身，鞠卫华又挡在了前面，他连转几次都逃不掉，再看看鞠卫华长得既没他高，也没他大，他索性也不逃了，照着鞠卫华一膀子撞了过去。只听"砰"的一声闷响，他像撞在了大皮球上，被弹出了一丈多远，趴在地下。

他吃惊地看着鞠卫华，心想，怪事，他那么小，难道我打不过他？他突然一跃而起，蹿到鞠卫华面前，照着他的胸脯便是一拳，谁知这一拳像是打在了棉花堆上，正吃惊时，突然一股大力又"噗"的一声把他弹了出去，他惊诧地趴在地上看了一会，突然大喊道："你是头，我们听你的。"说着便跪了下来。他这一跪，其他孩子也全都跪了下来。

鞠卫华道："大家都起来，我有话说。"

孩子们都爬了起来，瞪大眼睛看着鞠卫华。

鞠卫华道："大家说说，是谁叫我们无家可归？是谁叫我们没饭吃？又是谁叫我们没衣穿？"

"是地主，是恶霸，是汉奸，是鬼子。"孩子们你一句我一句地嚷了起来。

"对，是地主恶霸，是汉奸鬼子，我们要想有饭吃、有衣穿，我们只有打倒地主恶霸，赶走日本鬼子。我教大家功夫，带领大家打鬼子，大家愿意吗？"

"愿意！愿意！"孩子们嚷了起来。

"可鬼子有枪啊！"刚才抢馒头的那个孩子叫道。

"鬼子是有枪，可大家好好学习功夫，我们没有枪可以夺鬼子的枪。"鞠卫华说着掀开衣服露出了怀中的手枪。

"啊，枪！"孩子们呼啦一下围了上来道："给我们看看，给我们看看。"

鞠卫华道："只要大家愿意跟着我们杀汉奸鬼子，我保证大家都有枪，有饭吃。大家愿意吗？"

"打鬼子！打鬼子！"大家一起嚷了起来。

"好，大家先吃馒头，不饱等一会儿我再买！"鞠卫华转身对刚抢馒头的孩子道："你姓什么？叫什么名字？"

"我姓李，叫李天虎！"

"天虎哥，你知道崖头哪里还有无家可归的孩子吗？"鞠卫华温和地道。

李天虎说："车站大西边有一个垃圾场，那里有很多孩子天天在捡垃圾过活。"

鞠卫华道："你认识他们吗？"

李天虎道："认识，我们常常混在一起。"

"好，天虎哥，你带几个人，买一些馒头，有想跟我们杀汉奸打鬼子的孩子，你把他们全领到北门外三里处有片小树林，你们在那里等着，下午有大车去接你们。"说着拿出了三块银圆交给了李天虎。

李天虎接过钱，挑了两个大一点的孩子领着，高高兴兴地走了。

李天虎走后，鞠卫华叫王祝又去买了一大包馒头，叫剩下的三十六个孩子吃饱了。找了一个年龄大一点的叫李世强的孩子，悄悄地把这些孩子带到北门外的小树林，等下午大车去接他们。

打发孩子们走后，鞠卫华与王祝也回到了停车处。不一会儿，铁蛋与石头领了二十二个孩子回来了。鞠卫华刚打发走，吴满仓和高粱也领了十六个孩子回来。鞠卫华把他们一一打发走了，便叫铁蛋和满仓赶起马车，一直来到"乐天乐地大赌房"的对面把车停下。他叫王庆和王祝看车，他带了铁蛋和石头、满仓、高粱向"乐天乐地大赌房"走去。

看官，看到这里你一定很奇怪吧！难道鞠卫华要去赌钱吗？

原来，前几天他通过侦察，探知了"乐天乐地大赌房"是荣成县汉奸特务队队长徐仁麒开设。这徐仁麒是崖头大恶霸徐德倡的儿子，徐德倡现任伪县长，儿子徐仁麒因带领鬼子杀害革命干部家属有功，被鬼子渡边大佐升为特务队队长，升任队长后，他便开设了"乐天乐地大赌房"，借以诈骗人们的钱财。特务队有四十六人，他们专门为鬼子侦察情报，屠杀根据地的干部群众。十多天前，他探知龙河庄有八路军在活动，便带领特务队，突然袭击了龙河庄村，杀害了两名八路军同志并三百多名群众，造成了震惊胶东的大惨案。崖头周围的群众对他们是恨之入骨。鞠卫华探知这一情况后，早就想严惩一下特务队。今天他来到荣成县，一是为招收孩子打鬼子，二是为了消灭这支特务队。

鞠卫华等人来到赌馆门前，两个看门的见几个衣衫褴褛的孩子要进来，立刻伸手拦住道："走开，这里是你们来的地方吗？"

鞠卫华从腰中摸出了钱晃了晃道："不能进吗？"

"能进，能进！"两个看门的见了钱立刻眉开眼笑地往里让。

这个赌房是徐仁麒的兄弟徐仁麟所管，他靠着一些做了手脚的赌具骗人，凡是进了赌场，是只有输钱的没有赢钱的，每月可为徐家赢十多万银圆。

鞠卫华走进了赌房，但见里面乌烟瘴气，赌房的南边靠窗一溜摆下了十多张赌桌，一群赌客在那里吆五喝六地赌钱。赌房的西边放着一张茶几。前面坐着一个头戴黑礼帽，身穿黑色丝绸马褂的人，正跷着二郎腿闭着眼喝茶。

鞠卫华一看便知道此人便是赌场老板徐仁麟，便径直走到其桌前双手一抱道："这位是徐老板吧？"

徐仁麟眼也没睁地问道："什么事？"

"听说徐老板的赌技名冠胶东，我想来领教一下，可以吗？"鞠卫华说着把十根金条一字排开在茶几上。

徐仁麟一见金条，立刻放下了二郎腿，看了看鞠卫华等人，一见只是几个孩子，立刻想把金条据为己有的念头油然而生，嘿嘿地奸笑两声道："怎么个赌法？"

鞠卫华拍了拍腰间的钱袋神秘地道："徐老板，我今天有的是钱，今天赌场的生意我包了，你把他们都赶走，只我们两个人赌，你看怎么样？"

徐仁麟看了看鞠卫华的钱袋，立刻清了清嗓子道："诸位赌客，本赌房今天有事，停业一天，明天大家再来玩，望各位多多谅解，多多谅解。"

各赌桌全停了下来，不一会儿众赌客走光。

徐仁麟一伸手道："请吧。"

鞠卫华道："请。"

二人来到赌桌前，鞠卫华把钱袋往桌上一放道："徐老板，叫你们看门的进来把大门关上，免得别人来打搅我们。另外叫你的人都出来看看，给我们做个见证，谁输了不要赖账。"

"好！把门关上，大家都过来做个见证！"徐仁麟暗中好笑，几个不知天高地厚的小家伙，真是肥猪往屠户家里跑——找死。

鞠卫华看了看徐仁麟手下的人已到齐，共二十一人，十二个人都背着短枪。鞠卫华道："久闻徐老板赌技高明，今天来领教，望各位多多关照。"说着一抱拳。

"好说，好……"众人第二个"好"字还没说完，突然鞠卫华出手如电，双手扬了扬，但见二十一人除了徐仁麟外，咽喉全插着一个四寸多长的铁钉，全都一声未哼地躺了下去，一命呜呼。

徐仁麟见了大惊失色，连忙摸枪，可是右手的关元穴上立刻也被插上了一根铁钉，右手立刻垂了下去。

鞠卫华像提死鸡般地把徐仁麟提到了电话机旁道："打电话给徐仁麒，就说有人拿了大把的金条想要和他做买卖，叫他快回来，你要是说错了一个字，立刻要了你的狗命！"说着一把短刀抵在了他的脖子上。

徐仁麟早已魂飞魄散，立刻战战兢兢地打了电话。

鞠卫华叫石头和铁蛋把尸体藏了起来，叫铁蛋和石头也藏了起来。他把徐仁麟点了哑穴，两眼瞪着坐在椅子上一动不动。鞠卫华纵身一跃，一个壁虎游墙，将身体紧紧地贴在了天花板上。不一会儿徐仁麒带了二十四个特务推门闯了进来，边走边嚷道：

"什么人要和我做买卖？"他来到徐仁麟的面前，见徐仁麟瞪着两只大眼不说话，正疑惑时，鞠卫华在空中双手连扬，二十四根铁钉分别射入了二十四个特务的死穴，全都一声不响地倒地身亡。

徐仁麒几时见过这样的仗阵，早惊得心胆俱裂，连忙想掏枪，右手手腕突然被鞠卫华握住，微一用力，右手腕骨早已粉碎。徐仁麒痛得几乎晕过去。鞠卫华把他提到电话机旁道："打电话叫特务队副队长领着剩下的特务到这里来，就说帮你搬东西，说错一个字，立刻要了你的狗命！"说着一把短刀抵在了他的咽喉。

徐仁麒哪敢违拗半句，立刻打了电话。鞠卫华点了他的哑穴，叫大家藏了起来，他自己一纵身，又贴在天花板上。

不一会儿，特务队副队长领着二十一个特务跑了进来。一句话没说，便被鞠卫华用铁钉射死。

鞠卫华飘身下来来到门口，一招手，满仓等人把大车赶了过来，鞠卫华叫大家把枪支和弹药都包起来装上了大车。

鞠卫华来到徐仁麟的面前，给他解了穴道问道："钱都藏在哪里？隐瞒一元，立刻杀了你。"

徐仁麟早吓得魂不附体，用手指了指里屋，鞠卫华把他提到了里屋，徐仁麟指了指墙角的一块地板，鞠卫华伸手点了徐仁麟的哑穴，把地板一提，露出了一个地下室，鞠卫华飘身而下，只见下面大大小小的箱柜，全装的金条和银圆。

鞠卫华顺手提了两箱金条飘身而上。招呼大家快搬，众人搬了近一个时辰，金条二百多斤，银圆五百多万元，加上衣物等用品，装了满满的两大车。临出门，鞠卫华的两根铁钉分别插入了徐仁麒与徐仁麟的咽喉。

满仓和铁蛋赶着大车，一溜烟似的向北门冲去，来到城门前，四个鬼子和四个伪军刚要伸枪阻拦，鞠卫华的双手各射出了四道寒光，四个鬼子和四个伪军咽喉各插入了一根铁钉，八个敌人一声未哼地丧了命，岗亭里的四个伪军还未弄明白怎么一回事，一道人影已飘到了他们的面前，班长和几个伪军一声没哼地都被点了哑穴。鞠卫华一飘身上了飞奔的马车，一会儿马车来到小树林，一群孩子正等得发急，一见马车来到，车未停稳，便都一拥而上，两辆马车如插糖枣一般挤得满满的。满仓和铁蛋啪啪两鞭，两辆马车飞也似的向老人翁山奔去。

当马车行了二十多里时，鞠卫华远远地看见路边躺着一个人，身边一个衣衫褴褛的十多岁的小姑娘正哭喊着："爹爹你不能死啊，爹爹你不能死……"

鞠卫华叫满仓和铁蛋继续赶路，他和石头跳下了车，来到小姑娘跟前问道："小妹妹，你爹怎么了？"

小姑娘说："我爹已经三天没吃东西了，现在又病了，大哥，快救救我爹吧！"

鞠卫华把大人扶了起来，叫石头拿出了两个馒头，给了他们每人一个，两个人是狼吞虎咽吞了下去。石头又拿出了两个，两个人又吃了，两个馒头下肚后，他们两人也有了力气，话也多了，便讲了起来。

原来，这男的是河南开封人，姓刘，叫刘亦农，今年四十二岁，小女孩是他的女儿，小名叫山菊，今年十一岁，刘亦农在家是个木匠，因家乡大旱，夏秋两季庄稼绝产。谁知祸不单行，旱灾过后又来了蝗灾，难以数计的蝗虫遮天蔽日，如龙卷风似的席卷大地。所到之处，植物被吃了个精光。整个中原大地是饿殍遍野，赤地千里，出现了易子相食的惨状。人们生存都很困难，对木工手艺人谁又能用？他便带上木工工具，领着妻子和女儿逃荒到山东。谁知"屋漏偏逢连夜雨，船迟又遇打头风"，逃荒路上又遇日本飞机轰炸，妻子命丧于炸弹下。刘亦农领着女儿靠野菜和树叶维持生命，来到荣成县，父女二人已是三天多粒米未进。

说到这里，刘亦农突然跪了下来道："各位小哥救救我的女儿，把她带走吧，只要有口粗饭吃就可以了。"说着不断地磕头。

"大叔，我们带走了你女儿，那你怎么办？"石头不解地问。

"我年岁大了，走一步算一步吧，只要你们能救救我女儿我就知足了。"刘亦农无可奈何地说。

"大叔，我们带走了你女儿，你也放心不下，不如你跟我们一块走吧，我们是打鬼子汉奸的孩子，有我们吃的就有你们吃的。我们山上正需要木工，你可以指导我们盖茅屋。"鞠卫华诚恳地说。

刘亦农听了大喜道："我跟你们去，我可以给你们盖茅屋。"说罢背起工具箱。一行人奔回了老人翁山。

鞠卫华等人到了山里，吴满仓、铁蛋等早已把东西搬进了山洞。他叫王庆煮了三大锅米饭，又熬了两大锅肉汤。众人吃得饱饱的便都睡下了。

第二天天刚亮，鞠卫华就把石头、铁蛋、吴满仓、高粱叫了起来。石头和铁蛋为一组，赶一辆大车到文登"招兵"。满仓和高粱为一组，赶一辆大车到威海"招兵"。他们走后，大家吃完早饭，鞠卫华叫大家先休息一天。他便和刘亦农带上干粮，两个人从早晨一直忙到天黑，将老人翁山东西南北巡视了一遍。全山又发现了三十多个山洞，大者可容上百人，小者可容三五人。哪里可盖茅屋，哪里土地肥沃可开荒种菜，两人一一记了下来。两人一直忙到天黑才返了回来。两人还未落座，突然听到山下人喊马嘶，鞠卫华一看，吃了一惊。

第三章

端炮楼日伪军丧胆　大练武小英雄改枪

只见山下，铁蛋和石头领着男女老少一百多人走上山来。

原来，铁蛋和石头一到文登，还没进城，便遇上了一群从河南逃荒来的难民，其中有大量无家可归的孩子。铁蛋和石头拿出馒头一招呼，大车上立刻挤上了一百多个孩子。有些孩子的父母无着落，便跟在车后也跑来了。说话时，满仓和高粱也领了二十多个孩子回来了。

鞠卫华吩咐王庆多准备些饭菜，一定叫大家吃饱，并让刘亦农饭后找些山洞叫大家先住下。他转身吩咐铁蛋、石头、高粱、满仓、王祝道："快吃饭，我们有任务。"

几个小伙伴狼吞虎咽地吃完饭，驾上三辆马车，奔向桥头乡。

原来，鞠卫华一看今天又招了这么多兵，山上长短枪总共只有八十多支，而山上参军的孩子就有二百多人，枪支远远不够，他今天晚上就是要端炮楼夺枪。端哪个炮楼呢？原来鞠卫华早就侦察好，桥头地处文登县、荣成县、威海卫三县交界处，在桥头西山上有一个炮楼，紧扼通往文登的要道；桥头南南台村高埠处有个炮楼，扼守着通往崖头的要道；桥头北孟家庄村有一个炮楼，扼守着通往威海的要道。这三处炮楼给桥头周围的抗日活动带来了极大的麻烦。今天晚上鞠卫华的目的就是要端掉这三座炮楼。

大约晚上十点，马车在距孟家庄一里处的小树林里停了下来，鞠卫华叫大家隐蔽好，等他的信号。他穿好夜行衣，带好镖囊及百宝袋，便向孟家庄飞腾。

孟家庄炮楼修在西通威海卫、南通荣成县、东通成山卫、北通不夜城的十字要道处，炮楼的上两层驻有二十多个鬼子，下两层驻有八十多个伪军。炮楼周围是两丈宽、一丈深的壕沟，外面架设了三层铁丝网，再外面是三百多米的开阔地。炮楼顶上架有两只探照灯，彻夜不停地把炮楼周围的开阔地照得如同白日。不要说一个人，就是一只兔子也很难通过。但这一切鞠卫华早已清楚，他在距炮楼三百米的隐蔽处停了下来，打开百宝袋，从里面拿出了一件特殊的衣服——伪装网。这件衣服是用伟德山上一种叫勒丝的草结在一块大小可体的渔网上制成的。鞠卫华跟随义父打猎时披在身上，用来隐蔽伏击猎物，连最狡猾的狐狸都难发现，今天鞠卫华正好用上了它。不一会儿他收拾停当，探照灯刚照射过去，他一个提纵便跃了出去。探照灯光回照时，他已飞腾到了炮楼下。这是个四角炮楼，墙角是死角，探照灯照不到，鞠卫华紧贴墙角，使出了壁虎游墙的功夫，将身体慢慢升了上来，刚接近炮楼的顶端，他双手轻轻地一按墙壁，人已飞腾到了炮楼上空，离炮楼一丈多高，一个站岗的鬼子只觉眼前黑影一闪，刚要喊叫，但嘴还未张开，空中的鞠卫华双脚还未落地，他右手一扬，六道寒光电射而出，炮楼顶上两个站岗的与四个看探照灯的鬼子，咽喉上各中了一根大铁钉，六个鬼子一声未哼地倒了下去。

鞠卫华不动声色，慢慢打开顶盖，望了望，但见顶层上六个鬼子睡得死猪一般，鞠卫华便飘身而下，右手一扬，六道寒光射出，六个鬼子一声未响地丧了命。接着下到第三层，如法炮制，又射杀了十多个鬼子。当鞠卫华下到第二层看到全是伪军，便动了恻隐之心，他往前一纵，出手如电，重重地点了他们的穴道，这些伪军没有一天是醒不过来的。但伪军队长因血债累累，他不但被点了穴道，双眼还多了两颗石子。接着他又下到了第一层，如法炮制点了四十多个伪军的穴道。接着他便打开门，放下吊桥，用手电发出了暗号，不一会儿三辆大车如飞而至。

鞠卫华指挥大家先搬枪支弹药，连鬼子的衣服被子也一件不剩地装了满满一大车，捆绑停当，叫铁蛋赶车先运回老人翁山。

鞠卫华回转身用手指蘸着伪军大队长的血在墙上写道："杀鬼子者，独立团也"，接着又顺手拿起桌上的纸笔写道："中国人不打中国人，如再帮鬼子作恶，决不轻饶！"写完转身出了炮楼，跳上了马车，向桥头西山奔去……

天快亮时，桥头西山炮楼和南台村高埠处炮楼都和孟家庄炮楼一样的结果，所不同的是南台伪军中队长童汉山不在炮楼，才免一死，这两处的鬼子都未送命，但都被打瞎了双眼，之所以这样，鞠卫华是要彻底摧毁鬼子的武士道精神。果不然，这以后半年多，桥头周围据点的鬼子与汉奸没有敢下乡扫荡，他们一听到独立团的名字，大有谈虎色变之感。特别是四十多个瞎了眼的鬼子，在鬼子中引起了极大的恐惧，人人感到自危，这是后话。

天亮时，鞠卫华的三辆大车都回到了老人翁山。计点物资，长枪三百二十支，短枪二十支，机枪二十二挺，各种子弹十万多发，迫击炮十二门，炮弹六百多发，手雷、手榴弹一千五百多枚，黄色炸药两千多斤，电话三部，外加衣服、粮食、白酒等日用杂物一宗。

山上的孩子和大人们听说一宿端了鬼子三个炮楼，都高兴得不得了，有的跳，有的唱，刘亦农还编了几句顺口溜，敲着碗唱了起来："独立团，是英豪，打得鬼子无处逃，一夜端掉三炮楼，吓得鬼子嗷嗷叫，嗷——嗷——叫！"

吃完早饭，鞠卫华首先召开了家长会，一共四十六人，男的二十六人，女的二十人。鞠卫华先叫王庆管理后勤及账目等，叫他先挑了十个年轻力壮的妇女负责买菜做饭等，剩下十个年龄大一点的妇女则负责为孩子们改可体的衣服。剩下的男人里有个叫刘为民的人，今年四十二岁，他儿子叫刘海生，十七岁，父子二人在家里干的是打铁、修理水桶、补锅等活，鞠卫华便叫他父子二人还干老本行，负责打马掌、打军刀、修理枪支等器物，一应工具用料列出表到王庆那里支钱买。剩下的十九个男人由刘亦农挑选了十人负责砍树盖茅屋。鞠卫华又挑了两个年龄大的管理山上的牛羊猪等，又挑了两个人负责喂马。山上有从鞠洪彬家拉来的三十多头耕牛，各种农具一应尽有，还剩下五个人便负责开荒种菜。

大人安排妥当，鞠卫华又把孩子们召集起来，总共有二百二十五人，其中十一岁到十六岁的有一百六十五人，七岁到十岁的六十人。鞠卫华把年龄大的一百六十五人分成一、二、三三个连队，年龄小的为第四连队。铁蛋为第一连连长，石头为第二连连长，吴满仓为第三连连长，高粱为第四连连长。各连又分两个排，每个排又分两个班。排长与班长由各连连长负责安排。接着以连为单位排成了四队，鞠卫华站在一块大青石上道："我宣布，胶东独立团，今天成立了！"

"独立团万岁！独立团万岁！"王祝突然领着大家喊了起来。

鞠卫华等大家静了下来道："从今天起，我们都是独立团的战士，我现在宣布独立团的三大纪律八项注意。三大纪律的第一条是'一切行动听指挥',这一条要求我们必须服从命令,行动统一才能打胜仗;第二条是'不拿群众一针一线',因为我们的队伍是杀鬼子和汉奸及恶霸地主的队伍,是保护老百姓的队伍,所以这一条要求我们不许拿老百姓的任何东西,不能损害人民的利益,大家听明白了没有?"

"听明白了!"大家一齐回答。

鞠卫华接着讲道:"第三条是'一切缴获要归公……'"鞠卫华把三大纪律八项注意逐条讲完,又道:"除了三大纪律八项注意外,还有一些特别的纪律:

第一,爱护枪支武器,枪口只能对着敌人,保护百姓;

第二,爱护粮食及一切公共财物;

第三,作战勇敢,不许当逃兵;

第四,官兵平等,大家要互相关心,互相爱护;

第五,作战有伤员一定要救助伤员,不许丢下伤员;

……"

鞠卫华又一气讲了自己制订的二十条纪律,最后道:"这些纪律大家必须背下来,严格遵守,如果谁违反了这些纪律,轻者关禁闭,重者枪毙!我今天先把话说在前面,如果现在谁感到纪律严格不能遵守,谁都可以下山,不参加独立团,我们决不强迫。大家有没有下山的?"

"没有!"

"能遵守纪律吗?"

"能!"

鞠卫华又讲了每天的作息时间及训练科目后,便宣布道:"发枪!"

……

荣成县日军司令部里，渡边中佐正烦躁地来回踱着步，翻译官鞠洪才则恭敬地垂手侍立在那里。

原来，孟家庄、桥头西山和南台高埠处的三座炮楼晚上被端后，被点了穴的鬼子与伪军直到第二天中午才醒过来，当时有人把情况报告给了渡边欲仁中佐。渡边欲仁吃了一惊，立刻带着参谋长等人奔赴现场，当看到孟家庄炮楼里赤身裸体的日军尸体已是大惊，再看到桥头西山炮楼与南台村高埠处炮楼里赤身裸体的被挖了双眼的日军，听着他们痛苦的哀号，更是心惊胆战。再看墙上都写着独立团，更是惊异不已。因为各县独立营已闹得他坐卧不安，如今又冒出了个独立团，这样不声不响地一夜端了他三个炮楼，看看被挖了双眼的日本兵的惨状，不由得他不惊。他回到司令部已是一天一夜未合眼。

渡边欲仁中佐是日本陆军士官学校第十五期步兵指挥系毕业生。入伍后从士兵干起，因战功卓著，一直升到中佐。他从东北一直打到山东，所向披靡，从无敌手。如今他的三个炮楼一夜被端，而他连独立团的影子也未见过，这大大地出乎他的意料。再想想那些被挖了双眼的日军的凄惨悲号声，他虽然杀人无数，也不由得不寒而栗。

翻译官看着渡边欲仁烦躁地不停地来回踱着步，便试探道："队长阁下，我们集中胶东兵力，举行大扫荡，趁独立团成立时间短，羽毛未丰，将其一举歼灭。"

"不！不！不……"渡边欲仁摆了摆手连道："你认为真有独立团吗？独立团是假的。能在一夜之间不声不响地端掉三处炮楼，并且用铁钉杀人，这是中国的侠客所为，是一个武功极高的侠客干的。他挖去帝国士兵的眼睛所造成的对帝国士兵的精神打击，远远超过独立团。就这样一个武功高强的侠客，你动用大兵团扫荡，那是拳头打跳蚤，你能打着吗？"

"那怎么办？"鞠洪才不解地问。

渡边欲仁一拳打在桌子上，狠狠地道："我要叫他自己走出来。"

"他自己会走出来吗？"鞠洪才疑惑地问。

渡边欲仁扶了扶眼镜，道："武士对付侠客，我要叫日本最好的武士来中国设擂台，挑战中国侠客，从而引出消灭之，以摧毁中国人的抗日士气。"

"高明，高明，太高明了！"鞠洪才谄媚地道。

渡边欲仁挥了挥手道："快拟文件，我要上报军部。"

"是！"鞠洪才敬了个标准的军礼，退了下去。

天福山下沟于家村的一户农家的土炕上，胶东特委书记黄星正在召开各县独立营营长开会。各营长汇报了各独立营的工作后，黄星从柜子里拿出了五本书，每人一本，各营长一看书名，是《论持久战》。黄星接着道："这本书是毛主席所著，他把中日战争分为三个阶段，第一个阶段，是敌之战略进攻、我之战略防御的时期；第二个阶段，是敌之战略防守、我之准备反攻的时期；第三个阶段，是我之战略反攻、敌之战略退却的时期。"

黄星见大家不甚明白。接着分析道："战争初期，敌强我弱，我军只有轻武器，日军有飞机、大炮及坦克，所向披靡，势不可当。这是敌之战略进攻阶段；因日军占领了大量的地盘，战线拉得很长，占领地必须分兵防守，这样敌人兵力不足，无力再攻，而我军抵抗力加强，这便进入战略相持阶段；相持阶段敌我力量发生彼消我长的变化，我国地大物博，资源丰富，兵多将广，不怕长期作战。而日本是小国，资源不足，兵少将少，时间一久，便经不起战争的长期消耗，那时我军进行反攻，便可打败敌人，这是战略反攻阶段。"

黄星见大家在认真记录，便喝了口水又道："当前我军的任务是，广泛发动群众，开展游击战争。什么是游击战争？下面我讲三点：第一，军事行动要诡秘，打击敌人要出其不意、攻其不备；第二，游与击兼顾，要扬长避短，发挥自己的长处，攻击敌人的短处，处处掌握战争的主动权；第三，攻击要秘密而迅疾，速战速决，打完就走。打得赢就打，打不赢就走，决不打无准备之仗。我军把游击队袭击战分为三种，简称之战法：一是袭击，二是伏击，三是急袭。"

鞠敬东突然插话问道："袭击是在敌人静态时，我主动攻击；伏击是敌在运动时，我军择险要地势，在敌人通道上伏击敌人；第三急袭是什么？"

黄星道："急袭是敌我都动时，不期而遇，我军便先发制人，打完就走。"

黄星见大家都已明白，接着道："我讲一个故事给大家听听：说伟德山中有一段坡路，坡陡路狭，一只狐狸在坡旁的草丛里静卧。这时有一个大汉推着车上坡，待到半坡时，狐狸突然从草丛里冲了出来，狠狠地咬着大汉的屁股，那个大汉既不能放下手推车逃跑，就只能让狐狸咬去了一块肉。"

各营长听了不禁哄然大笑。黄星等大家静下来接着道："狐狸的战术很是高明。现在日军有飞机大炮，我们如果死拼硬打必败无疑。我们只有用狐狸的战法，采用游击战，一次咬日军一口，那么咬十次呢？咬百次呢？日军这个大汉必然被咬倒。这就是游击战集小胜为大胜。各位营长回去后，要把游击战的精神传达到各个阶层，要让每一位指战员都明白游击战。"

黄星转头对赵山勇和鞠敬东道："是你们两人联合打着独立

团的旗号，一夜之间端了孟家庄、桥头和南台的鬼子炮楼吗？"

两人都摇了摇头道："我们没有。"

赵山勇道："我们独立营刚成立不久，才二百多人，武器又差，这三处炮楼的鬼子就有七十多人，伪军二百多人，我们哪有那么大的能力，一夜之间端掉他们。"

黄星奇道："我还以为你们各营联合打的，如果你们联合作战也应该让特委知道啊？既然不是你们，那么从哪里冒出了个独立团？胶东有这么一支能征善战的队伍我们不知道？"

赵山勇说："荣成县作恶多端的特务队，我们千方百计地想消灭之，苦于没机会。结果被谁不声不响地在一个下午消灭在特务队队长的赌馆里，四十多个特务死得更是蹊跷，咽喉部不是嵌着石子，便是插着铁钉，一枪未放。"

鞠敬东道："孟家庄炮楼里的鬼子也是咽喉插着铁钉，其他两个炮楼里的鬼子则都被打瞎了双眼。特别是这些瞎眼的四十多鬼子，成天号哭，闹得鬼子鸡犬不宁，人人自危。"

黄星及与会的各营长均感到奇怪，唏嘘不已。

黄星待大家静了下来对赵山勇和鞠敬东说："看来这个'独立团'不是一个团，他可能是一个抗日组织，或是一个小组织，甚至几个人，从杀敌手法上看是武功极高的人所为。你们两位营长回去务必设法找到他，他们杀了这么多鬼子，鬼子一定对他们恨之入骨，千方百计地要报复他们。你们要找到他们，保护他们，绝不能让这样的抗日英雄受到伤害。如果能让他们参加八路军最好，我们的队伍里如果能有这样的人，那等于是如虎添翼。"

赵山勇这时低头自言自语地小声道："不可能，不可能。"

黄星道："赵营长有什么话大声说。"

赵山勇道："前些日子我们独立营在北柳村北山打伏击战时，

战斗结束后来了五个十二三岁的孩子，最大的那个也只有十四五岁，他们帮助我们打扫战场、救助伤员，最后要求参加八路军，因为他们年纪太小，我劝他们回村参加儿童团，就没收他们，他们急得快要哭了。那个十二岁的小孩看看我们不收他，便喊着要和我打赌比赛杀鬼子，谁赢了当独立营的营长，输了的去当儿童团的团长。临分手他还问我八路军的三大纪律八项注意是什么？我现在想，这个独立团会不会是他们几个孩子所为？"

黄星笑道："老赵你说不定还真的要去当儿童团的团长！"

赵山勇道："如果真是这样，我输了也高兴。"

黄书记说："这五个孩子的可能性不大，因为他们年纪太小。你们回去要好好调查，除了查这五个孩子外，现在昆嵛山、伟德山上有十多股土匪，他们当中也有抗日打鬼子的，如果查出来了我们尽量争取他们参加八路军，争取不了就联合他们一起打鬼子，把游击战的战法传给他们。大家明白吗？"

"明白！"大家一齐回答。

黄星挥了挥手道："好了，没事散会。"

胶东四月的一天，天刚蒙蒙亮，老人翁山还笼罩在大雾中，鞠卫华早早起来，他站在一块大青石上看着独立团的二百二十五个小战士登山回来。这是独立团每天早晨铁打不动的晨练，即从老人翁山的旗杆石前爬上东面最高峰，来回大约十多里路。鞠卫华深知打仗的目的是消灭敌人，保存自己，而这些孩子们身体弱小，一旦打起仗来，必须练好腿上的功夫，能打则打，不能打则走，而走必须有一双好腿才能走掉。这就越发显出练爬山的必要。这时大多数孩子都已回来，最后十多个七八岁的小孩也陆陆续续地回来了。这些孩子吃了半个多月的饱饭，完全褪掉了脸上的菜色，个个精神旺盛。鞠卫华当初看着这几个孩子年纪小，叫他们爬一半就可以了，可他们很要强，偏要随着连队里的大孩子一样地爬上山顶。大家爬山回来接着练第二项：爬杆、爬绳。鞠卫华叫各连长在树上各挂了数十根长三丈的绳子和木杆，爬完山每人要练习爬三次绳子或木杆，锻炼攀爬能力，以增加臂力。刚开始有的上都上不去，更别说爬三次。可半个多月后，孩子们个个如同猿猴一般地爬上爬下，鞠卫华看着心里着实高兴。

　　早饭后，大家练习单刀。鞠卫华从一百零六路追风刀法中选了六招：一是如何挥刀攻敌人的上、中、下三路，敌人挥刀抵挡时如何随势进攻；二是敌人挥刀攻我上、中、下三路，我如何抵挡并反攻。这六招鞠卫华叫每人用一根三尺长的木棍代替单刀，反反复复地练习了七八天，人人都演习熟练。有八十多人习武天资好，七八天的时间学习了二十多招。特别是王祝和高粱，二人话语不多，每招只教一次便会，铁蛋与石头、满仓也是鬼精灵，虽然比他们稍差点，但都是习武的好料。半个月过后，山上二百多个小战士，拿起刀来个个都是小老虎。午饭后，鞠卫华教大家识字一个钟头，每天必须学习十个字。一个钟头后便教大家练习射击，这是最重要的训练，也是最令鞠卫华头痛的训练。这二百二十五人中，经过半个多月的严格训练，一百米的靶子，卧姿射击三发子弹，有三十多人直接打零蛋，有四十多人只打了十几环，但也有十六人打了满环——三十环。特别是刘山菊和一个只有七岁叫娟子的女孩和一个八岁叫栓子的男孩，他们打枪很神，一百米的靶子是满环，一百五十米的靶子也是满环，二百米的靶子还是满环。这让鞠卫华是百思不得其解，同样的训练，为什么差别会这么大呢？鞠卫华深知，孩子们与敌人作战，他们身小体弱，绝不能近战，必须练就一手好枪法，远远地就把敌人消灭。可现在差别这么大，真叫他无所适从。

这天午后刚学完字，鞠卫华便把刘山菊、娟子和栓子三人叫到一起。先问刘山菊说："你打枪这么准，从前你都干过什么活？"

刘山菊道："我爹爹是木匠，我经常帮爹爹拉线吊线。"

鞠卫华转对栓子说："栓子弟弟，你早干过什么活？"

栓子说："我爹爹打猎，我练过射箭。"

"娟子妹妹，你都干过什么活？"鞠卫华和蔼地问道。

娟子说："我妈妈绣花，我五岁开始帮妈妈穿了两年线。"

鞠卫华明白了，这几个打枪准的小战士都干过与眼睛关系很大的活。他们的眼睛都有一定的功力。于是他叫所有的战士每天都加练瞄准这一动作，力气大，能端枪的战士，每天练习端枪——瞄准这一动作三千次。力气小，不能端枪的小战士，则反复练习卧姿射击。接着他又把三十多个射击打零蛋的叫来，先叫刘山菊、娟子和栓子都把枪瞄好靶子固定好，再叫打零蛋靶子的逐个看，看完鞠卫华问道："他们三个瞄得准吗？"

"不准！"大家异口同声地回答。

鞠卫华大是惊奇，明明都很准，大家却说不准。这说明这些人的眼睛有误差，所以才把准的看成是不准的。于是鞠卫华把一个叫大牛的小战士叫过来道："你看看怎么不准？枪口偏向哪里？"

大牛说："偏向上方。"

鞠卫华把标尺稍抬高了一点道："你看这样准吗？"

大牛道："枪口还是稍高点。"

鞠卫华一连试了好几次，一直把标尺抬到打二百米靶的高度。大牛才说对正了靶心。于是，鞠卫华把标尺固定下来，拿出十发子弹叫大牛瞄准了打，结果十枪打了个一百环。鞠卫华又叫把靶子放到二百米的距离，结果还是枪枪打满环。原因终于找到了，鞠卫华喜出望外，他连忙找到刘亦农，要来了木工用的木胶，把这些眼睛有误差的枪上的标尺进行了反复的校正。最后再用胶水固定下来。这一团困扰他好多天的难题终于得到了解决，鞠卫华异常高兴。又经过几天的练习研究，鞠卫华把标尺上的缺口横着用胶水粘了一段马鬃，准星上则用两段马鬃粘成了十字形准星。经过十多天的练习后，又举行了一次实弹演习，结果二百二十五人百米距离的靶子只有六人各有一枪打了个九环，二百米距离的靶子有十二人各有一枪中了九环，全体战士无一脱靶。鞠卫华又把练固定靶子改为练活动的靶子，年龄大点能端起枪的则又练跪姿射击、站姿射击。经过半年多的强化训练，山上连喂马的、放牛的、做饭的也个个都是神枪手。半年里，战士们的功夫更是突飞猛进，有一百多人已开始练壁虎游墙，一百三十多人已可把六十四路的追风刀耍得一丝不差。王祝、高粱、铁蛋与石头等六十多人可耍完一百零六路追风刀法。

一九三九年七月十日，这一天是老人翁山大喜的日子。

第一，刘亦农领导的建设小组已搭建了十多栋茅屋，每连的男女各分到茅屋一栋，今天山上所有人都搬出了山洞，住进了宽敞的茅草房。

第二，刘为民的铁匠修理组又从荣成县、文登县等地的逃难人中招收了一部分人，修理组已扩大到十六人，他们为山上建茅屋打制了大量铁钉，还打了大量的马掌，为独立团打制了三百多把优质的钢刀。

第三，独立团的全体战士都穿上了可体的军装。虽然是用鬼子和伪军的服装改制的，因为服装可体整齐，颜色统一，都洗得干干净净，战士们穿上显得特别精神。

鞠卫华把年龄小的第四连安排住在最后边的茅屋里，上山路口由一、二、三连轮流驻守，每月一换。路口设置木蒺藜，设明岗两道，暗岗两道。每连的侦察班由连长亲自领导，三个连每天分别都要向荣成县、文登县、威海卫等地派出侦察员侦察敌情。王祝功夫好，为团部通讯员。

独立团的武器配置是每人长枪一支，单刀一把，水壶一把，干粮袋一条，子弹带一条。勒丝草和渔网结成的隐蔽网一张。一、二、三连各成立一个侦察班，真不错的战士和连长及排长外加短枪一支，每个侦察班战马一匹。

种地小组又招了一部分难民，由原来的二人扩大到三十多人，山上有许多耕牛，半年来他们在山上开了五百多亩地，除种了大量蔬菜自供自足外，还种了大量的玉米、大豆、谷子等。预计等到秋天粮食便能自供自足。如今的蔬菜不花钱，每人每月的伙食费，大部分用来买鱼肉改善生活。

鞠卫华见战士们脱下了破破烂烂的衣服，穿上了军装，都高兴得像过节一样。刚上山时个个面黄肌瘦的小脸，吃过半年多的大米白面饱饭，小脸个个变得胖胖的，红扑扑的。鞠卫华心里也特别高兴，便吩咐伙房杀了一头猪，叫大家高兴高兴。

鞠卫华把大家安排妥当，回到茅屋办公室，一看墙角，吃了一惊。

第四章

拦惊马英雄奋神威　温泉汤袭杀日军官

原来，屋角还放着十二门迫击炮，这虽然是好东西，可山上没人会使。

鞠卫华在屋里走了几个来回，突然喊道："王祝！"

"到！"王祝应声跑了进来。

鞠卫华道："去把王庆叫来。"

"是！"王祝答应一声跑了出去。

一会儿王祝带着王庆来到。一进门，鞠卫华指着屋角十二门迫击炮问道："你见过这东西了吗？"

王庆道："这是迫击炮。"

鞠卫华问道："会放吗？"

王庆摇了摇头说："不会，只见过别人放过。"

鞠卫华说："把你看见的比画一下。"

王庆把如何支好炮架，如何装弹射击比画了一遍。

"好！"鞠卫华挥了挥手对王祝道："你去把各连连长都叫来。"

"是！"王祝转身跑了出去。

不一会儿，铁蛋等连长来到。鞠卫华道："走，今天咱们玩迫击炮去！"

"好啊！"几个小连长高兴地答道。他们每人各抱了一门迫击炮，王祝扛了一箱炮弹。他们来到山后，选好地角，鞠卫华先叫王庆比画了一下如何装弹、如何发射。

鞠卫华道："今天我们练习打炮，只要能打响，我们就是胜利，大家敢放吗？"

"敢！"大家一齐回答。

鞠卫华道："好，大家注意，对准前面三百米处山崖下的大青石。"

各连长在王庆的指示下把迫击炮调好。

鞠卫华举起手来喊道："大家注意，预备——放！"

但听得轰轰地连声巨响，只见对面大青石上腾空升起了四股白烟。炮声虽然震得他们的耳朵嗡嗡作响，但他们却都高兴地跳了起来喊道："打中了！打中了……"

鞠卫华高兴地说："你们一、二、三连各连领两门炮，各挑两个年龄大点有力气的人练习。"

"是！"各连长高兴地抱着炮跑了。

八月初的一天早晨，太阳还未露脸，鞠卫华早早地起来，踏着晨露看完各连战士练兵，便和王祝飞身跃上旗杆石顶。这旗杆石一丈多高，上面平坦，位于老人翁山的高峰，站在上面南北可眺望到十几里外。鞠卫华在上面练了一会单刀，接着便练起了内功，当他运功于两眼时，透过晨雾，远处的山间小道上有一个人，走走停停，好像在寻找什么。要知鞠卫华的内功已达顶峰，他的耳功名叫顺风耳，夜阑人静时，哪怕一根针落地他也可听到。十几里外的汽车和马蹄声，只要他耳朵贴地，有几辆车、几匹马，那是丝毫不差。他的眼功名叫千里眼，又名猫眼功，那更是一绝，即便是漆黑的夜晚，只要他运功于双眼，两眼便如同猫眼一样，把东西看得清清楚楚，便掉一根针，他也能把它捡起来。现在虽然云雾缭绕，山下的这个人他还是看得清清楚楚。看他走走停停的样子，鞠卫华心里暗道：别是奸细吧。他轻轻碰了碰王祝道："你去把山下的那个人带上来。"

王祝看了看满山的大雾道："山下哪里有人？我看不到！"

鞠卫华道："你沿着通往贞庄头村的路走二里左右便可迎着，注意别吓着他。"

王祝纵身一跃，脚踏树梢向山下蹿去，约莫飞纵了二里路光景，果然有一个人身背药箱，向山上走来。王祝暗道："团长的功夫真是太厉害了，这么大的雾他竟看到了有个人。"他也不声张，脚踏着树梢远远地跟了下来。但见那人走一会，看一会，到了老人翁山脚下，突然路边草丛里跳出来两个手持长枪的小战士，大喝一声道："站住，干什么的？"说着路边松树上也跳下了两个人，将来人围住。

来人答道："我找鞠卫华。我叫鞠夕张，是贞庄头村人。"

四个小战士还要盘问，王祝这时走了过来道："放他过去，这是团长要我带的人。"

四个小战士让开，王祝领着鞠夕张一会便来到了鞠卫华的办公室。

鞠卫华一见是鞠夕张，高兴地一下子抱住了他的脖子道："大叔，你怎么来了？"

"孩子，快给大叔碗水喝，大叔好累呀！"鞠夕张说。

王祝连忙倒了一碗水递了过去。

鞠夕张一口气把水喝完，擦了擦嘴道："你们想办法严惩一下南台村炮楼里的伪军队长童汉山。他把咱们村的老百姓可害苦了，各种苛捐杂税多如牛毛，稍一怠慢，不是抓人打人，便是烧房子杀人，这还不算，昨天他突然派人通知，要贞庄头村上交一百斤鸭蹼、一百斤麻雀的舌头、一百斤蛤虫（一种长在柞树里的虫子，营养丰富，很难取得）。没有则叫送两万大洋，限期三天，如果到期不交，则要杀人烧房子。这鸭蹼、蛤虫与麻雀舌头肯定是办不到，可两万大洋又从哪里弄呢？"

鞠卫华听了冷笑道："这个狗汉奸，上次夜袭南台炮楼他侥幸漏网，真是死不改悔，这一次岂能饶他。大叔，你放心，这事包在我们身上。大叔，你知道童汉山都有哪些活动规律吗？"

鞠夕张想了想道："他经常下乡收税抢粮，特别是赶集这一天，他是逢集必到，强买强卖，横行霸市，今天是桥头集，他准到。"

鞠卫华道："大叔，今天我不留你，你放心回家，我们这就去桥头集等他。村里以后有什么事，你就到这里来找我们。"说着转对王祝道："你去取两个馒头送大叔下山。"

"是！"王祝答应一声，连忙去取了两个馒头包好，交给了鞠夕张，把他送下山去。

送走了鞠夕张，大家吃完早饭。鞠卫华叫三个连的三个侦察班的战士换上便装，赶着三辆大车向桥头集驶去。

不一会儿来到了桥头村，鞠卫华等人找了僻静处把大车停了下来，大家把武器藏好，鞠卫华与王祝前边走，石头等侦察员在后边远远地跟着，一起向集里走去。

桥头集地处荣成县、文登县、威海卫三县交汇处，是个上万人的大集，是胶东第一大集。童汉山上次炮楼被端而侥幸漏网，渡边中佐因其死心塌地地效忠于日本帝国，便还委任他为伪军中队长。桥头大集是其横行发财的日子，他是每集必到，今天他带领着六十多个伪军和十多个鬼子，赶着一辆大车，不到两个钟头，鸡鸭鱼肉米面等东西便强行收了一大车，一个伪军赶着大车，童汉山坐在车顶上不可一世地走在前面，后面六十多个伪军和十多个鬼子扛着长枪，刺刀上挂着抢来的鸡鸭等东西排成两行走在后边。马车所到之处，集上的人们波开浪裂地像躲避瘟神般地远远躲开。童汉山坐在马车上得意地正行时，突然马车前边两个十二三岁的少年，不躲不让地站在那里。童汉山见了暗道：桥头集还没有人不怕他，这两个小孩子真是不知天高地厚，是羊羔往屠夫家跳——找死来了。想到这里，他从赶车的伪军手里夺过鞭子，照着两匹拉车的马，啪啪就是两鞭，两匹马立刻撒了欢儿似的向两个少年冲去。路两边的人急得大呼："快闪开！快闪开！"

路中的鞠卫华与王祝是纹丝未动，等马车冲到跟前，鞠卫华突然伸出了双手，左手抓住了马的耳朵，右手抓住了马嘴，双臂一叫力，马头被拧了一百八十度的大转向，一匹高大的日本大青马被扳翻在地，马车立刻停了下来。而与此同时，王祝早已腾空越向马车顶，左右脚分别踢中了童汉山和赶车的伪军的穴道，童汉山和伪军立刻动弹不得。王祝脚踢童汉山的同时，双手双枪同时砰砰砰地响起，车后的鬼子立刻割谷草似的片片倒下。与此同时，车后伪军和鬼子队伍的两侧，赶集的人群里突然冲出了两排手持双枪的少年，一阵急射，许多伪军和鬼子正扛着枪，枪上挂着抢来的鸡鸭等东西，大摇大摆地往前走着，还没弄明白怎么一回事，便不明不白地被两边的枪弹击倒。从拦惊马到战斗结束，前后不到三分钟。

鞠卫华把扳倒的大马赶了起来，吩咐大家赶快打扫战场，把枪支弹药等装上大车。回头他想把童汉山提上车，准备拉回去交给贞庄头村的老百姓公审，可他一看，童汉山和那个赶车的伪军早已被一些拿锄头和棍棒的老百姓打得断了气。

鞠卫华喊道："大家快走，一会鬼子汉奸就到。"说完便和侦察员们赶着马车奔回了老人翁山。等南台炮楼的鬼子来到桥头集时，桥头大集早已空无一人。

鞠卫华等人回到老人翁山，计点了一下，这次战斗缴获长枪七十四支，短枪六支，子弹八千多发，鱼肉米面等一大车，马车一辆，日本大洋马两匹，日本军刀一把。王祝对这把军刀是爱不释手，鞠卫华便把刀给了他。王庆把缴获来的鸡、鸭、鱼、肉等熬了好几锅，整个山上过节般地吃着、乐着。

金秋的十月，老人翁山上到处是一片丰收的景象，山中的牛由原来的三十多头已繁殖到了五十多头，羊也繁殖到了四十多头，猪八十多头，成年人在山上的人人都养了鸡鸭。蔬菜自给自足，四百多亩玉米、大豆、谷子等也大丰收，粮食除了自供自足外，还有盈余。

这一天鞠卫华领着小战士们正在收拾谷草，准备牲畜过冬的草料。突然，派往威海卫一线的侦察员回来报告，温泉汤浴房每月的十五这天晚上，有一大批从青岛来的鬼子军官到那里洗澡，最大的是将级，以下中佐、大佐等三十多人。分乘十多辆车，由一百多鬼子和三百多伪军护送保卫。

鞠卫华一听这情况极为重要，今天是十月初八，离十月十五还有六天，必须赶快摸清情况，好制订作战方案。

第二天一吃完早饭，鞠卫华便带上王祝、石头、铁蛋、高粱、吴满仓，一行六人，赶着一辆马车向温泉汤驶去。

原来，驻守威海卫的中佐吉村秀荣，他自从进驻威海卫，发现温泉汤这一天然浴房后，便经常到那里洗浴。为了讨好巴结上司，他把这一情况报告了青岛师团长山田荣二大将，并把用天然浴池的水洗浴的好处吹嘘得天花乱坠。山田荣二听了，为了表示对属下的体恤爱护，便决定每月把属下少佐以上的军官用专机运来威海洗浴一次。每次来都由吉村秀荣亲率一百多鬼子和三百多伪军护送保卫。这一情况被独立团的侦察员们用了两个多月才弄清楚。鞠卫华深知这一情况的重要，如果能将这批鬼子军官消灭，那对鬼子的打击是多么大。所以第二天他便亲自带队来侦察情况。

八点左右，大车来到了温泉汤。鞠卫华留下石头守护大车和武器，便亲自带着铁蛋和王祝及满仓和高粱来到浴房门口，两个门卫伸手刚要阻拦，鞠卫华掏出几块大洋晃了晃道："洗澡的。"

门卫看到了大洋，便挥了挥手道："请进！"

鞠卫华买了五张澡票，五个人便顺利地进了浴房，脱衣洗起了澡。鞠卫华他们今天来得早，澡房中也就他们五人。

浴房中有两个浴池，一个温度高一点，一个温度低一点，每个浴池大约可容纳十多人。浴池顶上开一天窗透气，浴池内有两个人搓澡。

鞠卫华洗了一会，从衣袋里掏出了一块银圆，交给了一个十六七岁的搓澡工。搓澡工感激地连声道谢，鞠卫华便躺到床上让其搓澡。鞠卫华问道："大哥尊姓大名？"

搓澡工道："小人姓鞠，名叫鞠泽元。"

鞠卫华温和地说："我也姓鞠，那咱们是一家子啦。你多大年龄？"

鞠泽元说："十六岁。"

鞠卫华说："我十二岁，那我得叫你大哥！"

"不敢，你是贵人，我是穷搓澡工，不敢高攀。"鞠泽元惶恐地道。

"我也不是什么贵人，咱们都姓鞠，那就是一家子，以后有事我们都互相关照。"鞠卫华诚恳地说。

"是，是，多谢兄弟看得起我。"鞠泽元感激地说。

"唉，搓澡这工作也很不容易，我听说前些日子有个搓澡工人给日本人搓澡，被日本人给打了，有这事吗？"鞠卫华随口问道。

"是啊，那是王明，上月十五日他给一个日本大佐搓澡，说他手法太重了，差点将他打死。"鞠泽元愤愤地道。

鞠卫华道："王明是晚上几点钟被打？"

鞠泽元说："大约九点多钟。"

鞠卫华说："大哥暂且忍耐一些吧，鬼子的日子不会太长的，总有一天我们会把他们赶出去的。"

"唉，但愿有那么一天吧。"鞠泽元感叹道。

鞠卫华突然问道："这浴房怎么没看到女浴房，是不是没有女浴房？"

鞠泽元忙说："有，有，隔壁就是女浴房。"

"女浴房洗澡的人少，大概没有男浴房大吧？"鞠卫华随口问道。

鞠泽元说："一般大，都是两个浴池。"

鞠卫华的目的都已达到，又随便聊了几句。这时洗澡的人也多了，他们五个人便穿好衣服出来。

一路上他们赶着马车慢慢地走着，边走边察看地形。当走到江家口山东坡时，鞠卫华叫停下车，领着大家登上了山顶。鞠卫华说："我们如果杀了鬼子军官，鬼子必然奋力追赶，我们就在这里伏击鬼子的追兵。"

鞠卫华停了一下又道："我现在就分配任务，一连和四连在正东，每个人面前都要立一块石头阻挡正面敌人的子弹，我们要从石头的两侧射击，形成火力交叉。特别是六挺机枪，一定要火力交叉，敌人无论多少也休想冲过来。二连在南面山上，三连在北面山上，机枪都要火力交叉，形成火力网。"

鞠卫华停了停又道："敌人大约晚上十点追到这里，这里漆黑一片，各连需要如此而行。"

鞠卫华再三叮嘱说："今天我们的作战计划任何人不得泄露一字，否则定斩不饶。听到没有？"

"听到了。"大家齐声回答。

十月十四日刚过十二点，设伏的各连分乘四辆大车，避开大路，向设伏点奔去。下午三点左右，大家都来到了江家口西山的东坡。鞠卫华反反复复地安排好每个人的位置后，已是下午五点钟。叫各连人员隐蔽起来，他便率领挑选的十二名武功高的侦察员乘一辆马车，向温泉汤驶去。到了温泉汤的村边，他们拣了处僻静的地方停了车，几个人拿出大饼吃饱了，便登上村东高埠处，远远地望着。

八点多钟，十多辆汽车从威海卫开到温泉汤浴房的门前，待中间的几辆车上的大官进入浴房后，车上的一百多鬼子和三百多伪军立刻便将浴房围了起来。

鞠卫华经过侦察，知道从浴房的大门是很难进去的。但浴房的东边与村里大片农户的房子只隔了七八尺宽的一条路。

刚过九点，鞠卫华留一人看车，他带领着其他十二人跃上了民房，大家蹿房越脊地向浴房蹿去。不一会儿来到了浴房东边的民房上，但见下面六七尺宽的一条街上站了许多鬼子。鞠卫华便摸出了一颗石子，远远地射向一农户的窗子。窗上的玻璃哗啦一下被打碎，街上的鬼子一惊，呼啦一下都跑了过去。鞠卫华等人趁机使了一个黄莺渡柳的家数都跃了过去。几个人轻轻地来到浴房的两个天窗前，偷眼向里一看，但见鬼子的洗意正浓。鞠卫华叫王祝领六人进女浴池（女浴池也全是鬼子在洗澡），最后进的一个人必须封门，防止有鬼子进来。鞠卫华率领五人进入了男浴房，也是最后一人封门，防止鬼子进来。鞠卫华一打手势，与王祝分别领头跃了下去，其他各人随着鱼贯而入。

先说鞠卫华纵身跃入，人还未落地，双手十二枚钢钉已激射而出，无声无息地插进了十二个鬼子军官的咽喉，这十二人是一声未哼地归了西。鞠卫华人落地时，宝刀已在手，但见红光闪动，六个鬼子军官早已丧命，随后下来的五个侦察员一个鬼子也没杀着。鞠卫华扫了一眼整个浴房，发现两个搓澡工人蹲在墙角，其中有鞠泽元。

鞠卫华将他们扶起问道："你们愿意跟我们打鬼子吗？"

两个搓澡工人一齐回答："愿意。"

鞠卫华道："你们跟着我。"说着转身打开浴房的门，门口两个站岗的鬼子一愣神儿，但见红光闪动，两个鬼子头已落地。鞠卫华等人朝女浴房走来。再说王祝一组。王祝是人未落地时，双手六把飞刀电射而出，刀刀射进了鬼子军官的咽喉。王祝落地时其他六个侦察员也落了下来，个个钢刀飞舞，池中那些赤身裸体的鬼子哪里是他们的对手，不一会儿个个血溅浴池，但最后那个鬼子死前"啊"地叫了一声。门外两个鬼子立刻跑了进来，但还未来得及张口，便被守门的侦察员一招二鬼分金，脑袋分别被削了下来。这时鞠卫华等人也冲了进来。

鞠卫华和王祝检查了一下浴房，叫大家背起鬼子的枪支和军刀及两个搓澡工人，分别跃出了天窗，一路蹿房越脊地向东蹿去。鞠卫华见队员都已退去，他掏出了两个手雷，向门前的大队鬼子扔了过去，回身跃出了浴房，几个起落便追上了大家，一起向大车奔去。

　　再说鞠卫华扔的那两颗手雷在鬼子与伪军堆里爆炸，鬼子与伪军哗地倒下了一大片，死伤五六十人。敌人立刻炸开了锅，吉村秀荣中佐情知不妙，带人立刻冲进了浴房。这一看不打紧，立刻吓得他是肝胆俱裂，魂飞魄散。只见他张着嘴，瞪着眼，傻愣愣地待在那里，一句话也不说，好半天回不过神来。

第五章

歼日寇独立团设伏　救乡亲英雄出奇兵

　　突然，哒哒哒……一串机枪声把他从噩梦中惊醒，他抽出战刀，声嘶力竭地喊道："中国人死了死了的有！"转身出了浴房，领着日军与伪军朝枪声追了下去。前面的机枪架在马车上，打打停停，一百多鬼子和三百多伪军及温泉汤炮楼上的鬼子伪军共六百多人，一窝蜂般地追去。追到江家口西山东坡时，但见下面地势开阔处燃起了十多堆大火，吉村秀荣叫日军停了下来，逼着十几个伪军过去察看。十几个伪军战战兢兢地来到火堆前，见没有什么异常。这时远处的机枪又发疯般地叫了起来。吉村秀荣把军刀一举，领着日军又追了下去。当大队的敌人都进入了火光照射的范围，突然，一声枪响，接着正面及左右两侧的树林里立刻枪声大作，敌人在明处，独立团在暗处，十八挺机枪交叉形成的火网，将敌人全部覆盖，敌人立时一片片地倒下。用长枪的小战士更是弹无虚发，枪枪咬肉，一排枪敌人便倒下一大片。个别敌人想向来路逃去，但火网相互交织着，一个也钻不出去。枪声足足打了半个多小时，直到地上没一个站着的敌人，才停了下来。

　　鞠卫华叫四连监视东边的情况，防止有鬼子增援。其他人赶快打扫战场，注意提防有装死的日军打黑枪。就是这样提防，但还是有个小战士牺牲在日军的黑枪上。

一会儿，枪支弹药等装了满满的四大车，东西太多拉不了这么多人，鞠卫华便叫四连的小战士坐车，其余年龄大的战士随车步行。孟家庄炮楼里的鬼子伪军因上次炮楼被端，早已吓破了胆。虽然听到江家口方向有枪声，但谁也不敢出来。独立团的战上一路毫无阻拦，天亮时便回到了老人翁山。

这次战斗计点物资，缴获长枪六百一十支，短枪七十二支，轻机枪十六挺，重机枪八挺，迫击炮十六门，子弹八万多发，炮弹三百七十发，军刀七十六把，手表七十四只，消灭鬼子七百六十人，伪军一百二十人。独立团牺牲一人，被流弹击伤三人。

吃完晚饭，鞠卫华看着眼前的七十六把军刀，其中有六把军刀极为特别，一把是山田荣二所用的军刀，刀把上一面镶嵌着七颗金星，另一面镌刻着"七胴切"三个字。有两把刀把的一面镶嵌着五颗金星，另一面镌刻着"五胴切"三个字。还有三把刀把上一面镶嵌着三颗金星，另一面镌刻着"三胴切"三个字。

鞠卫华将六把刀都拔出了刀鞘。仔细观察着刀身，从刀脊到刀口，满是密密的像海浪一样的花纹，刀身在灯光下反射出五彩斑斓的光泽。鞠卫华知道这是钢坯在反复的折叠锻打中形成的云纹。

古代日本武士的等级随战刀的叠打层数而异，叠打层数越多，武士的身份等级也就越高。上千次甚至上万次的折叠锻打，才能制成千万层薄如蝉翼而又紧密咬合的刀身。这样的战刀可削金断玉，而且刀身具有极好的韧性，格斗中既无坚不摧，还不易断裂。

而刀把上镌刻的"三胴切""五胴切""七胴切"，更是非凡刀可比。在日本但凡有这样铭文的武士刀都有一段令人恐怖的血腥历史。日本制刀史上有一种独特的"祭刀"礼式——用人体试刀。"三胴切"是将三个人排在一起，用武士刀拦腰斩去，一刀将三个人的胴体齐齐斩断，这样的武士刀才有资格镌刻"三胴切"的铭文。这样的武士刀自然是价值连城的名贵宝刀，但这样的宝刀传世并不多。而刀把上镌刻"五胴切"和"七胴切"的字样，这意味着这把刀曾经创造过一刀腰斩五人和七人的记录。这样的宝刀更是凤毛麟角。而刀上的金星也是标出了武士刀的等级，金星越多，等级也就越高。在日本，武士刀刀把上镶有七颗金星的战刀，也是等级最高的战刀了。

想到这里，鞠卫华右手拿起一把镶嵌着三颗金星的军刀，左手拿起了一根小儿臂粗的木棒，在离刀口二尺高的地方一松手，木棒被齐齐地斩断；鞠卫华左手又拿了一把普通日本军刀，向右手的"三胴切"砍去，左手那把普通军刀一断两段。鞠卫华又试了试镶有五颗金星的两把刀，更是迎刃而断。而那把刻有"七胴切"的军刀，更是削铁如泥，此刀可与他的金龙宝刀相比。

鞠卫华高兴异常，立刻喊道："王祝！"

"到。"王祝立刻跑了进来。

鞠卫华说："去把各连连长叫来。"

"是。"王祝立刻跑了出去。

不一会儿，王祝领着各连连长来到。

鞠卫华拿起一把"三胴切"的军刀演示了一下削铁切石的功夫，大家见了是赞不绝口。鞠卫华把五把刀分别分给了他们。王祝和石头领了镶有五颗金星的军刀，铁蛋、高粱和吴满仓则领了镶有三颗金星的军刀。

鞠卫华道："你们手中的刀都是削铁如泥的宝刀，如果两人配合，则威力倍增，现在我传给大家二人组合刀法。"说着大家便来到了屋外，叫王祝也拿起了军刀，两人双双地练了起来，铁蛋与石头一组，吴满仓与高粱一组，三组六人反反复复地搅在一起，但见一片金银光带动着两团银光，上下前后地滚动。大家一直练到深夜。鞠卫华见大家熟练了，便慢慢地收式停了下来。

大家休息了一会，鞠卫华道："从明天开始，两人一组地练习，大家必须勤练，并传令给各连战士，三天之内必须练熟，听到没有？"

"听到了！"大家齐声回答。

鞠卫华又叫各连连长把剩下的日本军刀分给各连的侦察员，换下了原有的战刀。连长、排长及侦察员每人又发手表一只。各连连长高兴地离去。

第二天早晨天还未亮，鞠卫华就起来，他坐在了四连小战士的坟前。这个小战士是河南人，随逃难的人来到了胶东。他父母早亡，也没有姓名，入伍后鞠卫华给他起了个名字叫"抗日"。他虽然只有八岁，但人很机灵，枪打得很准。对于他的死，鞠卫华很是悲痛，战斗中没死人，战斗完了却死了人。虽然打扫战场时他提醒大家提防有装死的鬼子打黑枪，但鞠卫华还是深感自责。如果战士们端枪先检查鬼子有无装死的，那么这种悲剧是可以避免的。正所谓"一将不利，累死三军"。他深深地感到做一个指挥官是太不容易了。

鞠卫华站了起来，深深地吸了几口新鲜的空气，重新理了理自己的思路。过去打仗可以有盾牌挡利箭，今天改用枪弹，那么有没有像盾牌那样的东西挡子弹呢？他首先想到了铁板，但薄了枪弹可以穿透，厚了则量重背不动。他又想到了木板，一击就穿，更不行。他又想到了棉花，棉花太蓬松。什么东西可以使棉花不蓬松呢？他又首先想到糨糊、木胶等，最后他又想起了小时候看到小朋友们玩的魔天球。此球是用槐树上刚摘下的槐角与棉花或蚕丝放在一起，放在木板上或石头上用木槌反复捶打，糅合在一起，里面放一根绳，再糅合团成鸡蛋大小的圆蛋，放在通风处晾两天后，此球则既坚硬又有韧性，硬则像铁蛋，可做流星锤，韧则无论摔在青石上或钢板上，从来不会碎裂。想到这里，鞠卫华来了灵感，他找了一些棉花，山上有许多槐树，上面有的是槐角。他马上摘了一些，与棉花放在一起，放在平坦的大青石上，找来一根木棒，反复敲打，最后摊到一块木板上，制成了许多块半指厚的片片。过了两天，鞠卫华制的这些片片都已坚硬，他先挂了一片，用短枪射击，子弹竟未穿过。这说明这一片可挡手枪子弹。他又改用长枪射击，子弹穿了过去，他又把两片叠在一起用长枪射击，子弹未穿透，这说明两片厚的可挡步枪子弹。他又用轻机枪射击，三片轻机枪则穿不透。四片重机枪也穿不透。他接着又找来一些蚕丝，经过试验，蚕丝比棉花的效果更好。他马上召集全团大会，把这一试验重新演示了一遍，便每人发了二斤棉花、一块布、一根绳，自己到槐树上摘下槐角，量着自己的身体做起了可穿在身上的盾牌。两天过后，人人制了一件可穿在身前、又可穿在身后的防弹牌。有了这一块防弹牌，冲锋时放在身前，后退时放在身后，卧倒时放在头前，那么战斗时就可减少许多伤亡。所有的战士唯有王祝做得最好。许多人做的没脑袋，而王祝做的有脑袋，他眼睛处挖了两个小洞，不论穿在身前还是身后，都能连身体和脑袋一起护了起来。鞠卫华表扬了王祝，号召大家向他学习，又过了三天，全团的战士都有了可体的防弹牌。

　　十月下旬的一天上午，鞠卫华正在教大家练习暗器，突然山口哨兵领来了一个老头，他从怀里掏出了一封信，鞠卫华打开一看，是崖西炮楼的鬼子突袭了朱埠村，抓了很多老百姓，希望速去救援。落款是鞠夕张。

鞠卫华叫来人坐下问道："有多少鬼子、伪军？"

来人答道："十多个鬼子，三十多个伪军，他们说是抓人去修炮楼。"

鞠卫华又问："这些敌人还在村里吗？"

老人说："我来时还在村里，鞠夕张在朱埠村里为人看病，他叫我赶来找你们。"

鞠卫华说："王祝，通知侦察班集合。"

"是！"王祝答应一声跑了出去。

不一会儿，一辆大车拉着三十四个战士向崖西奔去，十多里路，一会便来到了崖西村北，这是朱埠到崖西的必经之路。鞠卫华把大车停在远处的树林里，看了看地形，这里是一马平川的开阔地，道路两旁长有粗大的白杨树。鞠卫华吩咐大家隐蔽在白杨树上，战斗时只用暗器和单刀。刚隐蔽好，三十多个伪军和鬼子便押着一大串绳捆索绑的老百姓走了过来。伪军小队长名叫牛二，是个很狡猾的家伙，他认为崖西村北的山梁上可打伏击，那里是最危险的地方，所以他小心翼翼地过了那里，便认为平安无事了。但他做梦也没有想到在离崖西炮楼不到一里地的一马平川的地方能有伏兵，所以一过崖西村北的山口，便毫不戒备地、大摇大摆地走了过来。鞠卫华看看敌人进入了伏击圈，大喊一声："打！"十二根铁钉射入了十二个鬼子的咽喉。与此同时，大杨树上射出许多的飞刀、飞镖等暗器。有的战士纵身跃下，如同神兵天降，单刀起处，鬼子与伪军连枪栓还未拉动，便都一命呜呼。

鞠卫华和侦察员们为群众解开绳索，叫大家快跑。侦察员们赶快打扫战场，把枪支和弹药都装上了大车，如飞地驶回了老人翁山。这一战前后不到六分钟，消灭鬼子十六名，伪军三十六名。缴获长枪五十支，短枪两支，子弹四千多发，手榴弹一百二十颗。

第六章

伪县长寿诞日受惩　出奇兵独立团解围

十一月初二，一夜浓云密布，寒风凛冽，天亮时便飘下了零星小雪，但老人翁山上的战士还是早早起来，进行练兵。

鞠卫华与王祝等人正在练习刀法。这时昨天派往荣成县的侦察员回来报告："伪县长徐德倡后天要庆祝五十大寿。荣成县的各界头面人物到时都要参加，徐德倡家有保安三十多人，前院十人，后院十人，大门口四人，流动哨六人。"

鞠卫华挥了挥手道："快去吃饭吧。"

徐德倡和他的两个儿子徐仁麒、徐仁麟多年前就是胶东有名的大恶霸，父子三人是五毒俱全，他们开大烟馆、赌馆、妓院。这两馆一院多少年前就名震胶东。周围的群众对他们恨之入骨。有一年春节，徐德倡为了装饰门面，请人写了一副对联：

父进官子进官父子皆进官，
父入士子入士父子皆入士。

不知是谁晚上提笔偷偷地把上联的"官"字加了一个"木"

字旁，下联的"士"字改成了一个"土"字。这一对联便成了：

父进棺子进棺父子皆进棺，
父入土子入土父子皆入土。

第二天徐德倡父子看了真个气了个半死，连忙叫家丁把对联揭掉。

日本鬼子来了后，徐德倡父子便投靠了日本人。他的两个儿子春天在"乐天乐地大赌房"被鞠卫华杀死，徐德倡认为是八路军所为。他对八路军恨之入骨，更死心塌地地为日本鬼子效力。为了表示对日本鬼子的忠诚，他把徐德倡改成了一个日本名字，叫"吉村永寿"。老百姓则叫他是"吉村无寿"！

鞠卫华沉思了一阵后，便叫王祝把各连连长叫来，如此这般地吩咐了一番后各自散去。

第二天一早，鞠卫华叫王祝领了六个人从桥头马车店租了六辆大车，加上独立团的四辆共十辆，三个班的侦察员及王祝等四十二人分乘十辆马车陆陆续续地向崖头驶去。下午两点多钟在崖头的一个僻静处会齐，各人吃了干粮，喂饱了马匹在车上睡了下来。约莫晚上十点钟，鞠卫华带了十人直奔徐德倡的前院，王祝则带了十人奔后院，石头和铁蛋去收拾守门的四个警察。

先说鞠卫华领着十人蹿房越脊，不一会儿来到了徐德倡前院的房上，但见客人刚散，徐德倡正在喝茶。鞠卫华刚要下去，这时六个流动哨走了过来。鞠卫华一扬手，六枚铁钉电射而出，六个警察一声不响地倒了下去。

鞠卫华一招手，一行人直奔警察屋，屋里四个警察正在打麻将，六个人在看，鞠卫华带人冲了进去，几道红光闪过，十个警察的脑袋全滚到了地下。鞠卫华毫不停留，转身奔后院接应王祝一组。

再说王祝一组从房上跃下，领人直奔警察屋，屋里的警察们正在胡吹。王祝推门闯了进来，双手一抖，六把飞刀电射而出，六个警察贯喉而入，全都一声不响地躺下。剩下三个被后进来的侦察员们砍下了脑袋，其中有一个警察去解手回来，看到这一切，吓得尿了裤子，转身就跑，刚喊了句"快来人呐！"，一把飞刀已插进了他的脖子，立时一命呜呼。

再说石头和铁蛋装作喝醉了酒，推推搡搡地来到门口，四个警察出来阻拦，石头双手一扬，四个警察的咽喉各中了一把飞刀，立时殒命。

鞠卫华领人闯进客厅，正在喝茶的徐德倡刚要开口问，鞠卫华出手如电，把屋里的几个丫环和仆人及徐德倡全点了穴道。鞠卫华领人把屋里屋外全搜了一遍，把家里十多个仆人和丫环及徐德倡的五个老婆，全都集中到客厅。鞠卫华把丫环和仆人的穴道解开道："各位只要不出声，我不会难为大家。"

众仆人点了点头。

鞠卫华叫石头把大门打开，把十辆大车赶了进来。

鞠卫华把徐德倡的穴道解开问道："银圆在哪里？"

徐德倡闭口不答。

鞠卫华脚尖轻轻一点他的大腿。

徐德倡立时有如万针钻心，痛得他不停地在地上翻滚。

这时有一个十三四岁的小丫头指了指书架。

鞠卫华立刻理会，伸手轻轻一推书架，一道暗门露了出来。

这时徐德倡痛得连叫："我说！我说！"

鞠卫华回手一扬，一颗钢钉飞了过去，徐德倡立刻一命归西。

鞠卫华叫一个侦察员看好屋子里的其他人，便带领众人进了暗门。大家立时傻了眼，但见暗室里堆满了大大小小的皮箱，里面全是金银珠宝。徐德倡几代人的积蓄全在这里。鞠卫华吩咐大家快装车，金银珠宝装了满满的两大车。接着又装枪支弹药、衣被、粮食等，十辆大车绳捆索绑，全装得满满的，最后连茶杯等也收拾得干干净净。

鞠卫华看看天还得一会亮。他把丫环仆人叫到一起道："现在每人发给你们二十块大洋，等天亮了我们走了你们也赶快走。否则鬼子来了，性命不保。"

当发钱给刚才指点暗室的丫环时，她不接钱。鞠卫华以为她嫌少，便拿出了一百元，她还是不接，并说："俺没家，俺不要钱，俺跟你们走。"

鞠卫华问道："你叫什么名字，多大年龄？"

丫头说："俺叫林永梅，今年十四岁，父母早亡，俺被徐德倡抓来抵债的。"

鞠卫华点了点头说："好，等天亮了我带你走。"

鞠卫华安排好岗哨，叫大家睡一会，等天亮了城门一开便走。

王祝突然发现徐德倡的手腕上有一块表，便把它撸了下来，交给了鞠卫华。

鞠卫华作战正需要手表，忙接过戴在手上。

一屋人不一会儿便都入睡了。

第二天早晨大家都早早醒来，吃了干粮，喂饱了马匹，等到六点开门时，鞠卫华便带领车队向北门驶去，那个小丫头也上了大车。一路上鞠卫华吩咐大家如此如此。

不一会儿车到了北门，两个鬼子和两个伪军正要阻拦，石头的四把飞刀早出，两个鬼子和两个伪军一声不响地倒了下去。与此同时，石头、满仓领四人奔左边鬼子岗亭，里面的鬼子和伪军还没弄明白怎么一回事，便被几个小战士砍瓜切菜般剁下了头。

而就在铁蛋与石头动手时，鞠卫华与王祝带领二十人跃上了城头。城头上十多个鬼子和二十多个伪军还没弄明白怎么一回事，便糊里糊涂地被剁下了头。

收拾完城头上的敌人，鞠卫华随手抄起了一挺机枪，带领大家一跃而下，追上了大车。十辆大车如飞似的奔回了老人翁山。

天福山下的沟于家村是八路军的堡垒村，村中共三百多户人家，村里有两户地主都是开明绅士，是爱国的。李奇当年领导天福山起义，就住在沟于家村一个叫刘进会的地主家里，刘进会当时与一个叫刘进华的地主捐出了家中所有的钱财，帮助李奇领导起义。李奇牺牲后，黄星接任了胶东特委书记，也经常住在沟于家村。

十一月初八日，文登县独立营来到了沟于家。特委书记黄星与独立营营长于得勇研究组建各村民兵，如何发动全面抗战的工作。两人一直研究到过半夜两点才完。

这时黄星的爱人苏月华端了两碗玉米面粥走了进来道："来，你们喝碗粥垫一下肚子吧！"

黄星奇道："哪里来的玉米面？"

"是房东刘大娘知道我们有客人，特意送来的。"苏月华边说边放下了粥碗。

"唉，老百姓也太困难了，年景不好，再加上鬼子的抢劫，简直没法活。"黄星边说边端起了一碗粥道："来，老于，将就一点吧，等打跑了鬼子，我请你吃肉。"说着两人便吃了起来。两人喝完粥刚放下碗，突然外面枪声大作。

黄星和于得勇拔枪刚要冲出，独立营的一连长赵胜冲了进来道："营长，有许多鬼子和伪军把村子包围了。"

于得勇忙问："多少人？"

赵胜道："鬼子八百多人，伪军一千多人。"

于得勇与黄星跃上了房顶，借着微弱的晨曦向四周看了看。只见村北和村东大约各有三百多鬼子三百多伪军，而村南与村西各有一百多鬼子二百多伪军。于得勇与黄星跳下了房顶，这时四个连长都已到齐。

于得勇道："各连先依托村边工事抵抗，节省子弹，把敌人放近了打，争取大量杀伤敌人。抵抗困难时，可退至村中依托民房进行巷战。各连长寻找机会可派人到荣成县、威海卫一带寻找独立营前来增援。"

各连长领令而去。

于得勇对黄星道："敌人是把重点进攻放在东边与北边。天一亮这两处战斗将相当激烈，我到北边和东边阵地。你在这里坐镇，有什么情况可派人通知我。"

黄星点了点头说："小心，老于，敌人这次是有备而来，一定找时机派人到荣成县和威海卫寻找独立营前来增援。"

"是！"于得勇说着伸手与黄星握了握手说："你也多加小心。"说完一溜烟似的向村北阵地跑去。

原来，驻威海卫中佐吉村秀荣和青岛师团长等将官在温泉汤和江家口西山口被独立团消灭后，驻华北日军总司令石原莞尔又选派了一批将官来青岛师团任职。新任师团长名叫土肥元泽二，此人参加过南京大屠杀，骄横异常，是日本侵华的一员悍将，他对山田荣二等军官被歼，认为是日本帝国的奇耻大辱。他接任青岛师团长后，便派手下最得力的将官藤野元次郎到威海任职，临上任时，土肥元泽二对藤野元次郎一再强调，胶东对大日本帝国非常重要，一定要剿灭那里的八路军。藤野元次郎上任后，为了在上司面前显示一下自己的才能，便派出了大量的汉奸特务四处侦察。终于被他们发现了文登独立营的驻地，一大早便带领八百多鬼子和一千二百多伪军悄悄地包围了独立营。南面和西面地势较高，易守难攻，他便把进攻的重点放在东边与北边。布置停当后，只等天亮了发动进攻。

再说于得勇急急忙忙来到了村北阵地。独立营现在发展到四个连，全营四百八十多人，已由土枪换成了步枪。每连一百二三十人，但有四十多人是前天才招收的新兵，有的昨天才学会了放枪。平均每人每枪只有二十多发子弹。防守村北的是四连，防守村东的是二连。这两个连的老兵多一些，所以这两个连也是独立营战斗力较强的连队。四连连长名叫林大明，是参加过李奇领导的天福山起义的老兵，他打仗沉着勇敢。于得勇来到这里，与林大明一起检查了一下工事，刚刚坐下，砰砰啪啪的枪声便响了起来。只见前方敌人黑压压的一片，前边是一百多伪军，后面则跟着一百多鬼子，不可一世地嗷嗷怪叫着冲了过来。一直冲到离阵地三十多米处，于营长的手枪第一个打响，一个枪上挂着日本旗的鬼子便倒了下去。紧接着全连一阵暴雨般的急射，敌人立刻被打倒了一大片，剩下的敌人立时大乱，于营长拔出背上的大刀，大喊一声："冲啊！"

战士们一跃而起，手挥大刀，一个反突击，敌人丢下了一百多具尸体，剩下四五十人立刻退了下去。

战士们刚退回阵地，紧接着呼啸着的炮弹铺天盖地地飞了过来。

藤野元次郎也是轻敌。自他侵华以来，所遇到的正规军都是望风而逃，几个土八路他哪里还放在眼里，所以一开始没有炮击就开始进攻。第一次进攻失败后，他气得暴跳如雷，拔出指挥刀歇斯底里地喊道："开炮！开炮！"

敌人炮击了大约一个多钟头，以为对方阵地上已无活人，二百多个鬼子赶着二百多个伪军冲了过来，当冲到阵地时，却空无一人。原来敌人炮击时，于得勇把部队撤到了村里。

敌人又嗷嗷叫着冲了过来。当冲到离村口三十多米时，于得勇大喊一声："打！"

接着机枪、步枪一阵暴射，敌人立刻割谷草似的倒下了一大片。但敌人太多，前边的倒下，后边的又冲了上来。暴雨般的射击，一排排手榴弹的爆炸，一直打了半个多小时，敌人才退了下去。

敌人刚退下去，炮击又开始了。藤野元次郎也是打红了眼，这是他侵华以来遇到的最顽强的抵抗。铺天盖地的炮弹，足足轰击了近两个钟头，沟于家村这些土坯民房大部分被夷为平地。炮击刚停，敌人便又大队地涌了上来。

独立营的战士们从墙角里、瓦砾里等地方钻了出来。敌人已来到了眼前，于营长大喊一声："打！"

随着喊声，急雨般的子弹一排排射了出去，手榴弹一排排地在敌群中爆炸，一排排的敌人倒了下去。但前面的倒下，后面的又涌了上来。

一排枪刚过，于得勇的枪已打不响了，再看看战士们都在寻找子弹。于得勇拔出了大刀，大喊道："同志们，杀啊！"

随着喊声，他带头冲入了敌群，紧接着战士们蜂拥而上，手持大刀杀进了敌群。

于得勇是练过武的，一把大刀上下翻飞，在敌群中是左冲右杀，在他的带领下，但见银光闪闪，血肉横飞，鬼子抵挡不住，全部败了下去。

于得勇教各连清点了一下人数，全营伤亡过半，子弹都已打光，只剩下十几颗手榴弹。于得勇跃上一段断墙，举着大刀喊道："同志们，党考验我们的时候到了，就是战死，我们也不当俘虏。没有子弹，我们有大刀。同志们怕吗？"

"不怕！"战士们响亮地回答。

这时黄星同志与妻子苏月华跑了过来。于得勇一见便说："林连长，你带一班战士掩护黄书记，无论如何也要冲出去！"

"是！一班跟我来。"林大明大声喊道。

黄星一挥手说："不用了，现在是党和人民需要我们的时候。我已藏好了所有的文件，今天就是我们为国捐躯的日子，我们大家一起战斗到底，如果有谁能突出去，就到荣成县找荣成独立营继续战斗。"

"是，战斗到底！战斗到底！"战士们举刀一起喊道。

敌人的炮击又开始了……

这天鞠卫华正在看王庆教大家练习放炮。原来，经过几天的练习研究，王庆已学会了使用迫击炮，鞠卫华便决定成立一个炮兵连，由王庆任连长，做饭及后勤工作由林永梅接替。山上又招收了一些难民，鞠卫华又找了一些年轻的妇女协助林永梅管理伙房，找了两个男人负责采购等。王庆又从招来的难民中找了一些大孩子和一些年轻力壮的壮年人学习迫击炮的射击，炮连共六十多人，年龄较大，学起来很快。不几天便都学会了打炮。鞠卫华特地叫王祝去买了两辆双马大车归炮连使用。这天大家正在练得起劲，突然，西南方向传来了隆隆的炮声。大家正在疑惑，不一会儿派往文登方向的一个侦察员打马跑回来报告："文登独立营今天早晨被八百多鬼子和一千多伪军包围在天福山下的沟于家村。"

鞠卫华大喊道："大家带好枪支、弹药、干粮等，准备出发！"

不到五分钟，队伍已整齐排好。鞠卫华把手一挥道："出发！"

六辆大车分载着独立团的五个连队向天福山驶去。

鞠卫华则和王祝带领二十名侦察员各骑一匹快马奔向天福山。他们来到距沟于家村一里多地的树林里，鞠卫华与王祝两人跃上了树梢，敌情一目了然。他叫王祝骑马去接大车。

不一会儿大车来到了树林，鞠卫华先叫王庆选好了炮阵地，把炮支好。又吩咐各连如此如此。各人对好手表，十五分钟后开始战斗。各连长领着各连战士分头行动。

再说得勇与黄星及独立营的全体战士，拧开了十几颗手榴弹的盖子，提着大刀，准备着最后一次的搏杀。敌人炮击完毕，进攻又开始了。

藤野元次郎这次是志在必得，他拔出了指挥刀亲自督战，把四百多鬼子和五百多伪军一起赶着冲了上来。

独立营的战士们个个手握大刀，怒目圆睁，等敌人来到近前的最后一战。

突然，一片麻雀群般的炮弹，呼啸着落入了鬼子的冲锋阵里，一排三十九发，不一会儿四百多发炮弹把鬼子的冲锋阵全笼罩在滚滚的浓烟中，阵阵的弹雨把鬼子的身躯撕开，抛向了空中，与此同时，周围十八挺机枪刮风似的欢叫起来，一道道火网，把敌人裹在中间，而周围的步枪，更是神奇，那是枪枪咬肉见血。敌人如同割谷草似的片片倒下。

这一阵打击把敌人打得完全乱了阵，官兵互相谁也顾不了谁。

鞠卫华把手一挥，炮击停止，他运足内力，大喊一声："冲啊。"声音远远地送了出去，但见敌人周围突然跃起了许多勇士，他们身前挂着半人形的盾牌，只露两只眼睛，手持单刀，两人一组，他们个个灵活得如同猿猴，迅猛得赛同鹰隼，在鬼子阵中猛进鸷击，所到之处，直杀得鬼子是哭爹喊娘。特别是功夫较高的小战士，他们右手持刀，左手持枪，远者枪击，近者刀劈。鞠卫华与王祝带领侦察班的人是人人骁勇，但见金光、银光闪动，敌人的人头纷纷滚落，直杀得敌人是尸横遍野，血流成河。

这一阵急杀，把黄星、于得勇这些久经沙场的人都看得呆了。

于得勇大吼一声："独立营，冲啊。"

独立营早就憋着一股怨气，人人准备赴义。这时听到于得勇这一声吼，战士们立刻如山洪暴发，挥舞着大刀杀了出去。

藤野元次郎的一只胳膊被炮弹炸断，他做梦也没想到会有此结果，他看着胸前挂着盾牌，个个骁勇的战士，惊得呆呆地站在那里，好半天才回过神来，看看大势已去，跨上他的高头大马，带着一百多伤残鬼子一溜烟地逃去。

王祝抬枪要打，鞠卫华道："别打，留着他还有用处。"

鞠卫华双刀在手，他和王祝等侦察员使出了轻功，人在空中，脚不沾地，专往鬼子多的地方杀去，这场战斗直杀得鬼子尸横遍野，血流成河，约莫半个多时辰，鬼子全被杀光，战场上只剩下一批举着枪、跪在地下的伪军。鞠卫华吩咐独立团停手。

于得勇吩咐各连打扫战场，他和黄星及苏月华在寻找来救他们这支队伍的首长。

这时独立团的战士们去掉了盾牌，黄星与于得勇等人大吃一惊，怎么这批勇士全是一群孩子？

大家正在吃惊，突然一个背插双刀、腰挎双枪的十二三岁的孩子跑到苏月华的面前，抱着苏月华哭喊道："妈妈，你没死呀，你怎么撇下儿子，不管儿子了呢？"

这一哭闹，把黄星、于得勇和苏月华等更是闹得莫名其妙。

独立团十几个七八岁的孩子也随着鞠卫华哭了起来，也喊着要找妈妈。

原来，鞠卫华在独立团要领导这些孩子，平日把孩童性格掩藏了起来，处处装成大人的样子。平日他很想爹爹和妈妈，只不过都压在了心底。也是苏月华的长相非常像他的妈妈，如今突然一见苏月华，他瞪眼一看，这不是妈妈呢？立时控制不住自己的感情，抱着苏月华便喊起了妈妈。

大家劝了好一会儿。鞠卫华慢慢冷静了下来，擦了擦眼泪道："对不起，我爹和我妈在我三岁时都被恶霸打死了。你长得与我妈妈一个样，所以一见你便误认为你是我的妈妈。"说着不好意思地低下了头。

苏月华摸了摸鞠卫华的头道："好孩子，你要愿意，我就做你的妈妈，做你们这些好孩子的妈妈。"

"扑通！"鞠卫华跪下道："妈妈，孩儿给你磕头。"独立团的小战士全跪下了喊道："孩儿磕头。"只有炮兵连几个成年人站在那里。

苏月华招手道："好孩子，快起来，以后我就是你们的妈妈，你们再也不孤单了。"

"我们有妈妈了，有妈妈了！"孩子们呼喊着呼啦一下把苏月华围了起来。

黄星待大家冷静下来后问道："你们谁是官？"

王祝一指鞠卫华道："他是我们团长。"

黄星一把攥住了鞠卫华的手道："好孩子，你是怎么知道我们在这里被鬼子包围的？"

鞠卫华便把来这里的经过一五一十地说了一遍又道："首长，你不应该住这里。"

"为什么？"黄星不解地问。

鞠卫华道："这里不安全，一旦被敌人围住，这里是退无处退，守又无处守，是兵家之绝地。"

黄星与于得勇点了点头问道："你说我们应住哪里好？"

鞠卫华道："你们可住我们独立团的老人翁山，那里是进可以攻，退可以守。不论什么时候也不会出现今天这种情况。"

黄星等人点了点头道："好，有时间我就上你们老人翁山。"

鞠卫华突然喊道："一连侦察班都过来。"一连侦察班的十二个小战士在铁蛋的带领下，整齐地站了一排。

鞠卫华对前面的三个战士道："你们三人把手表撸下来，回头回山我再另发给你们。"

三个孩子顺从地摘下了手表，交给了鞠卫华。

鞠卫华对黄星、苏月华和于得勇道："爸爸和妈妈还有于叔叔都是首长，首长打仗不能没有表，这表就是孩儿们给爸爸妈妈的礼物。"说着把表递了过来。

黄星等赶紧接过。

正在这时，东边和北边大路上各有一支队伍如飞而至。

大家一看，原来是荣成县独立营赵山勇和威海独立营鞠敬东闻听沟于家村激战，率人赶了过来。

赵山勇等人见黄星等人无事，又见遍地鬼子的尸体，吃惊地问道："你们怎么消灭了这么多敌人？"

黄星指了指鞠卫华道："多亏这位团长率独立团及时赶到，才为独立营解了围。"

赵山勇仔细地打量着鞠卫华。

鞠卫华一步跑到赵山勇跟前道："赵营长现在改当炮兵营长了，你是来放大炮的吧！"

赵山勇莫名其妙地道："放什么大炮，哪里有大炮？"

鞠卫华道："你这时来仗已打完了，不是来放马后炮还能干什么？"

众人听了轰的一声大笑。

赵山勇说："小家伙，好厉害的嘴。"

鞠卫华道："咱俩说的事还算不算数？"

赵山勇说："我说话向来算数，你说什么事？"

鞠卫华道："北柳村北山伏击战，咱俩比赛打赌，谁杀的鬼子多谁当独立营的营长，输了的去当儿童团的团长。我已领着我们独立团杀了一千多鬼子和一千多伪军。你杀了多少？"

赵山勇道："小团长，原来你就是那个要打赌的孩子。好，我输了，你来当营长，我去当你的儿童团团长。"

鞠卫华笑道："你想得倒美，我们独立团有枪有炮，有吃有穿有钱花。你们独立营有什么？你把独立营的日子过得如叫花子一般，你这时想不干，没门。再看你在北柳村北山打的那种歼敌一千、自损八百的破仗，我才不干呢。"

鞠卫华顿了顿又道："我领我们儿童独立团杀了一千多鬼子还有两千多伪军，只死了一人，还是打扫战场时被装死的鬼子打死的。你赵营长北柳村北山那一仗，虽然胜利了，但你们独立营死了多少人？一将不利，累死三军！"

听到这里，黄星与赵山勇等人都变得严肃认真起来，黄星道："好孩子，能把你的经验讲给我们听听吗？"

鞠卫华说："经验谈不上，我可以把我的体会说出来，用以抛砖引玉。但现在不行，我还有要紧的事和大家商量。"

第七章

威海卫火烧日银行　杀倭寇初设续伏阵

　　黄星道："走，到村里谈。"说着领大家来到了他的办公室。

　　大家各自找了个地方坐了下来。黄星道："卫华有什么话你先说吧。"

　　鞠卫华说："我先说，不对大家批评。今天这一仗，藤野元次郎和部分鬼子漏网。"鞠卫华扫了大家一眼，见大家都在认真地听，便接着道："那是我把他放了。"

　　众人听了不解地瞪大眼睛听着。黄星道："你接着讲。"

　　鞠卫华道："今天这一战，藤野元次郎已成惊弓之鸟，将他放回去，鬼子的战斗力将大打折扣，这正是我们需要的。"

　　赵山勇不解地道："我们用他干什么？"

　　鞠卫华说："十冬腊月，我们的队伍缺衣少粮，弹药也不充足。威海卫鬼子的仓库里什么都有，我们把威海卫打下来，不就什么都解决了吗？"

　　鞠敬东说："难道你想攻打威海卫？威海卫除去今天死的，还有二百多鬼子，二百多伪军。加上各据点的增援，我们能行吗？"

　　鞠卫华说："强攻不行，如果调虎离山行不行？"

于得勇说："对呀，将敌人调出来当然能打。"

黄星说："鞠卫华说说你的具体想法。"

鞠卫华说："我今天晚上去引鬼子，明早鬼子必然追赶，从威海到老人翁山这一路有六处据点，我想安放威海卫独立营打阻击。一旦我们撤退时，这些据点里的鬼子如果出来捣乱，你们就阻住他们。城里的鬼子一出来，由我们独立团伏击他们。这时威海只有极少量的鬼子和伪军，九点钟鬼子已被我们拖住。荣成县与文登县两个独立营则趁机突袭，拿下威海卫。不过，威海卫鬼子的仓库里的枪支弹药、粮食、汽车等东西很多，你们至少得准备五十到一百辆马车才能运完。"

赵山勇疑虑地道："引出城的二百多鬼子和二百多伪军，你们独立团能伏击得了吗？"

鞠卫华说："江家口伏击战我们消灭了一百六十个鬼子和五百二十个伪军。就二百多鬼子与二百多伪军是小菜一碟，这你们不用担心。"

黄星说："好，这一仗就按我们小团长的安排，至于马车的事我来办。"

鞠卫华起身说："各位首长明天见。"说罢转身要走。

黄星忙站起来说："等等，村外缴获的物资怎么办？"

鞠卫华笑了笑说："独立营那些破枪也该换了，这些物资就由爸爸首长处理吧。"

"你们再不需要什么？"黄星不放心地问。

鞠卫华想了想说："需要。"

黄星忙说："需要什么，你说。"

鞠卫华说："第一，你给我们当政委，经常给孩子们上上文化课。你如果没时间，就叫妈妈当。第二，独立团缺少有文化的干部，有条件多派几个人。第三，帮我找一个精通阵地战的人。第四，有会开汽车的帮我找一个。第五，有会玩大炮的人给我一个。"

黄星道："眼见就第一条我可以答应，叫你妈妈去当政委。你要的其他人我也没有。"

鞠卫华说："我最后提一个建议，各独立营必须加强个人技能训练。技能过硬可以一当十，反过来就十不当一。兵不在多而在精，将不在勇而在谋，武胜是小胜，文胜才是大胜。"说完鞠卫华一声再见，转身走了出去。

黄星等人都怔怔地思考着鞠卫华的话，都感到道理深刻。黄星说："这个小家伙在哪里学了这么多军事知识？等找机会叫他给我们上一堂军事课怎么样？"

"好的！"大家都钦佩地说。

赵山勇说："我可后悔极了，当初他找我参军我没收他，如果收了他，荣成县独立营早就变成独立团了。"

鞠敬东笑道："赵营长你是'有眼不识金镶玉，只认灯糊的夜明珠'吧。"

赵山勇道："去你的吧，你比我也好不到哪里去。"

于得勇说："这个孩子除了智计过人外，他的武功极高，刚才杀鬼子他那刀法可神了，那种威力，真可谓是所向披靡，无坚不摧。难怪江家口西山伏击战，他用二百多人，歼灭了一百多鬼子和五百多伪军，真是以少胜多的典例。你们就等着看他明天伏击鬼子的好戏吧！"

苏月华说："我去和他们一起打一仗，顺便学习一下他是怎么指挥这一仗的。"

黄星点了点头说："多加小心。"

"知道！"苏月华说着挎枪追了出去。

鞠卫华从办公室出来，招手大家上车，刚要走。

"等一等，卫华！"

鞠卫华回头一看，见妈妈跑了过来。

鞠卫华忙问道："妈妈来干什么？"

苏月华笑道："妈妈是政委，能离开部队吗？"说着便上了大车。

鞠卫华挥手说："出发。"六辆大车沿小路向威海卫方向奔去。鞠卫华坐在苏月华身边，从怀里掏出了两个大饼道："妈妈吃饭。"说着递了一个过来，并对大家说："大家边走边吃午饭！"

苏月华接过大饼道："叫小鬼子闹的两顿变成了一顿，可把妈妈饿坏了。"说着便咬了一大口。

战士们都掏出了饼，大家说说笑笑地吃了起来。

一会大车来到了江家口西山，鞠卫华把大车和四个连的战士藏在了树林的深处，他带着苏月华、王祝及四个连长，边察看地形边道："上次我们在山东坡打了伏击，这次我们把伏击设在山西坡，鬼子就是孔明复生，也无法预料！"鞠卫华边看边对一、二、三三个连长安排伏击点及机枪的位置。安排妥当一、二、三连后，鞠卫华等人回到了宿营地，叫大家休息好，明天六点半必须进入伏击点，穿好隐蔽网隐蔽好。鞠卫华又挑选了二十名武功极高的侦察员，带上四连战士及王祝和苏月华，赶着两辆大车向威海驶去。

大车驶到了温泉乡东的一个小山坡停了下来。鞠卫华领着大家上了小山坡，转对高粱说："明天你们四连在这里伏击，六点前必须到达伏击点，敌人来了放过伪军，专打鬼子，每个人只打三发子弹，打完马上撤往东边的树林，绕道退往江家口西山。

千万不可恋战。记住了没有？"

"记住了！"高粱响亮地回答。

"好，你们四连今天就隐蔽在那边的树林里，今晚你们就在那里过夜。"鞠卫华说着指了指东边的树林。

高粱领四连走后，鞠卫华带着二十名侦察员及王祝和苏月华分乘两辆马车，直奔威海卫。

下午四点多钟来到了威海卫南大门南面的一片树林里，大家开始吃干粮休息，只等晚上动手。

看官们看到这里一定很纳闷：鞠卫华他们来这里干什么？看官别急，听我慢慢道来。

原来，日本鬼子一占领威海卫，青岛总司令部便令驻威海的日军中佐吉村秀荣为日本开设一家银行，借此掠夺中国的经济。银行开设在距南大门二百多米处的一所大楼上。初开时里面住了一个小队的日本兵，结果人们对日本兵反感而无顾客。吉村秀荣只好撤走了日本兵，把守南大门的兵营设在距银行只有二百多米的一处学校里。银行一旦有情况，兵营里的日本鬼子便可马上救援。这样银行里白天只有一个经理五个职员，晚上有六个人持枪值班，大门处两个人，守金库的四个人。

鞠卫华早就派侦察员摸清了这一情况，知道银行为青岛鬼子司令部所管，他是日本鬼子的命根子。所以他今天晚上要袭击鬼子的银行，以此引出大队鬼子而消灭之。

再说鞠卫华等人坐在大车上，看看表针指向了十一点。鞠卫华留下两个侦察员与苏月华看守大车，他与王祝带领十八名侦察员来到城墙下，众人轻轻一纵便都上了城头，接着又都使了一个天鹅下平湖的家数下了城头。鞠卫华叫大家先隐蔽好，他和王祝直奔银行大楼。

二人来到门前，但见大门锁着，里边的岗亭里住着两个看门的，这时刚刚入睡。鞠卫华抽出了宝刀，轻轻一划，门锁已落。他和王祝轻轻推开门来到岗亭的门前，推了推门，里面插着。鞠卫华把刀从门缝上伸进去轻轻一划，门插已断。王祝闪身进去，一个二鬼分金的家数，两个鬼子头已落地。

两人更不停留，来到大楼前，大楼里的一层一个房间亮着灯，鞠卫华飘身过去一看，里边四个人正在打麻将。鞠卫华飘身退了回来，来到大门前，用手一推门，大门在里面用钢丝锁锁着。王祝拔出了"五胴切"顺着门缝伸了进去，轻轻一划，钢丝锁断裂，两人闪身进去，来到了亮灯的房间。鞠卫华轻轻推门，门应手而开，鞠卫华箭般地来到赌桌前，出手如电地点了四个人的穴道。四个鬼子立刻呆在那里，瞪着眼，张着嘴，动不得，喊不得。

鞠卫华伸手提起一人，解开他的穴道问道："金库在哪里？"

那个鬼子闭口不答。鞠卫华伸手一点，这个鬼子立刻滚落地下，浑身如同万根钢针钻心。一会便满头大汗，苦苦地哀求道："我说，我说。"

鞠卫华给他解开穴道，抬手三颗石子嵌入了其余三个鬼子咽喉。解开穴道的鬼子刚站了起来，一见吓得又坐到了地上。

鞠卫华把他提了起来道："头前带路。"

这个鬼子领着来到了后厅，指了指角落的那扇门。

鞠卫华金龙刀连闪几闪，铁门碎成了数块，里边露出了片片金柜。

鞠卫华手起一指，点了鬼子的死穴，回头对王祝说："去把侦察员都叫来。"

王祝转身要走，鞠卫华又说："走空中。"

王祝转身离去。鞠卫华金龙刀挥处，柜锁脱落，一柜柜的金条、大洋、珠宝等露了出来。

侦察员这时都已来到。鞠卫华叫大家快背。功力大的多背，功力小的少背。有的背两箱，有的背三箱，王祝等几个功力高的背了四箱，而鞠卫华背了四箱，手中还提了两箱，来到院中，大家纵身一跃便上了屋顶，蹿房越脊地蹿出了城外，来到树林放入大车，鞠卫华领着大家又返了回去。大家把金库一扫而光，临走时，鞠卫华拿出了四支香接在一起，一头插在一包火药上，火药上盖了许多易燃物，点燃了香的另一头，大家才背起金条，蹿回了城外树林。大家把箱子装了满满一大车，上面用麻袋蒙好捆好。由王祝带领十五名侦察员护送回老人翁山。

王祝等人走后，鞠卫华看了看表，离银行大楼爆炸大约还有两个小时，大家兴奋得睡不着觉，便先聊了起来。

苏月华问道："卫华，你家里还有什么人？"

鞠卫华摇摇头道："没人了。"

"他们都……"苏月华试着问道。

鞠卫华便挪了挪身子，靠着苏月华坐，讲起了自己的身世。从父母的被害、义父的遭难，到拜师学艺，话到悲处不禁又伏在苏月华的身上哭了起来。

苏月华待鞠卫华冷静下来问道："孩子，你们知道你们家破人亡是谁造成的吗？"

"是地主，是恶霸，是日本鬼子。"大家七嘴八舌地讲了起来。

苏月华道："大家只说对了一部分，真正的根子是反动的剥削阶级，反动的腐朽政府。他们霸占了土地，劳动人民没有土地、没有吃穿，各种苛捐杂税多如牛毛，人民啼饥号寒，他们却花天酒地，人民要想过上幸福的日子，只有推翻反动政府，推翻帝国主义、封建主义、官僚资本主义这三座压在中国人民头上的大山，才能过上好日子。"

孩子们从前只知道地主恶霸欺压人民，日本鬼子屠杀人民，所以地主恶霸和日本鬼子是最坏的人，今天听苏月华讲的这些，大家像听天书一样，个个瞪大了眼睛静听着，一个叫杏子的小侦察员问道："苏妈妈，我们能推翻反动的政府和三座大山吗？"

苏月华说："只要我们大家团结起来，跟着共产党和毛主席，我们就能推倒他们。"

鞠卫华说："我只听说延安有个毛主席，他领导八路军打鬼子，他领导的政府为人民谋幸福。妈妈见过毛主席吗？"

"见过，我和你黄星爸爸来胶东，就是毛主席派我们来的。"

"毛主席什么样？你能带我们去见见他吗？"鞠卫华摇了摇苏月华问道。

苏月华道："毛主席和蔼可亲，很慈祥，延安有很多小朋友都是毛主席的好朋友。你想见毛主席也可以，只要你们跟着毛主席很好地打鬼子，为人民谋幸福，毛主席一定会见你的。"

鞠卫华道："好，我要把独立团扩大好多人，杀好多的鬼子，向毛主席报喜！"

苏月华扶着鞠卫华的头问道："卫华，今天这些黄金银圆你准备怎么用？"

鞠卫华毫不犹豫地说："做军费，我要招很多的兵，把日本鬼子赶出胶东，赶出中国。"

苏月华道："我们行军打仗现在有饼吃，你知道毛主席领导八路军打鬼子吃的什么？"

"吃什么？"大家瞪大了眼睛问道。

苏月华道："吃玉米粥，吃南瓜汤，自从抗日以来，毛主席领导人民勤俭节约，哪怕一分钱、一粒米，能节约就节约下来，用于革命，用于抗日。"

鞠卫华凑到苏月华的耳边小声道："我想把这些金条用来支援八路军抗日。"

苏月华高兴地把他揽在怀里道："好孩子，这才像个真正的八路军战士。"

大家正高兴地谈论时，突然城里轰的一声巨响，接着便燃起了冲天大火。

鞠卫华让大家戴好防弹盾牌，苏月华没有防弹盾牌，鞠卫华便叫她趴在侦察员身后。鞠卫华在车后架好了两挺机枪、两支长枪，一个小战士把马车赶到了离城二百米左右的地方停了下来。这时城门已开，城头上的敌人听到爆炸声，也都从城楼里钻了出来。

鞠卫华示意两个拿长枪的侦察员开火，两个侦察员举枪，城头上的两个鬼子应声倒下。与此同时，车上的两挺机枪也叫了起来，城上的日军毫无防备，立时倒了一大片。

再说藤野元次郎昨天带着一百多残兵败将逃回了威海卫，晚上硬着头皮叫通了青岛司令官的电话："喂，司令官阁下，我是藤野元次郎。"

"什么事？"电话里传来了司令官的声音。

藤野元次郎说："今天我率队围剿八路军，遭到了八路军，不，不是八路军，是一群戴木牌的孩子的围攻。"

"混蛋！什么戴木牌的孩子？"对方不耐烦地吼道。

"司令官阁下，是一群戴木牌的孩子。"藤野元次郎惊恐地分辩道。

"有伤亡吗？"

"有，有，我带了八百皇军和一千多皇协军清剿，只回来了一百多人。"藤野元次郎战战兢兢地说。

青岛司令官道："那你怎么还活着，你应该剖腹谢罪，天皇的颜面叫你丢尽了，你连一群孩子也打不过，你还是军人吗？你还不如一头蠢猪。你准备为天皇谢罪吧！"对方说罢砰的一声挂上了电话。

藤野元次郎一宿没睡，他也不知今后他将是什么下场。想想他侵华以来，从一个士兵升到了大佐，他的军队所向无敌，今天居然输给了一群孩子。这在大日本帝国的战史上也是绝无仅有。又想想年老的父母双亲、妻子、女儿倚门而望，禁不住潸然泪下。他是哭一阵，喝一阵酒；喝一阵酒，又哭一阵，直到天放亮，他端起酒杯刚要喝，突然轰的一声震天的巨响，手中的酒杯当啷一声掉在地下，摔了个粉碎……

"报告！"一个鬼子慌慌张张地跑了进来说："大日本银行爆炸起火。"

藤野元次郎一听，吓得他是一佛未出世、二佛已升天。他知道这银行是司令官的命根子，银行如果有失，他只有剖腹谢罪之路。他立刻抓起战刀急急地来到现场，但见银行大楼是一片火海。

正惊愕时，南城门传来了一阵激烈的枪声，他不待来报，便率领日军冲出了南大门，但见前面一辆大车上两挺机枪不停地叫着。他把昨天的兵败和今天银行被劫的怨气，都集中在这辆大车上。他把军刀一举，歇斯底里地号叫道："追，追，追，不消灭土八路，决不收兵。"二百多日军和二百多个伪军一窝蜂似的追了下去。城里只剩下不足百人的伪军防守。

再说鞠卫华等人赶着大车是打打停停，一口气跑下了三十多里。大车驶至温泉乡东便慢了下来。

鬼子看看离大车只有百八十米，便加紧追了过来。正追得起劲时，突然路东的小高坡上传来了一排枪声，鬼子立时倒下了三十多人，接着又是一排，一连三排，鬼子倒下了一百多人。气得藤野元次郎哇哇大叫，命令所有的武器一齐射向小高坡，可小高坡上鸦雀无声。当鬼子们冲上小高坡时，上面空无一人。藤野元次郎正气得无处发泄，前面那辆大车上的机枪又叫了起来。藤野元次郎气得三孔冒火，七窍生烟，立刻又哇哇怪叫着追起了大车。

大车驶到江家口西山顶时，突然停了下来。藤野元次郎见了，哇哇怪叫着领着鬼子冲了上来。当离大车五六十米时，大车上的两挺机枪突然急风暴雨般地狂扫了起来，公路又窄，鬼子立刻片片倒下。与此同时，公路两边的树林里突然响起了两排步枪声，敌人立时又倒了一百多，最后只剩下藤野元次郎和七八个鬼子。

鞠卫华大喊一声："停止射击。"树林里又静了下来。

鞠卫华跃起喝道："缴枪不杀！"

公路两旁的树林里也大喊道："缴枪不杀！"

几个鬼子端着枪还在犹豫，手上合谷穴各中了一颗石子，枪立时落地。树林里的小战士嗷嗷叫着冲了上来，几个鬼子吓得个个如筛糠。

藤野元次郎看着这些孩子，自己这位大名鼎鼎的大佐，竟败给了这些孩子，这个消息传到大日本帝国，谁会相信呢？他突然想到，他不应该来中国。来中国又做了些什么？想想父母、妻子、儿女倚门而望，他后悔了，他流泪了，他哭了，放声大哭了。但他更绝望了，他想念亲人，但他无脸回日本。正是：史官秉笔而记录，百姓众口而传扬。无颜见乡中之父老，无面入庙府及庭堂。

但他更无颜活在中国，即便八路军不杀他，他也无颜活下去。因为他来中国给中国人民带来的是杀戮，是掠夺，是罪恶，是弥天的罪恶。想到这里，他掉转刀口，向自己的颈项抹去。说时迟，那时快，就在刀锋刚要接触脖子时，一枚石子击在了他握手的合谷穴上，军刀当啷一声落地，他也无力地倒在了地下。

鞠卫华悄悄向苏月华问道："妈妈政委，这些鬼子俘虏怎么办？"

苏月华笑了笑问道："三大纪律八项注意怎么要求的？"

鞠卫华说："我知道不虐待他们，我是问放还是怎么办？"

苏月华正色道："我们既不能放，也不准虐待他们，我们要施以人道主义，很好地教育他们，让他们反省认识自己的错误，那时放他们回去，他们的作用顶得上千军万马！"

大家把枪支弹药装上大车。鞠卫华留下了侦察班和王祝及一辆大车，其他车辆人员驶回了老人翁山。

鞠卫华和侦察员及苏月华坐上大车，正要向威海驶去。忽然东边公路上浩浩荡荡地驶来了许多大车。一会前边的一辆大车驶到跟前，黄星书记从车上跳了下来，问道："卫华，战斗如何？"

"报告爸爸首长，二百多鬼子与二百多伪军无一漏网，还抓了个大官。"说着指了指蹲在地上的藤野元次郎。

"好样的！"黄星拍了拍鞠卫华的肩背道："我军伤亡如何？"

苏月华说："无一伤亡，这一仗打得太漂亮了。等回去我们需要好好总结学习。"

黄星道："于得勇与赵山勇一个冲锋便进了威海，八九十个伪军枪一响便举手，他们非常怕，怕我们挖他们的眼睛。桥头炮楼里鬼子的眼睛被挖，已传遍了整个胶东，鬼子与伪军一提八路军，个个心惊。守仓库只十几个鬼子，全被消灭。走，我们一起去威海搬运物资。"大家跳上马车，一齐驶向威海卫。

不一会儿，大车来到威海卫，黄星把车队交给于得勇与赵山勇，把物资都运回了老人翁山。黄星与苏月华及独立团的侦察员则直奔鬼子司令部，大家一进司令部，但见一个排长和一群战士正围着四个挂着许多电线的铁箱不知怎么办。

苏月华见了大喊："别动。"说着奔了过去道："这是无线电台，有了它，我们就长了千里耳了。"

原来，苏月华在北京燕京大学读的是物理专业。她深知八路军缺少通信工具，今天一见这些电台，高兴得如获至宝，立刻叫几个战士小心地把它包好装上了大车。

黄星等人又直奔鬼子仓库，大家来到仓库，于得勇与赵山勇正指挥大家往车上装运物资。赵山勇正把一捆手榴弹向一垛汽油桶上安放。

鞠卫华远远看见了，几个起落蹿了过去。问道："赵营长你在干什么？"

赵山勇说："这些汽油对我们用处不大，又太笨重，我们的车运不了，我们不用也不能留给鬼子，等我们一撤，就把它炸掉。"

鞠卫华道："胡闹，你知道它能顶多少枪炮吗？什么不搬也必须把这些东西搬走，今天就是一个铁钉也不能给鬼子留下。"

赵山勇不安地问："文登县与荣成县鬼子的援兵来了怎么办？"

"他不敢来！"鞠卫华停了停道："为防万一，文登县与荣成县两个方向各派一个连瞭望，一旦有敌人援兵，一定把他阻住。"

赵山勇看了看黄星，黄星点了点头。赵山勇急忙派出了两个连瞭望荣成县与文登县方向。

日军驻威海卫有一千多人，外加一千多伪军，准备的冬装、粮食、军火堆积如山，其中有六辆大汽车，大家都不会开，正发愁时，侦察员李天虎说："我早偷开过伪乡长的汽车，我来试试。"

说着便跳上了汽车摆弄开了。结果还真被他开动了。他不但把汽车开回了老人翁山，还用汽车运了好多物资。

独立营整整运了一下午，最后真的把鬼子司令部的桌椅也都搬光了。

第八章

胶东独立营大练兵　歼敌寇三打烟台城

　　回到了老人翁山，大家看着堆积如山的各种物资，高兴极了。

　　鞠卫华吩咐把缴来的大量的鸡、鸭、鱼、肉分发到各独立营。每个独立营还领到了四十瓶白酒，独立团的炮兵连都是成年人，也领了十瓶酒，而一连、二连、三连及四连因战士年纪小，所以没发酒。山上的农民等人也领到了酒。整个老人翁山如过节般热闹。

　　鞠卫华的办公室里，放着一张从鬼子仓库里拉来的大圆桌，黄星、苏月华、鞠卫华、王祝、于得勇、鞠敬东、赵山勇围了一圈。桌上放着一盆猪肉、一盆鸡、一盆鱼、一盆牛肉，四瓶白酒。

　　鞠卫华给每人倒了一杯酒，端起酒杯说："今天是我们胶东抗日的勇士们大聚会，为了昨天的胜利、今天的胜利，也为了明天、后天及将来更多的胜利而干杯。我和我的副团长先干为敬。"说着与王祝一饮而尽。大家随之一饮而尽。

　　这时黄星把一张这次战斗缴获敌物资的清单递给了鞠卫华说："你看这些物资怎么分配处理？"

　　鞠卫华接过来一看："炸药十二吨，长枪一千二百支，短枪四百二十支，轻机枪八十挺，重机枪二十挺，大口径迫击炮三十门，小口径迫击炮八十二门，各种子弹三十多万发，炮弹五千多发，手雷一万多枚，军刀三十二把，汽车六辆，摩托车三十辆，汽油二百五十桶。粮食三十多万斤，军装二千多套，电台四部，大洋马六十匹，马车二十辆。各种烟酒等杂物一宗。"

鞠卫华看完推给黄星道："让各独立营先用吧，我看各营的汉阳造也该换成三八大盖，各营应成立炮兵连、机枪连、侦察排等。昨天沟于家村战斗老百姓损失很大，他们过冬过年恐怕都很困难，我看是不是应该发一些粮棉等帮助他们一下。至于怎样安排由爸爸首长安排吧。"

黄星说："是啊，沟于家村的老百姓本来就很苦，昨天这一战，更是雪上加霜，明天于营长可派人送些粮食，帮乡亲们度过严冬。"

"是！"于得勇答应一声，接着说："昨天缴获的武器各独立营已全部更换，还剩下了许多。我们各独立营都成立了炮兵连，每连有迫击炮三十门，但无人会使。我们看你们独立团会用，能不能派人教教我们？"

"可以！"鞠卫华说着对王祝道："你去把王庆和李天虎叫来！"

王祝起身出去，一会带了王庆和李天虎进来。

鞠卫华指着王庆对大家说："这是我们炮兵连连长。"鞠卫华说着转身对王庆说："你明天找十二个好炮手，四人一组，分别到各独立营炮兵连教他们打炮，三天时间，必须教会。"

"是！"王庆说着转身跑了出去。

鞠卫华转对李天虎道："独立团的侦察员人人都要学会开汽车，由你负责，十天后我要检查。"

"是！"李天虎答应一声，转身跑了出去。

赵山勇端起酒杯说："我的大团长，咱俩喝一杯，我请教一个问题。"

鞠卫华说："来，大家一起干，干完吃肉。"说着一饮而尽。

赵山勇把一块肉吞了下去道："今天伏击战你为什么要在两点设伏，只在一个地点设伏不可以吗？"

黄星等人停下筷子静听。

鞠卫华扫了大家一眼道："如果只设一个伏击点，这场伏击战的结果就像你在北柳北山打的伏击战一样，杀敌一千、自损八百。"

鞠卫华见大家不解便道："如果只设一个伏击点，这么多敌人，你一排枪如果消灭不了，剩下的敌人必然拼死抵抗，即便我们能消灭他们，但我们也会有大量的伤亡。"

鞠卫华停了停又说："'兵者，诡道也。'我设第一个伏击点六十多人，每人只打三枪。用时不到一分钟，打完就走，毫无伤亡。但就三枪却是弹弹咬肉的三枪，六十人那就是一百八十枪，消灭一百多敌人。在我们毫无伤亡的情况下杀了一半鬼子，大大削弱了敌人的战斗力。第二个伏击点我们又打了鬼子一个出其不意，伏兵没遭到敌人的一点反击抵抗就把敌人消灭了。大家想想，是两个伏击点好还是一个伏击点好？"

大家听了不约而同地点了点头。

黄星说："卫华，你小小年纪，在哪里学了这么多兵法？我也看过许多兵书，兵书也没有这么讲过。"

鞠卫华说："兵书上有没有'出其不意，攻其不备'这一条？"

黄星道："有这一条。"

鞠卫华说："今天这两个伏击点用的都是这一条。"

鞠敬东道："鞠卫华吃透了兵法，学得活，用得活。我们只知道选择地形，把敌人围起来消灭之。你能把'出其不意，攻其不备'用在多点设伏上，真算用到家了。如果鬼子人再多，五百人，甚至一千多人，你也这么办吗？"

鞠卫华道："可以多点设伏与预设战场相结合，多点设伏可以层层消灭敌人的有生力量，至于预设战场，前几天江家口西山那一战，我用了二百多人伏击了鬼子一百六十人和五百多伪军。晚上我把敌人引入火堆旁，敌人在明处，我军在暗处，我军是有备而设，敌人则无备而来，我军是生力军，而敌人是疲惫之师，焉有不胜之理。"

赵山勇道："你这多点伏击过去有过战例吗？"

鞠卫华问："你看过三国演义吗？"

赵山勇说："看过。"

鞠卫华道："赤壁大战曹操战船被火烧上岸后，诸葛亮设了几个伏击点？"

赵山勇一拍桌子道："三个，我读过多遍三国演义，都没能学到他的伏击战，我读的是死书！"

于得勇道："听君一席话，胜读十年书。你一定抽时间给我们讲讲用兵之道。"

黄星忙说："这个我来安排。"

鞠卫华说："兵不在多而在精，将不在勇而在谋。我看独立营最大的弱点是单人作战技能太差，枪打不准，拼杀技能更差，许多人就是刚穿上军装的农民，这样的军队与训练有素的日本鬼子打起仗来，我们就要吃亏。战争是残酷的，你不消灭敌人，敌人就消灭你。我看眼下最需要的就是提高战士的射击水平和拼杀技术。我建议从明天开始，我们就集中突击训练这两项。训练教官我们独立团全包了！一个月后，包你独立营成为一支铁军。"

"欢迎，欢迎。"大家异口同声地说。

黄星说："来，为我们明天的训练，为我们将来的胜利，干杯……"

一缕明媚的阳光，透过松林的缝隙，斑斑点点地撒落在旗杆石前的草坪上。

独立营的战士吃完早饭，早早地在旗杆石前的草坪上，以独立营为单位，排好了方队，等待首长的到来。

几位领导来到队前。黄星首先讲话："同志们，从一九三九年一月算起，晋察冀根据地的八路军和游击队，同敌人进行了二百六十多次战斗，粉碎了敌人多次扫荡，共消灭敌人九千多人。晋冀豫根据地的八路军与游击队，同敌人进行了一百多次战斗，消灭了五千多敌人。晋西北根据地的八路军和游击队，同敌人作战二百五十多次，歼灭日伪军四千五百多人。我们山东根据地的八路军和游击队，同敌人作战一百多次，消灭日伪军八千多人。我们胶东的八路军游击队同敌人作战十几次，消灭日伪军三千多人。我们独立团的小战士尤其突出，江家口西山两次战斗就消灭了九百多敌人。同志们，鬼子的日子现在很不好过，他们就像秋天的蚂蚱，冬天将要来临，他们蹦跶不了几天了。只要我们团结抗战，就一定能打败日本鬼子，把他们赶回日本老家。"

"打倒日本鬼子！"

"打倒日本帝国主义！"

黄星等大家静下后说："同志们，为了百尺高竿更进一步，将来消灭更多的鬼子，彻底打败日本鬼子，我们要加强个人战术技能的训练，希望大家发扬不怕疲劳和连续作战的作风，经过训练后，人人都成为合格的八路军战士，大家有没有信心？"

"有！"战士们一齐回答。

黄星书记说:"下面由鞠卫华宣布具体训练计划。"

鞠卫华快步来到队前道:"同志们,伟德山八路军整训今天开始,时间一个月,训练科目主要是射击与拼杀。希望大家一个月后,要打枪准,拼杀技术过硬,人人过关,我们这支队伍将成为一支不怕吃苦、技术过硬、能打硬仗的队伍。同志们,能不能做到?"

"能!"同志们齐声回答。

鞠卫华说:"独立团一连连长鞠铁蛋!"

"到!"铁蛋跨前一步答道。

鞠卫华道:"你带领一连的十名侦察员负责训练荣成县独立营!"

"是!"铁蛋答应一声退回了队伍。

鞠卫华说:"独立团二连连长鞠石头!"

"到!"石头跨前一步答道。

鞠卫华道:"你带领独立团二连十名侦察员负责训练文登县独立营!"

"是!"石头响亮地回答一声,退回了队伍。

鞠卫华说:"独立团三连连长吴满仓!"

"到!"吴满仓跨前一步答道。

鞠卫华道:"你带领独立团三连十名侦察员训练威海卫独立营!"

"是!"吴满仓答应一声退回了队伍。

鞠卫华道:"独立团的三位连长及侦察员们,你们要严格地要求他们,就像我训练你们一样严格。一个月我要进行考核,要求他们人人过关,人人合格。听到没有?"

"听到了!"独立团的侦察员们齐声回答。

鞠卫华道："各就各位，训练开始。"

"慢！"突然荣成县独立营一连长张大力跨前一步说："我们八路军是要靠真刀实枪真本事打鬼子，我们希望有真本事的人来训练，你叫这么几个孩子来训练我们，这不是成心开玩笑吗？"

"是啊！这不是闹着玩的，怎么能叫一群孩子来训练呢？"威海卫独立营也嚷嚷起来。

黄星跨前一步道："大家都看不起这些训练员是不是？那么你们谁敢跟这些小战士比一比？"

"比就比，谁怕谁！"荣成县独立营和威海卫独立营七嘴八舌地嚷了起来。

黄星说："敢和独立团的战士比枪法的站出来！"

荣成县独立营与威海卫独立营各站出了十多人。

黄星道："你们文登独立营没人比吗？"

文登独立营前天在沟于家村战斗中见过这些小战士杀敌，知道他们的厉害。所以齐声回答："我们不比。"

黄星说："卫华安排他们比一比。"

"是！"鞠卫华答应一声走上前说："荣成县独立营与威海卫独立营各出两人，共四人，独立团的侦察员由张大力连长随便挑四人。"

荣成县独立营出的是张大力与三排长王虎，威海卫独立营出的是二连长谷正雄和五排长吕正伟。张大力又在独立团的侦察员里随便指了四个人，三男一女。

鞠卫华说："第一步先比短枪，一组出一人，每人两支枪，每支枪里只有五发子弹，每人前面三十五米处各有十个土豆，谁速度快，射中的为胜。"说着叫人去摆土豆。又选了四支枪放在桌上。

鞠卫华道："独立营的选枪。"

独立营的人是你推我，我推他，因为要双手打枪，右手能打，但左手没把握，所以大家互相推让了一阵，最后吕正伟勉强站了出来，挑了两支枪。独立团侦察班出来了一人，叫刘海龙，他拿了剩下的两支枪。

鞠卫华见大家都作好了准备，便喊道："预备——开始！"

刘海龙是双枪齐发，只听一阵砰砰砰的枪响，前面三十五米处的十个土豆全被击碎。而吕正伟打了好长时间，子弹打完，十个土豆只击碎了五个。

鞠卫华道："第二步比长枪，打三百米的靶子，十发子弹，双方准备。"

独立营出的是谷正雄，独立团出的是刘山菊。

鞠卫华见双方做好准备，便喊道："预备——开始！"

刘山菊是抬手枪响，举枪——击发——退壳一气呵成。但听"砰砰砰"地十声枪响，用时二十一秒，打中了一百环。

而谷正雄用时七十秒，中了两个六环。

鞠卫华道："第三步比长枪打活动的靶子，选手出列。"

独立营出的是王虎，独立团侦察班出的是一个叫王长生的小战士。

鞠卫华道："我给每人向空中抛五个土豆，谁命中的多谁胜。"说着先向王长生的上空一个接一个地抛了五个。但听砰砰砰地响了五枪，空中的五个土豆被打了个粉碎。

鞠卫华转身又要抛向王虎的头上。

"慢！"王虎摇了摇手道："我服输。"

鞠卫华说："第四步比的是双手短枪打图形。即左右手双枪在三十五米的靶子中央各打出三枪，这三枪的弹洞要构成一个三角形。"

鞠卫华看了看张连长笑道："张连长，领枪吧！"

张大力道："这一关更比一关难，我认输。"

张大力又想：这些娃娃们够厉害，或许他们成天无事专门练的这门绝技，如果比拼杀总不会输给这些孩子吧？想到这里便对鞠卫华说："我比拼杀技术，你们独立团敢不敢？"

鞠卫华道："好！你去独立营挑十人。"

张大力选了十个力气较大、刺杀技术好的战士。

鞠卫华道："石头陪叔叔玩玩。"

"是！"石头答应一声站了出来说："我一人敌你们十人，只要你们的刺刀能碰到我的衣服，就算你们赢！来吧！"

张连长等十个大汉哭笑不得，都暗想：难道我们十人敌不过他一人，你真有三头六臂不成。张大力一声招呼，十人立刻将石头围在了核心，众人挺枪刺来，石头将身一矮，双手支地，身体如同风车般的一旋，双腿攻向众人，张连长等人但觉眼前灰影一闪，人已不见，人人但觉小腿上像被铁棒击了一下，立刻都跌了个四脚朝天。

众人爬了起来，哈哈笑道："领教了，我们服输！"

黄星笑道："力大如牛的张大力怎么会输给一个小孩子，不是亲眼所见，谁也不会相信。既然输了，那就去好好训练吧！"

侦察员们对独立营的训练要求很严，每天早晨五公里的登山，上午三千次的出枪练习，下午刀枪拼杀练习，许多战士吃不消，但看到小战士们都一丝不苟地做到，大家咬咬牙，也都挺过来了。

独立营有爱学刀法的，侦察员们便教他们刀法，有爱学枪刺的，鞠卫华便从岳家枪法中选出了既实用又简单易学的十几招教给他们。

文登县独立营的战士早就使用大刀，对大刀是情有独钟，所以他们学起刀法来尤其快。半个多月后，独立营的战士不仅枪打得准，追风刀有的能使到五六十招，最差的也能使上十几二十几招，就这些对付三五个鬼子也是绰绰有余。特别是黄星的警卫员白云同志，今年十六岁，的确是学武的好料，与独立团的小战士特别投缘。鞠卫华亲自传了他一百零六路的追风刀法和打暗器的功夫。白云是一学便会，只是火候尚差，假以时日勤加练习，定可大有进步。

各独立营成立了炮兵连，由王庆组织练习。鞠卫华对独立团的小战士要求更严，要求人人除了枪打得准、刀使得好，还要求人人都会使一种暗器，人人会使炮。

鞠卫华又叫各独立营挑出二十名机智、灵活、武功好的战士成立侦察排，由王祝负责，对他们加以特别训练。

话休烦琐，一晃眼一个月的整训已完，今天是腊月初十。各县独立营要奔赴各县组织领导各县群众抗日。

战士们都早早起来，吃过早饭。独立营的战士早已列队，整装待发。

苏月华留在独立团任政委，黄星则奔赴乳山、文登一带组织成立民兵，领导胶东的抗日工作。一个多月的相处，大家建立了深厚的感情，分手时依依不舍。

黄星说："一个多月来，承蒙你为独立营整训出了一支铁的队伍，明年胶东的抗日定是一种新的局面，我们要把鬼子搅得天翻地覆。"

鞠卫华道："我敬送叔叔几句话，战士们的生命贵如金，我们永远不打无准备之仗、无把握之仗，每仗前必须了解敌情、我情、环境，牢记'诡道十二法'。我们打的是出其不意，攻其不备之仗。

你们只要记住这些，那么再凶恶的敌人也只是你们案板上的肉。"

赵山勇道："我们会记住的，我们要把胶东变成鬼子的墓地。"

鞠卫华道："我们现在有了电台，各独立营之间一定要加强联系。如果沟于家村一战我们加强联系，就不会牺牲那么多战士。大家一定引以为戒。"

黄星道："还有几天就要过春节了，春节前各营争取打一仗，为胶东人民鼓鼓劲儿。"

"是！"各营长齐声回答。

黄星转对鞠卫华道："烟台的敌人最近很猖獗，他们下乡疯狂地扫荡，杀害了很多老百姓，制造了大片的无人区，我想现在应该教训他们一下，为百姓撑撑腰，出口恶气。这个任务交给你们独立团，你看行吗？"

鞠卫华道："首长放心，保证完成任务，我要叫烟台的鬼子哭着过年。"

黄星道："好，要多加小心，多发挥你的'出其不意，攻其不备'的战略战术，以少的代价，换取大的胜利！"

"是！爸爸，你也多加保重，遇到什么事赶快与我们联系，千万别再出现于家沟战斗的情况。"鞠卫华说着转身对白云道："首长的安全就全靠你了，一定多提高警惕，睡觉也要睁一只眼，绝不可大意。"

白云道："团长兄弟，你就放心吧，我不会叫你的爸爸首长少一根头发的。下次见面，你可要好好指点我的刀法。"

"好的，你的刀法与暗器要勤加练习，下次见面我可要考考你。"鞠卫华说着拍了拍白云的肩膀。

"独立团们再见。"黄星说着一挥手道："出发！"

各独立营的步兵肩背长枪，背插单刀，个个英姿飒爽，虎虎生威地走在队伍的前面。后面是炮兵连，四辆大车拉着迫击炮和炮弹，走在队伍的后面。独立团的小战士则排成了两排夹道欢送，一直到望不见队伍……

腊月十二的傍晚，伟德山上一场小雪过后，朔风凛冽，如盘的圆月向老人翁山上洒下了一片银辉。

奔袭烟台的独立团的战士们，分乘十辆马车整装待发。

鞠卫华对苏月华道："守山的任务交给妈妈和民兵，我不回来千万不要下山，如有敌人来犯，你们只用机枪和神枪手封住山口，敌人就是来千千万万，也奈何不了我们。"

苏月华道："山上你放心，倒是你们奔袭烟台，路上要特别小心，凡是要多动脑，摸清敌情，不打无准备之仗。"

"是！"鞠卫华响亮地答应了一声，并敬了一个标准的军礼。

苏月华一挥手道："出发。"

鞠卫华与王祝飞身上马，带领独立团浩浩荡荡地向烟台奔去。

大家夜行晓宿，于腊月十四日来到烟台北边十几里处的一条山谷里隐蔽下来。鞠卫华立刻派石头带二十名侦察员，对烟台周围进行侦察。铁蛋带二十名侦察员混进城里侦察。

单说石头一组，他们分头对烟台城外的敌人进行了侦察，中午侦察员们汇集在烟台东门外的一片树林里，大家刚吃完干粮，准备返回独立团驻地。突然东面一个村子浓烟滚滚，火光冲天，众人来到村边，停在一片大树上一看，见鬼子抓了很多老百姓，集中在村中央的一块空地上，翻译官正在喊话，要大家交出八路军。

石头看了看地形，见场的北边有四十多个日军，架着两挺机枪，南边和东、西两边则全是伪军，场中间围着五六百群众。石头把人分成三组，刘海龙领一组打东边的伪军，李天虎领一组打西边的伪军，石头则领一组打北边的日军。

石头道："我们只求解救群众，敌人如果从南边逃跑，大家不可贪功追赶，以免影响我们的任务。"

"是！"大家答应一声正要走，忽见村南边有一只三十多人的队伍急奔而来，石头一看，知道是当地的民兵游击队。

石头便道："等民兵游击队来不及了，两分钟后战斗打响，以我的枪响为号。大家分头行动。"

先说石头一组，他们展开轻功，几个起落便来到了敌人北边的房顶，石头看看时间已到，拔出双枪一个招呼，众人凌空跃起，同时双枪齐发，条条火舌给敌人点名似的响着，四十多个日军还没弄清怎么回事，便被糊里糊涂地报销了。

石头一组枪响的同时，东西两组也同时开火，伪军们割谷草似的纷纷倒下，伪军队长吓得魂飞魄散，拔腿向南便跑。二十几个活着的伪军见队长一跑，呼啦一下也都向南逃去，可他们刚到村口，正撞上民兵游击队，一排枪响过，全都丧命。

带队的游击队队长急忙过来招呼石头等人，见他们只有二十人，便消灭了这么多敌人，禁不住竖起大拇指赞道："好样的，你叫什么名字，是哪个部队的？"

石头道："我叫石头，是胶东独立团的，刚才路过这里，见鬼子要杀人才出手相救。同志贵姓大名？"石头说完忙问道。

游击队长道："我叫丁大庆，是游击队队长。你们有什么需要我们帮忙吗？"

石头道："我们想打这里的鬼子，你是否可到我们团部去介绍一下这里的敌情？"

"可以。"丁大庆接着转身喊道："于大海，你过来。"

随着喊声一个虎头虎脑的民兵跑了过来道："队长,什么事?"

丁大庆道："我与这位八路军有事,你带人赶快打扫战场,完了隐蔽到村北的树林里,防止敌人来报复。"

"是!"于大海答应一声离去。

丁大庆则与石头等人返回了独立团驻地。

这时铁蛋一组也返回了驻地。鞠卫华立刻召开会议,先由丁大庆介绍敌情。

丁大庆道："烟台周围敌人修了十二个炮楼,对我们根据地的危害很大,其中有五个大炮楼。每个炮楼有日军四十多人,伪军一百八十多人。七个小炮楼,每个有日军十多人,伪军六十多人。烟台城里有六百多日军,一千三百多伪军。其中司令部、仓库、宪兵队各有日军五十人、伪军一百一十人,四门营房各有日军一百一十人、伪军二百四十多人。"

鞠卫华道："这一仗我们可分为三步。第一步,先炸掉烟台城周围的十二座炮楼。第二步,炸敌人的营房,引蛇出洞,层层狙击杀伤敌人,最后把敌人引进伏击圈而消灭。第三步,巧取烟台城。"

鞠卫华转对王祝道："发报给文登独立营,叫他们务必于腊月十八日赶到这里,拿下烟台城。"

"是!"王祝转身离去。

鞠卫华转对丁大庆道："你们游击队可组织大量的人员和车辆,准备十九日中午到烟台城里,搬运敌人仓库里的粮食和弹药等。工作一定要秘密进行。"

"是!"丁大庆答应一声离去。

腊月十七日,为了确保万无一失,白天鞠卫华带人亲自把炮楼侦察了一遍,回来他挑选了十二名轻功好的战士,各带一个班的战士，分别去炸敌人的十二个炮楼，约定今夜十二点战斗打响。单说鞠卫华带着一个班的战士，十一点半便来到离烟台城北炮楼三百米处埋伏下来。这是个巨大的四角炮楼，炮楼周围有一条一丈多深、两丈多宽的壕沟。离壕沟二十米处是一圈滚筒式的铁丝网，铁丝网外面是三百多米的开阔地。炮楼的顶上有两架探照灯，不停地四下扫射。不要说人，就是一条狗也难以通过。

看看时针刚刚指向十二点，趁着敌人的探照灯刚刚扫过，鞠卫华左手提着炸药包，一招白鹤冲天，便跃入空中，几个起落便靠近了炮楼，他沿着炮楼的拐角，蹭——蹭——蹭地蹿上了炮楼的顶端。鞠卫华右手一按炮楼的墙沿，腾地跃了上去。两个站岗的伪军与四个看守探照灯的日军大吃一惊，刚要喊叫，鞠卫华手中的六枚铁钉电射而出，六个敌人一声未吭，便倒地身亡。鞠卫华忙将炸药包放好，拉燃了导火索，接着一招大雁落平沙，便跃下了炮楼。

接着一声惊天动地的巨响，硕大的一座炮楼轰然倒塌，变成了一堆瓦砾。战士们冲上来时，只捡了一些破枪。与此同时，烟台城周围传来了隆隆的爆炸声，十二座炮楼全被炸塌。

腊月十八日上午，于得勇带着文登独立营，来到了烟台独立团驻地。鞠卫华道："我发现烟台这块肉很肥，我们独立团不能独吞，特请于叔叔来共享，于叔叔看怎么样？"

于得勇笑道："小团长又有什么好主意？快说。"

鞠卫华道："我想把烟台打下来，共分三步。第一步，先炸掉烟台周围的十二座炮楼。这个我们昨天晚上已炸毁。第二步是炸毁敌营房，引蛇出洞，层层狙击杀伤敌人，最后把敌人引进山谷困住。这第二步由我们独立团完成。第三步是巧取烟台城，等我们把敌人引出城后两小时，我们可攻取烟台城，你们独立营可佯攻南门和东门，等把敌人吸引过去后，我们独立团可攻取北门和西门，我安排侦察员里应外合，先破北门和西门，然后前后夹击攻取南门及东门。于营长可有问题？"

"没有！"于得勇响亮地回答。

鞠卫华道："好，下面我来安排战斗任务。"鞠卫华转对侦察员道："石头带十人袭击北门敌人的营房。"

"是！"石头响亮地回答一声。

鞠卫华道："铁蛋带十人袭击东门敌人的营房。"

"是！"铁蛋答应一声。

鞠卫华道："高粱带十人袭击南门敌人的营房。"

"是！"高粱答应一声。

鞠卫华道："吴满仓带十人袭击西门敌人的营房。"

"是！"吴满仓答应一声。

鞠卫华道："刘海龙带十人袭击敌人司令部营房。你们小组和满仓一组炸完敌人的营房后不要出城，可隐蔽在西门和北门附近，等攻城战斗一打响，可配合攻城部队夺取西门和北门。"

"是！"吴满仓和刘海龙齐声答应。

鞠卫华道："李天虎带十人袭击敌人的仓库，只准炸敌人的营房，大量地杀伤敌人，不要炸敌人的仓库。"

"是！"李天虎答应一声。

鞠卫华道："王庆领二十人带四百斤炸药，埋伏在鳖脖子口，等我们把敌人引过鳖脖子口后，你们可炸塌鳖脖子口两侧的悬崖，塞断敌人的退路，悬崖上放下绳子，我们侦察员可爬上悬崖。神枪手可封住鳖脖子口，使敌人只可前进，不许返回。"

"是！"

鞠卫华道："我带十人袭击敌人的银行，负责引蛇出洞。战斗定于明早四点钟打响。其他各小组炸完敌人的营房后，不要恋战，立即撤往城北二里处的树林里，准备层层狙杀追来的敌人，把敌人引进伏击圈。具体由我负责。王祝可带领余下的战士埋伏在北门和西门外，准备里应外合夺取烟台城。"

"是！"王祝响亮地答应一声。

鞠卫华道："大家还有问题吗？"

于得勇道："袭击仓库的小组为什么不炸敌人的军火库？"

鞠卫华道："留给我们八路军用。"

于得勇笑道："你已胜券在握了。"

众人哈哈大笑后，鞠卫华问道："大家还有问题吗？"

"没有！"大家齐声回答。

鞠卫华一挥手道："大家分头准备。"

先说鞠卫华于午夜十二点钟率人跃进烟台城，蹿房越脊地来到日军银行南面的一栋楼顶上。鞠卫华叫大家隐蔽下来，他带领五名侦察员跃向银行大门。大门两边的岗亭里各有两个日军便衣在打盹儿。鞠卫华从窗子分别各扔进两把飞刀，四个日军无声无息地魂归东洋。众人悄悄来到大厅门前，但见西边值班室里四个敌人正在打麻将，东边值班室里四个敌人在喝水聊天。鞠卫华推了推门，门里边有钢丝锁锁着。鞠卫华拔出金龙刀，伸进门缝轻轻一划，门锁立刻断裂，鞠卫华伸手示意，三名侦察员奔东边值班室，鞠卫华则领两人奔西边值班室，两组侦察员几乎同时将门踹开，里边的敌人大惊，刚要掏枪，鞠卫华打出了四枚铁钉，袭击东屋的侦察员则打出了四把飞刀，八个敌人无声无息地倒地丧命。鞠卫华他们有了前几次打劫银行的经验，不一会儿便找到了金库，鞠卫华三下五除二，几刀便将金库的锁砍落。鞠卫华忙将门外的其他侦察员招呼进来，大家七手八脚地将黄金和银圆背好，鞠卫华将八支香接在一起点燃，另一头放在一堆火药上，安排妥当后，便带领大家窜出了城。

鞠卫华等人来到城北的树林里，他们将黄金和银圆从铁箱里倒了出来，用麻袋装好，派人送回了驻地。鞠卫华把装金条和银圆的铁箱装上大车绑好，上边架了两挺机枪，将大车赶到离城北门二百米处停了下来。当时针指向凌晨四点时，轰的一声震天巨响，日军的银行飞上了天，接着各城门及司令部等处的营房接连不断地传来爆炸声。城门楼里的敌人一惊，全跑了出来，鞠卫华大车上的两挺机枪同时叫了起来，敌人如同割谷草似的倒了一大片……

原来，驻守烟台的是日军中将桥本治朗，他是侵华的急先锋，他从东北打到山东，遇到的全是韩复榘等不抵抗的军队，那真是所向披靡，未逢敌手。久而久之，养成了骄横得不可一世的傲气。昨天，烟台城周围的十二座炮楼同时被炸，青岛上司一顿臭骂。他亲自到现场看过，令他大惊的是，各炮楼未经战斗，士兵们在睡梦中被炸飞。这是什么部队有这么大的能力？他是百思不得其解，他凝思苦想，一夜未曾合眼，天快亮时，刚躺下想入睡，连续不断的爆炸声又把他惊了起来。接着有人报告，银行和营房被炸。桥本治朗惊得是一佛未出世，二佛已升天。他知道银行是青岛上司的命根子，如果银行有失，他只有剖腹谢罪。他急忙带人奔向银行，来到银行，但见昔日的银行大厅已成为一堆瓦砾。桥本治朗惊得呆若木鸡。突然，城北门传来哒哒哒的机枪声，接着有人来报，北门外发现拉金条和银圆的大车，桥本治朗一听，立刻带人奔到北门。但见一辆马车上拉着装金条和银圆的铁箱，车上架着两挺机枪，在前边边打边行。桥本治朗把昨天炮楼被端、今天营房被炸，以及银行被劫，全部怒火都集中到眼前这辆马车上，便带领五百多日军和一千多伪军，一窝蜂似的追了下来。城里只剩下二百多伪军守城。

桥本治朗率人紧紧咬住前面的马车，刚追了二里，突然前面的小山坡上射出了五六排子弹，日军哗啦一下倒下了五六十人，桥本治朗忙组织进攻，各种枪弹经过一阵急射后，当桥本治朗率人攻上山坡时，上面却空无一人。桥本治朗气得哇哇怪叫，看看前面的马车快要走远，忙又带人追了下去。刚转过前面山口，桥本治朗正追得起劲时，左边的树林里又射出了五排子弹，日军割谷草似的又倒下了五六十人。桥本治朗忙又组织进攻，各种枪弹又是一阵激射，当桥本治朗攻进树林时，树林里却空无一人。桥本治朗正气得三孔冒火、七窍生烟时，前面马车上的机枪又哒哒哒地响了起来，桥本治朗忙又率人追了下去。当追到山谷时，日军只剩下三百多人，眼见马车驶入山谷，桥本治朗忙命手下急追，一个中左见山谷两边山崖相逼，极是险峻，便提醒桥本治朗防止伏兵。可桥本治朗从望远镜里看到伏击他们的是一群孩子，气得他哇哇怪叫，率人便追进了山谷。桥本治朗正在狠追，前面谷口已被塞断，伏击他们的小战士，攀着悬崖上垂下来的绳子爬上了崖顶。谷内只留下拉黄金的马车。桥本治朗大喜，忙令人搬箱，可搬箱的人打开一看，里面全是空的。桥本治朗知道中计，忙令退兵。但为时已晚，只听得一声震天巨响，出口两边的悬崖已被炸塌，出口已被塞断。所谓鳖脖子，是因为此山口两边都是宽阔的山谷；只有此处道路极其狭窄，形同鳖的脖子，但这是东西唯一的一条必经之路，如果想不经这鳖脖子口，绕道回烟台，需绕过一百四十多里的大山。所以，桥本治朗一见谷口被炸塌的岩石塞断，心知不妙，忙令伪军搬开塞谷口的岩石，但山上的神枪手形同拿判官笔的判官，谁一靠近谷口，立刻被神枪手点了名。就这样，桥本治朗既不愿绕道回烟台，但也过不了鳖脖子口，就这样双方相持不下。

再说攻城的部队，南门、东门的枪声一响，北门和西门的伪军们呼啦一下便被吸引了过去，城头上只有三十多个伪军守城。刘海龙带领十名侦察员来到北门，他们用暗器射杀了城门两边岗亭里的八个敌人，刘海龙一招手，十人一齐跃上了城头，他们双枪齐发，三十多个守城的伪军猝不及防，糊里糊涂地全被歼灭。刘海龙等人急忙打开城门，早已埋伏城外的八路军呼啦一下便冲了进来，就在刘海龙带人夺取北门的同时，吴满仓同样带人夺取了西门，进城的部队对守南门、东门的敌人前后夹击，不到半小时便结束了战斗。

于得勇派出一个连防止乳山援敌。一个连防止烟台南线敌人援敌。其余的部队则忙着搬运敌人的仓库。这时，丁大庆带来了大批的民兵和马车，协同部队一起搬运。李天虎则带领侦察员开动了敌人的十几辆汽车，一直运到天黑，把烟台城里敌人的仓库搬了个干干净净。

这次战斗，共消灭日军五百多人，伪军一千六百多人。缴获长枪一千多支，轻重机枪一百多挺，迫击炮二十五门，汽车十四辆，各种弹药、冬装、粮食等物资一宗，彻底解决了八路军和民兵缺少冬装、枪弹、粮食等问题。

再说桥本治朗与山上的神枪手相持不下，既过不了鳖脖子口，但还不时有人被神枪手点名，看看天快黑了，桥本治朗生怕陷入夜战，忙令绕道回烟台，一千多日伪军忍饥挨饿，还不时被游击队袭击，一直到第二天天黑，才回到了烟台，但烟台的仓库已被八路军搬运一空。把个桥本治朗气得是：怒火三千丈，愤气似个长。

第九章

圣水观众英雄打擂　伟德山再设续伏阵

　　临近年关，胶东涌来了大量难民，车站上、马路上、大街上到处都是难民。老人翁山上又收留了三百多年纪较大的人，一百三十多个无家可归的少年儿童。鞠卫华把这些少年儿童编成两个连，即第五连、第六连。李天虎任第五连的连长，刘海龙任第六连的连长。同时，鞠卫华又选了一些年龄大一些的少年和一些成年人编入炮连，炮兵连发展到二百一十人，由王庆领着天天练习打炮技术。新编的两个连，鞠卫华调去了二十名侦察员，帮助李天虎和刘海龙训练这些新兵的枪法和刀法。这些面黄肌瘦、受尽苦难的孩子，突然有了饭吃，有了衣服穿，个个很高兴，训练起来特别能吃苦，射击技术与刀法提高很快。

　　一九四〇年的二月刚过，鞠卫华组织盖茅屋的、耕地的都开了工，修理铺由原来的二人发展到十几人，除了修理一下农具外，还打制了一千多把钢刀，许多破枪炮也可修理。老人翁山的春天处处呈现出一片繁忙而欢乐的景象。

　　这天鞠卫华正在观看师傅所传的《百阵图》，派往各县的侦察员回来各带了一张广告。大意是：日本第一武术冠军武男山雄带领十二名日本武师来中国设擂比武，所有的中国人均可参加，死伤自负。胜者获得刻有"亚洲雄狮"的金牌一块，败者获得写有"亚洲病猪"的木牌一块，挂在脖子上游街示众三天。擂台地点设在胶东荣成县，伟德山下的圣水观。时间是农历的五月初五日。

这时苏月华走了进来，鞠卫华把广告递给了苏月华说："妈妈请看。"

苏月华看后放于桌上说："敌人这是圈套，引你出来而消灭，千万别上当。"

鞠卫华说："擂台必须要打，而且要打胜，否则让中国人脖子上挂着'亚洲病猪'的牌子游街示众三天，全国各大报刊均要刊载，那将在全国人民心中造成什么影响，这你应该比我清楚。"

鞠卫华停了停道："反之，如果我们打赢了，获得了'亚洲雄狮'的金牌，全国各大报刊刊载后，那将大大地鼓舞全国人民的抗日斗志。你说这擂台能不打吗？"

苏月华说："可这明明是个圈套，我们还要钻吗？"

鞠卫华说："我们杀了那么多鬼子，抢了他们的银行，鬼子对我们当然恨之入骨。所以敌人设这个擂台的目的有二：

第一，如果我参加打擂，他们想用日本武师名正言顺地杀了我，让中国人挂着'亚洲病猪'的牌子游街示众，以打击中国人民的抗日斗志；

第二，如果我不参加打擂，他还是让中国人挂着'亚洲病猪'的牌子游街示众，以打击中国人的抗日斗志。我是四面受堵，只有去打擂，而且必须打赢。"

鞠卫华接着道："不过，我们不会让鬼子的阴谋得逞的。怕

124

只怕识不破敌人的阴谋，如果识破了，我们还怕他吗？"

两人正说着，黄星与于得勇走了进来。二人落座，鞠卫华给每人倒了一杯水道："爸爸和于叔叔定有急事而来吧！"

黄星喝了口水道："你看见日本鬼子设擂台的告示了吗？"

鞠卫华说："看见了，刚才正和妈妈谈论此事，爸爸有什么看法？"

黄星说："山东八路军纵队司令部来电，他们很重视这件事。司令部告诉我们，这是敌人设的圈套，想借机消灭你们。指示我们，要千方百计粉碎敌人的阴谋，借此打击敌人，鼓舞全国人民的抗日斗志。我们今天就为这件事而来的，你有什么看法？"

鞠卫华说："擂台要打，而且一定要打赢，这还不够，我们还要借此机会消灭这股敌人，借此鼓舞全国人民的抗日斗志。"

黄星问道："有什么具体计划吗？"

鞠卫华说："我们现在要做两件事，一是摸清敌人设擂的兵力等情况，二是加紧训练'阵法'，我想敌人是有备而来，绝不是简单的打斗。告示上说武男山雄带了十二名武师设擂，其中定要斗阵，我们必须做好准备。"

于得勇问："需要我们做什么？"

鞠卫华说："你们想法摸清敌人设擂的具体情况。打擂一事由我准备安排。"

"好！"黄星说："需要什么你尽管说，这次我们一定要粉碎敌人的阴谋，借此鼓舞中国人民的抗日斗志。"

鞠卫华笑道："对付武男山雄我还是成竹在胸的，这次我定叫他赔了夫人又折兵，要他们有来无回。爸爸你就放心吧。走，我今天早晨打了一只鹿，我请爸爸和于叔叔吃鹿肉。"

再说日本军部接到渡边欲仁中佐的报告后，起初并没有当回事，后来几个月不断接到许多日本官兵被中国侠客暗杀的事件后，这才引起日本军部的重视，立即批准了渡边中佐的报告，从日本调来了日本第一武士——武男山雄。由他率领日本十二名顶尖高手来中国的胶东设擂台。日本军部经过认真的研究，得知胶东圣水观每年五月五日端午节都举行盛大的庙会，到时会有千千万万的人参加。如果能在庙会这一天设擂台打败中国的武师，那将大大打击中国人的抗日斗志，而扬大日本帝国雄风。日本军部便派军部副参谋长山田仁勇少将亲自率领由武男山雄为首的日本武术团来到胶东，准备在五月五日端午节这一天在胶东圣水观设擂。同时中国各占领区的报刊均刊载了这一消息。立刻，全国人声鼎沸，中国武术界各大门派有爱国之心的武师都厉兵秣马，纷纷奔赴胶东，准备参加圣水观这一擂台赛，为中国人争一口气。

鞠卫华在独立团中选出了二十名武功好的侦察员，成天学习阵法的排布及破解。他们从"长蛇阵""五行阵""八卦阵""混元一气阵"等一一学起。大家日夜练习，一直到熟练为止。

光阴荏苒，不觉端午节临近。五月初四，吃过早饭，黄星、于得勇、赵山勇、鞠敬东、苏月华、王祝等人齐集在鞠卫华的办公室里。黄星说："据地下党侦察，明天由武男山雄率领十二名鬼子高手守擂。日本军部副参谋长山田仁勇将亲自观战，驻荣成县日军司令官渡边中佐纠集了四百多鬼子和一千二百多伪军护驾。大家谈谈我们的打擂计划。"

鞠敬东说："合我们三个独立营和少年独立团全部兵力，可不可以打鬼子的伏击？"

于得勇说："鬼子与伪军一千六百多人，我们全部兵力只有一千五六百人，打一下可以，但很难完胜。"

鞠卫华道："打擂台我有把握获胜，大家不用担心。但敌人出动了这么多兵力，荣成县与各据点必然空虚。你们荣成县独立营与威海卫独立营可趁机合力打下荣成县。圣水观的鬼子与伪军，我们独立团与文登独立营就能消灭之。"

"你准备怎么打？"大家齐问。

鞠卫华说："我们只需如此……但你们攻打荣成县不宜过早，也不可强攻，今天下午你可派奇兵潜入城内，约定明天上午十一点开始，里应外合。那时擂台大约打完，我们全力以赴地消灭鬼子。"

"好的！"黄星一挥手说："大家分头行动。"

圣水观位于伟德山西端南麓，据说当年全真教祖师王玉阳云游到此，见这里群山环抱、云雾缭绕、怪石嶙峋、峰峦叠嶂、苍松翠柏、花团锦簇，特别是有一清泉，泉水甘甜清冽，终年喷涌，从不枯竭。王玉阳不觉心中大喜道："此山藏风聚气，真乃神仙府第也。"于是结庐为庵，在此修道。后来，又来了一位名叫李良、号醒觉的僧人，他和王玉阳都是行伍出身，都曾是抗金的将领。后来因朝廷腐败，二人便都遁入了空门。只不过王玉阳信奉的是道教，而李良则皈依佛门。两人一见如故，虽然僧道两门，但一间草庐里从此却住着一僧一道。后来香火旺盛，两人有了积蓄，便盖了六间大殿，东三间塑的是元始天尊、老子的金像，而西三间则塑的是如来佛祖的金像。门上的匾额题字是"圣水观"三个字。恐怕天下也就此一家"僧、道一家"吧。后来香火旺盛，每年的五月五日端午节这一天，便在圣水观开起了庙会。开始只是圣水观周围一些村庄的人来开，后来越发展越大，到二十世纪三十年代发展到整个胶东的人都来参加。日本军部把擂台设在圣水观五月五日庙会这一天，其险恶用心也就昭然若揭了。再加上两个多月前，日本占领区各大报刊长篇累牍地刊载这一消息，立时整个中国武林为之震动。许多爱国武师便纷纷奔赴胶东，决心为中国人争一口气，更有一些虽然不懂武功，但却有一颗爱国之心的人，他们不远千里来到胶东，为参加打擂的中国人呐喊助威。中外各大报刊的新闻记者也成批地涌入胶东。一时间，荣成县、文登县、威海卫等各大宾馆人员爆满，晚上连许许多多的街道上也都睡满了人。

五月五日天刚蒙蒙亮，通往圣水观的各条路上便挤满了人流，纷纷涌入圣水观。

鞠卫华等人也早早来到了圣水观。但见庙前有两棵七八个人才能合抱过来的巨大银杏树，据传说是当年王玉阳与醒觉僧人所栽，至今已有四五百年的树龄。东边的银杏树下，荣成县京剧团搭建了一个戏台准备唱戏；而西边的银杏树下，日伪军则搭建了座擂台。擂台呈四方形，擂台的北边离擂台十多米处为日伪军官僚及各地记者摆了数百张桌椅。擂台南边的两个台角上各竖了一根高大木杆，上面挂了一副对联，左联写着：拳打中国病虎；右联写着：脚踢亚洲瘟猪。横批是：日本帝国必胜。而在横幅上还悬挂着一块大木牌，上面写着"亚洲病猪"四个字，这是准备给失败者挂在脖子上游街示众。木牌旁边还挂有一个刻有"亚洲雄狮"的金牌，这是准备奖给胜利者的，显示其至高无上的荣誉。

时至七点，圣水观已是人山人海，有卖糖枣的、水果及各种点心，还有卖艺的、搞杂耍的，整个圣水观庙前热闹非凡。东边戏台上一阵锣鼓声过后，戏已开始，唱的是《借东风》。西边擂台日伪军官及各地记者也都入座，最前边坐的是山田仁勇少将和驻荣成司令官渡边欲仁中佐及一些日伪军官，后面几排坐的是几百名记者，再后面是二百多鬼子分列两旁护驾。而武男山雄及十二名日本武士则坐在擂台北边。武男山雄的面前摆放着一张重达上千斤的坟前摆放供品用的石桌，上面摆放着几壶日本清酒及四个酒杯。武男山雄正悠闲地喝着日本清酒。

鞠卫华仔细地端详着武男山雄。但见其个头在一米六七左右，上身穿一件青背心，敞露着胸前一团黑绒绒的胸毛，两只粗若水罐的上臂各刺有一条青龙，宽大的嘴巴上边长着一个塌鼻子，窄窄的上额上嵌着一双小眼睛。一对太阳穴高高隆起，一看便知其内力深不可测。肥胖的身躯，叫人一看，活脱脱的一个日本相扑运动员。

这时师傅临终前的话又响在鞠卫华的耳旁："武男山雄性格暴躁，你要以静制动，以智胜勇，智勇结合为上。"想到这里，鞠卫华心中坦然，已胜算在握。

这时"当、当、当"几声锣响，鬼子翻译官鞠洪才打着锣走到台前道："今天有大日本帝国第一武士武男山雄率领十二名大日本帝国武士在此设擂台，获胜者奖'亚洲雄狮'金牌一块。"说着指了指挂在横幅上的金牌说："失败者须挂着'亚洲病猪'的木牌游街三天。"说着又指了指横幅上的"亚洲病猪"木牌接着说："台下所有的人都可上台打擂，但生死自负，打擂现在开始，有不怕死的请上来。"

鞠洪才话音刚落，台下一人高叫道："呔！俺铁笔神枪展飞雄来也，有不怕死的洋鬼子就过来领死。"随话声一个三十多岁、身材高大、手挂大枪的男子跃上了擂台。

一名日本武士手持军刀，飘身来到台上。

展飞雄更不答话，一招青龙入洞，枪尖直奔日本武士的前心刺来。那名日本武士毫不示弱，侧身避开了这临胸的一枪，同时一招青龙翻身，直向展飞雄的胸前滚来，一刀斩向展飞雄的双腿。展飞雄大惊，一招鱼跃龙门，险险避开了这一招，便横枪紧守门户，展开家传的青龙枪，与日本武士狠斗了起来。展飞雄枪法精妙，有如怪蟒翻身，神出鬼没。但日本武士刀法精纯，功力深厚。两人斗到一百多回合，展飞雄渐渐力怯。展飞雄料知久战必败，便右手持枪，一招玉女投针，枪尖直逼对方咽喉，同时左手从大枪中抽出了一枝判官笔，一招白虹贯日，判官笔直向日本武士的前心射去，而与此同时，日本武士也运足了内力，一刀隔开了展飞雄的近喉之枪，一招"双手推出窗前月"，一刀斩向展飞雄的脖子，饶你让得快，展飞雄的肩头早着了一刀，削去了一大块皮肉，立时浑身鲜血淋漓，展飞雄急忙跃下了擂台。而与此同时，日本武士的心脏也被展飞雄的判官笔洞穿，身体晃了两晃，立刻倒地毙命。台后上来了两个日本兵，将日本武士的尸体拖了下去。而武男山雄对这一切，连看也不看，好像没事人似的在那里慢慢地喝着日本清酒。

翻译官鞠洪才又敲着锣跑了上来喊道："还有谁上来，不怕死的上来！上来……"

鞠洪才话未喊完，就听一声怒吼道："狗汉奸休要猖狂，俺五虎断魂刀马昆来也，看看你东洋刀的厉害！"随着话声，一个手持九环大砍刀的大汉跃上了擂台。台北一个身材较高的日本武士跃进了台中。此人名叫犬养九郎，武功居十二名日本武士的前几位。

马昆也不答话，抡起了九环大砍刀，一招力劈华山，搂头砍下，犬养九郎见了冷笑了两声，不慌不忙，看看刀口贴近头皮，突然揉身一闪，不退反进，一刀抹向了马昆的脖子，马昆刀已用老，想回刀救援已晚，吓得他慌忙后仰，想用铁板桥躲过。但为时已晚，犬养九郎的刀来得太快，眼见得马昆的一颗头颅骨碌碌地从肩上滚了下来，腔子里的鲜血涌泉般地射出了五六尺高，无头尸身摇晃了两步,砰然倒地。犬养九郎抬脚将无头尸身扫下了擂台。台下人群大哗。

犬养九郎正想退下,台下突然一人大喊:"你杀了我哥哥马昆,我马鸣岂能干休。"随着话声,马鸣提着九环大砍刀跃上了擂台,也不答话,抡起了九环大砍刀是搂头剁下。

鞠卫华站在台前,见马鸣门户洞口,不禁大惊。知道马鸣又要蹈马昆的覆辙,忙暗暗地弹出了一颗无影针。犬养九郎冷笑着等刀临近头皮,刚要揉身进击,突然右腿一麻。犬养九郎进身不得,想要躲闪,已来不及,被马鸣一刀从头至腹,将犬养九郎劈作两半,五脏六腑撒了一地。台下一片欢呼。

而马鸣这时也一片茫然,他知道自己的武功还不如哥哥马昆。刚才是因见哥哥被杀,报仇心切而上擂台。他深知以自己的武功杀不了犬养九郎。为什么刀劈下来犬养九郎一动不动,他是百思不得其解。突然耳边传来有如蚊蚁的声音:"快下去。"他灵光一现,突然明白,定有高人帮忙。想到这里,他来到台前,一抱拳道:"谢谢大家!"说罢纵身跳下了擂台。

犬养九郎之死,日本众军官及武士们更是惊异。犬养九郎这样的一流高手,为什么竟连刀都未出等人来劈死?山田仁勇将军首先用日语向武男山雄问道:"怎么回事,犬养君怯阵吗?你带的什么武士,大日本帝国的脸被你们这些人丢尽了!"

武男山雄也是丈二和尚摸不着头脑,急忙放下酒杯,过来将犬养九郎的尸身反复翻看,两半尸身鲜血模糊,小小的针眼早被鲜血遮住,他翻查了半天什么也没看出来。只得挥手叫人抬下了尸体。

这时鞠洪才敲着锣上来道:"比武继续,有胆量的上来!"

只听一声娇叱道:"崆峒派寒梅来领教日本的东洋刀法。"

随着话声跳上台的却是一个明眸皓齿、十六七岁的小姑娘。

一个叫武田贤二的武士带着刀傲慢地来到场中。寒梅是挥剑急刺，剑尖颤动，寒星点点，顿时如浪花飞洒，直扑过来，武田贤二见了吃了一惊，他虽然武功高强，见此精妙的剑法也不敢大意，箭似的射出去，虽然躲过了这一招，可也险到了极点，再也不敢大意，急忙拔刀，一招铁锁横江，直向攻来的寒梅拦腰斩来，寒梅凌空跃起，峨嵋剑法何等迅捷，鹰啄隼击，有如狂风暴雨般地卷了上来。武田贤二大吃一惊，暗道："这个小姑娘剑法如此厉害。"连闪三剑，急忙展开东洋刀法，勉强敌住。

这寒梅年纪虽小，却是峨嵋派的掌门人，人很聪明，剑法深得峨嵋派的真传。武田贤二虽然把东洋刀舞起了一团银光，但寒梅犹如蝴蝶穿花似的在刀光中穿来插去，声东打西，不一会儿武田贤二的上臂、肩窝各中了一剑，中肩窝的一剑前胸后背已洞穿，伤得极重，武田贤二奋力挡过一剑，腾身跃出圈子，跳下了擂台。台下掌声雷动，寒梅也纵身跃下了擂台。

鞠洪才提着锣上来敲了两下，刚要开口喊，突然眼前红影一闪，一个胖大的和尚手持禅杖站立台中道："阿弥陀佛，少林寺智仁来领教东洋武功。"

老和尚是少林寺监寺智仁长老，武功仅在少林寺三位长老之下，今天智仁长老亲自登台，也是想灭一灭东洋人的傲气。

老和尚话音刚落，一个日本武士已来到中央。此人名叫柳川信男，在十二名日本武师中名列第一，武功仅在武男山雄之下。

智仁长老一打稽首道："阿弥陀佛。"柳川信男的单刀已向前一伸，发了两个虚招，突然刷地一刀，使出的竟是中原追风刀中的一招"拨星揽月"，直指智仁长老的肋下，智仁长老立起禅杖，一个翻身，一招"乌龙盘树"，横扫柳川信男的中路，柳川信男身体一矮，人伏地下，一招"怪蟒翻身"，刀锋直斩智仁长老的双腿，智仁长老一个虎跃，人在半空，杖头下击，叮当一声，刀杖相交，柳川信男双臂麻疼，一个"鲤鱼打挺"跃了起来。智仁长老也已落地。两个人换了一招，各具戒心，绕场盘旋，寻隙进攻，谁也不敢冒进。

两人凝神沉气，绕场转了三周，柳川信男突然跃起，头下脚上，一招"乌龙搅海"，单刀直攻智仁长老的上三路，智仁长老虎吼一声，碗口粗的禅杖猛地一抢，卷起一团黑雾，如山的杖影将柳川信男裹在其中。柳川信男也不含糊，单刀舞起一团银光，把智仁长老如山的杖影全封了出去。

智仁长老久经战阵，火候老到，阅历深远，他与柳川信男战了一阵，已知柳川信男刀法虽好，论内功远非自己可比。便不惜消耗内力，施展出凶猛的伏魔杖法。如山的杖影把柳川信男紧紧地困在其中。而柳川信男刀法如风，虎跃鹰叼，攻守兼备，虽处下风，智仁长老却也奈何他不得。

两人翻腾辗转又战了一百多招，柳川信男渐渐力怯，知道再苦斗下去必然落败，见智仁长老杖扫中盘，便凌空跃起，刀尖轻点杖头，想跳下擂台，但智仁长老料敌在先，一招"白虹贯日"，这乃是"伏魔杖法"中的救急绝招，杖头正中柳川信男的腰部，这一杖力逾千斤，柳川信男人在半空，便被拦腰斩为两段，智仁长老随势蹿出收回禅杖。柳川信男的上半截尸体砰的一声落在了山田仁勇少将的眼前，众鬼子军官吓了一跳，台下是欢呼一片。

智仁长老禅杖噔地一下在台上一顿，手指武男山雄道："来，老衲领教你三百招！"

武男山雄冷笑一声，手中的酒杯突然飞了过来，智仁长老但觉一股大力贯胸而来，忙伸手运功抵御，酒杯在两大高手深厚内力的作用下，砰的一声粉碎。武男山雄坐在那里面不改色，而智仁大师一口鲜血喷出，身体如同断了线的风筝似的飞下擂台。鞠卫华飞身跃起，将智仁大师接住，轻轻放下，忙推血过宫，替他疗伤。智仁大师但觉一股热流涌入全身，一会站了起来道："多谢小友援手，老僧不是他的对手，折损了中国人的锐气，惭愧。"

鞠卫华忙道："大师不必自责，胜败乃兵家常事，一会我替你出这口恶气。"

智仁大师见鞠卫华年纪虽小，但内功深厚，知他所言不虚，便慈祥地点了点头。

这时武当派松明道长见智仁长老受伤，知道武男山雄内功深湛，自己实难力敌，便带了七名弟子跃上了擂台道："武当剑阵，挑战武男山雄，可否敢破阵？"

两个日本武士站了起来，武男山雄伸手将他们拦住，拔出了背上的单刀。鞠卫华细看，但见此刀一片雪亮，刀的式样与自己的金龙刀一模一样，知是金龙刀的配偶"银凤刀"。不知如何流落日本。

这时武当派松明道长已率领弟子排好了剑阵，单等武男山雄攻打。

鞠卫华见武当派所布剑阵，实乃八卦阵，今天是甲申日，"休门"在东方震位，"生门"在东南方巽位，"开门"在东北方坎位。武男山雄站在"生门"位，一个青龙入洞，便从"生门"杀了进去，他不奔中宫，而向东北方"休门"攻来，松明道长忙发动变阵，而武男山雄踏稳"休门"，你快我快，你慢我慢，随着阵的变化而变，当变到八八六十四变时，阵已不能发动变化。

原来，八卦阵学的精，最初八八六十四变，由六十四变演成三百六十五变，按周天之数，反反复复，变化无穷，武当剑阵只能变到八八六十四变，但就这六十四卦的变阵从来还未遇到能破的对手。但今天变到六十四变穷尽时，阵已无法发动。武男山雄抓住这稍一停顿之时，手中的"银凤"刀卷起一片银虹，"开门"位的道士首先臂上中了一刀，手中的宝剑立时落地，阵势立刻大乱，武男山雄刀扫脚踢，片刻武当派的八名道士都被打下了擂台。

武男山雄招手叫上来五名日本武士，来到台前大叫了几句日本话。翻译官鞠洪才立刻来到台前道："太君说了，中国的八卦阵不堪一击，如今他摆了'五行阵'，台下有没有人敢上来破阵？"

鞠洪才叫了半天，无人敢上台破阵。

鞠卫华附在王祝耳朵上耳语了一会，王祝点了点头。手提两把日本"五胴切"跃上了擂台。

五个日本武士立刻将他圈入阵中，台下众人鸦雀无声，都知道一个日本武士都难对付，如今是一对五的五行阵，都为王祝捏了一把汗。

五行阵是按木、火、土、金、水五方排列，相邻相生，隔一相克，每攻一处，总要遭到相邻之三处的攻击，其力道猛增数倍。王祝对此早已了如指掌。但见他手持双刀，右手刀向"木"位的日本武士一伸，发了一个虚招，立刻引来了"木"之子"火"位的武士和"木"之父"水"位武士的攻击，王祝虚招发出之后，还未等到三处的攻击到来，运用绝顶的轻功，已蹿至"金""土"两个位置的武士身前，双刀齐展，"金""土"位上的两个武士的双腿已被双双斩了下来，"木""火""水"位的鬼子立刻傻了眼，就在这一愣神儿时，王祝一个"双刀剪"的招数，"木""火""水"位上的三个武士，双腿同样中了"五胴切"，五个失去双腿的鬼子倒在地上杀猪般地号叫。王祝纵身一跃，下了擂台，台下立刻掌声雷鸣。

山田仁勇少将大怒，立刻指示武男山雄出战，为日本帝国挽回面子。

翻译官鞠洪才来到台前道："武男山雄太君是日本第一武士，谁有胆量上台来战？没有胆量就躲得远远的，免得……"

"滚！这只断了脊梁骨的癞皮狗！"随着喊声，鞠卫华一个旱地拔葱，跃上了擂台。

武男山雄也来到台中道："小孩不要找死，快快地下去。"

鞠卫华不慌不忙地来到台北边的那张大石桌前坐下，拿起酒壶喝了一口酒道："中国的小孩也会杀日本瘟猪。"

武男山雄大怒，立刻奔了过来。鞠卫华突然双手一抓，将重逾千斤的石桌抓起，向武男山雄一送笑道："瘟猪别怒，请喝酒，喝完酒我再杀你这头瘟猪。"

武男山雄怀愤奔来，忽觉劲风贯胸，心中大惊，忙凝神运力，奋起神威，双掌抵住石桌往前一推。鞠卫华身上有师傅近百年的功力，武男山雄的外家功也是登峰造极，力大无穷，这两人双双一用力，猛听得轰的一声巨响，石桌碎成了无数小块，满空飞舞，平地下了一场石雨。武男山雄给震退了七八步，险些跌倒，双臂酸麻。而鞠卫华在如雨的石弹中兀立不动，脸露微笑。这一较劲，表面看来皆无伤损，其实武男山雄已输了内力。日本第一武士的威风，今天竟折在中国一个小孩的手里。

武男山雄面红耳赤，他看看鞠卫华，怎么也不相信，这个小孩就算生下来就练功，也只有十多年的时间，他怎么会练出这么深的功力，就是我的师傅在世，其功力也不过如此。想到这里，他突然想起当初被逐出师门时，师傅曾说过："就你学那点三脚猫的本领，在日本横行两天还可以。如果你不知天高地厚地踏入中国横行，中国那些博大精深的武功，将使你死无葬身之地。"

想到这里，他要来中国武林争雄斗狠的万丈雄心，立刻跌入低谷，变得心灰意懒。暗暗心道："看来，今天想全身而退都难，更别说胜这个小孩，我内力已输，只有和他斗拳脚和刀法。力争靠自己多年的实战经验来胜他，料你十几岁的孩子，虽然内力深厚，但实战经验一定少。"想到这里，武男山雄凌空跃起，犹似一只饿狼，左掌向鞠卫华的天灵盖拍下，右手变爪向他的肩头抓来，而左右两脚则攻向他小腹和双腿。鞠卫华不躲不闪，等掌爪堪堪贴身时，脚下突然一蹬，后跃一步，刚好躲过他的一招四式的恶毒攻击，与此同时，鞠卫华的右掌如刀似的一招力劈华山，向武男山雄的天灵盖劈下。武男山雄见了大喊一声："来得好！"他一个寒鸡独立，把头一偏让过对方致命的一击，而同时他的右掌一掷，砸向鞠卫华的右手腕，此招名为败掌，仍是从岳飞的败枪化来，再无救处。武男山雄仗此招败过了无数日本高手，今天他一见鞠卫华使出了力劈华山的一招，心里暗喜，满以为必胜无疑。岂不知，这一招乃是鞠卫华的师爷一清道长传给了武男山雄的师傅武男太郎，传后一清道长生怕这一招将来危害中国武林，便闭关半月想出了"杀虎指"这招，专用以破解败刀。今天鞠卫华用这招力劈华山是有备而来，目的是诱敌使用败掌。武男山雄果然上当。鞠卫华看看武男山雄的掌沿接近了自己的掌腕，突然使出了一个"卧龙翻身"的家数，身体直向武男山雄的胸前滚来，右手掌由上三路转入了下三路，向武男山雄的左腿砍去。武男山雄慌忙左腿后撤，让开了对方的一掌。可是鞠卫华的左手骈指如戟，重重地插入了武男山雄的肋缝。接着一招"大风车"，武男山雄的肋骨被鞠卫华硬生生地抽出了一根。饶你武男山雄似铁打的金刚，也疼得他差点晕了过去，"哇"的一声，吐出了一大口鲜血。鞠卫华将手中的肋骨一抛，箭般地射向了武男山雄的面门。武男山雄忍痛使出了一个"凤点头"的家数，险险避开了这致命的一击。

这时台下欢声雷动，一片声地高喊："杀了他！杀了他……"

武男山雄两眼一片迷茫，他做梦也想不到他赖以成名的"败刀"今天竟折在中国一个小孩手里。他上下打量了一下鞠卫华，用生硬的中国话问道："阁下是中国的何门派？"

鞠卫华道："自然门。"

武男山雄道："云鹤道人是你什么人？"

鞠卫华道："师傅。"

武男山雄恶狠狠地道："怪不得你能'破败刀'这一招，原来你那可恶的师爷只教了我师傅'败刀'这一招，而未教他破解之法。今天你是山羊往屠户家里跑，找死来了。你现在走尚可全身而退，否则，嘿嘿……"

鞠卫华道："否则怎样？"

"你将死无葬身之地。"武男山雄恶狠狠地道。

"哈哈、哈哈、哈哈哈……"鞠卫华发出了一串长笑后道："我听说你的爷爷、你的爹爹、你的师傅，个个都是与人为善，造福于人民，是受人尊敬的英雄。可惜武氏家族出了你这么个败类，你鱼肉百姓，祸害天下，丢尽了你爷爷的脸、扫尽了你爹爹的面、煞了你师傅的门风，像你这种叛师灭族的畜生，活着无颜见乡中之父老，死后进不了家族的庙堂，史官秉笔而记录，百姓众口而传扬，你将被载之史册，遗臭万年，现在你还敢站在台上不知羞耻地打擂招摇，你是光着屁股入土，死不要脸，真是一个猪狗不如的畜生，你如果还有一点人性，赶快撞死在台上，以谢天下，免得你又为武氏家族的门上挂粪桶，辱没了你祖师的门风。"

武男山雄听了气得他是一佛未出世、二佛已升天，噗地一口鲜血喷了出来，正是：怒从心头起，恶向胆边生，武男山雄恶狠狠地道："量你一个乳臭未干的毛头小儿，你有何能耐，敢在台上喋喋狂言，今天我倒要看看你有何本领。"

鞠卫华冷笑道："那么我今天要替武男太郎清理门户了。"

台上两人同时都拔出了单刀，两人都是一惊。鞠卫华见武男山雄所拔出的刀果然是"银凤宝刀"，通身雪亮，寒气逼人；武男山雄见鞠卫华拔出的刀是"金龙宝刀"，通身赤金，犹如一条火龙，闪烁不定。二人均知对方是宝刀。二人是风驰电掣般地交换了一招，都慌忙跃退，察看自己的刀口。二人见刀口无恙，均已放心。

鞠卫华霍地倒退数步，立了一个寒鸡独立的势子，将宝刀一顺，使了一个丹凤撩云的家数，搂头盖脑地劈了下来。

武男山雄吃过鞠卫华"杀虎指"的大亏，虽见鞠卫华搂头劈下，却不敢再用败刀，便挥动银凤刀和鞠卫华大斗追风刀。鞠卫华展开追风刀法，其势如闪电惊飙，狂涛骇浪，渐渐地舞成了一团金光，不见他的踪影。武男山雄的银凤刀也施展开来，只见冷电精芒，刀花如浪，千点万点，直洒下来，渐渐地只见一团雪光，裹住了他的身影。

这时擂台下是寂静无声，东边戏台上的演员也不唱京戏了，拉琴的忘了拉琴，打锣鼓的忘了打锣鼓，就连擂台后的鬼子军官也都站了起来，伸长了脖子看得呆了。

两人使的都是追风刀，都是以快打快，见招拆招。斗到酣处，擂台上但见一团金光和一团雪光在滚动。一会儿金光如一团火球，渐渐地将雪光裹住，看看就要把雪光熔化；而雪光则慢慢地又从金光中冒了出来，越冒越大，犹如一团浪花，把火球裹住，火球看看就要被浪花浇灭，而火球又从浪花中冒了出来。两个人杀得天昏地暗，目眩心骇。两人又苦斗了大约一个多时辰，犹自不分胜负。武男山雄胜在经验老到，身庞力大；鞠卫华则胜在身具师傅近百年的功力，刀法娴熟。两人又苦斗了一百多招，仍是未分高下。鞠卫华见胜他不得，霍地一变刀法，只见金光匝地，紫电飞空，四面八方尽是鞠卫华的刀光人影。武男山雄识得是八仙追风刀法。他更不怯惧，将银凤刀舞得风雨不透。饶你鞠卫华厉害到怎样，也难以攻进。两人又斗了二百多招，武男山雄因被鞠卫华抽去了一根肋骨，内力不继，弄得满身大汗。心里极为焦躁，自己一世英名，今天竟折在一个小孩子手上，心实不甘。再看看鞠卫华气定神闲，丝毫没有一点败象。心知再斗下去，恐难以全身而退。不如三十六计，走为上计。想到这里，唰唰唰几刀，迅如怒狮，明是抢攻，实是走势。鞠卫华遮挡之间已知敌意。武男山雄虚晃一刀，左手一扬，一招"满天花雨"，六把飞刀分袭鞠卫华的全身要穴，接着飞身而逃。鞠卫华见了冷笑一声，便一扬左手，九枚铁弹立刻电射而出，其中六枚将飞来的六把飞刀击落，而另三枚分袭武男山雄的上、中、下之路，武男山雄迫得使出了泥鳅过江的招数，左腾右闪，险险避开了这致命的三枚铁弹，就这样缓得一缓。鞠卫华的轻功远胜于他，双脚一跃，已经到了他的身后，一刀刺向了他的后心。武男山雄迫得回身刀起处将逼近心窝的刀架开，正待还他一招。鞠卫华是何等的厉害，更不容他还手，紧接着一招拨草寻蛇的招数，刀锋直向其脖子砍来，武男山雄回刀来架，但鞠卫华此招乃是虚招，不待对方招到，金龙刀已攻向对方的膝盖。武男山雄大惊，刚想后跃避开，但为时已晚，一条腿已鲜血淋漓地被齐刷刷地斩了下来。武男山雄胖大的身躯泰山般地崩倒。银凤刀"当啷"一声落在一边。鞠卫华顺手抄起他的银凤宝刀。一个飞纵，把擂台横幅上挂的"亚洲病猪"的木牌摘了下来，顺手抛给了武男山雄，而将刻有"亚洲雄狮"的金牌摘下来挂在脖子上。台下是欢声雷动，人声鼎沸。

渡边欲仁慌忙指挥鬼子开枪射杀鞠卫华，但为时已晚，鞠卫华脚踏树梢，顷刻无影无踪。

山田仁勇少将和几个日本军官都一言不发地离开了座位。他们甚至没有看一眼失去一条腿的武男山雄。

再说鞠卫华等人使出了草上飞的家数。几个起落便来到了圣水观的出山口。这里是通往荣成县的必经之路。独立团在路两边一百五十米处各埋伏了一个连，共一百三十多人。不一会儿，四百多鬼子和一千二百多伪军排着四队整齐地开过。鞠卫华放过了前面的伪军，等后面的鬼子进入伏击圈，鞠卫华枪声一响，立刻路两旁枪声大作，三排枪过后，鬼子倒下了一百多人。等鬼子组织炮击反扑，独立团早已无影无踪。渡边欲仁看到鬼子死伤了一百多人，伪军无一伤亡，便一把抓住伪军大队长刁世熊道："你的私通八路！为什么八路军只打皇军而不打你？"

刁世熊忙道："太君冤枉啊，我对太君可是忠心耿耿啊！我也不知道为什么八路军没打我们！"

渡边欲仁道："你们的后边走，皇军前边开路。"渡边欲仁以为皇军走在后边挨了枪，这才叫伪军走后边，皇军走前边，皇军或许少受损失。于是，鬼子伪军又抬着鬼子的尸体，排成了四路出发了。可刚刚行了七八里路，突然公路两边的树林里又射出了三排子弹，鬼子一下子又倒了一百多人，而后面的伪军无一伤亡，等鬼子组织反扑时，两边树林里又无人影。

渡边欲仁大怒，啪啪地打了刁世熊两个耳光道："你的良心大大地坏了，为什么八路军不向你们开枪？"

刁世熊捂着脸道："太君，我真的不知道是怎么一回事，天地良心，我对皇军向来是忠心不二的呀！"

渡边欲仁恶狠狠地说："皇军的走中间，你们的走前边和后边！"

于是前边六百多伪军开路，后边六百多伪军断后，二百多鬼子走中间。真是，急急如丧家之犬，忙忙如漏网之鱼，慌慌张张地向荣成县奔去。

刁世熊挨了两个耳光，憋了一肚子气，暗暗地通知各个伪军中队长说："通知弟兄们，一旦战斗打响了，叫弟兄们枪口抬高一点。八路军讲情义不打我们，我们也不向八路军开枪。"

鬼子与伪军又行了十多里路，来到了龙床村南山口。这里路西边是山，东边是水库。突然前边路口被许多柴草塞断，伪军停止了前进。渡边欲仁查知后，便下令伪军搬开。突然山上丢下了几支火把，浇了汽油的柴草立刻燃起了熊熊大火。同时山上又是两排枪响，走在队伍中间的鬼子一下子又倒下了二百多人。只剩下渡边欲仁中佐和山田仁勇少将伏在马的一侧，才侥幸活命。

鞠卫华运足内力喊道："伪军弟兄们，你们已经被包围了，再不交枪，你们将和鬼子一样的下场，这里就是你们的坟墓。"

山上的战士们齐喊："缴枪不杀！缴枪不杀！"喊声震动了山野，也震动了所有的伪军。刁世熊首先喊道："八路军讲仁义，他们不打我们，我们也不打八路军，我们投降！"

渡边欲仁中佐伏在马后偷偷地向刁世熊举起了手枪，刚要开枪，伪军中一个叫孙明良的中队长手起一枪，打掉了渡边的枪，伪军们则纷纷举枪投降。

鞠卫华叫一千二百多伪军排好了队，由黄星对他们进行了一番政治思想教育。最后道："愿意参加八路军打鬼子的我们欢迎，想回家种地的我们欢送。但今后不许再当汉奸，否则，下次捉到定不轻饶。"

　　结果回家的四百多人，有七百多人参加了八路军。其中包括翻译官鞠洪才和刁世熊及各中队长。

　　大家正在打扫战场。突然，山下跑来了三百多人。鞠卫华一看，原来都是参加打擂的武师，为首的是武当派的松明道长。他们来到近前，松明道长说："我们各派公推鞠卫华小侠为武林之尊，带领我们打鬼子，希望小侠不要推辞。"

　　鞠卫华说："八路军是很好的抗日队伍，我也参加了八路军，大家如果愿意，我们一起参加八路军，共同打鬼子。"

　　松明道长说："唯你马首是瞻，你走到哪里，我们跟到哪里！"

　　鞠卫华说："谢谢大家看得起我，我们今后就共同在共产党的领导下打鬼子，直到把鬼子赶出中国！"

　　"把鬼子赶出中国……"大家不约而同地齐呼了起来。

　　突然，南边天空升起了两颗绿色信号弹。

　　黄星高兴地说："荣成县打下来了。卫华，我们去荣成县！"

　　鞠卫华安排王祝带人打扫战场，打扫完后则押着渡边欲仁中佐和山田仁勇少将回老人翁山。鞠卫华与黄星则领着一个侦察班的战士奔往荣成县。

　　原来，赵山勇和鞠敬东昨天下午便安排了二十个功夫好的侦察员偷偷地进了县城，找了一家地下工作站隐蔽起来。等到今天上午十点钟，荣成县独立营突然猛攻南门。城里只有三十多个鬼子和一百多个伪军守城，一下被吸引到了南门。而城里的二十个侦察员则趁机夺取了北门。威海独立营则浩浩荡荡地攻进了城，全歼了三十多个鬼子和一百多伪军。当鞠卫华与黄星赶到时，大家正在忙着搬运战利品。

　　鞠卫华一看有十多辆汽车。大家正愁不会开，鞠卫华忙安排侦察班的战士开车。再加上黄星发动群众从各村找来的六十多辆大车，把鬼子的仓库搬得干干净净。

这次战斗，消灭了四百多日军，一千多伪军，共缴获长枪一千二百多支，机枪五十多挺，迫击炮十门，短枪二百多支，炮弹三百多发，子弹一百多万发，汽车十四辆，马车二十多辆，战马五十多匹，金条一百多斤，银圆八百多万元，粮食六十多万斤，各种手榴弹、炸弹等一宗。众人搬了一下午。晚上老人翁山上是杀猪宰羊，共庆胜利。

第十章

破囚笼大闹荣成县　郑大龙勇炸沽河桥

　　七百多个伪军俘虏兵，荣成县独立营、文登县独立营、威海卫独立营各领了二百人。独立团领了一百六十人。经过严格训练，鞠卫华把他们编成了独立团第七连，下设四个排，原来的伪军大队长刁世熊任连长，中队长孙明良、李大奎及小队长王建春、童明四人分别任排长。配备长枪一百四十支，机枪十二挺，每人单刀一把，各连长及排长和二十名侦察员均是双枪和单刀。由王祝常抓其训练。

　　新来的三百二十个武林人士编为独立团第八连、第九连、第十连。武当派的松明道长任第八连连长；五虎刀马鸣任第九连连长；第十连是由崆峒、峨眉派等女性组成，崆峒派的掌门寒梅任连长。这些人经过严格的军事训练，每人配置一支长枪，两支短枪，外加自己惯用的刀剑等兵器和暗器，每人还配有一具防弹盾和一件隐蔽网。这三个连合称特殊独立营，由王祝兼任营长。

　　这天鞠卫华和苏月华刚吃完早饭，负责看押日本俘虏的战士来报告："藤野元次郎等九个日本俘虏吵着要见你。"

　　苏月华笑道："走，卫华，咱们看看去。"

鞠卫华和苏月华及王祝来到看守所。渡边中佐和山田仁勇少将坐在墙角的一条凳子上，铁青着脸，一言不发。藤野元次郎及八个日本兵一见鞠卫华和苏月华，立刻都跪了下来道："我们有罪，我们愿意赎罪。"

苏月华和鞠卫华忙将他们扶起。苏月华问道："你们有什么事要我们帮忙吗？"

藤野元次郎道："我们来中国打仗，都是日本那些好战的政客们逼的，他们不顾日本人民的反对，发动侵略战争，给中日两国人民带来了天大的灾难。我们愿意赎罪，请允许我们参加你们八路军，我们愿意和你们一起战斗，早日结束这罪恶的战争。"

苏月华忙说："好，我们八路军欢迎你们，等战争结束，你们愿意留在中国就留在中国，愿意回国就回国。从今天起，你们就是中国人民的朋友。"

藤野元次郎感激地说："谢谢长官，谢谢长官。"

苏月华与鞠卫华商量道："我们应该举行一个欢迎仪式，要让全体八路军战士尊重他们这一义举。"

鞠卫华说："我去集合队伍，你随后带他们到操场。"

独立团的战士排成了整齐的队伍，齐集在旗杆石前的草场上。

苏月华来到队前说："同志们，我们今天欢迎一批特殊的战士，他们就是藤野元次郎等九名日本人。经过教育学习，他们认识到日本政府发动的侵略战争是错误的。这场战争给中日两国人民带来了无数的灾难。他们九人愿意加入我们八路军，和我们一起为反侵略而战。我建议大家以热烈的掌声欢迎他们！"

八路军队伍里立刻响起了雷鸣般的掌声。

藤野元次郎等人感激得不断鞠躬。

苏月华刚讲完，鞠卫华走上前道："从今天起，他们就都是和我们一样的八路军战士，是我们的同志，是战友。我们八路军讲的是人人平等。我们不能因为他们以前犯了错误而歧视他们，我们要尊重他们，我们要互相关心，互相爱护，互相帮助，共同战斗。大家能不能做到？"

"能做到！"大家齐声回答。

经过了解，八个日本兵都是炮兵。这八个人都编入了炮兵连，由王庆具体安排。为了工作方便，鞠洪才也调入了炮兵连，兼作这几个人的翻译工作。而藤野元次郎则留在独立团任团部参谋长。

中午，鞠卫华和苏月华及王祝三人叫伙房多准备了两个菜，并开了一瓶日本清酒，表示对藤野元次郎的欢迎。

藤野元次郎是个中国通，对他的欢迎他很感动。吃饭间，鞠卫华等人才了解到，藤野元次郎是日本陆军学校工兵专业毕业。

鞠卫华便问道："我们这座山要修建什么样的工事才能不怕飞机大炮？"

藤野元次郎说："飞机丢的炸弹和大炮弹可炸七八尺深。我们只要修一丈以下的地下工事，就可防住飞机和大炮。"

鞠卫华说："好，吃完饭请你为我们设计一份草图。"

"好的！"藤野元次郎立刻站起来敬了个礼。

下午藤野元次郎果真设计了工事地图。鞠卫华看了后，忙叫来了刁世熊道："刁连长，这修工事的任务交给你们连，你看有什么困难吗？"

刁世熊一个立正道："没困难，保证完成任务。"

鞠卫华说："叫战士们轮流作业，别太累了，要爱护战士，珍惜战士们的血汗。"

刁世熊忙说："是，团长。"

鞠卫华挥了挥手，刁世熊退了出去。

一九四〇年的八月十二日上午，老人翁山独立团指挥部，黄星正在主持召开军事会议。与会人员是胶东各独立营的营长及独立团团长鞠卫华和政委苏月华。

黄星书记首先讲道："今年春，因宜昌失守，日军集中轰炸重庆，国民党政府内部主和派活跃。我们八路军愈觉战略环境恶化。日军集中进攻八路军，实行囚笼政策。他们以铁路为轴，公路为链，碉堡为锁。对根据地实行疯狂的大扫荡，实行烧光、杀光、抢光的三光政策，企图困死我军。为了打破日军的囚笼政策，振奋人心，挫败重庆的主和派，提高八路军的威望，要扩大根据地。八路军总部觉得，集中八路军主力二十二个团，加上各地方独立营和游击队及地方武装民兵等，计一百个团，发动一个百团大战，目标是破袭日军华北铁路交通线，以正太铁路为重点，八路军各团乘夜出击。或攻据点，或扒铁路，或炸工厂及矿山。要在日军所据的正太、同蒲、平汉各铁路线同时打响。八路军总部给我们的任务是：配合百团大战，或拔据点，或破袭交通线，或除汉奸，或破坏水电等。进行一切力所能及的战斗。要把胶东搅得天翻地覆，叫日伪军日夜不得安宁。同时，我提醒大家，敌军停止了正面进攻，把大量兵力调往后方，重点进攻解放区。胶东地区敌人已增兵到日军一万八千多人，伪军三万多人。我们要在战略上藐视敌人，但战术上重视敌人。"

赵山勇问道："我们的具体任务是什么？"

黄星喝了口水说："特委决定，文登独立营在乳山一带战斗，荣成独立营在文登县一带战斗，威海独立营在威海一带战斗，少年独立团在荣成县一带战斗。目标是炸毁公路上的桥梁，袭击敌人的工厂、仓库、水、电等设施。这次战斗是整个八路军总部指挥，定于八月二十日晚上战斗打响。大家有什么可提出来。"

鞠卫华说："我们胶东发动这么大的战斗，必然引起鬼子百倍的疯狂的报复，我们必须未雨绸缪，作好准备，特别是根据地的老百姓，要充分作好准备，作好粮食等物资的坚壁清野工作。敌人一来，群众可马上转移，另外可多组织武装民兵，进行麻雀战。要加强通讯联系，不要等临时手忙脚乱地打无准备之仗。"

黄星说："你讲得很好，明天我还要召开地方党组织会议，进一步强调组织群众及民兵。大家还有什么建议？"

鞠卫华说："现在离八月二十日零算还有八天，各独立营一定加强侦察工作，必须了解敌情。在胶东，我认为鬼子最致命的东西是仓库和银行，其次是交通及水电等，这将是我们进攻的主要目标。"

黄星说："讲得很好，大家还有没有问题？"

"没有！"大家一齐回答。

"好，大家分头准备，散会。"黄星一挥手说。

鞠卫华送走众人，与黄星分手时说："爸爸要到哪一带工作？"

黄星说："下一步我们要召开地方党组织会议，要充分发动群众，准备打好这一仗。"

鞠卫华说："有什么事赶紧派人到这里与我联系，特别注意安全。"

黄星说："放心吧卫华，有小白跟着，咱谁也不怕。"

鞠卫华看了看腰插双枪、身背单刀的白云说："要多提高警惕，千万不可掉以轻心。"

白云说："放心吧团长，我不会让黄书记少一根汗毛的。"

黄星说："好了，卫华快回去吧，我等着听你们独立团的好消息。"说着挥了挥手，与白云翻身上马，道一声再见，扬鞭绝尘而去。

　　鞠卫华回到指挥部，立刻派出侦察员，前往荣成县侦察敌人的仓库、银行、桥梁及日伪军司令部的情况。人员派出后，鞠卫华又和刁世熊察看了地下工事的修建情况。工事是修在离地面三米多高的断崖上，上下两层，东西一百二十多米长的断崖，东西全部用地道连通。每层六十多个火力点，上下两层火力点插花式的排布，工事顶上是几百米高的山峰，任何大炮也炸不透。每层火力点配备长枪一百二十支，轻机枪二十五挺，重机枪十挺，形成交叉火力。鞠卫华看后满意地说："刁连长，干得很好，与图纸完全一样。"

　　刁世熊说："这图纸设计得太好了，断崖前这三百米的山坡，完全被机枪交叉的火网覆盖，管叫敌人来一千死一千，来一万死一万。"

　　鞠卫华问道："断崖到山下有多少米？"

　　刁世熊说："大约四百米。"

　　鞠卫华说："你明天带人在距山下二百米处，东西挖一条交通沟，深三尺半，宽三尺，我自有用处。"

　　"是，团长。"刁世熊高兴地回答。

　　八月十八日上午，独立团指挥部里，派往各地的侦察员正在汇报情况。

　　荣成县共有鬼子一千多人，伪军两千多人。司令部设在县政府，有一百多个鬼子、二百多个伪军防守。敌人的仓库位于司令部北三百多米处，有一百多鬼子和三百多个伪军防守。鬼子的银行位于鬼子司令部的东面二里处，这里有二十二个鬼子便衣防守。荣成县通往烟台的公路上有一座大铁桥，即沽河大桥。这座大桥是鬼子通往文登、烟台的必经之路。桥两头各有一个碉堡，里面各有二十多个鬼子和三十多个伪军防守，两个碉堡对面十几米处各有一个用沙袋垒成的工事，来往行人盘查很严。距两头桥头堡一里处各有一个炮楼，里面各有七十多个鬼子和一百多个伪军防守，大桥一旦有事，可随时支援。荣成县各区共有九十六座炮楼，里面大多驻有一个小队的鬼子和两个小队的伪军。自从我们炸了烟台周围的十二座炮楼后，胶东敌人的大部分炮楼顶上都增设了探照灯，每天晚上炮楼顶上都有十几个到二十几个敌人防守。想要偷袭很难。

侦察员们汇报完后，鞠卫华站了起来说："高粱你们第四连两个排，分别攻打崖西乡的两个炮楼。王庆给他们每排配备一个炮班。具体由高粱负责。"

"是！"高粱响亮地回答了一声。

鞠卫华又道："刁连长你们三个排负责攻打孟家庄、桥头和南台三个炮楼，王庆给他们每个排各配备一个炮班。具体由刁连长负责。"

"是！"刁世熊响亮地回答了一声。

鞠卫华道："五连两个排负责攻打荫子乡两个炮楼，王庆给他们每个排各配备一个炮班。具体由李天虎负责。"

"是！"李天虎答应一声。

鞠卫华道："六连两个排负责攻打夏庄乡两个炮楼，王庆给他们每个排配备一个炮班。具体由刘海龙负责。"

"是！"刘海龙答应一声。

鞠卫华说："八连、九连，你们选出能蹿房越脊的战士穿上鬼子的服装，脖子上围一条白毛巾，三人一组，袭击鬼子的司令部。具体由松明道长和马鸣连长负责。"

"是！"二人响亮地回答了一声。

鞠卫华说:"第三连和第十连也选出轻功好的战士,或两人一组,或三人一组,都换上鬼子的服装,脖子上围上白毛巾,袭击鬼子的弹药库。具体由吴满仓和寒梅负责。"

"是!"二人一齐回答。

鞠卫华说:"三连和十连不能蹿房越脊的战士合在一起,加上炮兵连所剩的战士,再配备一个炮班。由王庆负责,攻打北柳村鬼子的炮楼。"

"是!"王庆答应一声。

鞠卫华道:"一连和二连由我和王祝负责,炸毁沽河大桥,并袭击鬼子的银行。战斗定于八月二十日晚上十二点开始,大家还有什么问题吗?"

"没有!"大家一齐回答。

鞠卫华说:"我最后强调一下,在座的各位都是领导干部。战斗时战士的生命全掌握在我们手里。我们计划周密,指挥得当,就能打胜仗,战士少受损失。否则,就会相反。大家一定要作好充分准备,出其不意,攻其不备。特别是攻打炮楼的连队,要多发挥战士的神枪和火炮及盾牌的作用。大家在这次战斗中要争取把损失降到最低度。大家有没有信心?"

"有!"大家一齐回答。

鞠卫华转身对苏月华说:"妈妈政委还有什么补充吗?"

苏月华说:"没有,你安排得很好!"

鞠卫华道:"最后请妈妈政委率领民兵守山。"

苏月华笑道:"可以,你放心走吧!"

先说鞠卫华和王祝率领两个连昼伏夜行地在八月二十日下午三点来到了沽河大桥东端的一片树林里,但见大桥全长八十多米,两头各有一个碉堡,离碉堡三十多米处有一圈滚筒式的铁丝网,两边桥头各设有一个木马蒺藜，碉堡门口各有两个鬼子和四个伪军站岗，平时有四个伪军负责排查过往的行人。由于八路军最近闹得厉害，现在只许日伪军通行。桥两端两个碉堡的旁边各有一个用沙袋垒起的工事，沙包上架设了两挺轻机枪和一挺重机枪，工事里六个日军和六个伪军虎视眈眈地监视着桥面与水面。桥的上面有两支十二人的巡逻队。一队日军，一队伪军，不停地对桥面和水面进行巡逻。离大桥两端一里处各有一个炮楼，上面的岗哨对大桥可以看得清清楚楚。

鞠卫华将两个炮兵班长叫过来，指了指桥两头的地堡和远处的炮楼道："用迫击炮能不能将敌人的碉堡和炮楼摧毁？"

两个炮兵班长摇了摇头道："不能。"

三班长李明河道："迫击炮弹走的是曲线，我们用目测的准确性很差，迫击炮主要的是对敌人的散兵和工事里的敌人及隐蔽物后面的目标攻击力大，对打单一的目标准确率差。"

鞠卫华听了眉头紧锁，一时无计可施，正沉思时，突然，东边两辆鬼子军车各载着五十多个鬼子开了过来，与此同时，西边也有两辆鬼子军车，各载着五十多个鬼子向东开去。鞠卫华忙叫大家隐蔽好，再仔细观察，二十分钟后，西边的两辆车又回来向东开去，东边的两辆车也回来向西开去。鞠卫华知道这段公路敌人又增加了四辆巡逻车，忙带领大家撤退。

鞠卫华与王祝挑选出十名侦察员隐蔽在离城不远的树林里，其他战士则由各排长带领回老人翁山。

夜里十点钟，鞠卫华与王祝带领十名侦察员，靠绝顶的轻功越过了城墙，蹿房越脊地来到鬼子银行对面的房顶上。但见大门外岗亭里有四个身穿便衣的鬼子在聊天。银行里门两边的两个办公室里各有九个鬼子在打麻将。

鞠卫华叫大家别动，他使了一个黄莺渡柳的家数来到岗亭前，一扬手，四颗钢钉从窗口射了进去。四个鬼子无声无息地倒了下去。

鞠卫华招手示意大家下来。侦察员们犹如片片树叶似的飘落过来。鞠卫华对大家耳语了一番。王祝与铁蛋奔东门办公室，鞠卫华与石头奔西门办公室。来到窗前，鞠卫华一个手势，王祝拔出了"五胴切"的日本军刀，照准窗上的铁网，唰唰唰地一连几刀，便都割了下来，里面的鬼子大吃一惊，刚要拔枪，王祝与铁蛋已打出了九把飞刀，九个鬼子立刻一命呜呼。与此同时，鞠卫华和石头也用同样的方法杀进了西边办公室。

鞠卫华将门打开，放侦察员进来。他们有了上次打劫威海银行的经验，没费力便找到了金库。他们用刀砍开了大锁，把里面的黄金和银圆装进了早已准备好的袋子里，大家结扎停当。鞠卫华领着大家蹿房越脊地飞出了城。

再说松明道长与马鸣连长十一点半钟率领着轻功好的武林战士来到了鬼子司令部周围的楼顶隐蔽好。但见大门外有两个鬼子和两个伪军在站岗，外面还有一个由八个鬼子组成的巡逻队。司令部在院内北楼，楼下东西两个厢房，东厢房住着一百多个鬼子，西厢房住着二百多伪军，司令部和营房的门口各有两个敌人在站岗。松明道长与马鸣耳语了几句。看看十二点已到，松明道长带两个身穿日本军装的人一招雁落平沙飞落大门前，八个巡逻的鬼子和四个门岗看到空中突然落下了三个日本人，刚要上前盘问，但见三人双手连扬，几支夺命的飞镖射入了他们的咽喉，十二个人是一声未吭地倒地丧命。与此同时，马鸣也带领三人分别飞落院内。四个站岗的鬼子与两个伪军也一声不响地被飞刀打死。马鸣一招手，众人都轻轻地落入院中。松明道长拔出长剑领八连冲入了东厢房，马鸣领九连冲入了西厢房。这些武林高手冲入房中，挥动刀、枪、剑、戟等兵器是一阵痛杀，可怜这些鬼子和伪军们个个还在做着春秋大梦，便不知不觉地丧了命。

与此同时，松明道长还安排了十多人冲进了司令部，可是里面空无一人。

原来，司令官坂田元仁少将今晚在伪县长家喝酒，这才躲过了杀身之祸。马鸣与松明道长一声呼哨，众人便蹿房越脊地消失在夜幕中。而此时北边的军火库已是爆炸连声，烧成了一片火海。

原来，吴满仓与寒梅十一点半便领众战士来到了鬼子仓库周围的楼顶上隐伏下来，一溜坐北朝南的两排仓库，东、西两个厢房和大门外一处房子各住有一百多鬼子与一百多伪军。

吴满仓与寒梅计议了一下，由寒梅率人引开敌人，吴满仓率人趁机炸毁仓库。

看看时针指向了十二点，寒梅一招手，仓库的院子里突然落下了许多日本兵。岗哨刚要喝问，几乎同时都被暗器打死，紧接着三个鬼子的营房同时被扔进了许多手榴弹，立时，各营房里鬼哭狼嚎，一片火光。与此同时，吴满仓率人冲入了仓库，他们放好了炸药，点燃了导火索，一声呼哨，众人立刻撤了出来，身后留下了惊天动地的爆炸和冲天的大火。弹药库及粮食和一百多个鬼子都化成了灰烬。

再说高粱带着四连两个排和两个炮兵班，于八月二十日傍晚来到崖西村北的一片树林里。崖西村修了两个炮楼，村北一个，村南一个，村北修的是一个圆形炮楼，修在村北一个小山坡上，炮楼北边是十多丈深的悬崖，东、西、南三面是小山坡，炮楼分三层，顶上有四个探照灯，有八个敌人看守，并有六个敌人站岗，炮楼里边驻有六十多个伪军，配设了两挺机枪，六十多支长枪，炮楼周围挖有一条深三米、宽七米的壕沟，壕沟外有三道铁丝网。村南边的炮楼修在一片开阔地上，这是个四角炮楼，共四层，里边驻有二十多个鬼子和七十多个伪军，配有四挺轻机枪，七十多支长枪，炮楼顶上架设了四个探照灯，有八人看守，有十个岗哨。炮楼周围挖有一条宽七米、深三米的壕沟，壕沟外面设有三道铁丝网。

高粱与两个排长及两个炮兵班长商量道："孙小楠排长领你排和一个炮班攻村北那个炮楼，我和杨小清带一个排和一个炮班攻打村南那个炮楼。我们不用强攻，只用炮将敌人炮楼摧毁就可以。"

炮班长陶云虎道："迫击炮弹走的是曲线，只能对敌人的散兵和机枪阵地及敌人的阵地里的隐蔽物杀伤力大，对单一的目标准确性差想摧毁敌人的炮楼太难。"

高粱听了从头凉到脚。因为他所带的四连战士太小了，小的八九岁，大的也只有十一岁，他们连枪都端不动，打仗只能用卧姿射击，如果迫击炮打不了炮楼，靠强攻他们根本送不了炸药包，就那三道铁丝网和那条壕沟就过不去。想到这里，高粱当机立断，今天只能一个一个地打，先攻打村南的炮楼。他马上命令杨小清道："你带一个排阻击北边炮楼中的敌人，一旦南边炮楼的战斗打响，北边炮楼里的敌人如果出来增援，务必将其阻住。你们可远远地用神枪手射杀敌人，切不可冲锋。"

"是！"杨小清响亮地回答一声。

高粱道："大家隐蔽休息，今夜十二点战斗打响。"

午夜十一点半，高粱带领一个排来到村南炮楼的南边，他们身穿隐蔽网，慢慢爬行到离炮楼八十米处的茅草中隐伏下来。看看时针指向十二点，高粱安排的十几名神枪手立刻将跑楼顶上的十四个敌人干掉，并打灭了探照灯，炮楼南边的几个枪眼刚响了几枪，立刻被独立团的神枪手打哑。高粱立刻提起炸药包，一跃而起，几个起落便来到跑楼下，他将炸药包放好，拉燃导火索后急忙跃开，随着一声震天巨响，硕大的一座炮楼便飞上了天，二十多个日军和七十多个伪军全部埋于瓦砾中，无一生还。

再说村北炮楼的敌人听到南边炮楼枪响，小队长李大毛立刻带领四十多个伪军出来增援。杨小清这个排三十人，年龄虽然小，但卧姿打枪却是很准，杨小清见敌人只有四十多人，立刻下令叫战士们专打伪军，要活捉小队长。看看敌人进入伏击圈，杨小清大喊一声："打！"

随着喊声，杨小清双枪齐发，接着两排步枪响后，四十多个伪军纷纷倒下，只剩下小队长李大毛，李大毛吓得转身想跑，杨小清一个旱地拔葱，跳到了李大毛的肩上，双枪指着李大毛的脑袋，把个李大毛吓得屁滚尿流，慌忙举手投降。

杨小清等人押着李大毛来到村北跑楼前，杨小清令李大毛喊话，叫伪军出来投降。

李大毛点点头道："弟兄们，八路军的大部队来了，赶快投降吧！八路军优待俘虏，如果顽抗，只有死路一条。"

李大毛连喊两遍，一个伪军班长从枪眼里露出了半个脑袋，借着探照灯看了看道："你个李大毛真是熊到家了，几个孩子就把你制服了，我们就是不投降，看他们能把我们怎么样？"

这个班长话音刚落，杨小清拿过一个战士的大枪，砰的一声枪响，那个伪军班长的脑袋立刻开花，吓得里面二十几个伪军连喊："别开枪，别开枪，我们投降！"随着喊声，炮楼上的吊桥慢慢放下，二十三个伪军举着枪，慢慢走了出来。

杨小清叫伪军排好队，由四个战士看押，他则带领战士将炮楼打扫一空。这时高粱领着队伍过来，一见此景，紧紧地握住杨小清的手道："小清，真了不起。"

杨小清道："抓几个伪军，小菜一碟，来，我们将炮楼炸掉。"

两人说着便带着炸药包来到炮楼里，将炸药放好，拉燃了导火索，便带领战士撤离。不一会儿，随着一声山摇地动的巨响，这个食人的魔窟，便飞上了天。

再说李天虎和刘海龙两组，见炮兵炸不了炮楼，同样，也像高粱那组一样，用神枪手打掉了炮楼顶上的敌人及探照灯，并封住敌人的枪眼，爆破手冲上去将炮楼炸掉。

王庆一组打得最容易，炮兵班中有八个日本炮手，他们打炮很神，他们根本不用支炮架，双手抱着炮筒，直接将炮弹打上了炮楼，两座炮楼没费事，全被迫击炮摧毁了。

而战斗最艰苦的是刁世雄一组，他带领三个排和三个炮兵班来到桥头，当炮兵说迫击炮打不了炮楼时，刁世雄立刻采用强攻爆破的方法。南台高埠处和桥头村西两处炮楼都没费多大劲儿就被炸毁，而孟家庄那个炮楼却有了大麻烦。孟家庄炮楼修在孟家庄十字大道中间，炮楼为圆形，高四层，炮楼顶上有四只探照灯，有八人看守，有十二人站岗放哨。炮楼中驻有二十多个鬼子和八十多个伪军。炮楼周围是三层铁丝网，外面是一百多米的开阔地。伪军队长叫郝进财，是土匪出身，日寇一来，便投身日寇，死心塌地地为日寇卖命，他为人十分狡猾，今天刁世雄先派神枪手打掉了炮楼顶上的敌人和探照灯，接着又封住了敌人的枪眼，爆破手拿起炸药包刚冲出二十几步，炮楼里的机枪暴雨般地狂射，八路军神枪手几次射击都未能将其封住，爆破手虽然身前挂有防弹盾牌，但只防了上身，爆破手的手臂和腿部立刻受伤。

原来，郝进财一发觉炮楼顶上的伪军和探照灯被打掉，知道八路军有神枪手，他立刻叫伪军每个枪眼前面放一块石头，阻挡正面的子弹，机枪只从石头的两侧射击，形成交叉火力，炮楼上十二挺机枪如同暴雨般地狂射，刁世雄派了几次爆破手爆破都未成功。刁世雄也打红了眼，几次想亲自爆破，都被几个排长阻住。

刁世雄对三个排长道："难道我们就这样撤了不成，大家想想，还有什么办法没有？"

二排长李大奎道："如果有辆平板车，上面用被子蒙起来，浇上水，我们推着车，定可冲过敌人的火网。"

刁世雄道："我一着急，倒忘了这招，这叫土坦克。你带着人和钱到村里买一辆车、一张八仙桌子、十床被子和一些绳子。"

"是。"李大奎答应一声，带着一个班的战士向村里跑去。

半小时后，李大奎带着车、桌子、被子和绳子回来。

刁世雄道："你给钱了没有？"

李大奎道："孟家庄村的老百姓一听说打鬼子用，立刻有许多人献了出来，我给他们钱他们也不要，最后我放下五块钱走了。"

刁世雄道："你做得很好，老百姓太苦了，我们不能给老百姓添困难。"二人说着便和大家将八仙桌子放在平板车上绑好，桌上先放一床被子，再放一层沙子，再浇上水，再放被子，再浇水，桌子的前面和左右两面全绑上被子浇上水，八仙桌子的中间放上炸药。

刁世雄见安排妥当，便叫神枪手不停地射击，以压制敌人的火力，刁世雄一挥手，三个身挂防弹盾牌的战士推起平板车，立刻冲了出去。车子冲过火网，看看快到炮楼下，炮楼上的郝进财与鬼子小队长急了，放下吊桥，用枪逼着伪军向外冲。八路军的三挺机枪疾风暴雨般地狂扫，将炮楼的门口封得死死的。这时爆破队员来到炮楼下，放好炸药，拉燃导火索，立刻跃开，不一会儿，随着一声惊天动地的巨响，三十多个日军和八十多个伪军全都坐了土飞机。刁世雄率人冲了上去，只捡了一些破枪。大家打扫完战场，刁世雄正要率队回老人翁山，这时当地的群众在村长的带领下，挑着饭菜到来，饭是大米饭、油饼、馒头、鸡蛋等，菜是猪肉炖粉条大白菜。

八路军战士很是感动，刁世雄对老村长道："群众现在生活太苦了，我们不能再给群众添麻烦。"

老村长道："群众见打下了炮楼，高兴得不得了，他们自发地全村凑了这顿饭，希望大家吃饱。"

刁世雄道："吃饭可以，但必须付钱，否则，我们不吃。"

老村长道："你们先吃饭，我慢慢地和大家商量。"

刁世雄见大家态度十分诚恳，只好叫战士们吃饭。等大家吃完，刁世雄拿出钱刚要付，送饭的群众忽的一下都跑散了。刁世雄见状，一把拽住老村长，将十块钱塞进老村长的衣兜，带领战士返回了老人翁山。

八月二十一日，大家陆陆续续地返回了老人翁山。这场战斗炸毁了敌人九座炮楼，一座军火库，消灭鬼子四百多人，伪军六百多人。缴获黄金二百多斤，银圆五百多万元。

鞠卫华回到老人翁山，他对这次炸桥感触很深，他深责自己对敌情我情掌握不够，致使炸桥无功。他连夜召开炮兵连的会议，让八个日本炮兵交流经验。

原来，八个日本炮兵都是炮步专业学校毕业，他们精通各种测量方法，再加上当了多年的炮兵，实战经验丰富，各种轻型迫击炮，如果情况紧急，他们根本就不用支架，用手抱着炮筒就能发射，而且准确率很高，可以说，他们玩炮已经到了出神入化的地步了。他们是既有理论，又有实践。而独立团的炮兵连只是王庆看到敌人用目测测量打炮，自己反复琢磨懂后才用，整个炮兵连没有一个懂理论，除了目测法外，再什么也不会。而目测法往往受天气、阳光、环境、地势等因素影响，所以准确性很差。

八个日本炮兵讲深奥的理论，独立团的炮兵因为文化基础差，根本听不懂。八个日本炮兵经过商量，便把相似形测量法教给大家并反复演练，大大地提高了迫击炮的准确性。

八月二十五日上午八点，鞠卫华率队再次来到沽河大桥的北边的树林里。

鞠卫华道："铁蛋带你们连攻打桥西的炮楼，石头带你们连攻打桥东的炮楼，如果进攻难度大，你们可发挥神枪手的作用，务必将敌人阻住，绝不能他们增援桥上的敌人。"

"是！"二人齐声回答。

鞠卫华对王庆道："等四辆日军的汽车一上大桥，你们炮兵立即开火，重点是桥两头的两个碉堡和桥上的四辆汽车，务必将其摧毁。"

"是！"王庆响亮地回答一声。

鞠卫华道："等炮击一停，松明连长带你连从桥东冲杀，马连长带你连从桥西冲杀，大家务必挂好防弹盾牌。"

"是！"二人齐声回答。

鞠卫华道："敌人的巡逻车大约十点上桥，战斗大约十点打响，现在大家分别进入攻击位置。"

"是！"大家齐声回答。

王庆早已将八个打炮技术高的日本炮兵分别进行了安排，四人打桥上的四辆汽车，两人打桥两头的碉堡，两人打桥两头的沙袋工事，其余炮兵都瞄准大桥上的敌人和桥两头的碉堡。

大约十点多钟，敌人的四辆巡逻车上了大桥，王庆大喊一声："开炮！"

立刻大小六十多门迫击炮一齐开火，麻雀群般的炮弹立刻将大桥和碉堡笼罩在一片火海里，八个日本炮兵打得特准，只见他们抱着炮筒，打碉堡的两人将炮弹打中了碉堡，打汽车的四人将炮弹打进了车厢，打桥两头工事的两人则将炮弹打进了工事，炮兵连的同志经过八个日本炮兵的指导，打炮技术也有了很大的提高，准确率提高很大。十分钟后，大桥上已无枪声。

鞠卫华忙令停止炮击，桥两头的八路军立刻冲了上去，二百多日军和一百多伪军大部分被歼，只剩下一些伤兵趴在地上呻吟。

鞠卫华忙令打扫战场，并派人把炸药安放桥中。

大家正在忙碌，突然岗哨砰砰砰地鸣枪，鞠卫华一看，但见桥西南北的树林里钻出了许多敌人，相距不到百米，有的正在渡河，准备对桥上的八路军进行合围，敌人一见被发现，立即开火。

原来，这是文登城里下乡扫荡的敌人，带队的是松本太郎中佐，几天来，他带领三百多日军和七百多伪军，四处寻找八路军独立营，今天刚好来到这里，当他听到沽河大桥的枪炮声，断定大桥必定有事，立刻兵分两路，沿公路两侧向东，准备围歼这股八路军。当双方一接火，松本太郎见八路军身处洼地，立刻命令机枪猛烈开火，压住八路军，同时指挥两侧部队加快渡河合围。

鞠卫华用防弹盾牌护着身子四下看了看，知道形势危急，只有抢占桥东边的小山包，否则将有全军覆灭的危险。但现在敌人火力太猛，现在一动，无形地成了敌人的活靶子。这时只见对面大队的敌人压过来，渡了河的敌人也在加紧合围。鞠卫华知道，再等就等于灭亡，他运足内力喊道："同志们，把盾牌挂在身后，向东边高地冲啊！"他刚喊完，突然桥西枪声大作，桥西的敌人立刻大乱。

原来，铁蛋一连炸完敌人的炮楼，正要撤回来，突然见北边有大量的敌人，他立刻叫大家隐蔽下来，远远地跟踪，现在见鞠卫华危急，铁蛋立刻将部队散开，命令全连在敌人后面开火，全连六挺机枪暴雨般的狂射，再加上准确的四十多支步枪，敌人立刻片片倒下，进攻的阵形一时大乱。一阵激射后，铁蛋见敌人将要组织进攻，忙把战士撤进了树林。

再说鞠卫华见敌人的火力突然减小，立刻带大家向东山冲去。马鸣手下的五班长郑大龙，是马鸣的徒弟，今年十七岁，年纪虽然小，但武功好，人很机灵，曾多次出色地完成任务，今天他见大桥上一大堆炸药未引爆，心知如果这次炸桥失败，后炸将更难。郑大龙不退反进。只见他一跃而起，向大桥蹿去。

马鸣见了大喊："郑班长，快回来！"

郑大龙向后摆了摆手，依然向大桥跃去。

铁蛋领的八路军已退，桥西的敌人又转攻大桥，松本太郎见郑大龙不退，反而又跃向大桥，心知其想炸桥，忙令机枪阻击，同时，命令日伪军向大桥发起了冲锋。

郑大龙在离大桥十多米处，突然左腿连中数弹，郑大龙倒下了，但他没有停下，继续向前爬，敌人也大批地涌了上来，郑大龙咬紧牙关地爬，身后留下了一条浓浓的血路，这条路，是载之史册之路；这条路，是名垂竹帛之路；这条路，是功标千史之路；这条路，它永远闪烁着不朽的光辉，照耀着子孙万代。

郑大龙离那堆炸药的导火索只有三米了！二米！一米！郑大龙胜利了，他先一步握住了那根导火索。这时，成群的敌人围了上来。"哈哈，哈哈，哈哈哈……"郑大龙看着眼前的群敌，情不自禁地发出了一串令人难忘的笑声，这笑声充满了挑战，这笑声充满了鄙视，这笑声充满了自豪，这笑声令敌人胆寒。

数百敌人正心惊地看着郑大龙，郑大龙突然站了起来，同时喊道："小鬼子，为你八路军爷爷陪葬吧！"说着便拉燃了导火索。

成群的敌人见了，惊得肝胆俱裂，慌忙向后闪躲，但为时已晚，随着一声山摇地动的震天巨响，大桥及大桥上的数百敌人，全部飞上了天。

鞠卫华在山上见了，立即命令炮兵开火，一排排麻雀似的炮弹，纷纷落入敌群，无情的弹片将敌人撕裂成碎片，不停地抛向空中，空中不时地下起阵阵肉雨。

敌人立刻乱了阵，兵不顾官，官不管兵，他们冒烟突火地东奔西突，不时地片片倒下，松本太郎见此情景，早已吓得乱了心智，急忙率领着七八十个鬼子向西逃去。正是：急急如丧家之犬，忙忙如漏网之鱼。

鞠卫华在山上见敌人大部被歼，剩下的已成为无头的苍蝇，到处乱撞，立刻令炮兵停止射击，炮声一停，鞠卫华大喊道："同志们，为郑大龙报仇，冲啊！"

随着喊声，二百多武林战士如同猛虎下山，他们对郑大龙的死，甚是悲痛，个个怀愤杀敌，下手毫不留情，他们冲进敌阵，如同虎入羊群，东砍西杀，形同砍瓜切菜，只杀得尸横遍野，血流成河。不一会儿，三百多敌人全部被歼。

大家正在打扫战场，这时铁蛋等人押着松本太郎及十几个日军俘虏到来，许多战士都想杀了他们，多亏鞠卫华阻住。

原来，铁蛋率队退入树林后，料定敌人败了必走这条路，忙带领大家择地埋伏，果然，一个钟头后，松本太郎等七八十个鬼子慌慌张张地逃了过来。铁蛋远远地见了，忙传令大家，消灭鬼子，活捉松本太郎。

　　不一会儿，松本太郎等七八十个鬼子进入伏击圈，铁蛋大喊一声："打！"

　　随着喊声，八路军的机枪、步枪一齐开火，敌人纷纷倒下，一阵枪弹后，只剩下十几个敌人。铁蛋大喊一声："缴枪不杀！"

　　接着公路两旁跃起了两排战士，齐声喊道："缴枪不杀！"

　　十几个日军纷纷丢下了枪，松本太郎拔刀想自刎，铁蛋一把飞刀射去，松本太郎拿刀的手背立刻中刀，松本太郎如同一摊乱泥，立刻瘫了下去。

　　八月二十六日，独立团返回了老人翁山。这次战斗，共消灭日军五百多人，伪军七百多人，炸毁敌炮楼两座，碉堡两个，大桥一座，汽车四辆。缴获轻重机枪十八挺，长枪八百多支，各种子弹及军用物资一宗。独立团牺牲了一人，负伤二十六人。

第十一章

柳川明子舍生取义　小英雄英名垂千古

八月二十八日，鞠卫华等人刚吃完早饭，特委书记黄星便同赵山勇、于得勇、鞠敬东及各县委书记等人来到老人翁山。大家一进屋，互相介绍了后，便立即开会。

黄星先发言，他先总结了大家前阶段破囚笼战的成绩，接着话锋一转道："我们取得了成绩，我们高兴，但敌人不高兴，特别是独立团大闹荣成县，大大地激怒了荣成县鬼子司令官坂田元仁。"

黄星喝了口水道："荣成县鬼子司令官坂田元仁中佐，八月二十一日早晨看到军火库被炸，银行被劫，司令部被袭，是既惊且怒。坂田元仁是日本陆军学校步兵指挥系的高才生，毕业后从少尉军官干起，战争给他带来了好运，从东北一直打到上海，上海又到山东，一路上遇到的全是张学良与韩复榘等部下的一些不抵抗的部队。他的部队所到之处势如破竹。因战功卓著，从少尉一直升到中将。顺利的战斗及快速的升迁，使他养成了傲视群雄的性格，再加上少年时修习剑道及统剑道，是一个典型的狂热的

'剑术派'。好勇斗狠，目空一切，藐视同僚是其特性，特别是他知道渡边中佐和山田仁勇少将在胶东被俘，他对他们更是嗤之以鼻。认为他们太无能了，丢尽了大日本帝国军人的颜面。这次他接任渡边司令官一职，便雄心勃勃地准备在胶东大显身手，为大日本的大东亚圣战而建功立业。没想到上任没几天，便遭如此惨败。这怎不令他又惊又怒。为了出这口恶气，挽回其帝国武士的颜面，经向青岛上司请示后，他便纠集了胶东各县三千多日军、七千多伪军，准备对胶东根据地进行拉网式的报复性的大扫荡，重点是农村。所到之处，执行三光政策，即抢光、杀光、烧光。时间定于九月三日早晨五点，由乳山开始。"

黄星看了看大家接着道："地下党探得消息，我马上令各县委书记通知各村坚壁清野，做好了反扫荡的准备。"

鞠卫华道："我们的任务是什么？"

黄星斩钉截铁地说："保护群众，粉碎扫荡。"黄星说完看了看大家，接着道："这次敌人是怀愤而来，其报复性很强，其手段一定很残酷，很血腥。群众一旦落于敌手，其后果只有被残酷地杀害。鉴于上述情况，那么保护群众就是我们的首要任务。特委决定，我们胶东八路军采取'手掌和拳头两个战术'对付敌人的扫荡。所谓'手掌和拳头战术'，就是要求我们的战术就像手掌和拳头一样，可随时放开和收拢，简单地说，就是要求我们的部队，既可化整为零，可以连、排或班为单位，分驻到各区、乡，协助各区、乡掩护群众转移。同时，我们的部队又可随时收拢，侍机打击敌人，消灭敌人。粉碎敌人的扫荡。"

于得勇道："我们的具体任务是什么？"

黄星道："你们文登独立营负责乳山一带。荣成独立营负责文登一带。威海独立营负责威海一带。独立团负责荣成一带。至于具体工作你们可与各县委书记具体研究安排。现在各独立营可分头与各县书记具体研究安排。"

鞠卫华带着独立团各连长同荣成县委书记梁为民，来到屋外的一片草地上。首先由梁书记介绍荣成县根据地的情况。

梁为民今年四十岁，是参加天福山起义的老革命，富有斗争经验。这时梁书记猛吸了几下口中的烟袋，然后把烟袋锅在鞋底上磕了磕装进口袋，清了清嗓子道："荣成县共三十个乡，分三个区，每区十个乡。南区长是马文哲，北区长是童大伟，东区长是李大有。荣成县是老革命区，这里的群众基础很好，他们非常拥护党的抗日政策。昨天我已召开了区长及民兵连长会议，传达了上级这次反扫荡的指示，各村群众昨天已开始'坚壁清野'，他们藏粮食，挖地道，填水井，并把鸡、鸭、牛、羊等牲畜都藏到了山上。保证敌人来了找不到一粒粮，一口水。同时，荣成县各村之间加强了联络，敌人来了，他们白天点狼烟，或用消息树，晚上用火堆。每村都设有岗哨，他们白天一看到浓烟或消息树倒下，晚上看到火堆，就知道是敌人来了，立刻通知大家转移。这次八路军掩护群众，具体由鞠团长安排。"

鞠卫华站起来道："妈妈政委与独立团第四连及老人翁山上的民兵守山。剩下的九百多人我们把它分成三队，分别负责荣成县三个区群众的安全。下面我来具体安排：第一队，有炮兵连和第八连组成。这一队由松明连长任队长，王庆任副队长。负责保护南区群众。炮兵连可不带炮，只带枪刀。具体工作你们可与南区区长马文哲联系商量。第二队，由五连、六连和十连组成，王祝任队长，马鸣和寒梅任副队长。负责保护荣成县东区群众的安全。具体工作可与东区区长李大有联系商量。第三队，由一连、二连、三连和七连组成。我任队长，各连长任副队长。负责保护荣成县北区群众的安全。具体工作我们和北区区长童大伟联系商量。"

鞠卫华扫了大家一眼严肃地道："这次的任务是群众安全为上，歼敌为下，一切为了群众的安全，敌人来了，我们的要求是，决不落下一个群众。但是，问题是辩证的，有时为了保护群众，必须歼敌，这就要求我们各队要机动灵活，既要保护好群众，同时司机歼灭敌人，粉碎敌人的扫荡。我的话讲完了，大家有什么可随便发言。"

王庆道："团长，我们炮兵连可不可带几门炮，以备不测？"

鞠卫华道："这你不用请示，你可与松明连长商量，机动灵活，视情况而定。另外我再补充一点，为了加强联系，各队可配五匹马，你们炮兵连如果带炮，也可多配几匹，你们可看情况而定。"

王庆道："以防万一，山上是否留几个炮兵？"

鞠卫华沉思了一会道："八个日本炮兵可留下四个，其余四人可带炮随你行动。""是！"王庆答应一声。

鞠卫华道："武功好的连队可在夜里司机歼敌，要使敌人日夜不安，疲惫不堪。同时，我给各队配备了信号弹，危急情况下你们可发射两发，附近的各队看见了可增援。大家还有什么问题吗？"

"没有！"大家齐声回答。

鞠卫华一挥手道："大家分头准备，散会。"

再说日伪军于九月三日，兵分五路，在坂田元仁的带领下，从烟台、乳山一线，向东展开了拉网式的大扫荡，他们慢慢地推进，不放过一村一寨，但所到之处，老百姓早已"坚壁清野"，走得精光，敌人连喝口水都难，气得敌人不停地哇哇怪叫，个别群众如果被他们捉住，立刻被杀，捉不到老百姓，他们就烧房子，所到之处，到处是一片哀鸣。

先说第一队在松明和王庆的带领下于九月一日来到荣成县南区，他们和区长童大伟经过研究商量，把第一队分成了十个排，分散到南区与文登交界的一些村子里。松明连长带一个排来到一个只有二百多户的村子小刘庄，这个排共有四十人，其中有三十人是武林人士，十人是炮兵连战士，其中有两个是日本炮兵，一个叫武男仁雄，十九岁；一个叫柳川明子，二十岁。刚开始许多老百姓对两个日本人都不大喜欢，他们一见了都远远地躲开，后来见他们和其他八路军一样，经常为老百姓挑水、劈柴、扫院子等。渐渐地大家就熟了。两个日本兵住在刘大娘家。刘大娘无儿无女，见两个战士十分勤快，和蔼可亲，刘大娘非常喜欢，两天后，他们好得亲如一家人。

九月六日早晨，大家刚吃完早饭，西面几个村子里出现了滚滚浓烟，接着，林中的哨兵来报，西面山坡上的消息树倒了。松明连长知道敌人来临，连忙对民兵连长管常山道："我带人到西面阻击敌人，你带民兵把群众转移到山里，时间半小时，必须全村人走光。"

"是！"管常山答应一声，转身跑去。

松明连长带队来到村西一道土岭子下，他将四十人一字排开埋伏下来。不一会儿，一百多日军和三百多伪军耀武扬威地奔了过来，松明连长等敌人来得切近，大喊一声："打！"随着喊声，两挺机枪和三十多支长枪一齐开火，敌人毫无戒备，突遭打击，立时大乱，割谷草似的片片倒下，松明连长见了，大喊一声："冲啊！"带头冲入敌阵，四十名战士如同下山猛虎，势不可当。特别是三十名武林战士，以一当十，他们人在空中，手中的刀上下翻飞，但见敌人的头颅纷纷滚落，这一阵杀得敌人心惊胆寒，立时丢下一百多具尸体，纷纷退下。

松明连长等人刚刚退回，西边大队的敌人涌来，他们机枪和小炮一阵打击后，又攻了上来，当敌人攻到土岭下，这里却空无一人。

原来，松明连长为了防止敌人炮击，把队伍后退了一百多米。松明连长转对炮兵班长孙小勇道："你带十名武功差的十名炮兵战士回村，看看有没有老乡落下，如果有，赶快把他们转移到山中。"

"是！"孙小勇答应一声，带着炮兵连的九名战士飞奔而去。

这时，进攻的敌人已过了那道土岭，离松明等人还有一百一十米左右，松明连长喊道："长枪瞄准了打！"

三十支长枪，弹不虚发，冲在前面的敌人立刻成了战士们的活靶子，几排枪后，敌人倒下了一百多人，吓得后面的敌人趴在地下不动。指挥官忙又组织炮击。

松明连长见阻击时间已过半小时，忙带领战士撤出。

再说孙小勇十人来到村里，孙小勇道："大家分开寻找老乡，如果有人，帮他们撤出，如无人，我们都撤往南山中。

"是。"九名战士一齐回答。

单说柳川明子沿街喊着，最后来到刘大娘家，只见刘大娘抱着脚坐在院子里，柳川明子忙奔了过去问道："大娘，怎么没走？"

刘大娘痛苦地道："我的脚崴了，走不了了。"

柳川明子俯下身道："大娘，我背你走。"

刘大娘急道："孩子，你快走，别管我，我走不了了。"

柳川明子不管三七二十一，背起刘大娘就向村外跑去。可刚到村口，敌人已将村子包围。柳川明子见走不了，忙又背着大娘跑回家，他把大娘放下问道："大娘，可有地方藏吗？"

刘大娘摇了摇头道："孩子，快把八路军的衣服脱下来，换柜里的衣服。"刘大娘说着指了指衣柜。

柳川明子连忙打开衣柜，里面有一套男人的衣服，柳川明子连忙把它换上，把那套八路军服装及枪支都藏进了炕洞。柳川明子刚刚盖好炕洞，十几个敌人已冲进了屋子。柳川明子背着刘大娘，被推推搡搡地带到村中央的大街上。这里有敌人一路上从各村抓来的二十几个转移中落下的群众，柳川明子背着刘大娘也被赶到了里边。

日军少佐小泉三郎对翻译官说了一阵日语，翻译官道："太君说了，大日本帝国来中国是为了帮助中国建立大东亚秩序的，是维持和平的，八路军是破坏和平的，只要大家说出八路军在什么地方，太君立刻放了大家，如果不说，全都被杀死。"翻译官连喊了三遍，场里鸦雀无声。

小泉三郎又对翻译官说了几句，翻译官道："太君说了，再不说，统统死了死了的有。"

翻译官又连喊了几遍，场里还是鸦雀无声。

小泉三郎朝荣成县特务队队长谢庆奎一使眼色，谢庆奎带着两个特务过来，将一个六十多岁的老人拉了出来。小泉三郎拔出军刀架在老人的脖子上声嘶力竭地吼道："八路的在哪里，在哪里，在一哪一里？"

老人闭目不答。小泉三郎紧咬牙关，军刀高高举起，恶狠狠地砍了下来。老人的头颅骨碌碌地滚了下来，腔子里的血喷泉似的射出，溅了小泉三郎一脸。

小泉三郎气急败坏地道："不说的，统统的死了死了的有。"随着话音，一群日本兵拉开了枪栓，瞄准了老百姓。

"慢！我知道！"随着喊声，柳川明子来到小泉三郎面前。

小泉三郎看了看柳川明子道："你的知道八路在哪里？"

柳川明子道："我的知道八路在哪里。"

小泉三郎大惊道："你的日本人？"

柳川明子道："我的日本人。"说着用日语道："战斗中被八路军俘虏。"

小泉三郎大喜道："好的，好的，你的说出八路军在哪里？"

柳川明子道："你的放了老百姓，我的领你去找。"

小泉三郎看了看柳川明子，又看了看二十几个老百姓，犹豫了一会，突然一挥手道："放了他们。"

围老百姓的日本兵立刻让出一条路，众百姓搀扶着刘大娘慢慢地离开，当刘大娘走过柳川明子身旁时，柳川明子对刘大娘微微点了点头，脸上露出了胜利的微笑。

柳川明子见老百姓走远了，转对小泉三郎道："我可以领你找到八路军，但你必须回答我几个问题。"

小泉一郎看了看柳川明子道："你问吧。"

柳川明子用日语问道："你来中国打仗，你爸爸妈妈同意吗？"

小泉三郎道："不同意。"

柳川明子道："为什么？"

小泉三郎道："我是独子，抛家舍业，他们很想念我。"

柳川明子道："那你为什么还来？你来这里是大大的不孝。"

小泉三郎道："我能不来吗？这是政府的命令。"

柳川明子指着小泉三郎刚才杀的老人道："中国的军队如果到日本像你刚才这样杀这个老人，用战刀砍掉你父母的头颅，你心里会怎样？"

小泉三郎大怒道："他敢，我会用刀劈了他们。"

柳川明子道："你都敢，这个老人的儿子他为什么不敢？"

　　小泉三郎刚要张口，柳川明子一挥道："你来中国打仗，首先害了你自己，再害了你父母、害了你妻子、害了你儿女、害了日本人民，同时，你害了中国人民，害了世界人民。这百害而无一利的战争，你认为有意义吗？"

　　小泉三郎一时语塞，指着柳川明子道："你、你、你……"

　　柳川明子转对日军道："日军弟兄们，赶快觉醒吧，快放下武器，不要再为那些惨无人道的政客而战了，战争带给我们的只是杀戮，只是灾难，再战下去，只有灭亡。"

　　小泉三郎突然气急败坏地用日语喊道："混蛋！八路的在哪里？"

　　柳川明子指着小泉三郎笑道："你放下屠刀，我马上给你找到。"

　　小泉三郎手起一刀，将柳川明子指小泉三郎的右手砍断。

　　柳川明子突然一跃，冲到一个日军面前，一把抓起他身前的手雷。小泉三郎大惊，忙要跃开，但为时已晚，随着一声巨响，小泉三郎同十几个日军，一起丧命。

　　刘大娘在乡亲们的搀扶下来到山中，向松明连长说了一切，最后痛苦地道："柳川明子是为我而死，都是我这只脚害了他，你们一定为他报仇啊。"

　　松明连长道："柳川明子虽然牺牲了，但他死得英勇、死得壮烈、死得其所。他的大义精神人民永远不会忘记他。传我的命令，今晚第一大队所有武林战士，五人一组，全部出击，袭击敌人的营房，各组机动灵活，采用各种手段，给敌人大量的杀伤，为柳川明子报仇。"

　　"为柳川明子报仇！为柳川明子报仇！"战士们愤怒的喊声震动着山谷，震动着原野。

再说第二大队在王祝带领下来到东区，他们和东区区长李大有经过商量，把第二大队分成十个排，分驻到荣成和文登及威海交界处的东区的几个村庄。几天来，他们白天掩护群众转移，晚上不停地袭击敌人，搅得敌人日夜不安。

单说寒梅带着一排三十四人，九月六日的早晨，他们刚把几个村的两千多名群众掩护转移到隆峰山中的一条山沟里，她带队准备到附近几个村子查看有没有遗漏群众，可他们刚出山口，突然发现不远处有大队的敌人搜索前进，而方向正是他们刚才藏群众的那条山谷。寒梅心里大惊，如果让敌人发现这两千多群众，那后果不堪设想。寒梅当机立断，立刻命令全排三十多支长枪，瞄准开火。

原来，敌人这次扫荡，准备逢人杀人；逢东西抢东西；逢房子烧房子。可是他们每到一村，村里空空如也，坂田元仁心中大怒，今天下令小野太郎带队搜山，小野太郎带领二百多鬼子和五百多伪军正搜索前进，突遭打击，立刻大乱。要知寒梅带的这个排，枪法特准，虽然相距一百多米，却是枪无虚发，弹弹咬肉，三排枪后，敌人倒下了七八十人。小野太郎立刻组织大队冲锋，六百多敌人立刻一窝蜂似的冲了过来。

寒梅见敌人被吸引住，忙令战士边打边撤，把敌人紧紧地吸住，寒梅带的这个排，因为在老人翁山经常练爬山，所以跑起来速度很快，如果想摆脱敌人那是很容易的。但他们为了保护群众，所以他们与敌人始终不离不弃。中午时分，敌人已被拖得筋疲力尽，疲惫不堪，寒梅见群众已经安全，正想摆脱敌人，把队伍撤进山谷，可她抬头一看，立刻大吃一惊，只见眼前这条山谷里有二十几个群众，其中有许多年纪大的，行走不便。寒梅毫不犹豫地拉过一个战士手中的机枪，对五班长郑大海和副班长佟大强道："你们俩带你们班不会武功的战士去帮老乡转移，我们去把敌人引开。"

郑大海和佟大强几乎同时道："我们不去，我们来掩护。"

郑大海道："正因为你们武功好，转移老乡快，所以你们留下！"说着一把从寒梅手中夺过机枪，转身与佟大强领着八名战士就跑。

寒梅一见，忙带领其余战士，背负着老乡，向山里转移。

再说郑大海和佟大强各抱一挺机枪，带着八个不会武功的小战士，他们边打边撤，把敌人远远地引开，下午一点，他们来到一条山沟，正准备摆脱敌人时，他们突然发现，这条山沟已到头，前面没有出路。郑大海心中大惊，头上立刻沁出了一层冷汗，他看了看四周，但见东面和北面是绝壁，只有西面勉强可以攀爬。

郑大海立刻命令道："佟大强，你带战士向西攀爬，我来掩护。"说着抱着一挺机枪，跳到一块岩石旁，向敌人疾风暴雨般的狂射。山沟较窄，敌人兵力一时展不开，被机枪压得抬不起头。佟大强见状，连忙指挥战士攀爬。

敌人被眼前的这些战士拖得筋疲力尽，为了这几十个人，日伪军搭上了二百多人的性命。他们恨透了这批八路军，小野太郎见机枪压得日伪军抬不起头，忙令迫击炮射击。

再说佟大强见八个战士爬上了西面崖顶，忙抱着一挺机枪跳到郑大海身旁，郑大海一见，大急道："你怎么还没走，快走！"

佟大强道："我来掩护，你快走，快……"佟大强第二个"快走"还没喊完，敌人的三发炮弹呼啸着飞来，佟大强一下将郑大海推倒，并伏在他身上。一阵巨响后，两人都没死，郑大海没了右腿，佟大强没了左腿。

郑大海今年十三岁，佟大强十四岁，他们都是河南开封人，前年逃荒来到胶东，后来参加了八路军。他们俩同在一个班里，郑大海为班长，佟大强为副班长，他们俩平日里亲如兄弟。今天郑大海叫他先走，他本来是可以走掉的，但他舍不得与他同甘共苦的好兄弟、好战友。所以，他送走了八个小战士后，立刻抱着机枪回来。他本想掩护郑大海先撤，如今他们却各失去了一条腿。

郑大海看了看自己的腿，又看了看佟大强的腿，埋怨道："为什么又回来，该走不走。"

佟大强道："都怨你，叫你走你不走，现在可好，咱俩谁也走不了了。"

郑大海道："大强哥，你怕吗？"

佟大强道："我怕谁，我怕小日本吗？我怕我就不来当八路了。"

郑大海道："大强哥，好样的，来，我们看看还有多少手榴弹。"

"好。"佟大强答应一声，便翻找起来，经过检查，共有六颗，两人撕了一些布条，将六颗手榴弹绑在一起，郑大海将绑好的手榴弹用乱草遮住，把手榴弹的拉环用布条拴在手上，扶着佟大强道："来，大强哥，就是死，我们也要死得英勇、死得壮烈。我们站起来，就是一条腿，我们也要站起来。"

佟大强道："对，站起来。"两人互相搀扶着，慢慢地，他们两人终于站起来了。

小野太郎率领大批的日伪军围了上来，见眼前站着的两人各缺了一条腿，难道这就是与他们苦战一天令他们损失二百多人的八路军？他不大相信，忙揉了揉眼睛。只见眼前站着的两人，如同两尊雕塑的天神，脸上充满了胜利的豪情。

郑大海和佟大强齐声喊道："小鬼子们，今天爷爷送你们回东洋！"随着喊声，郑大海拉燃了手榴弹。

小野太郎大惊，忙要躲开，但为时已晚，随着一声巨响，小野太郎随同数十个日伪军魂归东洋。

第十二章

反扫荡困敌卧龙谷　　独立团迭伏梁断疆

再说鞠卫华带领第三大队来到北区，与区长童大伟商量后，把一大队分成了七个排，分别驻到荣成与威海交界的北区一线的几个村庄。

先说铁蛋带领的独立团一连，两天来，他们掩护转移了大量群众。九月五日上午八点，一队由二百多日军和六百多伪军组成的扫荡队伍被铁蛋带人吸住。这队敌人带队的是日军少佐小泽三郎，他们手段十分残暴，几天来，他们所到之处，见人杀光，见东西抢光，见村子烧光，所到之处，制造出片片废墟。铁蛋他们恨透了这队敌人，决心狠狠地严惩他们。铁蛋他们打打停停，连续不断地伏击，给了敌人大量的杀伤，中午时来到隆峰山中的一条山谷，此谷谷底狭窄，宽处有十多米宽，而窄处只有几米宽，谷底弯弯曲曲，如同一条巨龙，睡卧谷底，所以当地人称为卧龙谷。

铁蛋他们来到谷口，将五十名战士一字排开，待敌人来得切近，铁蛋大喊一声："打！"机枪步枪等武器一阵爆射后，铁蛋等人立刻撤进了山谷。

　　被激怒的敌人一窝蜂似的追进了山谷，敌人正追得紧时，突然一声巨响，谷口两边的山崖被炸塌了，谷口立刻被堵死。小泽三郎见状，忙令撤退，接着又是一巨响，后退的谷口也被炸塌的山石塞断。再看八路军战士，他们都抓着山上垂下来的绳子爬上了山顶。谷底的敌人如同一群疯牛，在谷底乱冲乱闯。小泽三郎忙令人搬开谷口的石头，可是敌人刚一靠近谷口，立刻被山上的神枪手撂倒，谷中的敌人谁也不敢靠近谷口。

　　原来，铁蛋等人早就知道这条山谷，两天前他就派人在山上放好了炸药，并派人看守。今天一见敌人进谷，立刻便将山崖炸塌，堵死了两头谷口。

　　这时铁蛋指挥山上的神枪手，不断地对敌人射击，谷中的敌人都成了八路军的活靶子，敌人片片倒下，伤亡很大，吓得敌人伏在谷底的岩石后或草丛里，一动也不敢动。就这样僵持到天黑，敌人想借夜幕的掩护打通谷口，但谷口稍有动静，立刻便招来炸弹。敌人一连几次，均未得手。看看天已大亮，敌人便又伏在岩石后或草丛里，一动也不敢动。中午时分，敌人又饥又渴，又逼着伪军打通谷口，但靠近谷口的伪军一个都未活。吓得敌人又都伏下不动。就这样僵持到九月八日下午，敌人已经四天三宿滴水未进，全都躺在谷底的草丛里一动不动。

　　小泽三郎躲在一块巨石后，他已饿得两眼发花，有气无力，看着前边一具伪军尸体，便拿出军刀，从其大腿上割下两块肉，用刀串起来，叫鬼子生火烤肉，几个日军忙生起火，烤起了人肉。

　　小泽三郎边烤肉边对周围的日军道："我在军校受训时，教官曾烤了中国的小孩，名'烤乳猪'，要我们每人吃一口，开始都不敢吃，但吃过一口后，都想吃第二口。"小泽三郎说着把一块烤熟的人肉送到鼻子下闻了闻道："好香，好香，可惜这人已死了好长时间，如果是刚杀死的，那么味道会更鲜美。"说着便奸笑着看了看身前边的几个伪军。众伪军听得身上已经发毛，现在一见小泽三郎这眼神，离他近的几个伪军吓得急忙往远处的草丛滚去。几个伪军小队长气得眼睛快要喷出火来。

小泽三郎指着烤肉道："为了大东亚的圣战，所有帝国勇士都要吃中国烤猪，不吃的，不是帝国的勇士！"说着把一块肉送到嘴边，张口刚要吃，突然"砰"的一声枪响，小泽三郎的头被伪军大队长丁茂山打爆，接着丁茂山大喊道："弟兄们，快操家伙，再等鬼子就把你们杀了吃了。"

伪军与鬼子立刻交了火，伪军人多，有五百多人，而鬼子只有一百多人，但战斗力强，两边正在僵持不下，山上的铁蛋见了，忙令神枪手朝日军开火，因为日军一动目标完全暴露，全成了八路军的活靶子，山上的神枪手一个个地为日军点了名。不一会儿，日军全部被歼。

伪军大队长丁茂山喊道："八路军同志，我们投降。"说着便叫伪军放下武器。

山上的铁蛋听了道："我们先送饭给你们，你们吃饱饭，然后打通谷口出来。"说着山上便用绳子放下一包包馒头和清水。伪军们狼吞虎咽，一会便吃饱了，他们打开谷口，一个个走了出来。

铁蛋带领战士打扫完战场，押着俘虏返回了老人翁山。这五百多伪军俘虏经过教育，后来有一百多人参加了八路军独立营，其余回家种田。

九月六日，鞠卫华传令，晚上会武功的战士全部出动，他们三五人一组，对日寇的宿营地展开全面袭击，或刀杀，或枪击，或炸弹炸。一连三个晚上，给了敌人大量杀伤，敌人损失惨重，九月十日，坂田元仁见再战下去，恐怕后果更惨，忙令收兵。

至此，坂田元仁举行的万人拉网式的大扫荡，历时六天，被八路军彻底粉碎。

八路军发动的百团大战自一九四〇年八月二十日开始，到一九四一年一月二十四日止，历时五个月。破坏铁路九百四十余里，公路三千余里，桥梁二百余座，火车站三十七个，隧道十一条，使日军所据正太、同蒲、平汉各铁路线，全部陷入了瘫痪状态，给日本东南亚圣战的补给运输带来了很大困难。为了改变这一现状，日军总部决定开辟第二运输线，即日本的侵华物资由船运抵胶东龙须岛码头，再经威海、烟台运往日军各占领区。八路军总部得到这一消息后，立即电告胶东特委，要胶东八路军想尽一切办法加以破坏和干扰。

鞠卫华与苏月华接到特委指示后，立即派出了多路侦察员进行侦察。

原来，驻守龙须岛码头的是日军旅团长松井贤二少将。他深知胶东八路军厉害，每次派出的运输队里有七十辆汽车和四十辆双马马车，共有二百多日军、三百多伪军押车，平均每辆车上有五人押车，每十辆车上配有一挺机关枪，并要沿途各据点的日军时刻准备增援接应。每五天运输一次。

鞠卫华得到这一情报后，便与苏月华及各连长沿威海到龙须岛公路进行了一次实地侦察。最后决定，把伏击点设在埠柳村东一个叫梁断疆的山坡上。这里两山峡谷，谷底公路全长一千多米。这里离城厢乡各据点四十多里，离埠柳村据点三公里，敌人增援部队到来时，战斗早已结束。

　　一九四一年四月二十日早晨三点，独立团便进入了伏击地点。战士们埋伏在公路两侧的山坡上，每边山坡是五百多人，按顺序五人一组，共一百一十组，每组按顺序打一辆车。时至五点多钟，鬼子的运输队浩浩荡荡地开了过来。这些日军从未打过败仗，再加上前几次运输都很顺利，所以他们都十分傲慢地坐在车上有说有笑，毫无戒备。队伍正行驶时，突然前面公路上出现了几块大石头，汽车立马停了下来，就在这刚一停下之际，鞠卫华一声枪响，紧接着公路两侧的山坡上响起了几排枪声。车上的鬼子和伪军大多一枪未放，便倒了下来。个别鬼子和伪军钻入车底下企图顽抗。鞠卫华运功大喊一声："冲啊！"

　　两边山坡上的战士们身穿防弹盾，猛虎似的冲了下来，一阵乱枪便结束了战斗。鞠卫华立刻叫李天虎和刘海龙带领五连和六连到西山伏击埠柳村据点前来增援的敌人。果然，五连和六连刚进入伏击点，埠柳村据点五十多个鬼子和一百多伪军便赶了过来，他们刚进入伏击圈，几排枪响后，五十多个鬼子和一百多伪军全部被歼。而城厢的鬼子援军赶到时，独立团和汽车、马车等，早已走得干干净净，只留下了鬼子和伪军五百多具尸体。

　　驻守龙须岛码头的日军司令部里，旅团长松井贤二刚向青岛日军司令部汇报了运输队被伏一事，被上司一顿臭骂，这时正垂头丧气地在地上走来走去。这次运输队被伏，使他是又惊又怕，他亲自察看了现场，部队没有经过激战，鬼子和伪军死得脸色很安详，有的还面带笑容，这说明这些人是在不知不觉中被突然一枪毙命，这究竟是什么部队能打这样的仗？他是越想越怕，每当脑海里浮现出当时的场面，就使他不寒而栗。但上司运输任务催得又急，真令他有些焦头烂额。

　　这时一个联队长和翻译官走了进来。

松井贤二问道："你们说，什么人打了运输队的伏击？"

松井贤二见众人摇头，立刻大怒，气急败坏地骂道："一群饭桶，死了那么多人，你们竟然连谁打了伏击都不知道，你们情报处是干什么吃的？"

松井贤二指了指柳川大佐道："后天由你亲自带队押运，还走梁断疆。"

柳川惊问道："上次我们去那里被伏，我们还敢走那里？"

松井贤二摆了摆手说："你的军人不合格，中国兵法上讲'一计不可二用'。前天伏击我们的八路军将领深懂兵法，他一定知道这一点，他绝不可能还在那里伏击，为了安全起见，运输队一到那里，你可先派人沿着他们上次的伏击路线搜查一遍。"

"是，司令官阁下！"柳川恭敬地鞠了一躬退了出去。

四月二十四日晚上半夜一点，老人翁山上鞠卫华和苏月华突然召集各连长紧急集合，看看人到齐了，鞠卫华说："各连长带队还到上次设伏的地点去设伏，只不过，每人在原来的伏击点上后退五十米。"

松明道长急道："一计不可二用，鬼子上次在那里被伏，肯定不会再走那里。如果走，他们肯定也会作好准备。"

鞠卫华说："先执行命令，回头我再跟你讲。"

"是！"松明道长答应一声，便和大家一起散去。

时至五点多钟，日军的运输队在五百多日伪军的押运下浩浩荡荡地开了过来，快到伏击圈，运输队便停了下来，路两侧的山坡上各派出了十几个日军沿上次伏击路线胡乱地打着枪向前搜索，一直搜到西山口也没发现一个人，便用旗语汇报平安无事，运输队立刻前行，当走到上次的运输队被伏的位置时，突然一声枪响，两侧山坡一百五十米处突然两排枪响。车上的鬼子大都丧命，个别侥幸跳下车钻入车底，接着被山上冲下来的战士击毙。前后战斗二十多分钟，鬼子的运输队遭遇了与上次一样的厄运。七十辆汽车和四十辆双马大车全被独立团运回了老人翁山。所不同的是，埠柳村据点的鬼子没来增援。

第十三章

劫监狱三进荣成县　小英雄走马歼倭寇

鞠卫华和苏月华等人回到老人翁山，刚吃过午饭，各连长便都来到指挥部。刁世熊首先问道："团长，你给我们讲讲，你是怎么知道鬼子还走那里？如果不走那里怎么办？"

鞠卫华说："'兵者，诡道也。'松明道长讲的一计不可二用，那只是常理，岂不闻兵法云'虚虚实实'，鬼子指挥官也知道一计不可二用，以为我们不可能重迭伏击，所以他还敢走梁断疆，并且事先派出了小分队按我们上次的伏击路线进行搜索。他们哪里知道我们已退后了五十米，我们的战士在一百五十米处枪照样打得准，所以他们才又蹈了上次被歼的覆辙。至于你刚才问的如果敌人不走那里怎么办？那最多是我们空伏一场，大家多走了一些路罢了。"

松明道长叹道："我们的团长真是神机妙算，用兵如神，当年的孔明也不过如此吧。"

鞠卫华说："我们安敢比古人，只不过我们多动脑子而已。"

大家正在谈论，忽然山口放哨的哨兵领了一个人进来。鞠卫华一看，是贞庄头村的鞠夕张大叔。鞠卫华忙搬椅子叫他坐下，并倒了杯水递给他道："大叔急急忙忙地赶来，定有急事吧！"

鞠夕张一口气把水喝完，放下杯子说："卫华，荣成县地下党委书记梁为民同志由于叛徒的出卖，昨天被捕。黄星书记派人叫我来找你，想尽一切办法一定要把他救出来。"

鞠卫华问道："知道被关在什么地方吗？"

鞠夕张说："关在荣成县日本宪兵队司令部里，具体情况不明。"

鞠卫华转身对王祝说："你叫石头和铁蛋带五个侦察员骑快马到荣成县侦察一下敌人的兵力部署情况，叫他早去早回。"

"是！"王祝答应一声跑了出去。

鞠卫华转身对鞠夕张道："大叔，你放心，这事包在我身上。"说着送走了鞠夕张，转身对大家道："大家抓紧休息，晚上准有任务。"

"是！"大家答应一声散去。

鞠卫华和王祝来到老人翁山训练场，上次卧龙谷俘虏的伪军，经过教育，其中有一百六十多人参加了独立团。经过严格的军事训练和思想教育，鞠卫华把他们编为独立团第十一连。任命一个叫孙茂良的伪军中队长为连长。孙茂良是文登乡师毕业，读过不少书，经过教育，思想进步很快，任为连长后为鞠卫华提出了很多部队进行文化教育的建议，使独立团战士的文化水平有了很大的提高。这时孙茂良正在领着战士们进行射击训练，见鞠卫华与王祝走来，忙喊了一声："立正。"战士们立刻立正站好。孙茂良转身跑到鞠卫华面前，一个立正敬礼道："独立团第十一连正在进行射击练习，请团长指示。"鞠卫华还了礼说："继续训练。"接着问孙茂良说："战士们的射击水平如何？"

孙茂良说："卧射固定靶还可以，但跪射和站射及动靶离独立团的要求还差很远。"

鞠卫华说:"加强练习,很快会提高的,但要注意,这些人都是刚从伪军中俘虏过来的,一定有许多恶习,你在抓军事训练的同时,一定多注意思想政治教育。我们独立团的战士既要军事过硬,更要思想过硬。"

"是,团长放心,我不会辜负你的期望,一定给你带出一个军事上和思想上都过硬的队伍。"

鞠卫华挥了挥手,示意孙茂良继续训练。他和王祝又来到了第十连训练场,连长寒梅正在领着战士练习双枪射击,见鞠卫华和王祝走来,刚要喊战士们立正,鞠卫华摆了摆手说:"继续练习。"

这个连是清一色的一百二十名女战士,年龄大的有五十多岁,年龄小的只有十二三岁,鞠卫华见她们个个练得很认真专注。便问寒梅道:"寒连长,能有多少人过关?"

寒梅道:"双手过关的能有八十多人,剩下的三十多人只有右手过关,左手打固定的靶子还可以,打移动靶则不行。"

鞠卫华说:"难为你了,练得很不错,大家有练习暗器的基础,很快就会过关的。"

寒梅说:"我们只见过你打擂台时露出的武功,没见过你打枪的本领,你能表演给我们看看吗?"

战士们听寒梅一说,立刻便围了上来,七嘴八舌地说:"团长表演一个,表演一个……"

鞠卫华知道拗不过这些女战士,恰巧这时空中有七只大雁在头上经过,距地下足有二百米高,鞠卫华忙从一个女战士手中接过一支长枪,手起枪响,但听砰砰砰……一连七声枪响,接着鞠卫华一拍王祝,两人一个梯云纵便跃入空中,将七只大雁在空中接住，接着两人一招雁落平沙的家数轻轻地落了下来。整个老人翁山训练场的战士们见了，立刻爆发出一片欢呼叫好声。

大家一看七只雁头均被打碎，个个是目瞪口呆。而鞠卫华和王祝显露的这手轻功，更是令这些武林人士啧啧称赞。

寒梅突然问道："团长，你能不能教我刀法？"

鞠卫华奇道："你的剑法已经很好嘛！那天在擂台上我见了你那精妙的剑法，给鼓了不少掌，我还想学习一下你的剑法呢。"

寒梅大喜道："好，我教你崆峒剑法，你教我自然教的刀法，怎么样？"

鞠卫华道："好的。"

"一言为定。"寒梅诡谲地笑着，伸出了右手小手指。

鞠卫华也孩童气地伸出了右手小手指，两人便拉在了一起。

鞠卫华又和王祝来到了九连训练场，九连战士正在练习各自的兵器。马鸣正在练习五虎断魂刀。鞠卫华远远地看了看，见其漏洞太多，攻防不协调，便走了过来。

马鸣见鞠卫华走了过来，连忙收了刀。马鸣自那天擂台上鞠卫华弹出了无影针救了他，对鞠卫华始终心存感激，正要立正敬礼，鞠卫华挥了挥手道："来，我和你一起对练。"说着便拔出了背上的金龙宝刀。马鸣也拉开了门户，两个人便对练了起来。马鸣一遇漏洞，鞠卫华便停刀指点。两个人打打停停，马鸣把五虎断魂刀演练了三遍，鞠卫华把其漏洞给他一一点出补严。等马鸣练到第四遍时，五虎断魂刀法已是风雨不透。

马鸣第四遍刀法演完，立刻跪了下来道："多谢团长指点，请受马鸣一拜。"说着便磕起了头。

鞠卫华连忙扶起道："论年龄我得叫你大哥，我们不要那些旧礼道。以后我们只以兄弟相称，你看可好？"

"是，哥哥马鸣谨遵弟弟之言。"

鞠卫华与王祝又来到了八连训练场，八连战士正在练习各种兵器，松明连长正在练习武当剑。

鞠卫华远远观之，武当剑法看起来就像画圈一样，但就这些圈圈配其内功，脚踏八卦步法，却产生了巨大的威力。鞠卫华不禁拍手叫道："好！"

松明连长见鞠卫华走来，忙收了剑。

鞠卫华道："我师父在世时，曾多次提到武当剑法博大精深，奥妙无穷，今日一见，果然名不虚传。"

松明道长叹道："可那天在擂台上，武当剑阵还是败给了日本人，武当剑阵自创始以来，这还是第一次落败，我至今还不明白这是为什么。"

鞠卫华说："武当剑阵是按八卦方位而设，其奥妙就在其无穷无尽的变化上。按周天之数共三百六十五变，反反复复，变化无穷。打擂那天是甲申日，休门在东方震位，生门在东南方巽位，开门在东北方坎位。武男山雄从生门杀入，他不入中宫而转攻东方休门，你发动变阵，他始终不为所动，仍踏稳休门随你变阵。当你变到六十四变时你已穷尽，下面的你不会变化，就这一停顿之际，却给了对方可乘之机，所以你落败。"

松明道长顿悟道："我多日苦思不得其解，今听你一席话，茅塞顿开也。真是'有志不在年高，无志空活百岁'。你小小年纪，如何却学得如此深奥的八卦阵？"

鞠卫华说："拜恩师生前所赐。但我也只是学得皮毛而已，离八卦阵之无穷无尽的变化还相差甚远。"

松明道长叹道："我国的武学，实是博大，学无止境。"

下午三点，石头和铁蛋侦察回来，急忙来到指挥部，石头向大家汇报道："荣成县新任鬼子司令名叫佐藤太郎。司令部还设在原来的政府大楼，由一百多鬼子防守，上次被我们炸毁的东西厢两个营房又重新盖了起来，里面各驻扎了二百多伪军。四座城门各有一个中队的鬼子和两个中队的伪军把守，分驻六个营房。仓库由一百多鬼子防守，分驻三个营房。宪兵队驻扎在司令部西二百米处的一所学校，共有一百多鬼子防守，学校是一导一正各八间，正房大厅东西两间各驻有二十多个鬼子，其余房间是用来审讯犯人和关押犯人。导房西三间各驻有二十多个鬼子。宪兵队办公室在最东头一间，里面驻有宪兵队长及二十多个鬼子，汇报完毕。"

鞠卫华转对王祝道："挑选十名战士，晚上有行动。"

"是！"王祝响亮地回答一声。

且说鞠卫华和王祝带领二十名武功高强的战士，晚上十一点便蹿房越脊地来到离宪兵队不远处的楼顶上，放眼观察，但见宪兵队各营房及各审讯室一片漆黑，鸦雀无声。

王祝道："不对劲，为什么这么静，莫非敌人有了准备？"

鞠卫华示意王祝别吱声，接着他运功于两目，使出他的猫眼神功，但见宪兵队驻地埋伏了大批的日伪军，宪兵队的房顶上也有大批的敌人。鞠卫华倒吸一口冷气，暗暗心道，好险，今天如果贸然跃下劫狱，后果真是不堪设想。他当机立断，一挥手，带队撤回了老人翁山。

原来，荣成县县委书记梁为民，二十三日晚上，在荣成县东区为组建民兵开了一夜会，天快亮时会议才结束，由于叛徒告密，梁为民与警卫员在返回的路上遭敌人伏击，他的警卫员不幸牺牲，而梁为民则被捕。

八点整，特务队队长牛天胜，把梁为民押进了日军司令部。佐藤太郎一听说抓住了荣成县的县委书记，高兴地对牛天胜赞道："你的功劳大大的，皇军将重重有赏。"说着打开抽屉，拿出五十块银圆递给牛天胜。

牛天胜连忙接过，并点头哈腰地道："谢谢太君，谢谢太君，为大日本皇军效力，这是应该的。"

佐藤太郎道："你带着梁为民游街示众，最后把他押往宪兵队看守。"

牛天胜忙道："是，我要用重刑撬开他的嘴，审出地下党的组织。"

佐藤太郎摆了摆手，示意特务将梁为民押出。几个特务连忙将绳捆索绑的梁为民押了出去。

佐藤太郎等梁为民一出门，转对牛天胜道："像梁为民这样的共产党，你用刑罚是撬不开他的嘴的，但他是一块很好的诱饵，我们可以用它来钓到更多更大的鱼，一举粉碎荣成县的地下党。"

牛天胜不解地道："如何钓鱼？"

佐藤太郎道："你押着梁为民游完街，把他押往宪兵队看守，晚上八路军必来劫狱，那时，宪兵队我已伏下重兵，管叫他们有来无回。"

牛天胜连忙点头哈腰地道："太君的高明，太君的高明，太君的太高明了。"说着一步三点头，两步一哈腰地退了出去。

鞠卫华等人天亮时返回了老人翁山，他们吃完早饭，鞠卫华连忙召开会议，鞠卫华首先发言道："昨晚日本宪兵队已有准备，我们劫狱失败，今晚我们决计调虎离山，将宪兵队的敌人调开，我们再趁机劫狱。下面我来分配战斗任务，一连分两组袭击敌人司令部的两个营房。"

"是！"铁蛋答应一声。

鞠卫华道："二连分三组，袭击守仓库的敌人的三个营房。"

"是！"石头答应一声。

鞠卫华道："三连分六组，分别袭击东门敌人的六个营房。"

"是！"吴满仓答应一声。

鞠卫华道："八连分六组，袭击西门敌人的六个营房。"

"是！"松明连长答应一声。

鞠卫华道："九连分六组，袭击南门敌人的六个营房。"

"是！"马鸣回答一声。

鞠卫华道："十连分六组，袭击北门敌人的六个营房。"

"是！"寒梅回答一声。

鞠卫华道："战斗于今晚午夜十二点打响，具体由各连长负责。"

"是！"各连长一齐回答。

鞠卫华道："各连长记住，我们今晚用的是调虎离山计，你们动静闹得要大，以调动宪兵队的敌人前去增援。我们好趁机袭击宪兵队，以救出梁为民。如果敌人各营房有准备，大家可利用轻功，将炸弹远远地投进敌人的营房，以调动宪兵队的敌人，切不可深入敌人的兵营，以免造成不必要的牺牲。"

"是！"各连长一齐回答。

四月二十六日早晨，佐藤太郎刚吃完早饭，牛天胜点头哈腰地来到司令部道："太君，昨天晚上，宪兵队无动静，八路军是不是不敢来了？"

佐藤太郎道："八路军已经来过。"

牛天胜吃惊地道："他们来过，那他们为什么没劫狱？"

"他们见我们防守严密，所以才没有动手。"佐藤太郎喝了口水道："这股八路军太狡猾了，今晚他们必然还来，你们说，今晚他来会怎样？"

小泽正仁少佐道："他们既然知道我们有埋伏，他们还会来吗？"

佐藤太郎道："他们必然来，但他们会改变战略战术。"

小泽正仁与牛天胜齐道："他们会用什么战术？"

"调虎离山！"佐藤太郎斩钉截铁地说："他们采用'调虎离山'，我们就用'将计就计'。我不信我斗不过几个土八路。"

佐藤太郎对牛天胜道："你今天还押着梁为民游街示众，游完街还押往宪兵队，要造成声势，让八路知道，梁为民就关押在宪兵队，引八路军来劫狱。"

"是！"牛天胜点头哈腰地退出。

佐藤太郎转对小泽正仁少佐道："你今晚还带重兵埋伏在宪兵队，午夜各营房如有枪声，你只派出一对伪军假装支援，你的重兵仍然不动，静等大鱼上钩。"

"是！"小泽正仁少佐响亮地答应一声，转身离去。

佐藤太郎喝了一口水，放下杯子，脸上露出了一丝得意的微笑。

四月二十六日，鞠卫华和王祝带领二十名侦察员，于晚上十一点半，来到荣成县日军宪兵队周围的楼顶上隐伏下来。宪兵队各房间依然漆黑一团，鸦雀无声。

王祝道："看来，敌人又有防守。"

鞠卫华道："等我们调虎离山。"

看看时针指向了十二点整，这时各营房不断传来爆炸声和枪声，这时宪兵队的院子里一队敌人吵吵嚷嚷地奔了出去，一会儿，院子里又鸦雀无声。

鞠卫华运功于双目，仔细查看，但见宪兵队的各处防守，依然一丝未动。看来，刚才出去增援的那队敌人也是假象。鞠卫华等人伏在楼顶，一直等到下半夜里两点，虽然各处枪声不断，但宪兵队敌人的防守一丝未动。鞠卫华心知敌人已识破他的"调虎离山计"，他们正采取"将计就计"，静等鱼儿上钩。想到这里，鞠卫华一挥手，带领大家撤回了老人翁山。

四月二十七早晨，荣成县日军司令部里，佐藤太郎烦躁地来回踱着步子。佐藤太郎是陆军学校指挥系的高才生，他精通汉语，读过许多中国的史书，尤其是对中国的兵书战策，极其精通，常自诩为日本的"张良"。这两天他连设两计，均被对方识破，心知八路军中有能人，对付这样的八路军太难了，也太险了，一着不慎，将满盘皆输，每天的行动，都如履薄冰，步步惊险。那么下一招八路军会怎样？放弃？绝不可能。这是八路军的重要人物，无论多大的代价，他们都不能放弃。那么，今天晚上八路军定会不顾一切地强攻。

佐藤太郎正在沉思，这时牛天胜和小泽正仁少佐走了进来。小泽正仁道："大佐阁下，昨天晚上八路军没来，我们今天晚上还防守吗？"

佐藤太郎道："你说得不对，昨天晚上，他们一定来了，只不过他们又识破了我们的'将计就计'，所以他们没上当。今天晚上他们还要来，而且来的人很多，他们必然强行劫狱。"

牛天胜吃惊地瞪着一双牛眼道："土八路好大的胆子，知道我们有埋伏，他们还敢来，他们这是不要命了？"

"你说得不错，八路这次就是不要命了，必然强行劫狱。"

佐藤太郎转对小泽正仁道："宪兵队继续增兵，加强防守，今晚务必全歼土八路。"

"是！"小泽正仁响亮地答应一声，退了出去。

天亮时，袭击敌人各营房的战士陆续回来，吃完早饭，鞠卫华立刻召开会议。鞠卫华首先道："我们两次劫狱均未成功，敌人都设下了埋伏，看来，我们这次的对手佐藤太郎，是一个很狡猾的家伙，好啊！敌人爱斗计，那我们就和他们斗斗计。"

鞠卫华喝了口水道："佐藤太郎两次用计，均未得逞，他知道我们劫狱是志在必得，认为今晚我们必然增人，强行劫狱，所以，日军宪兵队必然增人，加强防守，好一举歼灭我们。好啊，昨晚敌人采用'将计就计'，今晚我们也采用'将计就计'。"

鞠卫华转对松明和马鸣道："你们带八连和九连轻功好的战士，今晚分别从南北两个方向袭击敌人的宪兵队，时间半小时，你们只需在楼顶上远远地用长枪和机枪骚扰敌人，声音闹大一点，切不可进入宪兵队的院子，如果发现情况对我们不利，可立即撤回。"

"是！"松明和马鸣立即回答。

鞠卫华道："铁蛋、石头、高粱、满仓和李天虎，你们五人随我和王祝袭击敌人司令部。"

"是！"五人一齐回答。

且说松明和马鸣带领八连和九连武林战士，于晚上十一点半，跃过城墙，蹿房越脊地来到日军宪兵队大院南北不远处的楼顶，鸦雀无声地隐伏下来。时针刚刚指向十二点，松明和马鸣同时指挥战士向宪兵队的窗子、楼顶及大院等处射击，敌人立刻开火，敌人的射击点完全暴露，八路军的神枪手立刻瞄准了敌人的射击点开火，敌人立刻有许多射击点被打哑。黑夜里，只要敌人一开火，便立刻引来神枪手的子弹，敌人一时谁也不敢乱开枪，就这样，双方互相僵持，八路军的目的是耗时间，而敌人的目的是消灭八路军。双方相持大约十多分钟，敌人耗不下去，忙又开火，可刚一开火，马上又引来了八路军神枪手的子弹，立刻又有好多人伤亡。敌人立刻又停火，双方又僵持下来。半个钟头后，松明和马鸣立刻带领战士撤出了城。

再说鞠卫华和王祝等人，于晚上十一点来到荣成县日军司令部对面一栋大楼的顶上。但见敌人司令部是一个四层楼，楼顶上设有两只探照灯，不停地四面扫射，上面有十多个敌人防守，大楼的各层都亮着灯，但只有四层楼，从窗子往里看，影影绰绰地看到里面有人。司令部的门口有四个日军站岗。敌人的两个营房都亮着灯，门口各有两个敌人站岗，里面的敌人已入睡。两支六人的日军巡逻队不停地来回巡逻。

鞠卫华道："铁蛋和石头分别消灭敌人的两个巡逻队；高粱消灭司令部门口的岗哨；满仓消灭北边营房门口的岗哨；李天虎消灭南边营房门口的岗哨。消灭后你们守在营房门口，敌人如果不动，你们也不动，敌人一有动静，你们就向里扔炸弹。我与王祝袭击敌人的司令部，十一点半我们行动。"

众人都点了点头。

先说石头和铁蛋等人，看看时针指向了十一点半，两队巡逻的敌人刚好行到院子里，石头奔左队，铁蛋奔右队，两人如同两只猎隼，直扑敌人巡逻队，他们人未落地，各打出了六把飞刀，巡逻队十二个敌人，一声未吭地倒地丧命。与此同时，高粱、满仓、李天虎同时跃下，高粱奔敌人司令部门口的岗哨；满仓奔敌人北边营房门口敌人的岗哨；李天虎奔南边敌人营房门口的岗哨，他们均用暗器射杀了敌人，然后他们分头守着敌人的营房。

再说鞠卫华和王祝见时针指向十一点半，等敌人的探照灯刚一扫过的一瞬间，他们一招白鹤冲天，两人高高跃起，蹿向敌人司令部的楼顶，他们人未落地，鞠卫华打出了十二枚铁钉，王祝则打出了六把飞刀，十八个敌人均一声未吭地倒地丧命。

鞠卫华示意王祝继续转动探照灯，以免引起敌人的注意，他则一招倒挂紫金钟，两脚勾着楼檐，头下脚上地挂在四层楼的窗外，偷眼向里一瞧，只见佐藤太郎中佐坐在桌前，同旁边两个日军少佐在谈论着什么。鞠卫华一招青龙入洞，身子箭一般地从窗子射了进去。

原来，佐藤太郎这时正和两个日军少佐坐在电话机前，静候宪兵队战斗胜利的佳音，突然见从窗子外面射进了一个人，三人大惊，刚准备掏枪，但为时已晚，鞠卫华人未落地，三颗石子已电射而出，分别打中了三人的大穴，三个敌人立刻僵在那里，丝毫动弹不得。

鞠卫华蹿了过来，将一张写满字的纸，用飞刀钉在桌上，然后将佐藤太郎一把提起，一招青龙出洞，从窗子蹿了出去，两个被点了穴道的日军少佐，眼睁睁地看着佐藤太郎被鞠卫华带走，却无可奈何。

鞠卫华蹿出窗外，一声呼哨，带领众人向城外撤去。

铁蛋等人听到撤退暗号，各向敌人的营房扔了两颗炸弹，然后蹿房越脊地同鞠卫华撤出了城，返回了老人翁山。

再说小泽正仁见袭击宪兵队的八路军已退，忙返回司令部，见司令部被八路军袭击，佐藤太郎也不见了，只见桌上一把尖刀插着一张纸，上面写道：

被万世咒骂、杀人放火、枉披着人皮的侵华日军畜生们：

佐藤太郎已落入我手，你们如想要他活命，可用梁为民来交换，交换地点，崖西村北的平坦处，交换时间，明天中午十二点，交换方法，双方都只许十人参加，人质各乘一匹马，由一人送往场地中间，经双方验证合格后，交予对方。各方如捣鬼，则立刻撕票。若梁为民少一根手指头，那么佐藤太郎将会少一条手臂；如梁为民少一两肉，那么佐藤太郎的身上将会被割掉一斤肉。

顺祝你们这些父母早死，无人教养，杀人放火，枉披人皮的畜生们早死，还世界一个和平。

八路军独立团：鞠卫华

小泽正仁看完信，虽然气得他三孔冒火、七窍生烟，但同时还惊出了他一身冷汗，急忙拨通了宪兵队的电话道："喂，宪兵队吗？"

宪兵队队长道："是宪兵队，阁下是？"

"我是小泽正仁，我命令你们不准对梁为民用刑，快送好饭叫他吃饱！"小泽正仁急急地道。

"是！"宪兵队队长响亮地回答。

两个日军少佐被打了穴道，动弹不得，小泽正仁忙令军医调治，可军医都不会解穴道，他们只能帮他按摩，好歹折腾到天亮，二人才可活动，慢慢恢复了正常。

小泽正仁将八路军留下的那张信纸给两个少佐看了，柳下贤少佐道："不能交换，如果交换，我们大日本帝国的颜面将何在？佐藤君只有杀身成仁，为天皇尽忠。"

江藤一郎少佐道："中国有句古话，叫作'兵不厌诈'。我们可在八路军的来路上设伏，等交换完人质他们返回时，我们可将人质和这十个八路军再次捕获，可为佐藤太郎大佐报这一箭之仇。"

"好！我们就埋伏在这里。"小泽正仁指着地图道："这里位于崖西村北五里处的一片松林，便于隐蔽，这里可伏兵一百多人，江藤君可带一小队皇军和两小队伪军在这里伏击，我负责交换人质，柳下君可带一小队皇军和两小队伪军远远地接应我们。"

"是！"两位少佐一齐回答。

再说鞠卫华等人返回老人翁山，他们将佐藤太郎的穴道解开，派人看押起来。天亮了，鞠卫华立即召开会议，鞠卫华道："今天中午交换人质，敌人必然想借机在我们交换完人质回来的路上伏击我们。崖西村北五里处有一片松林，这里可伏兵一百多人，这里是我们回来的必经之路，今天中午这里一定有一百多敌人设伏。松明连长和马鸣连长，可带八连和九连，分别埋伏在松林的东西两边，当远远看到我们交换完人质返回时，你们可围歼松林之敌。你们可利用轻功，在地下或树上攻击敌人，务必将这队敌人全歼。"

"是！"松明和马鸣齐声回答。

鞠卫华道："松林的战斗打响，佐藤太郎如果听到枪声，定要纠集崖西村炮楼的敌人增援松树林。王祝可带一连、二连、三连、四连和炮兵连，披上隐蔽网，埋伏在松林南二里处，准备阻击佐藤太郎这只援兵，你们要发挥战士神枪的作用，给敌人大量的杀伤，敌人如果败逃，不要追击，自有伏兵等他。"

"是！"王祝答应一声。

鞠卫华道："'来而不往非礼也'，既然敌人想在我们回来的路上袭击我们，我们也'以其人之道，还治其人之身'，我们也在敌人会去的路上设下伏兵袭击敌人。明天刁连长和寒梅连长带着七连和十连，埋伏在龙床村南的龙河水库旁，这里是敌人返回的必经之路，上次圣水观我们打完擂台，曾在这里设伏，这次你们还埋伏这里，佐藤太郎大约下午两点败逃这里，你们务必全歼这股敌人。"

"是！"二人齐声回答。

中午十二点整，鞠卫华等十人押着佐藤太郎来到崖西村北的开阔地，小泽正仁等十个日军也押着梁为民到来，他们都骑着马，双方在相距一百米处停了下来。

鞠卫华喊道："梁书记，身体怎么样，他们伤了你没有？"

梁为民道："没事！"

小泽正仁也用日语问道："佐藤君，身体怎么样？"

佐藤太郎道："很好。"

鞠卫华道："小泽正仁，我们两人各带着人质到场中间交换，其他人原地不动。""好的！"小泽正仁答应一声，同梁为民骑着马，慢慢向场中走来。鞠卫华同时也牵着佐藤太郎的马向场中走去。

四人四骑来到场中，鞠卫华见梁书记安全无恙，抱拳道："小泽君，双方人质交换马匹。"

小泽正仁道："好的。"

梁为民和佐藤太郎同时下马，各自骑上自己的马。鞠卫华一抱拳道："两位太君后会有期，一路走好。"

佐藤太郎和小泽正仁也抱拳道："鞠团长后会有期，一路走好。"双方都拨转马头，各自归回本队。

先说鞠卫华等人向北行去，当离村北松林二里处，与王祝的伏兵一起埋伏下来。松林处已是枪声大作，鞠卫华忙叫大家准备阻击南来援敌。

却说佐藤太郎等人往南正行，突然听到北边枪声大作，忙问道："小泽君，怎么回事？"

小泽正仁得意地道："这是江藤君的伏兵，正在伏击鞠卫华等人。"

佐藤太郎道："江藤君共多少人？"

小泽正仁道："一百五十多人。"

佐藤太郎大惊道："不好，你们中计了。鞠卫华只有十一人，可这枪声有近四百人参战，这说明江藤君已被二百多八路军攻击，江藤君处境一定很危险。我们速去增援，你速派人通知崖西村两个炮楼的部队，也火速增援。"

"是！"小泽正仁已惊出一身冷汗，忙派人去通知崖西村两个炮楼的部队火速增援，同时，他也同佐藤太郎带队向北疾驰。

且说松明连长和马鸣连长各带一个连，将松林远远地包围，慢慢靠近敌人，悄悄隐伏下来。十二点四十分，瞭望哨发来信号，鞠卫华等人已在返回的路上。松明连长和马鸣连长立刻从敌人背后展开了袭击。机枪、步枪暴雨似的猛射，敌人片片倒下。

江藤一郎率队伏在松林里，正等鞠卫华上钩，突遭打击，立时大乱。江藤一郎忙组织抵抗，四挺机枪发疯似的四面扫射，妄想阻住攻击部队，但八路军的神枪手是何等厉害，敌人的四挺机枪立刻被打哑。特别是松树顶上的八路军，他们脚踏树梢，居高临下，人人双枪齐发，敌人是防不胜防，一个钟头后，敌人全部被歼。马明连长和松明连长各留下一个排打扫战场，忙带领其他战士火速增援鞠卫华等人。

再说鞠卫华等人埋伏在草丛里，远远地见佐藤太郎急急奔来，鞠卫华见敌人只有一百五十多人，知道崖西炮楼的敌人还在后面，忙只叫一连五十多个小战士开枪，其他人别动，等崖西炮楼的敌人到了，再一齐开火，给他们以重大的杀伤。

却说佐藤太郎率队正向北疾奔，突然前面草丛里射出了几排子弹，虽然相距百米，但枪法极准，敌人立时倒下了几十人，吓得其他敌人伏在地上不敢动，佐藤太郎见对方只有五十多人，又没有机枪，忙令部队猛冲，可敌人刚一起身，立刻又被打倒了十多人，吓得其他敌人又都趴下谁也不敢起身。双方正在僵持不下，崖西两个炮楼二百多日伪军急急奔来，佐藤太郎认为五十多支长枪是阻不住四百人的冲锋，便立刻命令部队发起了集团式的冲锋。

鞠卫华见敌人全部进入了伏击圈，立即命令开火，八挺机枪和三百多支长枪，立刻疾风暴雨似的一阵猛射，敌人立刻片片倒下，死伤惨重。

佐藤太郎原以为八路军只有五十多人，所以才命令部队猛冲，现在突遭三百多人的火力打击，知道又中了八路军的"虚则实之"的计策，知道再打下去，只会损失更惨，甚至有全军覆灭的危险。再听听江藤一郎那边枪声已停，知道江藤一郎凶多吉少，现在只有"三十六计，走为上计"。想到这里，忙率领七八十个敌人向南撤去。

鞠卫华也不追赶，转对石头和铁蛋道："崖西两个炮楼兵力空虚，里边只有十几个伪军，你们俩去把他端了。"

"是！"二人答应一声，带队向崖西奔去。

再说铁蛋带人奔崖西村北炮楼，炮楼里只有十二个伪军，铁蛋一喊话，里边的伪军立刻开门投降。

石头带人奔崖西村南边的炮楼，炮楼里驻有十六个敌人，石头一喊话，里边的伪军班长立刻用机枪扫射，结果被石头一枪打死，吓得里边的伪军立刻投降。

再说佐藤太郎同小泽正仁和柳下贤两位少佐，带着七八十个日伪军，真是忙忙如丧家之犬、急急如漏网之鱼，慌慌张张向南行去。

佐藤太郎心情十分焦躁，一路上一言不发，他曾自诩为日本的张良，而却栽在中国一群孩子手里，真是奇耻大辱，他以为他将无法面对日本的众将官，所以，一路上闷闷不乐，两位少佐无论说什么，他也不答，只是随着队伍信马而行。当队伍行径龙河水库时，佐藤太郎一见左边一片大水，右边山势相逼，大惊道："此处恐有伏兵，停止前进！"

但为时已晚，早已埋伏在这里的刁世雄和寒梅，一见敌人进入伏击圈，刁世雄一声枪响，一个枪上挂着日本膏药旗的鬼子首先倒下，接着机枪和步枪一齐开火，毫无准备的敌人突遭打击，立刻片片倒下，几排枪后，只剩几个伪军跪地求饶。

刁世雄和寒梅忙令人打扫战场后，押着俘虏返回了老人翁山。

这次战斗，共歼灭日军二百一十人，伪军三百三十人，端炮楼两座，缴获机枪六挺，长枪五百一十支，各种军用物资一宗。

第十四章

独立团三伏梁断疆　显神功英雄收众匪

　　县委书记梁为民看着一堆堆的枪支弹药，转身对身边的鞠卫华和苏月华说："鞠团长、苏政委，我想跟你们商量点事。"

　　苏月华道："梁书记有什么事？你说。"

　　梁为民说："你们独立团有没有多余的枪支和弹药，如果有，能否发一些给各村的民兵，顺便为各村的民兵培训一些骨干分子。"

　　苏月华看了看鞠卫华说："卫华，应该可以吧？"

　　鞠卫华问道："梁书记，全县需要培训多少民兵骨干？"

　　梁为民说："全县三十个乡，每乡培训五人，那么就是一百五十人。"

　　鞠卫华说："每乡我给你培训二十人，共六百人，怎么样？"

　　梁为民高兴地说："太好了，各村民兵就缺少军事知识，个人作战技能太差。枪支怎么样，鞠团长？"

　　鞠卫华问道："你想要多少，梁书记？"

　　梁为民试探着问道："来受训的骨干民兵能不能人手一支枪？"

鞠卫华说："我给你们每人十支长枪，一支短枪，让他们回去成立民兵游击队。"

梁为民高兴地说："太谢谢你了，我马上回去通知他们。"说着转身要走。

鞠卫华伸手拦住说："大叔，你身上的伤？"

梁为民说："没事，皮外伤，一听这么好的事，我高兴得伤也不痛了。"

鞠卫华问道："梁书记，你的警卫员？"

梁为民沉痛地说："大前天为了救我牺牲了。"

鞠卫华转身对王祝说："你去一连侦察班把刘佳进叫来，并准备两匹马。"

"是！"王祝答应一声转身跑去。

一会，王祝领着侦察员刘佳进来了，并牵了两匹马。

鞠卫华对刘佳进道："小刘，去给梁书记当警卫员怎么样？"

刘佳进着急地问道："团长，我做错什么了？你不要我了？"

鞠卫华忙道："不是我不要你，因为保卫首长的安全太重要了，一连侦察班你的武功和枪法是最好的，所以才派你去。"

刘佳进问道："团长，那我还能不能回独立团？"

鞠卫华说："可以，你去一年，一年内你必须培训出一个和你一样的枪法和武功的人来换你，那时你再回来。"

刘佳进点点头道："那说好了，一年后我再回来。"

鞠卫华看了看刘佳进腰里的双枪和肩上的长枪道："把子弹带足，身上要多长一只眼睛，保卫首长要时刻提高警惕。"

刘佳进道："团长，你就放心吧，我不会给独立团丢脸的。"

鞠卫华抽出腰间的短枪说："梁书记，这支枪给你防身用。路上多加小心。"

梁为民忙道："谢谢鞠团长！"

梁为民翻身上马，向大家招了招手，一声再见，与刘佳进打马绝尘而去。

鞠卫华转身对王祝说："大后天是龙须岛鬼子运输队的运粮日。你带五名侦察员穿便装去盯紧，摸清他们的运输情况。"

"是！"王祝答应一声走了。

苏月华问道："难道鬼子还敢在那里运输？"

鞠卫华说："这条路是通往烟台的必经之路。如果不走这条路，敌人就要绕很多弯路。我认为敌人一定还要走这条路，但敌人会做更充分的准备。"

苏月华点点头道："卫华，你想不想入党？"

鞠卫华说："想啊，我做梦都想啊！"

苏月华问道："那你怎么不写入党申请书？"

鞠卫华道："我觉得我做得还不够，离党的要求相差太远，特别是你说的那个共产主义，我感到离我们太远了。我们有能力实现吗？"

苏月华笑了笑道："这是我的工作没做好，没给你讲清楚。其实，共产主义只不过是我们的奋斗目标，这是所有共产党员的奋斗目标。这个目标需要我们共产党人几代人的努力，甚至几十代、上百代人的奋斗。不是要求我们马上就要实现共产主义。"

鞠卫华问道："我们现在做的这些工作是不是朝着这个目标前进？"

苏月华说："是的，打鬼子，除汉奸，为老百姓服务，这都是在为实现共产主义而奋斗。"

鞠卫华问："入党都需要哪些步骤？"

苏月华道："首先写入党申请书，再有入党介绍人介绍，经过党组织考察后，各方面符合党的要求，才批准入党。"

鞠卫华问道："你能做我的入党介绍人吗？"

苏月华道："可以，但你必须更严格地要求自己。"

鞠卫华道："我会的，但这些知识是不是应该让山上的每一个人都知道？"

苏月华道："可以，我会抽时间给那些要求进步的人上党课。"

四月二十九日下午，独立团指挥部里，大家正在开会。王祝等侦察员都已回来。

王祝说："敌人准备好了汽车和马车，准备再次运输。路线还是上次的路线，但具体情况不详。"

鞠卫华说："我已知道，敌人对梁断疆肯定已是重兵防守，认为我们还会在那里设伏，我们改一下伏击点。就在这里设伏。"鞠卫华说着指了指墙上的地图。

刁世熊疑惑地问道："过了梁断疆是一马平川，毫无隐蔽物，能设伏吗？"

鞠卫华说："敌人也是这样想的。所以我们就偏偏在这里设伏，只要我们披上隐蔽网，狐狸也难发现，定可打他个出其不意，攻其不备。"

大家不约而同地点了点头。

龙须岛码头日军司令部里，松井贤二叫通了青岛日军总部司令官的电话。

"喂，我是松井贤二。"

"丢失的物资查到了没有？"电话里传来了司令官的声音。

"没有，还没有，但昨天运输队又被伏。押车的五百多人全部阵亡。"松井贤二怯生生地说。

"这，这是什么人干的？"电话里传来了司令官吃惊的声音。

松井贤二说："据我部观察，是一群孩子……"

"混蛋，什么孩子，孩子能打你五百多人的伏击吗？"电话里传来司令官恼怒的声音。

松井贤二道："是一群孩子，他们打枪很准，皇军根本没来得及展开火力就被打死了。"

司令官说："你对付不了一群孩子吗？我看你不用剖腹自尽，羞也把你给羞死了。你怎么现在还活着？你这头蠢猪。皇军的颜面都被你丢尽了。我命令你，加速运输，并把丢失的枪支弹药等物资统统地给我找回来。如果再有疏漏，你知道该怎么办！"接着对方砰的一声挂断了电话。

松井贤二垂头丧气地坐到了椅子上。他用手搔了搔头暗想，这是什么人能打这样的伏击战，亚洲圣战以来，从未有过这样的事。不但青岛总部不信，就是我如果不是亲身经历也不会相信。威海卫司令官藤野元次郎说是被一群孩子歼灭，我还不信，笑他无能。今天叫我也碰上了这群孩子，我两千多人的队伍没经战斗就没了，这谁会相信？这是魔鬼，我遇见魔鬼了！想想丢失的物资，要想找回，那比登天还难。这样的孩子队伍我们能消灭吗？真是笑话！如果不走这条运输线，又能走哪里？一想到这，失败剖腹的可怕现象便浮现在眼前。

这时一个大佐走了进来，问道："司令官阁下，这次的物资还运不运？"

松井贤二道："运，一定要运，带上你的卫队，跟我走！"说着便站了起来，挎好军刀，便与大佐走了出来。

松井贤二带人来到梁断疆，反复察看了伏击现场，当看到第二次的伏击点比第一次远了五十米时，吃惊地叹道："难怪搜索队没有发现伏击的人员，他们竟后退了五十米。这个指挥官太狡猾了。这次我要亲自押运，看看你们八路军还有什么本领？"

四月二十九日下半夜三点，独立团各连队便来到了伏击点——埠柳村东的一片平地。战士们身披隐蔽网，埋伏在离公路一百米的两侧。

早晨五点多钟，松井贤二亲自率领着五百多日军押着车辆浩浩荡荡地开了过来，快到上次伏击点时，运输队便停了下来，松井贤二派出了二百多日军沿公路两侧搜索，一直搜索到山顶，最后确认梁断疆两侧的山上无一伏兵，才叫运输队继续前进。

松井贤二认为，八路军就是有天大的胆子也不敢再来，再来就不是一个合格的指挥官。

松井贤二轻松地坐在车里对身边的大佐道："八路如果再来，我们就统统地消灭他们。中国有句古话，叫'有再一再二，没有再三再四'！"

运输队的车辆一出梁断疆的山口，鬼子们便都认为平安无事了，他们放下枪，坐在车上有说有笑。跑在前边的汽车正跑着，突然前边路上有一棵树挡住了去路，汽车马上便停了下来想要搬开。就在这车队刚一停下之时，突然一声枪响，公路两侧一马平川的田野里突然射出了几排子弹。车上的鬼子大都中弹身亡，只有个别的侥幸者，爬进车底想抵抗，随着一声"冲啊"的喊声，公路两侧冲出了无数胸前挂着盾牌的战士，几枪过后，几个顽抗的鬼子全被击毙。

松井贤二很狡猾，当车刚一停顿，便知大事不妙，急忙趴在车厢里。当独立团的战士将他拖出时，已吓得脸如死灰，乖乖地交出了军刀。

战士们开着汽车，赶着马车回到了老人翁山。驻埠柳村据点的鬼子和伪军，因上两次遭伏击吃了亏，他们没来增援。

梁断疆三次伏击战，共消灭了一千五百多敌人。缴获长枪三万多支，短枪四千多支，大小口径的六〇炮五百多门，机枪三千多挺，汽车二百一十辆，马车一百二十辆，马匹一百六十多匹；各种子弹、炮弹等一宗，粮食八百多吨，军装三万多套。鬼子的第二条运输线被彻底斩断。

一九四一年五月，荣成县各区挑选的民兵骨干已陆陆续续地到来。县委书记梁为民很重视这次培训，亲自带队，五月十日便已到齐。可队伍集合一看，来了一千二百多人。

鞠卫华转身问梁书记道："原先不是说好了来六百人吗？怎么来了这么多人？"

梁书记转身问三个区的区长道："怎么回事，不是叫你们每个乡二十人，每个区二百人，怎么来了这么多人？"

荣成县北区区长童大伟说："我们是叫每乡来二十人，可是各乡的民兵队长一听由独立团来培训，民兵们争先恐后地来，他们怕我不准，都偷偷地打了埋伏，等我发觉，他们已经都来了。你说我现在能叫他们走吗？"

梁为民转身又问东区区长李大有和南区区长马文哲道："你们是怎么回事？"

李大有和马文哲道："我们也是各乡民兵队长打了埋伏，等我们发觉他们已经来了。"

梁为民说："胡闹，你们以为一点计划原则没有吗？你们突然来这么多人，这吃饭、住宿，还有培训人员都怎么办？各乡多的人员全部返回！"说着气哼哼地转向一边。

李大有说："梁书记不要为难，没粮吃我们吃树叶，住宿更好说，现在天气暖和，睡树林也可以。"

鞠卫华笑了笑道："好啊，来了就好，我照单全收，梁书记高兴起来，不要叫区长们唱红脸，你唱白脸。"

梁为民转身笑道："我的好团长，你这么说我可是冤枉，我可真不知道他们打了埋伏！"

鞠卫华说："我们刚打了鬼子的运输队，缴获了不少粮食，吃饭不用发愁。至于住宿，我们有的是草房和山洞，实在不够，叫你梁书记睡树林，也不能叫大家睡树林。"

梁为民笑道："你只要能把这些民兵培训好，我们都睡一年树林也没关系，大家说是不是？"

众人们哄地笑了起来。

鞠卫华将这些人分为十二个连，每连百人。又从独立团选出了一百二十人，十人一组，每组负责培训一个连，每天早晨爬五公里的山，上午练习射击，下午练格斗刺杀，晚上由苏月华领着大家学习政治。培训时间是二十天。

这些民兵，虽然没文化，但都是各乡的民兵骨干，人很机灵聪明，经过二十天的刻苦训练，人人都是政治和军事过硬的战士，他们在各乡都领导了一支民兵游击队。后来抗日战争一结束，这些队伍都参加了东北野战军，成为东北野战军的骨干。而有的人成为开国的将军。至今，圣水观的荣成县将军碑林，里面有许许多多的将军，都是从这次训练班走出来的。这是后话，按下慢表。

这天鞠卫华吃完早饭，和梁为民一起去训练场看民兵训练，两个人边走边聊。鞠卫华一回头见刘佳进远远地跟在后面，便问梁书记说："我派去的警卫员怎么样？"

梁为民说："太棒了，他可救了我们好几次命啊。前几天我们在一家农户开地下党员会，共六个人，由于村里地主告密，会议开到中间，突然被三十多个便衣特务包围了。当时只有我和小刘有枪。我想，糟了，这次恐怕要吃大亏。谁知小刘却不慌不忙，叫大家趴下，叫我用枪守着门，小刘却蹭地一下从天窗蹿了出去，双手连扬打出了十多把飞刀，接着双枪齐发，三十多个特务一枪未发，便全都倒下了。当时参加会议的党员见了是目瞪口呆，人家说好将以一当十，我看小刘是以一当百也不止。"

鞠卫华问道："有没有情绪？"

梁为民说："刚开始有些想独立团的战士，成天闷闷不乐，经过我几次开导，已经好了，我们俩现在是形影不离了。"

鞠卫华说："没情绪就好，他是一连侦察班武功和枪法最好的一个，别人拿一百个战士换他我也不干，有他在你身边，你就一切放心吧。"

梁为民笑道："是的，等你长大了，我给你找个好媳妇。"

鞠卫华道："去你的吧，我才不用呢。"说完向训练场跑去。

一九四一年五月三十日，这天正好是端午节，今天是训练班结业的日子。

鞠卫华和苏月华及梁为民等人刚吃完早饭，特委书记黄星则带着各独立营的营长和胶东各县的地方县委书记来到老人翁山开会。会场就在独立团指挥部。首先由黄星传达上级指示。

黄星掏出笔记本说："根据中央精神，我们要在各根据地推行减租减息政策，实行民主政治，普选产生各级抗日民主政权。动员青壮年踊跃参加八路军或游击队，未参加的要努力生产，站岗放哨，除汉奸，抓特务，支持八路军和游击队的工作，做八路军和游击队的后盾。"

黄星喝了口水又道："要求各根据地组成各类抗日组织，村里要成立民兵队、妇救会、儿童团，乡有民兵排，区有民兵连，县有独立营，开展多种多样的游击战。各依具体情况而定，大体有以下几点。

第一是围困战，因为日军兵力不足，他们只以少量兵力占据点线，我们便利用数量多的优势，对日军的据点进行封锁围困，切断他们与外部的联系，断绝他们的一切物资供应，一有机会便消灭之。

第二是在平原地区开展地道战，日军常集中兵力扫荡抗日根据地。在平原地区，地势平坦，日军铁骑纵横，不易开展游击战，可以广挖地道，地道内设生活、防毒、防水、防火、通风等设施，出口严密伪装好，要家家相连，村村相通。要进可攻、退可守，环绕曲折，隐蔽自己，消灭敌人。

第三是地雷战，可就地取材，土法上马，制造各种土地雷、石雷，埋在村口等交通要道。一旦日军下乡扫荡进入雷区，便叫他们血肉横飞。使日军在根据地内胆战心惊，步步防雷，寸步难行。

第四是麻雀战，成立游击小组式游击队，三五成群，忽东忽西，利用熟悉地形的有利条件，伺机消灭敌人。

第五是破袭战，我们要广泛发动群众，割电线，扒铁路，挑断公路，阻止敌人车辆的通行，伺机消灭敌人。只要敌人一出兵扫荡，根据地的民兵、游击队及老百姓，便以游击战来骚扰敌人，使敌人疲于奔命，八路军正规部队可寻机消灭打击敌人。"

黄星接着说："这里值得提倡表扬的是荣成县委和独立团开展培训民兵骨干这件事，他们的工作走在了大家前面，这一千二百人的民兵骨干，回到各乡各村，那将是抗日的火把，他们必将燃起熊熊的抗日烽火，敌人必将陷入这些火海之中。我们各县都要大力提倡，加以效仿。我的发言到这里，大家可以讨论发言。"

文登县委书记李静说："梁为民你有好经验应该叫大家一起

来。这么大的行动你干得偷偷摸摸的，可太不够意思，你培训了这么多民兵骨干，得分一些给我们。"

梁为民笑道："怎么了老李，眼红了吧，你认为独立团只给我们培训了这些人吗？告诉你吧，还有你更眼红的。我们来受训的一千二百多人，每人还配发了十支枪，共是一万二千支枪。回去我们各村各乡各区就成立游击队，怎么样？"

各县委书记腾地站了起来道："一万二千支枪？那你们荣成县的民兵合在一处，可成了大部队了，能打大仗了。"

威海卫县委书记陈得强说："黄书记，你可不能太偏心了，你也要为我们训练一批民兵骨干，这抗日可不光是荣成一县的事。你要不答应我们大家可不走了，你们说是不是？"说着望了一下其他书记。

文登、乳山的书记齐道："是呀，不可太偏心了，也要为我们培训一批呀！"

黄书记道："我可不偏。这次训练班的开展，完全是梁书记与独立团团长之间的事。至于他们如何想的这事，我可一点都不知道。你们如果想训练，可与我们的小团长商量啊。"说着看了看鞠卫华。

乳山、文登、威海三县的书记与鞠卫华都不太熟，只知道他会打仗，三人都不好意思开口，因为抗日现在太艰苦了，涉及这么多枪支弹药的问题，恐怕独立团也很难拿出来，大家只是看着黄星，等他拍板。而黄星却低头喝水，装作没看见。

沉默了一会，乳山县委书记王金胜道："小团长同志，你看能不能为我们乳山县培训一批民兵骨干，我老王可不白麻烦你，你为我们开了训练班，我可为你办件很大很大的事，你看怎么样？"

苏月华笑道："卫华，先听听老王可为你办件什么大事？"

鞠卫华瞪大眼睛等着王金胜回答。

王金胜道："小团长，你先说能不能开这个训练班？你如果能开，我再告诉你。"

鞠卫华点了点头说："可以，你说吧！"

王金胜笑道："好，我也不食言，我将来一定为你找一个全胶东最好最好的，百里挑一，不，是万里挑一的，大家猜猜是什么？"说着看了看大家。

"媳妇！"大家齐说。

大家哄地笑了起来。

鞠卫华道："去你的吧，乳山的你自己训练吧，我只负责文登和威海的训练。"

梁为民笑道："老王可不要偷鸡不成蚀把米，就你那臭嘴也会做媒婆？"

众人又是一阵大笑。

黄星问道："卫华，训练班有困难吗？"

鞠卫华说："没有，你们各县的一起来，我们不能拖得时间太长，我们随时要打仗。"

黄星道："大家马上回去把人送来。"

鞠卫华说："今天荣成县这一千二百人就要走了，我可真舍不得，这些人素质很好，政治军事都过硬，如果组建一个团，定是一支铁军，如果将来战争需要，我们可随时把他们组成一个团，马上就可上战场。"

黄星道："等文登、乳山、威海三县都培训完了，那么我们胶东就可以增加四个团，有四支铁军，那时我们胶东就可打大仗。就是不组建新团，这些民兵骨干，将来回到各村各乡，那也将是无数支革命的火把，必将燃起燎原大火，彻底埋葬日本侵略者！"

黄星拿起笔记本说："还有一事，胶东昆嵛山和伟德山上聚集了许多土匪。整个胶东自立山头称司令的就有十八个。当前鬼子和国民党等均在拉拢利诱，想收编他们。省委指示我们，对于死心塌地投靠日本的，我们坚决消灭。有爱国抗日之心的，我们尽量争取，收编为八路军，不接受收编的，但也不许祸害老百姓，否则坚决消灭之。这个任务我看就交给独立团完成。独立团的武功及枪法都好。鞠卫华，有困难吗？"

鞠卫华说："没困难，坚决完成任务。"

黄星道："大家还有问题吗？"

"没有！"大家齐声回答。

黄星说："走，大家一起欢送荣成县训练班结业。"

训练场上，独立团为每个区抽出了二辆马车，拉着送给各区的四千支枪。民兵们则以区为单位排成了三个方队，人人身挎长短枪，个个威武雄壮，整装待发。

黄星来到队前道："同志们，二十天的艰苦训练，独立团为我们付出了许多的心血和汗水，我建议大家以热烈的掌声，对他们表示衷心的感谢！"

一阵掌声过后，黄星接着讲道："你们都是各村、各乡的民兵骨干，希望你们回去要带好民兵，充分发挥榜样的力量，你们要像一支革命的火炬，回到各村、各乡，燃起冲天的抗日烽火，彻底焚毁日本侵略者！"

"打倒日本帝国主义！"

"彻底赶走日本侵略者！"

口号过后，梁为民一声出发，队伍们赶着六辆马车，犹如一股股铁流，浩浩荡荡地消失在通往荣成县各区的路上。

六月三日，各县受训的民兵都已到齐，三个县共三千六百人。鞠卫华把他们分为三十六个连，每百人一连。他又从独立团中挑出了三百六十个优秀战士，十人一组，共三十六组，分别训练三十六个连。训练班安排好后，鞠卫华和黄星、苏月华、王祝等人便开会研究收服土匪一事。

黄星道："胶东挂名的土匪有十八家。势力最大的一家是驻在昆嵛山鹰愁涧的正悟平，他手下有八百多人。住在鹰愁涧的一个山洞里，据说这个山洞很大，一有危险，土匪可全部撤往山洞，入洞只有一条小路，那是一人当关、万夫莫开的地势。他是好事坏事都干过，什么人都敢抢。但在大荒年曾为穷人舍过粥。国民党军队曾几次围剿，都因地势险要无法攻打，最后铩羽而归。日本鬼子来了后，正悟平曾打劫过鬼子的运输队，鬼子也曾几次围剿，也因地势险要而收兵。现在日本鬼子和国民党均想拉拢，手下有想投靠日本的，也有想投靠国民党的。正悟平是举棋不定，周围有许多小股土匪也都看着他。如果能把他收服，可带动昆嵛山上好多小股土匪归服。"

黄星喝了口水接着说："第二股势力较大的是王正邪，手下有五百多人，驻在伟德山偏东的隆峰山顶。这隆峰山顶四面是绝壁，人要上去只能在山南面靠绳索攀崖而上。那真是一人防守，无人能上。王正邪靠这天险，是什么事都敢干，谁的账他也不买，他是天不怕，地不怕，介于正邪之间，但此人是穷人出身，因家里交不起租子，父亲被地主打死，他一气之下，晚上放火烧了地主的房子，跑到隆峰山上落草为寇，他打的是《水浒传》中梁山泊'替天行道'的旗号。

第三股势力较大的是于朗，手下有二百多人，驻在伟德山南段的黑茶山上。黑茶山地势险要，只有一条路上山，是一夫当关、万夫莫开。但此人会一些功夫，是个吃、喝、嫖、赌、抽五毒俱全，见利忘义的小人，听说他已投靠了日本鬼子，接收了鬼子给的枪支弹药，如果真是这样，可将其消灭。如果能将这三股土匪收服，其他土匪可能就会归顺。"

鞠卫华道："那我们就先从正悟平开始，逐家收服。正悟平不是认为据险可守吗？我们就征服他的天险。"

晚上十点，鞠卫华和王祝、石头、铁蛋、寒梅及峨眉派的吴梦竹，一行六人装束停当，在夜色迷茫中向昆嵛山上的鹰愁洞进发。当中飞行术当以鞠卫华和王祝为最快，其余四人不相上下。老人翁山与昆嵛山高峰相距一百多里，不消片时便已到了山顶，众人落下山头，四面一看，但见落脚处是四面绝壁，奇险万状，不会轻功的人是绝对上不来，匪巢绝不可能在这顶峰，大家正在四下搜寻，忽见正南山下一千多米处唦的闪了一下亮光，大家立刻展开轻功，慢慢地逼了过去。大家落在离火光不远处的一片松树上，但见亮光处是一个大山洞，洞口里有一道栅栏门，上面挂着大锁，门上方挂有一盏马灯，门两边各有两个土匪在站岗。洞口向南有一条山石小路，下面设五道寨门，皆挂着马灯有人看守。鞠卫华等人为了不惊动哨兵，便双臂一张，贴到石洞的上面。向里面蹿过了三道栅栏门，里面的地方越发开阔了，洞里各个角落睡满了匪兵，洞北边有一处小木屋，众人便贴着洞顶蹿了过去，落在了门两旁。小木屋上的木门虚掩着。鞠卫华轻轻地一推便开，众人便走了进去。但见一张木床上睡着一个方面大耳的男人和一个女人，鞠卫华轻轻拿起床头的双枪，取出了子弹又放了回去。示意王祝将木门关上。鞠卫华摇了摇正悟平道："起来！"

床上的正悟平及他的老婆一惊，腾地坐了起来，见眼前站了六个全副武装的战士，大吃一惊，连忙抓起枪喝道："你们是什么人？"

鞠卫华笑道："贵客临门，你还在这里睡大觉。一起床你还拿枪对着我们，你可太不礼貌了吧！"

正悟平一晃枪道："你们到底是什么人，怎么进来的？再不说我可真要开枪了！"

鞠卫华向前靠了靠说："你会打枪吗？来，往这儿打。"说着指了指自己的前额。

正悟平用枪指着鞠卫华的头道："小子再不说，我可真开枪了。"

鞠卫华突然摸出了一把飞刀说："你用枪，我用刀，看看你能打死我，还是我能割下你的脑袋？"

正悟平连忙开枪，可是连开两次都打不响。鞠卫华的刀子紧逼着正悟平的嗓子眼，正悟平丧气地放下了手枪道："你们到底想干什么？"

鞠卫华收起刀子道："正司令，刚才是和你闹着玩，别往心里去。我们是胶东八路军独立团，想劝你加入我们八路军，一起打鬼子，怎么样？"

正悟平问道："你是……？"

鞠卫华道："我是独立团团长鞠卫华。"说着指了指王祝道："这是我们的副团长王祝。"

正悟平道："我说谁有这么大的能耐进入我的山洞。自从我上山以来，这是从来未有之事。今天栽在你们这些打擂台的英雄手里我认栽，不丢人。诸位要来就从正门进来。弄这么大的玄虚，吓死我了。你们到底怎么进来的？"

鞠卫华道："你这防守是漏洞百出，刚才进来的如果是你的敌人，你的这些弟兄恐怕一顿刀就都丧了命。鬼子司令部我们都进出无阻，我们进入你的洞里还奇怪吗？"

正悟平道："不奇怪，你们这些打擂台的英雄我早就心服了，这个我们不说了。你刚才说要我们加入八路军打鬼子，近几天日本人也来找我，国民党军也派人来找我，都想拉拢我们。但汉奸我是不当的。可弟兄们都说你们八路军生活太苦，纪律又太严。许多人想投国民党军。"

鞠卫华道："你能决定不当汉奸，这很好，这说明你有民族自尊心，你是爱国的，这个将来中国人民是不会忘记你的。至于你说我们八路军生活苦，纪律严，我们苦是为谁苦？我们严是为谁严？是为穷人，为老百姓。如果我们也像国民政府一样地乱派捐税，搜刮民财，那样我们当然不会苦。像国民党的军队那样无组织无纪律地祸害老百姓，那样是不用严格的纪律，你认为那样好吗？我们知道你也是穷人出身，灾荒年你曾为穷人舍过粥，知道你是爱民的。难道你现在也变了，也想像国民党那样鱼肉百姓吗？"

正悟平道："听君一席话，胜读十年书。我茅塞已开，我加入你们八路军。我集合队伍与大家讲。"说着便穿衣出了木屋。

木屋外的土匪早已惊醒，只不过正悟平没招呼谁也没敢进去。正悟平一出来，几个连长便围了过来。正悟平说："全山寨的兄弟们集合，我有话讲！"

一会儿，全山寨八百多土匪已到齐，正悟平站在队前一块大石头上道："从今天开始，我决定不投靠日本鬼子，因为当汉奸帮助鬼子祸害老百姓，将来是要背骂名的，我们都是中国人，中国人就应该爱护中国，爱护中国的老百姓，所以从今天起，谁再劝我们投降鬼子做汉奸，我就毙了谁。至于国民党的军队，他们搜刮民财，鱼肉百姓，我们也不能投。只有八路军才是人民的军队，他们打鬼子，爱护老百姓，保护老百姓，我决定，从今天开始，我们就脱掉土匪的恶名，加入八路军，和他们一道打鬼子。"

正悟平讲到这里，下面是一片掌声。

正悟平说："下面请胶东八路军独立团团长鞠卫华讲话。"

鞠卫华来到队前道："欢迎大家参加八路军，从今天开始，你们就是一名光荣的八路军战士，我们就是同志、是战友，我们将同甘苦、共患难，一起战斗，一起打鬼子，把鬼子赶出中国。同时，我宣布，不论大家以前干了什么事，我们八路军既往不咎。但从今天起，大家加入了八路军，就要遵守八路军的纪律，要爱护老百姓，不干一件破坏纪律的坏事。大家听到没有？"

"听到了！"下面齐声回答。

土匪里的八连长柳树斌此人自小练过一些武功，枪又打得准，平时在土匪中是一霸，众土匪都尊称他为柳八爷。在山上除了正悟平，他谁也不看在眼里。今天见八路军只来了四个小孩和两个小姑娘就把司令收编为八路军，因为他不知道鞠卫华等人的厉害，所以心里很是不服。便站出来道："司令，我们加入八路军可以，但要加入正规八路军，加入能打鬼子的八路军，你领我们加入这支孩子队伍，他们能打鬼子吗？"

正悟平刚要发话，鞠卫华伸手一拦道："八连长不服是吧？那么怎样你才服呢？"

柳树斌说："露两手给我们看看，你们六人谁能赢得了我手中的刀和枪，我便服你们。"

鞠卫华问道："你想和谁比？"

柳树斌看了看六个人，只不过是四个孩子和两个姑娘，他谁也没放在眼里，便随便指了一下王祝说："我就和他比。"

鞠卫华说："他赤手空拳，你的刀能沾到他的衣角便算你赢。"

柳树斌怒道："你目中无人，找死！"说着提刀出来。

王祝往他面前一站说："八连长，请吧！"

柳树斌看了看王祝气道："我倒要看看你有什么本事。"说着一招力劈华山，一刀搂头砍下，王祝身体轻轻一晃，便飘到了他的身后，柳树斌气得一个怪蟒翻身，一刀向王祝拦腰砍下，王祝把身一矮，又飘到了他的身后。就这样，王祝东飘西荡，始终站在他的身后，柳树斌前前后后整整砍了五六十刀，累得满头大汗，却始终碰不到他一块衣角。气得他把刀一摔，说："你这是什么功夫，我认栽。"

王祝笑道："枪还比不比。"

柳树斌想：刀你靠身轻灵活躲闪，枪你恐怕不行，如果枪我胜了，还可找回一些面子。想到这里便道："比！"说着叫人在前边三十米处放下了二十个鸡蛋大的石子。

柳树斌掏出双枪说："每人十个，打中得多的为赢。"说着双枪齐发，随着十声枪响，十个石子全被击飞。洞里响起了一阵掌声，柳树斌得意扬扬地把双枪插入了腰间。

王祝叫铁蛋把十个石子捡过来，一双双地抛入三十米高的空中。王祝双枪齐发，石子一双双地被打碎。洞里立时掌声雷鸣。

柳树斌走过来喜道："我服了，小弟弟，你叫什么名字？"

正悟平笑道："他就是圣水观擂台上大破五行阵，斩了五个鬼子双腿的王祝。"

柳树斌惊道："你怎么不早说，叫我班门弄斧地和他比武。"

正悟平道："我们山下五道寨门，洞内三道寨门的岗哨，他们都没睡觉，可谁也没看见他们六人是怎么进入了我的卧室。"

柳树斌道："我服了，我死心塌地地跟你们独立团杀鬼子。"

鞠卫华转身对正悟平说："两天时间把山寨收拾好，到老人翁山会合，有困难吗？"

正悟平说："没困难，但如果有个别想回家不想参加八路军，你看怎么办？"

鞠卫华道："我们决不强迫，可以回家，但必须把枪支留下，永远不许祸害老百姓，否则格杀勿论。"

正悟平道："好的，有你这句话，我就放心了。"

鞠卫华道："正司令，我们该回去了。"

"好，我们送送你们！"说着大家一起出了山洞。

鞠卫华挥了挥手道："后天见。"说着与王祝等人一个梯云纵便跃入空中，眨眼消失在夜幕中。众人是赞叹唏嘘不已。

鞠卫华等人回到了老人翁山，天已大亮。鞠卫华向黄星汇报了收编情况，黄星高兴地说："卫华，你做得很好。"

鞠卫华道："爸爸，我们山上突然来了这么多土匪，这些人涣散自由惯了，我们要多加强政治思想和组织纪律教育。否则，这些人是祸害。"

黄星道："这些人比俘虏过来的伪军还难管，我这一阵也不走，我和你妈妈及各县县委书记天天晚上组织他们学习，提高他们的政治思想素质，时刻注意其思想动向，再加上我们八路军铁的纪律，定可把他们训练成一支好的队伍。"

鞠卫华道："这事你和妈妈多费心，我们今天上午再上隆峰山收编王正邪，今晚派王祝与满仓和高粱去黑茶山，侦察一下于朗，如果他们真做了汉奸，我们明天晚上就去灭了他，为地方百姓除去一害。"

黄星道："思想纪律教育由我来抓，这你放心，你全部精力用在收编土匪上。这些土匪都是些亡命之徒，千万注意安全。"

鞠卫华说："我会注意的，走，爸爸，我们吃饭去。"

吃完早饭，鞠卫华、王祝、石头、铁蛋、寒梅、吴梦竹，一行六人六骑向隆峰山奔去。快到崖西村东山口时，远远地看见山口有十二个鬼子和二十四个伪军在此设了一个路卡，盘查来往行人。

原来，崖西村北炮楼里的鬼子松野小队长与伪军小队长于七驻守炮楼后，他们知道这条路西通桥头大集，东通城厢及龙须大集，过往行人很多，他们为了搜刮民财，在此设卡收取治安保护费，借此敲诈勒索过往行人。

鞠卫华等人远远见了，王祝问道："怎么办？团长。"

鞠卫华说："灭了他们，十二个鬼子交给我，你们收拾二十四个伪军，用暗器。"一会儿六匹马来到跟前，几个伪军和鬼子刚要阻拦盘查，鞠卫华双手一扬，十二枚钢钉分别插入了十二个鬼子的咽喉，十二个鬼子无声无息地倒地身亡。与此同时，王祝、石头与铁蛋各打出六把飞刀，寒梅与吴梦竹各打出了两支飞镖。二十四个伪军全部倒地身亡。过往等待检查的行人见了，轰地一下全跑散了，鞠卫华等人下马收了枪支等东西，上马继续向隆峰山进发。大约十点多钟，大家来到隆峰山下，六人下了马，将马匹放在树林里由铁蛋看守。

鞠卫华带领众人拾阶而上，边走边看，只见这座山奇险万状，峰峦叠嶂，怪石嶙峋，山腰里有许多嵯峨古松老树，山上云雾缭绕。大家刚到山腰，看看前面无路，众人正要施展轻功上山，突然上面山崖有人喝问："山下什么人？来干什么？"

鞠卫华答道："胶东八路军独立团团长鞠卫华前来拜山，劳烦你通报一下。"

"好，你们等着。"山崖上有人答道。

不一会儿上面顺下了两根绳子。上面有人发话道："众位攀绳上来。"

鞠卫华等人纵身一跃，已到了山崖上。山崖上面的一群土匪吃了一惊，个个暗道：好厉害的功夫。有一个小头目领着众人穿过五道寨门，来到大厅门口，但见大厅门口向里由四五十人架着刀，排成了一条甬路。

鞠卫华笑了笑道："王正邪是叫我们过刀阵。"

鞠卫华正要穿过，吴梦竹突然越前一步道："团长，我来！"说着吴梦竹来到门口，突然如一缕轻烟似的穿了过去，而穿过的同时，架刀的土匪全被点了穴道。个个还一声不吭地在那里架着刀。这一招土匪们根本没看出来，大家还奇怪，怎么没经过打斗吴梦竹便穿了过来。大家正纳闷时，鞠卫华等人也飘了过来，而鞠卫华穿过时，又暗暗地弹出了小石子解了这些人的穴道。鞠卫华等人过完时，这些人才放下了刀。坐在里面的土匪们谁也不知是怎么一回事，鞠卫华等人已从容穿过了刀林。

接着出现在面前的是十个大火盆，里面炭火正红。一个土匪叫道："出一人踏火盆而过，不敢踏可钻前边的狗洞。"

鞠卫华踏前一步刚要脱鞋。

石头叫道："团长，我来！"说着脱下了鞋子，赤着脚，运上轻功，脚板离火盆二指高，从容不迫地走了过去，而脚板毫发无损。众匪徒吃了一惊，均暗想："他这是什么脚，竟不怕火烧？"

刚过火盆，前面是一口大油锅，油锅下的炭火将锅中的油烧得鼎沸。一个土匪叫道："油锅中有一个大洋，找一人把它捞出来。"

鞠卫华问道："请问贵寨有没有人能捞，谁能捞可做个样子给我们看，我们已过了两关，有来无往非礼也，如果没人敢捞可吱一声，否则，我们可要捞了！"

此话逼兑对方，能捞更好，不能捞明显对方要认输。

这时里面王正邪道："二连长捞给他们看。"

二连长不情愿地来到油锅前。用衣袖包了包手，咬着牙，刚要伸手捞。

鞠卫华问道："你这是干什么？要知道油锅捞银圆的规矩，银圆捞出手不沾油，你这样能手不沾油吗？请贵寨找个懂规矩的人来捞，别叫这样的人来丢山寨的脸。"

前面商量了好一会，一个头目道："这一关我们认栽，请你们捞个样子给我们看。"

寒梅道："团长我来。"

寒梅来到油锅前道："山上的众位好汉看好了！"

众匪"呼"的一下围在油锅前，等着看热闹，他们根本不信捞出银圆能手不沾油。

只见寒梅右手掌在锅上旋了两旋，锅中的油如一只圆桶，被寒梅的右手提着，而锅中一滴油均无，只有银圆在锅底，寒梅左手取出银圆。右手一收功，油全部又送回锅中。众人立刻爆发出雷鸣般的掌声。

这时一个土匪又端来了一盘肉，一个土匪用刀尖插起一块肉道："这最后一关，敬送贵客一世福，我这块肉插入你口中，你把它吃掉，你们敢不敢过？"

鞠卫华道："三关我们已过，难道我们还怕这一关吗？我先问王司令，你敢不敢过这一关？如果敢，我俩一起过，如果不敢，我可要自己过了。"

王正邪被逼无奈道："好，咱俩一起过。"说着走了过来。

鞠卫华说："你插肉，我先过。"

王正邪拿刀插起一块肉，"呼"的一下往鞠卫华口中插去。

　　鞠卫华等肉刚入口，立刻将刀尖咬住，王正邪是插又插不进，拔又拔不出，正自吃惊，鞠卫华将头一摇，尖刀立刻从王正邪手中夺了过来。接着鞠卫华一甩头，尖刀飞出，插入了门前的一根石柱，刀刃直没至刀柄，众人大吃一惊。

　　鞠卫华抓起一把尖刀，插上一块肉。王正邪见了是胆战心惊，只得张开了口，闭目等死。

　　鞠卫华道："王司令的口比这石柱还硬吗？"说着将刀飞向石柱，石柱上只露刀柄。

　　鞠卫华道："你设的这些破烂规矩，到头来只会害了你自己，我们是来办正事的，不想和你玩这些无聊的把戏！"

　　王正邪感激地点点头道："上茶！"

　　大家落座，王正邪问道："团长来此究竟有什么事？"

　　鞠卫华道："你也是穷人出身，你山寨打的旗号是'替天行道'，这说明你是讲义气，爱护老百姓，是一个恩怨分明的人。所以，我们今天来，是想请你们参加八路军，一起打鬼子，为百姓谋福利，那才真正是替天行了大道。你看怎么样？"

　　王正邪道："打鬼子可以，但我们山上缺衣少粮，武器又差，我们拿什么打？"

　　鞠卫华说："这不用你发愁，有我吃的，就有你们吃的，有我穿的，就有你们穿的。枪支弹药嘛，我早已给你们准备好了。只要你们人一到，该换的我马上给你换。"

　　王正邪道："好，只要我们有了枪支弹药，谁还怕小鬼子。我们参加八路军！"

　　这时三连长问道："如果我们不参加八路军可以吗？"

　　鞠卫华道："山上所有的人都是来去自由，但不参加八路军决不可以做汉奸，不可危害百姓。否则，坚决消灭。"

王正邪道："好，我们来去自由，不想参加八路军的可以回家。想参加八路军的，我们收拾一下山寨，明天就到你们老人翁山。"

鞠卫华道："你告诉大家，以前无论做了什么坏事我们八路军既往不咎，但以后必须遵守八路军的纪律，劝大家不要再干违反纪律的坏事。"

王正邪道："这你放心，参加了八路军那就是八路军的人了，一切按八路军的规矩办。"

"好，王司令很爽快，你收拾一下，明天我在老人翁山等你。"鞠卫华说着站起来道："我们明天见。"

鞠卫华等人出了大厅，抱拳道声告辞，众人几个起落便跃下了山，消失在云雾中。众土匪是惊诧不已。

晚上八点，王祝领着吴满仓和高粱，施展草上飞的夜行功向黑茶山进发，时至九点，众人来到黑茶山山顶，大家落在一片松树上，但见山顶建了许多石屋和木屋。大家几个起落，落在了一栋最大的瓦房上。王祝轻轻揭开两片瓦，向下一看，只见地下有几只木箱刚打开，里面是枪支。只听有两个日本人在说什么听不懂，但听一个中国人道："太君放心，我一定找出阴河乡里的八路军游击队，将他们彻底消灭。"日本人又说了些什么转身向外走，一个声音道："太君慢走。"

王祝见下面只有八个中国人和两个鬼子，便一招手，三人飞身落下，刀光闪闪，几个土匪和两个鬼子都丧了命。

而那个与鬼子交易的中国人被王祝抓住，用刀逼在他的脖子上问道："你叫什么名字？"

"好汉饶命，我叫于朗。"

王祝问道："山上共有多少人？都在哪里？"

于朗道："共有二百二十一人，后面两个石屋各有六十人，前面山崖上两个木屋各有四十多人。"

王祝手起一刀，将于朗杀死。示意大家将尸体藏好，将灯熄灭，等一会土匪睡了再动手。

时至十一点，众土匪都已入睡，王祝等人来到后边的两间石屋，吴满仓和高粱奔东屋，王祝奔西屋。他们手持双刀，都是日本的"三胴切"或"五胴切"。但见银光闪动，众土匪的头已纷纷落下。三人收拾干净又奔前面木屋，两个木屋各有四十人，同样全死在梦中。

等到天亮，王祝下山雇了三辆马车，将山上的枪支弹药及粮食等物资装了满满三大车。三个人高高兴兴地返回了老人翁山。

黄星等人听了王祝的汇报，连声称赞："干得好，干得好！"

第十五章

端炮楼再次服群豪　李大娘训子取大义

正悟平和王正邪归顺了独立团后，鞠卫华又领着正悟平和王正邪收编了昆嵛山和伟德山上十几家小股土匪，到了六月二十五日，老人翁山上新增了两千二百多名由土匪收编为八路军的战士。正好各县民兵骨干训练班都已结束，鞠卫华便将这些由土匪改为八路军的二千二百人编成了二十二个连，暂称新兵连，将独立团的骨干战士十人一组，共编了二十二组，分别对他们进行训练。

六月二十日这天，新来的二千二百人以连为单位排了二十二排，独立团负责训练的小战士在对面排了两排，当鞠卫华一宣布由这些小战士训练他们时，下面立刻炸开了锅。特别是刚来的这些没见过这些小战士本领的人，更是不服，认为这是不重视他们，拿他们当儿戏。

鞠卫华摆了摆手等大家静下来道："大家看不起独立团的小战士，心里不服气，我们八路军向来讲究以理服人，那我们可以比一比，刚才我看新编的十一连与十二连嚷嚷得最为厉害。十一连连长郭长顺与十二连连长王传勇你们听好了，独立团出两个训练小组共二十人，对你们两个连二百人。我要让大家认识什么是

231

以一当十、以十当百的战士，你们两位连长与大家商量一下，你们二百人敢不敢与这二十人相比？"

此言一出，下面立刻又炸开了锅，不停地嚷嚷开了。

鞠卫华摆了摆手问道："十一连与十二连商量好了吗？"

郭长顺与王传勇齐道："商量好了，我们比。"

鞠卫华道："赢了的有奖，我这里有两把日本'三胴切'的军刀，此刀可砍铜剁铁，吹毛断玉，十一连与十二连如果赢了，这两把军刀就归你们两位连长。独立团就出第一小组与第二小组，他们如果赢了，这两把刀就归石头和铁蛋两位组长。如果谁输了，也有惩罚，那就是你们两位连长或两位组长每天起早为伙房挑五十担水，一直挑一个月，两位连长可想好了，如果害怕，现在还可退出。"

郭长顺与王传勇齐道："我们不怕。"

鞠卫华道："真不怕吗？"

郭长顺与王传勇拍着胸脯说："真不怕。"

"不后悔？"鞠卫华追问道。

"不后悔！"郭长顺与王传勇齐声回答。

鞠卫华道："桥头乡和崖西乡各有两个炮楼，每个炮楼里各有五十多个鬼子和九十多个伪军。我写两个阄，你们抓得桥头的攻桥头，抓得崖西的攻崖西，两位连长和两位组长过来抓。"

石头和铁蛋立刻走了过来。而两位连长一听都傻了眼，他们原以为就是比一比枪法或拳脚和刀枪等。这攻打一百多敌人的炮楼，可实在没把握，两人正在商量。

鞠卫华问道："两位连长认输了吗？如果认输了快去挑水。"

郭长顺对王传勇道："他们二十个人敢打，我们二百个人难道真的不如他二十个人？过去，我们绝不能去挑水！"两个人也来到台前。

鞠卫华把早已写好了的两个阄送到郭长顺与王传勇面前说："两位连长先请。"

郭长顺看了看王传勇，王传勇伸手抓了一个，打开一看，上写"崖西"两字。石头与铁蛋打开剩下的一个阄，上写"桥头"两个字。

鞠卫华道："攻打时只能用长枪或短枪，炸药或手榴弹、手雷、刀子或暗器。伤亡率不许超过百分之三。各队给你们配备两辆马车，时间从今天算起，共三天时间。"

鞠卫华停了停道："各位必须侦察好敌情，不准打无准备之仗，不准打盲目之仗。攻打桥头的小组要注意孟家庄和南台东山上两处炮楼上的鬼子援兵，攻打崖西的两个连要注意夏庄乡和北柳南山炮楼鬼子的援兵。千万不要炮楼没打下来，自己却被鬼子包了饺子。"

鞠卫华看了看大家又说："大家还有什么情况？没有分头准备。其余的战士继续训练。"

郭长顺与王传勇立刻找了各连的三位排长，穿便衣去崖西侦察。

崖西乡修了两座炮楼，一座在村北边的高埠处，一座在村南边的公路旁。郭长顺与王传勇先来到村北炮楼东面的一片树林，但见炮楼北边是一片断崖，深达数丈，炮楼的东、南、西面则是一片开阔地。郭长顺对王传勇道："北边肯定是不能攻，可东、西、南又是开阔地，炮楼上就是有一挺机枪我们也冲不过去，何况上面有一百多人，时间一长，敌人的援兵到来，弄不好我们被小鬼子吃掉，这仗没法打。"

王传勇道："走，看看南边的炮楼。"

　　大家又来到村南，隐蔽在炮楼南三百米处的一块玉米地里。远远望去，炮楼周围是一丈多宽，一丈多深的壕沟。外面又是三层铁丝网，再外面是几百米的开阔地，部队根本无法靠近。

　　郭长顺说："这个炮楼更难打，我们就是有一千人，也跃不过这大片的开阔地。你抓阄为什么不抓桥头，偏偏抓这鬼地方？"

　　王传勇说："你认为桥头好打吗？桥头村南那个炮楼也是开阔地，桥头村西山上那个炮楼四面是陡坡，更难攻击，况且南台村那个炮楼离桥头只二公里，孟家庄离桥头也只二点五公里，一旦桥头战斗打响，这两地的援兵几分钟就可赶到。就我们这点兵力能打桥头吗？"

　　郭长顺道："这仗恐怕没法打，我们恐怕是栽了大跟头。"

　　王传勇道："我们二百多人不能打，难道训练组二十人就能打吗？我看顶多我们是个平手。"

　　郭长顺道："对，我们不能打，他们更不能打。走，我们回去研究。"大家说完便返回了老人翁山。

　　午夜十点钟，石头和铁蛋赶着四辆马车来到桥头，铁蛋和十名队员隐蔽下来，石头则带着十名队员来到桥头西山，把马车隐蔽好，和队员们隐蔽起来。看看时针指向午夜十二点，石头他们披好隐蔽网，躲过敌人的探照灯，几个跳跃来到炮楼下，石头带头沿着炮楼的拐角处运用壁虎游墙的功夫，领着队员们爬了上去，石头刚到炮楼的上沿，见上面有四个看守探照灯的鬼子和两个伪军站岗。石头右手轻轻一按墙头，人便跃了上去，双刀齐出，但见银光闪烁，六个敌人则一声不响地全被割下了脑袋。接着后面的队员是鱼贯而上。

　　石头轻轻揭开炮楼上的上下出口的盖子，向下一望，但见一个鬼子小队长正和三个鬼子在喝酒。石头手持双刀，一个青龙入洞的家数便钻了下去，脚未落地，双手一个二鬼分金，四个鬼子头已落地，这时其他队员也已跃下。

石头又轻轻揭开二层上下出口的盖子，但见下面五十多个鬼子睡得如同死猪一般，石头一招手，手持双刀，使了一招青龙入洞，身体如一片树叶般地轻轻落下，石头双刀飞舞，但见银光闪动，鬼子的头颅纷纷滚落，与此同时，其他队员鱼贯而下，但见满室刀光飞舞，片刻五十多个鬼子的脑袋全搬了家。

石头又慢慢揭开下一层上下出口的盖子，向下一望，九十多个伪军正在熟睡，石头等人跃下，伪军们同样全被砍了头颅。

石头等人放下吊桥，把两辆马车赶了过来，把枪支弹药等物资装了满满两大车，临走时石头放好了炸药，点燃了长长的导火索，与队员们奔向桥头与铁蛋会合。

原来，铁蛋等人也用同样的方法上了炮楼，消灭了上面的岗哨和看守探照灯的鬼子，铁蛋打开上下出口的盖子一看，三十多个鬼子正在喝酒。原来，驻桥头炮楼里的鬼子小队长山本太郎因下乡抢粮有功，上司奖给他一个日本歌妓。山本小队长与鬼子们是彻夜地听歌喝酒。铁蛋打开上下出口的盖子时，见三十多个鬼子们都喝得东倒西歪，烂醉如泥，铁蛋一挥手，带头跃了下来，队员们也是鱼贯而入，众人是战刀挥舞，银光闪动，砍瓜切菜似的砍下了他们的头颅。铁蛋又打开了与二层上下出口的盖子，但见下面二十多个鬼子和十多个伪军在喝酒，个个是喝得东倒西歪，对于上面所发生的一切浑然不知。

原来，一宿鬼子们是又唱又跳地闹腾，所以直到铁蛋等人把上面的鬼子杀光下面还一无所知。于是铁蛋率领众队员跃下，又是一阵银光闪动，鬼子伪军也全丧了命，铁蛋又打开了下层的盖子，只见下面八十多个伪军正睡得死猪一般。原来，这些伪军住在下层，生活受虐待，晚上根本没能喝上酒，所以便早早地睡了。

铁蛋领人跃了下来，一阵旋风般地猛杀，顷刻间八十多个伪军都丧了命。

铁蛋他们放下吊桥，将马车赶了过来，把武器弹药等装了满满两大车，安好了炸药，一见石头等人已到，便点燃了导火索。众人们赶着四辆马车，奔向老人翁山，众人走出了好远，身后传来了两声巨响，两座吃人的魔窟，便飞上了天，落下来的砖瓦等，掩埋了侵略者的尸体。

老人翁山上，午夜十二点，鞠卫华把新编的二十二个连全部集合在老人翁山的高处，叫他们等着看石头和铁蛋两组端炮楼，大多数人都不相信，二十个小孩子一晚上能端两个炮楼。而站在鞠卫华身旁的郭长顺与王传勇更是不相信，心道："你们是神吧，十个小孩能端掉一个百多敌人防守的炮楼。"时针指向午夜一点，还是没有动静，大家有些等烦了，便开始发表起议论，有说能端掉的，也有说不能端掉的，越议论越热烈，最后争了起来，越争论声音越大，大家正争得面红耳赤时，突然桥头方向传来了两声震天巨响，连老人翁山也抖动起来，这两声巨响，立刻使争论声停止，接着是一片赞叹唏嘘之声。

一会儿铁蛋与石头等人赶着四辆马车，拉着满满的四车枪支弹药等物资奔上山来，战士们是欢呼雀跃，纷纷围了上去，石头等人被大家举了起来，在空中抛来抛去。

黄星书记捅了捅郭长顺与王传勇道："两位连长什么时候动手？该不会只等着挑水吧！"

郭长顺与王传勇垂头丧气地说："我们打不下，我们只能去挑水。"

黄星道："我有办法打下炮楼，你们听不听？"

郭长顺与王传勇眼睛一亮，齐道："什么办法？我们听。"

黄星问道："那你们不怕受委屈？"

郭长顺道："受什么委屈我们也不怕，只要能端掉这两座炮楼就行。"

黄星问道："真的不怕？"

"真的不怕！"王传勇与郭长顺齐说。

黄星严肃地说："可拜师！"

"拜师？拜谁为师？"郭长顺与王传勇齐问。

黄星说："真傻，你们去扯上铁蛋和石头还怕端不掉炮楼？"

郭长顺与王传勇齐道："对呀，这不是现成的老师吗？"二人于是一溜烟地跑了。

黄星与鞠卫华相视一笑。

吃过早饭，郭长顺与王传勇找到石头和铁蛋两个人哄小孩子似的说了很多好话，最后哄得他们开心了，郭长顺与王传勇便问起了打崖西炮楼的方法。石头与铁蛋说："我们必须去侦察一下。"

郭长顺忙道："我们去侦察过了。"于是在地上画起了地形图。

石头一看道："这好打呀！你多安排几个神枪手守住炮楼上的枪眼，派个爆破手，穿上防弹盾牌，冲上去不就把炮楼给炸了？"

郭长顺哭笑不得地说："我的好兄弟，隔那么远，哪有能封住敌人枪眼的射手？"

石头道："不是我说你们，二百多人找不出十个二十个好射手，人家说劣等兵十不抵一，我看你们是百不抵一，就这样的水平，还不虚心训练，还要比什么武，真是丢人。"

郭长顺忙道："是，是，小兄弟教训的是，等端完炮楼，我们一定虚心训练。"

铁蛋道："我们小队的二十名训练员借给你，他们可都是一二百米弹无虚发的特等射手，他们可封住炮楼上的枪眼，帮你炸掉炮楼。"

郭长顺与王传勇齐道："太好了，小兄弟，谢谢你。"

铁蛋道："我和你们一起去，午夜三点半进入阵地，四点战斗打响，你们回去准备吧。"

"是！"郭长顺与王传勇答应一声，高兴地走了。

午夜三点，铁蛋与石头、郭长顺、王传勇把队伍带入阵地，神枪手们身披隐蔽网，进入离炮楼百米处的射点趴下，他们前面各放了一块防弹盾牌。爆破手也备好了炸药，各带一块防弹盾牌，身披隐蔽网，悄悄地趴在炮楼不远处。

先说崖西村南边炮楼。时针刚指向四点，炮楼南边突然枪声大作，炮楼朝南的枪眼立刻喷出了串串火舌，交叉的火力立刻封锁了炮楼南边的开阔地，而就在同时，炮楼南边的十多名神枪手，各按分工，朝着不同的枪眼同时开火，这些火力点立刻声哑，爆破队员则身前穿着防弹盾牌，一溜烟似的冲了上去，放好了炸药，拉燃导火索便滚到了一旁，随着一声巨响，炮楼倒下了一大半，当战士们冲过去时，只剩下几个晕头转向的鬼子，战士们一阵乱枪，便结束了战斗。

而与此同时，崖西村北的炮楼也遭了同样的厄运，只不过鬼子小队长没死，被战士们活捉了。

这次战斗用时十多分钟，歼敌二百多人，而独立团无一伤亡。

大家回到了老人翁山，在欢呼声中，鞠卫华问郭长顺与王传勇道："两位连长服不服独立团？"

王传勇与郭长顺齐道："服了，真服了。"

鞠卫华道："那水还挑不挑？"

郭长顺为难地问："炮楼我们总算打掉了，那还用我们挑水？"

鞠卫华道："这次挑水不是罚，是你们两人做好事。"

"好的，我们挑。"郭长顺与王传勇齐声回答。

怕什么就来什么，鞠卫华最担心的事终于发生了。

新兵连刚刚训练十多天，这天鞠卫华和苏月华吃完早饭，正和藤野元次郎研究老人翁山构筑工事一事。

王祝手里提着一个人走了进来，后面跟着王正邪、寒梅等人。王祝将人向地下一扔道："此人正在强奸一个刚收上山的姑娘，被寒连长发现后，他掏出枪想与寒连长动枪，被寒连长剁掉了一个手指。"

鞠卫华一看，见其右手食指已断，鲜血淋淋，但仍然挺着脖子，不可一世的样子。

鞠卫华道："寒连长做得不对，应该剁掉他的脑袋，这样的人还能留在世上吗？"

这时王正邪凑了过来道："团长，他叫吴能，是我的外甥，请看在我的薄面，网开一面，饶他一次吧！"

鞠卫华两眼放射出逼人的寒芒，看了王正邪足有两分钟才问道："你认为八路军是藏污纳垢的垃圾桶吗？你以为八路军的纪律是我的吗？你以为八路军的纪律是儿戏吗？我告诉你，就是你我违犯了纪律，也照样受制裁。"

王正邪嗫嚅着道："不就玩了一次女人吗？"

鞠卫华严厉地问道："今天这个小姑娘是你的亲妹妹你也这样说吗？亏你还是干部，我看你外甥走到今天这一步，全是你把他惯的，你在你姐姐面前要承担全部责任。"

鞠卫华转身对苏月华道："政委，你看这事应怎么处理？"

苏月华严肃地道："执行死刑！"

鞠卫华对王祝道:"召开所有的人集合,立即执行。"

吴能这时真傻了眼,惊恐地喊道:"舅舅救救我呀!"

王正邪气愤地道:"你这个小畜生,我几次告诫你,当了八路军不是当土匪,八路军是铁的纪律,就是你舅舅违犯了也要被枪毙,今天完全是你罪有应得。"王正邪说完气哼哼地走了出去。

全老人翁山上的八路军及老百姓,以及日本俘虏松井贤二等人,齐集在旗杆石前的草坪上。

苏月华来到队前,下面立刻鸦雀无声。

苏月华道:"同志们,今天吴能犯有强奸罪,严重地违犯了八路军的纪律,将要受到严格的制裁。希望大家引以为戒,平日多加强政治思想学习,严格要求自己,遵守纪律,人人争做一个合格的八路军战士,决不让今天的悲剧重演。使我们的八路军成为一支思想正确、作风过硬的战斗队伍。"

这时孙茂良突然领着喊道:"加强纪律性!"

众人齐喊:"加强纪律性!"

孙茂良喊道:"革命无不胜!"

众人齐喊:"革命无不胜!"

苏月华等大家静了下来道:"现在我代表胶东八路军,宣布罪犯吴能死刑,立即执行。"

这时两个战士押着五花大绑的吴能离开了会场,随着一声枪响,罪恶的灵魂归入了地府。

处决了吴能,老人翁山上的人们是拍手称快,就连松井贤二等几个日军俘虏,也伸出了大拇指称颂。

人群散去,鞠卫华立刻把黄星与苏月华找到了指挥部。鞠卫华说:"今天吴能事件对我触动很大,我以前只注重军事技能的训练,忽视了思想政治教育。"

苏月华痛惜地道："这是我的责任，我这个当政委的思想工作没跟得上。"

鞠卫华道："我们都有责任，但我们现在不是追究责任，我是想怎样才能很快地提高我们干部和战士的政治思想水平。我们这支队伍人员混杂，俘虏兵较多，如果不高度重视，恐怕还是要出大事。"

黄星看了看苏月华道："你有什么想法吗？"

鞠卫华道："我们以前办了个人战斗技能训练班，我想我们是不是应该办个干部训练班，排以上的干部都要进行培训，有些既聪明又要求进步的战士也可参加，使独立团的干部既会打仗，思想又好，作风过硬，成为优秀的八路军干部？"

苏月华急道："可我们没有教员哪！"

鞠卫华道："有，你可做政治教员，第十一连连长孙茂良可做文化教员，藤野元次郎可做军事教员。"

苏月华道："太好了，我怎么就没想到这两个人呢？"

黄星道："好，我们干部进行培训，战士也要加强军事训练和政治思想及文化学习，让全团的军事与政治都上一个新台阶。"

鞠卫华说："说干就干，我派人去办纸笔等，并找藤野元次郎谈，妈妈做课程表，安排课程。"

苏月华说："好的，你忙去吧。"

鞠卫华找到藤野元次郎一谈，他立刻答应，并与鞠卫华一起做通了日本陆军军官学校指挥系毕业的松井贤二的工作。第二天干部培训班就开班，独立团的全体干部分批学习。第一批上午学习，第二批则领着战士训练，下午第二批学习，第一批则领着战士训练，课程设有文化、政治、军事等，参加学习的有三百多人，时间暂定为三个月。

而战士们除射击、拼刺、单刀的训练外，全团人员都学习了迫击炮的射击及爆破知识。

光阴荏苒，不觉三月已过，干部学习班已结业。鞠卫华把由土匪改编为八路军的二千二百人，抽出了五百人加入炮兵营，加上原有人数，炮兵营共六百六十多人。剩下的一千七百人加上原来孙茂良的十一连共一千八百六十人，编为十二个连，每个连一百五十五人，这十二个连编为四个营，每营三个连，每营共四百六十五人，这四个营合称为八路军独立二团。原先的独立团称独立一团。独立二团一营正悟平任营长，二营孙茂良任营长，三营王正邪为营长，四营柳树斌为营长。通过学习整顿，独立团的精神面貌焕然一新。从一九四一年十月中旬到一九四二年三月，独立团粉碎了敌人千人以上的大扫荡二次。歼灭了大量的敌人，粉碎了敌人的治安强化运动。

清明节刚过，鞠卫华等人这天刚吃完早饭，七连长刁世雄带着一个人来到指挥部。

刁世雄道："此人叫陶家亮，与七连二排长李大奎是同乡，都是崖头北小官屯村人，他说李大奎母亲病重，可能不久人世，她十分想念李大奎，很想在临终前见李大奎一面，所以托陶家亮送信来找李大奎。"刁世雄说着把一封信递给了鞠卫华。

鞠卫华打开信一看，只见上面写道：

奎儿启：

大奎吾儿，严冬刚过，近因天气倒春寒，身体偶染春瘟，虽经大量针药调治，无奈年事已高，无力回天，心知不久人世，十分想念吾儿，望吾儿见信速归。

切、切。

奎　母

鞠卫华把信反复看了两遍，立刻叫人去把李大奎找来。

不一会儿，李大奎来到，一见陶家亮大喜道："家亮哥，你怎么来了？"

陶家亮道："你母亲病重，叫我来找你。"

"什么病，严重吗？"李大奎急急问道。

陶家亮道："医生说是春瘟，很严重。"

鞠卫华问陶家亮道："你见过李大奎的母亲吗？"

陶家亮道："见过。"

鞠卫华道："这封信是李大奎的母亲亲手写的吗？"

"是的。"陶家亮肯定地道。

鞠卫华叫人带陶家亮去吃饭，等陶家亮出去后，鞠卫华把信递给了李大奎道："你仔细看看，这是不是你母亲的亲笔信？"

李大奎接过信一看道："是我母亲写的信。"

鞠卫华道："你再仔细看看。"

李大奎又仔细地看了看道："像，像我母亲写的。"

鞠卫华道："我再问你，陶家亮是干什么的，你和他有多长时间没见面？"

李大奎道："我们小时候在一起玩过，长大后他做过小买卖，我自从参加了八路军已有两年多没回家了，我与陶家亮也有三年多没见面了。"

鞠卫华道："陶家亮这个人斜眉谄笑眼光四处流离顾盼，绝非一般的平民百姓，这是其一。其二，你母亲如果病重，能写出字体这么俊秀的信吗？"

李大奎道："你这么一说，我也感到这信有些地方不像我母亲的字体，我想是不是母亲病重，写字走了形？"

鞠卫华道："儿想母，母思儿，这是人之常情，这样吧，我给你三天假探家，你可带两个战士，现在是非常时期，一定提高警惕，事事小心，一有情况，立刻派人与我联系。这两块银圆你带上，给母亲买药看病，见了母亲替我问好。"鞠卫华说着把两块银圆递了过去。

李大奎忙接过银圆道："谢谢团长。"

鞠卫华道："你收拾一下穿便装回家，带上枪，遇事要冷静，多观察，多思考，切不可莽撞行事。"

"是！"李大奎答应一声，转身出来。

李大奎换上了便装，带着姜明汉和王正明两个战士同陶家亮一起上路。

老人翁山离小官屯三十多里路，天快晌时，一行四人来到小官屯村外，李大奎仔细观察了一下村子，现在正是农忙季节，但村周围却一个人也没有，李大奎暗道："村子里为什么这么静？"一种不祥之感油然而生。他转对陶家亮道："你先进村，我有点事，随后就到。"

陶家亮道："你可要快点，你母亲恐怕不久人世了。"

陶家亮走后，李大奎指着村东的那片树林对两个战士道："你们俩可隐蔽到那片树林，一发现有什么情况，立刻回山报告团长，千万不可进村。"

姜明汉道："排长多加小心。"

李大奎挥了挥手道："你们俩快到东边树林隐蔽起来。"说完，李大奎转身向村里走去。

李大奎双脚刚一迈进屋里，十多支黑洞洞的枪口立刻指向了他。厢房及院子各处埋伏的日伪军都站了出来。一个特务将李大奎的枪下掉。这时荣成县伪军大队长李默山和日军司令官藤野五郎从屋里走了出来。李默山奸笑道："李排长，我们可等了你好长时间啊，怎么样？李排长，可想见见你的母亲？"

李大奎怒道："你们把我母亲怎么样了？"

李默山道："她很好，你只要乖乖地与我们合作，帮我们找到八路军，我和藤野五郎司令官可保你的母亲安全及荣华富贵。"说着指了指藤野五郎司令官。

李大奎道："我母亲在哪里？"

李默山道："就在这里。"说着击了两掌。

这时，两个特务把李大奎的母亲从屋里押了出来。李大奎忙跑过去哭喊道："娘，孩儿不孝。"

李大娘一见李大奎立时大惊道："我儿何故在此？"

李大奎道："陶家亮送信给我，言母亲病重，故立刻赶回。"

李大娘大怒道："敌人逼我招你回来，被我拒绝，陶家亮又想出这鬼点子赚你回来。你前些年当了伪军，已玷污了祖宗，后来你参加了八路军，我以为你已明大义，你需知道，自古忠孝不能两全，今凭一纸假信，更不详查陶家亮这个狗汉奸的为人，便轻身而入狼潭虎穴，真是愚蠢到了极点，你空生人世间，我有何面目与你相见。"李大娘骂得李大奎跪伏于地，不敢作声。突然，李大娘挣脱了两个特务之手，一头撞在门框上，李大娘立刻头破血流。李大奎慌忙救治，但已气绝身亡。

李大娘姓向，名仰兰，意思是敬仰花木兰，其父中过举人，其母亦是琴棋书画，无所不精，向仰兰从小深受父母影响，饱读诗书，深明民族大义。十八岁嫁给了李大奎的父亲李少良。李少良亦是满腹经纶，曾留学德国，二人是志同道合，夫唱妇随。当时中国军阀混战，山河破碎，二人曾立志要为收拾中国的破碎河山而奋斗。向仰兰小时后最敬仰的是古时候的女英雄花木兰，所以父母为她起名叫向仰兰，婚后向仰兰干脆改叫向木兰，意思是，自己也要像花木兰一样，金戈铁马，驰骋沙场，为祖国的破碎山河而奋斗。

正是：天有不测风云，人有旦夕祸福，就在二人踌躇满志，准备投身革命时，一场瘟疫夺去了李少良的生命。李少良英年早逝，却撇下了年轻的向木兰和只有三个月大的李大奎。从此，向木兰含辛茹苦地将李大奎抚养成人，李大奎十八岁那年，向木兰正准备送李大奎去参加八路军，想不到却被荣成县伪军大队抓了壮丁。从此，李大娘在村里是见人矮三分，大人在背后戳她的脊梁骨，小孩则当面骂她是汉奸婆。后来，听说李大奎被八路军俘虏了，并参加了八路军，李大娘当时听到这个消息，真是心花怒放，从来不喝酒的李大娘，晚上却喝了半斤白酒，一直到第二天上午九点多才醒来。

也是活该有事，李大娘这天吃完早饭，来到西河边洗衣服，她把一块石头整平，刚坐下来准备洗衣服。这时，陶家亮的母亲陶大娘，也来到小河边洗衣服，她后面一群孩子远远地骂道："汉奸婆，汉奸婆，汉奸婆生的孩子没屁眼！"

陶大娘将一篮子衣服放下，两眼泪汪汪地对李大娘道："像你家大奎和我们家家亮，这两个不争气的畜生，干什么不好却偏要当伪军，净给家里抹黑，叫父母无法做人，像我们这号人，真不如死了散了。"

李大娘忙道："你可别这么说，我们大奎已参加了老人翁山的八路军独立团，是八路军排长。"

"真的吗？"陶大娘急急问道："是什么时候？"

李大娘突然一惊，忙道："没有，没有，是随便说说玩的。"因为李大娘是有知识的人，她深知，如果暴露了八路军身份，万一被汉奸知道，会给她带来塌天大祸，今天她情不自禁地告诉了陶大娘，她自知失言，因为她知道陶家亮是铁杆汉奸，万一被他知道，后果将不堪设想。所以，陶大娘再无论怎样问，她都矢口否认。陶大娘知道李大娘不相信自己，便也不再问了。

陶家亮今年二十五岁，出身于小商人家庭，自幼娇生惯养，好吃懒做，吃、喝、嫖、赌、抽，五毒俱全，他做过小买卖，是个唯利是图的小人。后来因为在赌场输了钱，还不起债，便参加了伪军。参军后便死心塌地地为日本鬼子效力，因其屠杀老百姓手段残忍，很快便被荣成县伪军大队长李默山赏识，不久便被提升为伪军中队长，分驻到小官屯西山据点。

这天陶家亮带领伪军下乡扫荡，抢了一些鸡鸭等东西，晚上便带着一个排的伪军回家送东西，一进院门，他把抢来的东西放在院子里，由伪军守着，他则推门进屋，见娘正在吃饭，忙道："娘，我回来了。"

陶大娘也不吱声，两眼直瞪瞪地看着陶家亮。

陶家亮见了忙笑道："娘，这是给你买的桃酥果子。"说着便把一大包桃酥果子放于桌上。

陶大娘白天被一群孩子汉奸婆长、汉奸婆短地骂了一阵，后又听得李大娘的儿子李大奎已参加了八路军，还当了排长，心里十分恼恨自己的儿子不走正道，不争气，辱没了祖宗，败坏了家门。叫家里人无法抬头做人。这时她刚要吃饭，白天的一肚子气还没消，见陶家亮忽然来家，并带来了那么多抢来的东西，立时怒火三千丈，愤恨似个长，指着陶家亮的鼻子怒骂道："你这个遭千人唾、万人骂的小畜生，干什么不好你却偏要干伪军，你今天抢这家，明天抢哪家，你伤天害理，坏事做尽，叫你娘都无法抬头做人。你看人家李大奎，那真是浪子回头金不换，人家孩子现在是老人翁山八路军独立团的排长，你可好，你成天带人抢人家的东西，祸害老百姓，祖宗八辈的脸都被你丢光了。"

陶大娘越骂越气，骂着骂着，突然抓起桌上那包桃酥果子，劈头盖脸地向陶家亮砸去。

陶家亮大怒，急忙侧身躲过，口中怒骂道："你这个老不死的，不识好歹的老东西，你就等着喝西北风吧。"说着一把将扑上来抓他的妈妈推倒在地，转身带着伪军回了据点。

再说陶家亮带着一肚皮的气回到据点，越想越气，他将一腔怒火全迁怒于李大奎身上，心里暗道："好个李大奎，你居然当了八路军，你叫我不得安宁，我也叫你不得好死。"想到这里，便连夜进城，来到伪军大队长李默山家里。

李默山这时已经睡下了，听说中队长陶家亮求见，本不想起来，但转念一想，陶家亮深更半夜来此，必有大事，于是便叫人把他带到客厅，他也急忙起来，穿好衣服来到客厅。

陶家亮一见李默山，便急不可待地道："大队长，对不起，打搅你睡觉了，但实在是因为事情紧急，所以我才深夜造访。"

李默山拿起桌上的茶杯喝了口水，头没抬，眼没睁地道："说吧，什么事？"

陶家亮谄媚地道："大队长，我们立功发财的机会到了，我们可以找到八路军独立团。"

李默山腾地站了起来道："怎么回事？详细地说。"

陶家亮便将今晚其母亲骂他的话全部细说了一遍。

李默山感到事情重大，便连忙带着陶家亮来到日军司令部，将情况详细地向藤野五郎司令官作了汇报。

藤野五郎道："你们准备怎样找到独立团？"

李默山道："我们可连夜突袭小官屯，将村里的老百姓和李大奎的母亲控制起来，逼李大奎的母亲招回李大奎。"

藤野五郎道："他母亲如果不招呢？"

"他母亲如果不招，我们就杀了她，杀了全村的老百姓。"李默山恶狠狠地说。

藤野五郎摆了摆手道："那是最愚蠢的方法，那样能找到八路吗？"

陶家亮趋前两步诏媚地道："我们可模仿李老婆子的笔迹，写封信给李大奎送去，就说他母亲病重，不久将离开人世，临终前想见李大奎一面，李大奎是个孝子，必然回家，那时我们……"

陶家亮还没说完，李默山接道："守株待兔。"

三个人都哈哈大笑。

天亮了，三百多日军和七百多伪军，突然包围了小官屯。他们把全村一千三百多老百姓都集中关到学校的院子里。当逼迫李大娘招回儿子遭到拒绝。陶家亮便带人抄了李大娘的家，找出了李大娘的字迹，找人模仿着李大娘的笔迹写了一封信，急忙由陶家亮送往老人翁山，赚回了李大奎。

第十六章

李大奎舍身赚群寇　独立团夜炸战俘营

李大奎见母亲已死，便将母亲放下，起身转对李默山和藤野五郎道："你们想怎样？"

李默山道："你必须带我们去老人翁山找到八路军独立团。"

李大奎道："我要是不去呢？"

藤野五郎道："全村老百姓统统死了死了的有。"

李大奎道："老百姓在哪里？"

李默山道："现在全关在学校的院子里。"

李大奎道："好，你带我去见见老百姓。"

藤野五郎一挥手，大家便一起来到学校。李大奎一看，全村一千三百多群众都关在这里，四周架着机枪。

陶大娘这时在人群里，一见陶家亮，立刻呼喊着跑过来道："大亮，你这个千刀万剐的畜生，你带人把老百姓都关在这里想干什么？你赶快把人给放了，不然我跟你拼了。"陶大娘说着就冲了过来，伸手就抓陶家亮的脸。陶家亮猝不及防，脸上立刻现出五道手印。

陶家亮一把将其母亲推倒，正是：怒从心头起，恶向胆边生。

陶家亮立刻拔出手枪，恶狠狠地道："你这个老东西，真是活腻了。"随着话声，陶家亮手中的枪响了，一串子弹无情地射进了陶大娘的胸膛。

陶大娘两眼直瞪瞪地倒在血泊里，但其右手却依然向前伸着，五指张开，好像要抓破陶家亮那张邪恶的脸。

这时场中老百姓立刻骚动起来，有人骂道："陶家亮，你个王八蛋，你连你娘也敢杀，你不得好死。"

陶家亮这时也傻了眼，连忙跑过去俯身连叫："娘！娘！"

但陶大娘已无声回答，只是两眼直瞪瞪地看着他。

这时李默山举枪砰砰砰地连射了几枪道："大家不许动，谁动打死谁！"人群立刻又静了下来。

李大奎这时临走前鞠卫华的叮嘱又响在耳边："遇事要冷静，多观察，多思考，不可莽撞行事。"想到这里，李大奎转对李默山和藤野五郎道："我可以领你们找到八路军独立团，但我有两个条件。"

李默山道："什么条件？"

李大奎道："第一，放了这里的老百姓，这件事与他们无关；第二，我用八路军独立团换你们一个人。"

李默山忙道："换什么人？"

李大奎一指陶家亮道："换他，我要为他的母亲和我的母亲报仇，我劈了他，我立刻领你们找到独立团。"

陶家亮气得哇哇怪叫道："好个李大奎，信不信，我立刻毙了你？"说着掏出枪指着李大奎。

李大奎双手叉腰，挺直了身子道："姓陶的，你今天杀了你的母亲，你还有脸活在世上，你最好自己撞死，免得脏了我的手，有种你就开枪，往这里打。"李大奎说着拍了拍胸脯，身子又向

251

陶家亮靠了靠。吓得陶家亮连连后退。

这时李默山过来朝陶家亮摆了摆手，陶家亮立刻退后。李默山转对李大奎道："你的条件我们如果不答应呢？"

李大奎厉声道："我与乡亲们一起就义。"

李默山道："陶家亮是我的中队长，我不可能交给你。"

"那你就开枪吧！"李大奎说着挺直了身子，两眼逼视着李默山。

藤野五郎把李默山叫到一旁道："陶家亮现在是个废物，留他何用？他能亲手杀了他的母亲，难道他不能杀你？这样的人你能用他吗？倒不如今天借李大奎的手除了他，以绝后患。"

李默山情不自愿地点了点头。

藤野五郎转对陶家亮道："陶君，现在是你为大日本帝国尽忠的时候了，这是你的荣幸。"藤野五郎说着朝几个日军一努嘴，立刻有两个日军过来，将陶家亮的枪下掉。

陶家亮吓得大叫道："太君，我对你可是忠心耿耿的呀！你们不能过河拆桥，推完磨了杀驴吃呀！"

可无论陶家亮怎么喊叫，藤野五郎双手挂着军刀，站在那里无动于衷，两眼显出鄙视之色。

陶家亮忙又转对李默山哀求道："大队长，你救救我，你就是我的亲老子，我就是你的亲儿子，将来我就是你家的一条狗，为你看家护院，你只要把你吃剩的残汤饭渣，随便扔一点给我就行了，我会忠心耿耿地侍候你一辈子的。"

李默山却将身体转向一边，连看也不看他一眼。

陶家亮见求他们无望，心想，解铃还须系铃人，现在能救他的只有李大奎，我先委屈一下求求他，等我保住了性命，以后我再慢慢地收拾他们。想到这里，立刻转跪到李大奎的面前道："大奎兄弟，我知道错了，你救救我吧，我将来做牛做马都听你的！"
说着抱着李大奎的腿，磕头如捣蒜似的哀求着。

李大奎厌恶地将一口浓痰唾到陶家亮的脸上厉声道："你去
问问老百姓能不能饶你，老百姓如果说能饶你，我便饶了你。"
李大奎说着飞起一脚，将陶家亮踢开。

老百姓听到这里，一片声地喊道："杀了他！杀了他！杀了
他……"

这时一个日军少佐过来，将一把日本军刀递到李大奎的面前
道："李君，报仇的有。"

李大奎接过军刀，来到陶家亮面前，陶家亮吓得绝望地骂道：
"我日你日本天皇的妈了，你们都不得好死，八路军会叫你们死
无葬身之地！"

李大奎拔出军刀，双手高高举起道："娘，陶大娘，今天我
要为你们报仇了！"说到这里，双手紧握钢刀，狠狠地砍了下来。
陶家亮的脑袋飞出去了好远。

说也怪，陶大娘已闭上了双眼，那只张开五指向前伸着的右
手也放下了，脸上显得很安详。

李大奎砍了陶家亮，将刀一扔，转对藤野五郎道："现在你
放了老百姓，我们立刻去找独立团。"

藤野五郎一挥手，围老百姓的敌人立刻让出一条路，老百姓
立刻潮水般地涌了出去，不一会儿，一千多人走得干干净净。

李默山道："李大奎，我们已答应了你的条件，现在你也该
履行你的诺言了吧！"

李大奎道："走，我一定带你们找到独立团。"

再说姜明汉和王正山两个战士隐蔽在树林里，好久不见李大
奎出村，正在焦急不安时，忽见村里的群众一批批地跑了出来，

二人向群众详细地了解了情况，立刻飞奔回老人翁山，向鞠卫华汇报了情况。

鞠卫华立刻派出多名侦察员，对小官屯的敌人进行监视，并令人把雷区的地雷挂好弦，战士全部进入阵地。同时，电告文登县独立营赵山勇，趁荣成县敌人兵力空虚，可与今天下午傍黑夺取荣成县。

再说李大奎带着一千多日伪军，气势汹汹地朝老人翁山奔来，下午四点多，离老人翁山只有十多里路，老人翁山已清晰可辨，李大奎心道："姜明汉和王正山两人不知返回了老人翁山没有，小团长是否做好歼敌准备，心里不免为独立团担忧。但转而又想，我们小团长是何等精明，恐怕我一离山，他们就做好了准备，正张网以待，静等大鱼上钩。"想到这里，心里不免踏实了许多。他看了看身旁的藤野五郎和李默山，心道："今天我就送你们这些披着人皮的畜生回老家，我叫你们有来无回。"突然，鞠卫华的音容笑貌出现在眼前，接着铁蛋、石头、王祝、刁世雄、孙明郎、王建春等人一个个浮现在脑海里，这些与他朝夕相处，同生活、共战斗的战友，一旦与他们离开，还真舍不得。想到这里，李大奎长长地叹了口气，心中暗道："同志们，永别了，来生我们还一起杀鬼子，我不会给弟兄们丢脸，不会给独立团抹黑的，今天我会送这群畜生下地狱的。"

李大奎正在深思，这时走在前面的一个日军少佐来到藤野五郎面前道："前面道路狭窄，两山相逼，怕有伏兵。"

藤野五郎道："可派搜索队搜索前进！"

"是！"日军少佐答应一声，转身离去。

队伍过了狭窄的古道，李大奎带着他们慢慢地来到了老人翁山下的开阔地，这片开阔地向东只有一条狭窄的小路，鞠卫华早已派人将其塞断，而敌人进谷的这条路，等敌人进了开阔地，西边的出口也被人塞断。

老人翁山下这片开阔地，鞠卫华平时早已相了地脉，派人布下了大片的雷区，而许多地方李大奎亲自带领战士埋过雷，哪里是子母雷，哪里是连环雷，李大奎都了如指掌，今天李大奎把一千多敌人带进了雷区，他抱定一个决心，那就是，誓与敌人同归于尽。

老人翁山下这片开阔地，是鞠卫华早就预设好的战场，别说敌人来了一千多人，就是上万人进来，也是有来无回，今天见李大奎将敌人引进了雷区，心知李大奎要与敌人同归于尽，这也是最令鞠卫华头疼的事，明知自己的战士在里边，他怎么忍心起爆地雷呢？鞠卫华忙令三十多个神枪手，务必盯紧李大奎身边的敌人，一定要保护好李大奎。

再说李大奎把敌人带进了雷区，但地雷没有引爆，李大奎大急，心中暗道："难道鞠卫华没有准备？不是，定是他看到我在里边，不忍心引爆地雷。"想到这里，李大奎突然大喊道："团长，别管我，赶快引爆地雷！"

藤野五郎大惊，心知进入了八路军的雷区，气得他拔出了指挥刀，搂头盖脑地朝李大奎劈下，就在这千钧一发之刻，突然一声枪响，藤野五郎立刻中弹落马。紧接着一排排子弹，把李大奎身边的敌人一个个点了名。突然，李大奎耳内传进了一个细小的声音道："快向东跑。"李大奎心知这是鞠卫华用"传音入密"的声音救他，忙拔腿向东猛跑，想尽快逃出雷区，以免影响地雷的引爆。这时周围的八路军战士，个个枪法奇准，敌人片片倒下，没中弹的敌人吓得伏在地下，一动不动。

鞠卫华见李大奎跑出了雷区，忙令引爆地雷。随着一连串的爆炸声，成百上千的地雷，把敌人全笼罩在硝烟中。可怜这批敌人，被地雷的碎片撕得一块块，天上不时地下起一阵阵血肉之雨。

当硝烟散去，鞠卫华带人冲上时，只剩下三百多被地雷炸得晕头转向的敌人，八路军战士如同砍瓜切菜似的将其歼灭。

鞠卫华找到了李大奎，一下将他抱住道："李排长，好样的，不愧是独立团的排长！"

李大奎道："刚才地雷老不引爆，我还以为你们没有做好准备，那我可成了历史的罪人了。"

鞠卫华道："怎么会呢？你可是我们独立团的英雄。这次我再给你三天假，回去将大娘好好安葬。"

"是！"李大奎响亮地回答。

大家刚打扫完战场，赵山勇送来了消息，独立营已打下了荣成县。

一九四二年六月四日的中午，鞠卫华和王祝等人刚吃过午饭，派往城厢一线的侦察员回来报告。近来，在龙须岛的西山上日军修了一个看守所，关押了很多中国人，远远望去，只见这些被关押的犯人进进出出，里面还有很多穿白衣服像医生一样的人。特别是龙须岛码头最近由日本运来了很多汽车、战马、粮食、枪支等军用物资，这些物资卸下船，便运往看守所，一进看守所便被伪装起来，从外面什么也看不到。这个看守所敌人防守很严，有两千多鬼子防守，日夜有人巡逻，白天一发现老百姓，远远地便被赶开，谁也靠近不了。鞠卫华和王祝及苏月华等人商量了一下，感到情况重要，便决定亲自去侦察。

大家装束停当，鞠卫华和王祝、石头、铁蛋、寒梅、吴梦竹六人，展开飞行术，踏着树梢一直向东进发，不到半个时辰便来到了龙须岛西山山顶，大家朝山北望去，只见山下果然有一个看守所。这个看守所东西约一百多米，南北约有二三百米，东、西、南三面靠着壁立的山崖，所内由北向南有四排房子，每排各十间。西边有一南北走向二三百米长的大马棚，里面偶尔传来几声马嘶。看守所的四周围了三道密密的铁丝网。看守所的北边有四个营房，营房大约可住一百多人。在北边出口两旁各有一个炮楼，上面各有两个鬼子站岗。两个鬼子看守探照灯。而在看守所的南边则有一座二层高的小楼，旁边有一个营房，楼下有四个鬼子站岗。

大家看了多时，只见一些鬼子和一些穿白衣服像医生样的人进进出出。根本没看到一个被关押的中国人，也没有看到汽车等物资。大家正在纳闷，突然看见有两个鬼子从南面靠山的树林里押出了两个中国人。

王祝道："南边山壁上有山洞。"

鞠卫华道："那些犯人一定都被关在山洞里。"

这时只见那两个中国人一直被押到北边那排房子中间的一个门口，里面一个穿白衣服的人打开门。两个中国人便被押了进去，门立刻被关上了。过了好一会儿，那个门又打开了，四个日本兵抬着两个死一样的人，一直抬到看守所的南边，消失在树林里。

吴梦竹说："这些可恶的畜生，他们在用中国人做试验，刚才进去的两个人已被他们害死了。"

"做什么实验？"大家不解地齐问。

吴梦竹道："我早就听说过，日本常用中国活人做细菌试验，他们在活的中国人身上注射上各种病菌，研究培养出各种病菌。装在炸弹里用于战场，炸弹一旦爆炸，周围的人都会感染传染病，能够造成范围几十里、几百里甚至上千里的人畜死亡，成为大片的无人区。"

"这么厉害？"众人齐道。

鞠卫华道："我们无论如何也要把它摧毁，否则，这些可怕的细菌武器一旦流入战场，其后果不堪设想。"

大家齐道："摧毁它。"

鞠卫华道："大家先吃干粮休息，等晚上我们下去侦察。"

大家拿出了大饼吃了起来。

晚上十点，鞠卫华和王祝侦察南面的小楼，寒梅与吴梦竹则侦察白衣人住的那排房子。石头和铁蛋侦察余下的三排房子。鞠卫华道："侦察完了大家还在这里会合，大家千万别惊动敌人，以免打草惊蛇。"

"是！"大家齐声回答。

鞠卫华一挥手，大家一跃而起，各展轻功飞了下去。

先说鞠卫华和王祝，两人由山顶跃下，避开探照灯，直落在楼顶上。两人使了一个珍珠倒卷帘的家数，将双脚勾住楼沿，从窗子向里一望，只见一个日本大佐站在一张桌子的东端，旁边站着一个翻译官，桌子两边站了十几个鬼子军官。鬼子们正在开军事会议，鞠卫华与王祝运功于两耳。想听听鬼子开的什么会议，但鬼子讲的全是日语，一句话也听不懂，过了好一会儿，会议结束了，日本大佐挥了挥手，众鬼子军官散去。

鞠卫华与王祝马上翻上了楼顶。但见鬼子军官是鱼贯而出，向楼下走去，鬼子翻译官走在最后。鞠卫华与王祝脚踏树冠，远远地尾随着。见鬼子渐渐散去，翻译官来到司令部前一排房子西边的一间房子的门前，拿出了钥匙刚要打开门锁进去。鞠卫华与王祝突然如两只鹰隼扑了过去，鞠卫华出手点了翻译官的穴道。同时，两人各抓起翻译官的两只胳膊，双臂一振，提着翻译官便跃上了山顶。这时铁蛋与寒梅两组已回。鞠卫华一招手，提着翻译官率众人展开飞行功，一会便回到了老人翁山指挥部。

鞠卫华将鬼子翻译官放下，解开他的穴道。翻译官睁开了眼睛，如同做了一场噩梦，惊恐地看着大家问道："你们是什么人？"

鞠卫华道："八路军。"

鬼子翻译官一听"八路军"三个字，立时便瘫了下去。

鞠卫华问道："说，今晚鬼子开的什么会？"

鬼子翻译官摇了摇头说："我不能说，一说我就没命了。"

王祝右手拔出单刀，左手一拉翻译官的右腿道："不说，我先将这条腿砍下来。"吓得翻译官忙将右腿往回抽。

石头掏出一把刀子在翻译官的面前晃了晃道："信不信我马上挖出你的眼睛。"说着尖刀放在他的下眼眶上。

鬼子翻译官吓得忙将头后仰。

寒梅抽出宝剑，往翻译官的脖子上一放道："信不信我立刻割下你的头？"

翻译官见这些人一个比一个凶，吓得屁滚尿流，连忙道："我说，我说……"

大家收起了刀剑，王祝将翻译官提起，放了一张椅子叫他坐下，翻译官便慢慢交代出来。

原来，从一九四一年十二月八日，日军突袭了珍珠港，发动太平洋战争后，中国战场与世界反法西斯战场连成了一个整体，日本进行太平洋战争以来，从中国战场抽调出五个A种师团的兵力投放到太平洋战场。中国战场剩下的大多是B、C、D种劣等兵团，这些兵团武器装备差，战斗力弱。现在太平洋战场兵力吃紧。日本又缺少装备好、战斗力强的A种兵团。日本便从德国进口了一批可装备一个师团的先进武器，准备把一个B种师团装备成一个Ａ种师团，投放到太平洋战场。这批武器前几天由日本用船运往龙须岛码头，现在都藏在龙须岛西山看守所的山洞里，准备运往青岛。今天晚上开的会议就是部署秘密运输的会议。运输时间定于六月二十五日，由坂田大佐亲率四百多个日军押运，一路上各据点的鬼子要沿途接应。

鞠卫华问道："看守所里关押了多少人？都是什么人？"

翻译官道："关押了一千三百多人，有的是从战场上俘虏的八路军和国民党军，有从农村抓来的强壮劳动力，有从煤矿及工厂等抓来的年轻力壮的工人。"

鞠卫华问道："他们抓这么多人干什么？"

鬼子翻译官道："一是抽他们的血用于治疗战场上负伤的鬼子伤兵；二是用他们做细菌试验，用以制造细菌武器投放战场；三是把一些人运往日本做劳工。"

吴梦竹一亮宝剑道："真该杀了你这条狗。"

鞠卫华忙伸手拦住问道："从日本都运来了哪些武器和物资？"

翻译官道："从外观上看有战马两千多匹，汽车大约三百多辆，坦克一百多辆，都装在汽车上，大型炮二百多门，再有许多军装、粮食、汽油等。而枪支和弹药都装在木箱里，从外面看不到。"

鞠卫华问道："犯人都关在什么地方？为什么白天看不见？"

翻译官说："靠南边山壁有两个大山洞，西边的关押犯人，东面的藏有武器弹药和粮食等物资。"

鞠卫华问道："坦克、大炮与汽车藏在什么地方？"

翻译官说："这些都藏在靠山壁的树林里，上面用树枝等做了伪装，不到跟前根本看不见。"

鞠卫华问道："看守所里的四排房子是干什么用的？"

翻译官道："北边第一二排是作细菌试验用的，第三排是抽取犯人的血液，并在那里装箱运往前方医院，第四排是鬼子的餐厅和舞厅。"

鞠卫华问道："龙须岛码头上有多少鬼子防守？有多少炮楼？"

翻译官说："一个联队，约两千多鬼子，外加两千多伪军，围着码头修了四个炮楼，里面各有一百多鬼子和一百多伪军，鬼子司令部约有二百多鬼子防守。码头周围还有十多个营房，各驻有一百多个鬼子和一百多个伪军。"

鞠卫华问道："你叫什么名字？"

翻译官说："我叫吴勇。"

鞠卫华说："我们放你回去，但今后不许作恶，否则我们就将今晚你说的情况告诉鬼子。"

翻译官忙道："不敢，不敢。"

鞠卫华看时针已指向午夜一点，便对王祝与石头说："你们俩把他送回去。"

"是！"二人答应一声，领着翻译官一出门，二人便各抓起翻译官的胳膊，双臂一振，二人便提着翻译官消失在夜幕中。

天亮了，鞠卫华和苏月华及王祝等人反复研究，鬼子码头离看守所只有三里多地，看守所战斗一打响，码头的鬼子必然增援，两地的鬼子有四千多人，还有两千多伪军，而独立团所有的兵力也只有三千多人，若想同时吃掉两地的敌人，兵力相差太大，无法全胜。苏月华和鞠卫华立刻派出侦察员去联系荣成县独立营赵山勇和文登县独立营于得明，要其务必在五月二十四日赶到老人翁山。

五月二十四日上午，老人翁山独立团指挥部，鞠卫华和苏月华及黄星等人正在召开军事会议。由鞠卫华进行战斗部署。

鞠卫华说："第一步是炸毁鬼子的两排细菌试验室，共二十间房子，由寒梅与吴梦竹负责，你们各带十名侦察员，每人带一桶五十斤重的汽油桶，两枚手雷，每间房顶放一桶汽油，从窗子往里投两枚手雷。投完后立即返回山顶，明早三点半你们打响战斗！"

"是！"寒梅与吴梦竹响亮地回答一声。

鞠卫华道："接下去由独立团炮兵营调一个连，配二十挺机关枪，由王祝引出鬼子。等把鬼子引出大约二十多里后，王庆率炮兵营剩下的两个连，把看守所的两个炮楼及四座营房轰平，炮停后由我率八、九、十三个武林战士连队，由山顶跃下消灭余下的鬼子。看守所战斗一打响，龙须岛码头的敌人必来增援，独立二团正悟平营长率你营披好隐蔽网，埋伏在码头一里处的路两边，敌人必然伪军在前，鬼子在后，你们可放过前面的伪军，等后面的鬼子进入伏击圈，立即开火，不要放空枪，每人只打三发子弹，立即撤入两边的树林。等鬼子走后，可尾随其后，等前面的鬼子回逃时，你率人堵住，不许放一人返回码头。"

"是！"正悟平答应一声。

鞠卫华道："一营战斗打响，二营、三营、四营埋伏在离码头二里处，二营正面，三营路北，四营路南，机枪务必交叉射击组成火网，将敌人消灭，具体由二营长孙茂良同志负责。"

"是！"孙茂良答应一声。

"码头增援的敌人出来后，由独立营攻打码头，码头周围有四个炮楼，我给你们四名神炮手，先摧毁炮楼，然后进攻，具体由赵营长和于营长负责。"

"是！"二人答应一声。

"独立一团的一至七连可伏击看守所里出来的敌人，具体由王祝负责。大家还有什么问题？"

黄星说："延安很重视这次战斗，打好了，把敌人的先进武器拿过来武装咱们八路军，那可真是如虎添翼，希望大家百倍的重视，千倍的努力，一定打好这一仗。"

"是！"大家一齐回答。

午夜三点，鞠卫华等人便来到鬼子看守所的南山顶上。寒梅与吴梦竹等二十名侦察员早已装束停当，整装待发，看看时针指向三点半，鞠卫华一挥手道："出发！"

二十名侦察员如弹簧般地射了出去，踏着层层树冠，朝山下飞落，快要落地时，寒梅领人直奔北边第一排房，吴梦竹领人直奔第二排房，众人依次放好油桶，寒梅一声清啸，每排房子同时被扔进了二十枚炸弹，侦察员们立刻飘身跃向山顶，两排房子立刻响起了震天巨响，接着便燃起了熊熊大火。

睡梦中的坂田大佐听到爆炸声，一骨碌地从床上爬了起来，一见细菌试验室被炸，立时大惊。因为建这个试验室时关东军总部再三强调，这个试验室不仅关系到大东亚的胜战，更关系到太平洋的大战以及整个日本侵华战争的胜败与荣辱。如今这个试验室毁在他的手里，他的下场只有剖腹谢罪。看着冲天的大火，他是又惊、又怕、又怒，正在发呆时，突然前边大门前响起了密集的枪声，这时翻译官跑过来道："太君，前边有大批的八路军。"

坂田一听大怒，立刻奔了过去，外面二十挺机关枪是暴雨般地扫射，打得鬼子各营房及炮楼是沙石横飞，坂田听了听枪声，八路军只有二百多人，他把一腔怒火都发在了外面这股八路军身上，立刻组织大队的鬼子包抄进攻，务必消灭之，以解心头之恨。

王祝见敌人已被激怒，一声呼哨，领人便撤了下去。大队的鬼子如同决堤的洪水，立刻泄了出来，紧紧咬着前面的八路军追了下去……

第十七章

夺军火续伏阵歼敌　三只手大闹四县城

　　鞠卫华在山顶上等敌人追出两个小时，立刻命令炮兵攻击。山上的炮兵早已等得手心发痒，命令一下，二百多门迫击炮同时开火，下面救火及防守的鬼子立刻便笼罩在一片火海中。两个炮楼和四座营房片刻变成了一堆堆瓦砾。

　　十多分钟后，鞠卫华一挥手，炮击停止，鞠卫华与八、九、十三个连的武林战士身穿防弹盾牌，一跃而起，飘身下山，人未落地，攻击便已开始。他们一手刀，一手枪，三百多人一字排开，近处刀杀，远处枪击，由南向北卷杀过去，当这条长蛇阵卷杀到北门时，鬼子是伤亡殆尽。只剩下南边山壁上的一个洞口，还在向外喷着火舌。战士们向里扔了几次手榴弹皆无用，看来里面有工事。

　　鞠卫华来到洞口，只见洞口有四五米宽、三四米高，可容汽车进出，里面四挺机关枪发疯般地向外扫射，但四条火龙只打在离地面二米以内的区域，离洞顶二三米处无枪弹射出。

　　鞠卫华灵机一动，马上双臂一振，背贴洞顶向里闪电似的蹿了进去。寒梅与吴梦竹也紧随其后地跟了进去，但见十几个鬼子，在沙包垒起的工事里，守着四挺机枪，向外疯狂地扫射，鞠卫华人未落地，十二枚钢钉已射出，十二个鬼子立时毙命，剩下六个鬼子各中了一把飞刀，皆立时毙命。

这时其他队员也冲了进来。鞠卫华见岔洞很多，便把队员分成四人一组，分别对各洞进行细致的搜查，确定再无残敌时才退了出来。大家来到西洞，只见洞口大铁门紧锁着，里面站满了穿得破破烂烂的人。

鞠卫华手起刀落，斩断了铁锁，将里边的人放了出来，许多人已饿得走不动了，鞠卫华叫战士们从鬼子伙房里拿来了大量的馒头等食物，分给他们吃，叫他们原地休息。鞠卫华叫马鸣带人守住大门口，遇有逃回的鬼子立即击毙，他则带领寒梅和吴梦竹查看各洞所藏物资。

再说王祝领着二百多人打打停停，射杀了三百多鬼子，坂田大佐大怒，决心要消灭这支队伍。便驱赶着鬼子一气追下了三十多里，追到一个小山坡时，前面被追的队伍消失了，鬼子正在四顾寻找，突然山坡上响起了两排枪声，立刻鬼子割谷草般地倒下了四五百人。坂田忙组织攻击，一阵枪炮过后，攻上山坡一看，上面空无一人。

坂田大佐气得是三孔冒火、七窍生烟，但所追队伍已无踪影，只得整队返回。可刚走不到一里，突然两旁的树林里又射出了几排子弹，整齐的四路鬼子队伍，立刻后面倒下了一大片，前边二百多日军吓得拔腿就跑，坂田哪里止喝得住，只得拔腿也跟着跑了下来，真是急急如丧家之犬、忙忙如漏网之鱼，众鬼子一口气跑下了十多里，再加上鬼子早晨没吃饭，他们再也跑不动了，听听后面已无枪声，便都坐了下来，大口地喘着气。坂田找了块大青石刚坐下，突然，两侧树林里又射出了无数子弹，鬼子立刻大部分中弹倒下，剩下三十多个鬼子胡乱地放着枪，接着又是一排枪，三十多个鬼子全部丧命。坂田大佐也糊涂地中弹丧命。

王祝叫人打扫完战场后，立刻率人奔向看守所。

原来，日本发动侵略战争以来，物资运输共有两条通道，一条是东北，后来由于战线越拉越长，在东北运输很是不便，便在胶东开辟了第二条通道，龙须岛码头便是起点，日本在中国及整个东南亚战争的物资，近两年有一多半从这里运输，但由于前几年独立团多次伏击，鬼子很长一段时间不敢运输，这里的物资聚积如山，今年由于日本在太平洋战事吃紧，便又想在这里运输。所以这个码头对鬼子极其重要。

板原雄二毕业于日本陆军军官学校指挥系，此人很通中国的兵法，作战智计过人，侵华战争爆发以来，对华作战他是屡建战功，他从排长一直干到大佐，很得日本军部的赏识，所以便派他防守龙须岛码头，板原雄二自接管码头以来，看着源源不断运来的堆积如山的战略物资，深知自己责任重大，便百倍的认真，千倍的小心地防守着。他在码头周围修了四个炮楼，码头周围的一切，他是尽收眼底，他认为八路军没有重武器，这些炮楼对防守八路军是绰绰有余，可以称得上是固若金汤。平日板原雄二防守特别谨慎，他的部队从不轻易离开岗位，更不下乡扫荡，日夜龟缩在炮楼里看守着堆积如山的军用物资。板原雄二今天听到看守所的枪炮声，本不想增援，他认为那里有两千多鬼子，几个土八路坂田可以应对。但又因为那里有细菌试验厂和先进的进口武器，一旦受损，他与看守所相距不足四里，他将有不可推卸的责任，于是第二次炮响时，他便带了一千五百多日军和一千五百多伪军增援；剩下的日军与伪军全部放在炮楼里严密防守码头。

板原雄二的援兵排成了四行，伪军在前，日军在后，谁知队伍刚出门行了仅一里之路，鬼子队伍两侧的草丛里突然射出了三排子弹，这三排子弹是弹弹咬肉，鬼子立刻倒下了八九百人，板原雄二大惊，忙组织攻击。可两边的埋伏队伍全部退入了树林。板原雄二是从来没吃过这么大的哑巴亏，战斗未开始，先折了许多人马。他忍着一肚子气，连忙整队继续西进，这次是五六百日军在前，伪军在后，气势汹汹地向看守所奔来，可刚行了不到二里路，突然路前边和公路两边又射出了排排的子弹，日军和伪军片片倒下，哒哒哒的机枪，交织起片片火网，几乎无人逃脱，十几个侥幸撞出了火网的伪军本想逃回码头，可刚跑得百十步，迎面遇上了第一次伏击的八路军，一排枪弹，全部丧命。孙茂良忙叫大家打扫战场。

这时东边传来了隆隆的炮声，于得明与赵山勇攻打码头的战斗已打响，鞠卫华派去的四名神炮手，首先打掉了敌人的四座炮楼，龟缩在四个炮楼里的八百多鬼子与伪军，随着倒塌的炮楼，全部化为了灰烬，当队伍冲进码头时，只剩下司令部里一百多鬼子在顽抗，于得明立刻调来了炮连，一阵炮火，一百多鬼子便灰飞烟灭。

赵山勇和于得明查看了一下仓库，见里面有大量的武器和弹药、粮食等各种军用物资，这都是准备运往中国战场及太平洋战场的。

赵山勇道："这下我们发财了！"

于得明道："你发财了，可卡断了鬼子的脖子，这次战斗给鬼子带来了无法估量的损失，大大地加速了他们失败的速度。"

赵山勇和于得明忙带领大家打扫战场，搬运战利品。

鞠卫华叫侦察员们开出了汽车，黄星叫地方党组织在农村调了一百辆马车，大家日夜不停地轮流搬运，一直运了三天两夜才运完。这次战斗缴获汽车五百多辆，坦克一百三十辆，大型炮二百多门，迫击炮四百多门，长枪六万多支，其中有五万支是从德国进口的先进的冲锋枪，短枪三千多支，战马两千多匹，军刀五千多把，粮食一百多万吨，各种炮弹、子弹、炸药、棉衣、汽油等物资堆积如山，不可胜计。老人翁山上是喜气洋洋，过节般的热闹。

一九四二年是抗日战争最艰苦的阶段，由于鬼子的三光政策，他们所到之处是抢光、杀光、烧光，许多村庄成了无人区，凡是能用的一切物资，特别是粮食，均被鬼子抢光。许许多多的老百姓是早已断粮，只靠野菜与树皮度饥荒。鉴于上述情况，鞠卫华与苏月华商量，为了帮助群众渡过难关，便把缴获来的粮食发放一些给群众，整个胶东发放了四十多万吨，帮助老百姓渡过了难关。

从看守所解救了一千三百多人，这些人在看守所成了日本研究细菌战的试验品和医院的血库，他们隔几天就被抽一次血，每次可抽达一千到几千毫升，有的人刚一抽完就倒下了，再也没有醒过来，没有倒下的也是摇摇晃晃，身体弱到极点。鞠卫华与苏月华商量后，把这些人安排在山上休养，叫伙房购买了大量的营养品，要求每天有鸡蛋，每餐有肉。缴获来的坦克、大炮及枪支等，鞠卫华叫苏月华和黄星请示延安存留去向。八路军总部指示，除了自己应用的外，余下的保存好，等有机会运往各战场抗战。

鞠卫华给独立一团十个连的战士每个人发了一匹战马，连日里刻苦练习骑术与马上刀法，一个月下来，个个成为骑术精湛的骑兵。

一天早晨，鞠卫华与苏月华刚吃完早饭，突然外面进来了四个人。鞠卫华一看，这是从日本战俘看守所救出来的人。忙问道："各位有事吗？"

"首长！我们想参加八路军打鬼子。"众人齐说。

鞠卫华忙问："你们身体好了吗？"

为首的两人齐道："好了！"

鞠卫华叫大家坐下道："各位自我介绍一下？"

为首的瘦高个站起来说："我叫周建章，今年三十八岁，山东枣庄人，是八路军山东纵队一团副团长，这是我们团一营营长王之栋。"说着指了指身边的稍矮胖一点的王之栋道："去年在一次反扫荡阻击战中，我们一营中了敌人的毒气，全营三百多人被俘。"

鞠卫华点了点头叫他坐下，示意后面的人介绍。

后面那个方脸的站起来道："我叫徐文良，今年四十岁，河南洛宁人，是国军一二二师一团团长。这是我的参谋长王仁哲同志。"说着指了指他身边戴眼镜的人道："一九三八年三月我们师守滕县，师长王铭章战死，我和参谋长负伤被俘。"

鞠卫华道："一二二师是一支很好的部队，当时你们师指战员打得很顽强，可惜上层的决策者指挥失当，才葬送了这支好部队。"

徐文良道："谢谢长官这样看我们。"

鞠卫华道："欢迎你们参加八路军。请问，这里共有多少国军？"

徐文良道："五百人。"

鞠卫华点了点头，转身对周建章道："欢迎周团长和王营长回家。请问，这里共有多少八路军？"

周建章说："三百三十人。"

鞠卫华说："走，咱们一起去看看他们。"说着领着大家来到了战俘们的住地。

战俘们一见鞠卫华和王祝，立刻围了上来，七嘴八舌地道："首长，发给我们枪吧，我们也参加八路军打鬼子！"

鞠卫华登上了大石头道："欢迎大家参加八路军，你们来去自由，下面请想参军的站到东边来，想回家的站到西边。"

结果东边站了一千二百一十六人，西边只有四个农民想回家。

鞠卫华道："你们四人到后勤处每人领两块大洋回家吧。"

送走四人后，鞠卫华转身对周建章和王之栋道："这些人交给你们两人，组建一个胶东八路军独立三团。周团长还当你的团长，王之栋当你的副团长，这些人可编为三个步兵营，一个炮兵营。步兵每个连要配备重机枪两挺，轻机枪四挺，其余配备新式冲锋枪，每人军刀一把，炮兵营配备大口径迫击炮五十门，每人长枪一支，各营连排等干部由你俩考察安排，编好后我安排人整训，要求你们这个团，武器是一流的，战士是一流的，战斗力是一流的。"

"保证完成任务！"两人齐声回答。

鞠卫华转身对徐文良道："独立二团正少团长，徐团长到二团还当你的团长，你的参谋长还当你的参谋长。你们看怎么样？"

"保证完成任务，决不辜负首长的期望。"二人齐声回答。

鞠卫华道："这个团的战斗力很强，他们的枪打得很准。但这些人都是由土匪收编过来的。你们要多进行思想政治教育，时刻掌握这些人的思想动向。"

徐文良道："首长请放心，我们会注意的。"

转眼一个多月过去了，腊月初二的早晨，鞠卫华与苏月华、徐文良、周建章等人正在察看阵地。隆冬季节，天气严寒，彤云密布。大家看了一会，忽然朔风凛凛，瑞雪霏霏；山如玉簇，林似银装。大家欣赏雪景，正看得起劲，忽见山下两匹马朝山上飞奔而来，一会儿两个雪人来到跟前下马。大家一见，原来是胶东特委书记黄星和他的警卫员白云同志。

大家立刻围了上来，鞠卫华问道："爸爸首长大清早冒雪而来，是来看妈妈政委的吧？"

黄星道："你这个小鬼，也学会了耍贫嘴。告诉你，我是特意来看你的。"

鞠卫华道："是吗？那我正好缴获了许多日本清酒和牛肉，我请你喝酒吃肉。"

黄星道："清酒也喝，牛肉也吃，但你还有重要的任务。走，大家回去讲话。"说着与众人一起来到指挥部。

大家坐下后，黄星道："八路军发动的百团大战，给了鬼子沉重的打击，鬼子把正面战场进攻国民党军队的重兵转移来对解放区进行报复性的大扫荡，凡经过的村镇，实行了抢光、杀光、烧光的三光政策，给根据地的人民造成了极大的危害，山东八路军总部要求我们，春节前争取打一仗到几仗，可大打，也可小打，袭击或爆炸等，利用各种方法骚扰敌人。取得一个或几个胜利，以振奋人心，鼓舞人民的抗日斗争。"

鞠卫华道："这你放心，你不来我们也想打几仗好过年。你来正好，我们早有计划，保管让胶东的鬼子和汉奸们不能安心过年。"众人听了都笑了起来。

黄星道："现在把你的清酒和牛肉拿出来吧。"

鞠卫华道："好！咱们喝酒吃肉……"

腊月初五的上午，老人翁山上一场小雪过后，天气异常寒冷。鞠卫华的指挥部里，大家正在召开战前会议。

鞠卫华首先道："我先给大家看一样东西。"说着站了起来。

大家只见他穿着棉衣，双臂下垂，双手戴着手套，没发现有什么情况。大家正在疑惑时，但见他双手未动，而怀中突然伸出了一支枪口，大家吃了一惊。

鞠卫华放下枪，脱掉外衣，大家一看，原来右肩上挂着一只木头做的假手臂，假手上戴着手套，穿上棉衣，真右手放在怀里，大家谁也没看出来。大家不禁诧异地问："这挂一只假手做什么？"

黄星说："卫华，快说说你的鬼主意吧。"

鞠卫华说："周团长，你率你们三团带上二百只假手臂，二百支装有消音器的手枪，骑着马，夜行晓宿，去袭击乳山县的鬼子，我再派铁蛋率独立一团一连协助你，你们如有机会可打下乳山县城，不行就立即返回到宋家洼村南树林准备初十早晨五点钟伏击威海卫的鬼子。"

"保证完成任务！"周团长答应一声。

鞠卫华道："徐团长率你们二团也带上二百只假手臂，二百支装有消音器的手枪，去袭击文登县的鬼子，我再派石头率独立一团二连协助你。战斗一结束立即到北柳南山，初十五点伏击荣成县的鬼子。"

"保证完成任务！"徐文良答应一声。

鞠卫华转对王祝道："你率独立一团八、九、十连会轻功的去袭击威海卫的鬼子……有机会则攻下威海！"

"是！"王祝答应一声。

鞠卫华转对高粱和吴满仓说："你二人把独立一团剩下的战士挑上一百人，由我带领你们袭击荣成县的鬼子！"

"是！"二人答应一声。

鞠卫华对李天虎和刘海龙道："你们二人带领剩下的小战士

初十早晨五点钟，远远地埋伏在荣成县北楚家庄公路两侧，敌人来了每人只打三枪立即撤退。"

"是！"李天虎与刘海龙齐声回答。

鞠卫华转对王庆道："这次战斗不需要炮兵出动，王营长可带炮兵守山。"

"是！"王庆答应一声。

鞠卫华问道："大家还有问题吗？"

"没有了！"大家齐声回答。

鞠卫华道："好，大家分头准备。"

腊月初七的早晨四点多，铁蛋率领一连会轻功的六十名战士身穿便衣，带着二百多支手枪和二百只假手臂偷跃入城，找了个地方隐蔽了起来。

早晨六点钟城门打开，一百四十名身穿便衣的八路军战士在营长李斌的带领下陆续入城。

李斌曾是八路军侦察连连长，很有战斗经验，他带领大家来到约定的地点，大家领了武器和假手臂。李斌和铁蛋商议，把二百人分成了两队，每三五人一组，每队又分成了若干组，每组不要与大队脱离视线，铁蛋率领六十个独立团的小战士和四十名独立三团的战士从南门北进；李斌率一百名独立三团的战士从北门南进，用装有消音器的无声手枪专出其不意地射杀街上的鬼子散兵或巡逻队等。

李斌对铁蛋说："我们杀多了鬼子，敌人必然要派出大队鬼子和伪军搜查，我们一定要注意互相照应掩护。"

铁蛋道："这是对的，但大家千万别暴露我们的假手臂，处处要打敌人的出其不意。"

李斌道："如有紧急情况可鸣枪示警。我们晚上还在这里集合。"说着两队各自分头行动。

先说李斌一队刚来到了北门不远处，恰巧有十二个鬼子背着枪排着队巡逻过来，李斌一挥手，立刻五个战士随着李斌靠了过去。十二个鬼子对几个赤手空拳的农民样的人谁也没注意。一直走到了眼前，突然，六个赤手空拳的农民的怀里喷出了火舌，只听噗噗地几声闷响，十二个鬼子全无声息地倒地丧命。

李斌等人忙择地隐蔽起来，过往的行人见了都悄悄地绕道走开。过了一会儿，两个伪军远远地走了过来，立刻有两个衣衫破烂的农民迎了上去，当两个伪军发现了鬼子的尸体，刚要掏枪准备示警，这时又是两声闷响，两个伪军立刻丧命。

李斌又等了好长一段时间，远远地又有十二个背着枪、排着队的鬼子巡逻而来，大约是来换班的。李斌一招手，立刻三个小组十二名战士便靠了上去，刚到跟前，鬼子领头的发现了鬼子的尸体，刚要喊叫，几个赤手空拳的农民模样的人的怀里立刻喷出了火舌，只听一阵噗噗的闷响，十二个鬼子立刻无声无息地倒了下去。侦察员们立刻又择地隐蔽起来。

这时来往的行人多，有些大胆的围着看，指指点点地议论。

大约八点钟，有三十多个便衣特务骑着自行车，远远地由南面驰来。

李斌一看知是鬼子特务队要出城。一招手，三十多个便衣战士便靠了上去。

特务队一看路中围了很多人，疑惑地忙下车想察看一下，突然身前的一些人的怀里喷出了火舌，只听一阵噗噗的闷响后，三十多个特务全部一声未哼地丧了命。街上许多围观的人们立刻像炸了锅，轰地一下四散跑去。

李斌大喊一声："八路军出城了！"说着便与众战士择地隐蔽。

群众的惊呼声惊动了守北门的鬼子。立刻有五十多个鬼子奔了过来。而同时南面便有五十多个农民模样的人围了上去。鬼子刚要查看尸体情况，突然，那些惊慌的农民模样的人的怀中喷出了火舌。又是一阵噗噗的闷响，五十多个鬼子全部倒地丧命。

李斌一招手，众人慢慢向南行去，忽见对面一百多鬼子排着两队远远地跑来，大约是接到了北面有鬼子被杀的消息。李斌一招手，一百个便衣战士立刻分列路两边慢慢地向南走着，当这队鬼子走到战士中间时，这些战士的怀里都喷出了火舌，一阵噗噗的闷响后，一百多个鬼子竟一枪没放就全部倒地身亡。

李斌与众人慢慢地向南移动。

再说铁蛋从南门向北走了一会儿，只见二百多个沿街跑操的鬼子赤手空拳地排了四队跑了过来。一百人的战士穿得破破烂烂的，有的挎篮子，有的拿碗讨饭的，有的捧瓢的……他们慢慢地行着。等鬼子来到跟前，铁蛋一挥手，他们万万没想到这些讨饭的人的怀中喷出了火舌，只听一阵噗噗噗的闷响声，二百多个鬼子全部丧命。

铁蛋立刻带领大家继续向北走，刚走了不远，对面又有二百多鬼子跑操过来，铁蛋等人如法炮制，又消灭了这队鬼子。

铁蛋等人向北走，一路上又消灭了两个巡逻队和一些在街闲逛的鬼子和伪军。天晌时，在市中心与李斌等人相遇。二人交换了情况，铁蛋说："杀了这么多敌人，他们必然要派出大队的敌人搜城，你们不会轻功要多注意隐蔽。"

李斌说："没关系，敌人如果少，我们就消灭之，太多了顶多我们把假手臂和武器藏起来。大家找隐蔽处先吃些干粮，吃完了你率队杀向西门，我领人杀向东门。"

铁蛋道："好的。"说着掏出了一块饼一示意，大家便各择地隐蔽地吃起了干粮。

再说鬼子守乳山县城的司令官是梅津治郎中佐，此人是日本陆军军官学校毕业，很是狡猾，当他接到靠北门有鬼子被杀的消息，便派出了一百多个鬼子去察看，他在司令部里是左等右等，这一百多鬼子如同泥牛入海，毫无消息。天晌时，北门的日军来报，这一队日军全被打死。梅津治郎是大吃一惊，根本没听到枪声，这是什么人能不声不响地打杀了这么多人。正是一魂未定、二魂又惊，城南门来电话报告："南门四百多出操的日军全被打死。"梅津治郎吓得是一佛未出世、二佛已升天，连忙电令守各城门的日军关闭城门，同时各派出一百多日军和一百多伪军向前搜索，最后在市中心会合，务必抓住进城的八路军。各守城门的日军立刻出动了一百多日军和一百多伪军开始搜索。

再说李斌领人慢慢前行，忽见前面有大队的鬼子和伪军在挨家逐户地搜查。李斌立刻叫队员三五人一组，或七八人一组，分别挨家逐户地消灭敌人。可怜这些鬼子和伪军们，被这些看似赤手空拳的人，却从怀里喷出了串串火舌，一个多时辰后，这些鬼子和伪军全被消灭。李斌立刻带人又向东门走去。

回头再说铁蛋领人向西门杀去，远远地看见一个持军刀的鬼子少佐在指挥鬼子和伪军挨家逐户地搜查，铁蛋立刻把队员大人小孩结合起来，分组挨家逐户地消灭敌人。

铁蛋则领着两个队员向鬼子军官靠近。鬼子少佐身边有五六个鬼子，可谁也没注意三个衣衫破烂的孩子会是八路军。等三个孩子来到眼前时，他们的怀中突然喷出了火舌，几个鬼子全都不知不觉地丧了命。鬼子没了指挥官，战士们不动声色地挨家逐户地剿杀，不到一个时辰，鬼子与伪军全丧了命。铁蛋立刻领大家继续西行。

再说北门和南门的鬼子与伪军搜查到市中心会合，他们一无所获，两队各分头向东西方搜索。向东搜查的一队与李斌一队战士相遇，向西搜查的则与铁蛋一队相遇。二人是如法炮制，又消灭了这两股敌人。

铁蛋与李斌相会，二人看看天黑，便领大家隐蔽起来吃干粮。

午夜十二点，铁蛋把会武功的小战士分成了五组，一组袭击东门的鬼子兵营，二组袭击北门的鬼子兵营，三组袭击西门的鬼子兵营，四组袭击南门的鬼子兵营，只用暗器杀掉岗哨，向营房里扔炸弹便走，不要贪功，不要恋战。四个小组带着炸弹分头去行动。而铁蛋则领一组蹿房越脊地直奔鬼子司令部。

再说鬼子司令官梅津治郎一直等到天黑，却等来了派出去搜查的日军和伪军全被消灭的消息。梅津治郎惊得是肝胆俱裂，一屁股瘫坐在椅子上。他深知能无声无息地消灭他这么多人，绝非一般的八路军可言。恐怕再派多少人还是覆灭的下场。梅津治郎便命各处鬼子与伪军谨守岗位，不要派一个人出去。而他自己则调来了二百多日军严守司令部。天刚黑便躲入了密室。

却说铁蛋等人来到鬼子司令部，见鬼子重兵把守，反复察看，司令部内空无一人，料到鬼子司令是躲了起来。便领人直奔南面鬼子银行，众人来到银行对面的楼上一看，大门外有四个鬼子站岗，大门两边的岗亭里各有十个鬼子睡觉。铁蛋一招手，一招雁落平沙的家数率先跃了下去，人未落地，四把飞刀早已射了出去，刀尖直贯守门的四个鬼子咽喉。四个鬼子一声未哼地倒地身亡。铁蛋一察看，两个岗亭的门上均未上锁，便一招手，五个战士奔左边的岗亭，五个战士奔右边的岗亭，两个岗亭里但见银光闪动，片刻便杀了二十个鬼子。大家进入院内，悄悄地来到了楼门口，门在里边上锁，门两边的值班室里各有四个值班的鬼子坐在椅子上打盹儿。玻璃窗的外面有铁条。铁蛋做了个破窗用飞刀强攻的手势，立刻五个人攻东屋，铁蛋等五个人攻西屋。铁蛋一打手势，两个窗上的玻璃同时被打碎，里边的鬼子一惊，刚要喊叫掏枪，立刻各屋同时射进了四把飞刀，值班的鬼子咽喉各中飞刀，全部倒地身亡。

铁蛋抽出背上"三胴切"的日本军刀，抬手将大门砍开，众人冲了进去，逐屋搜查，确定无人时，便找到金库，铁蛋将门锁砍开，大家将一百多斤黄金和八百多万银圆打包背好，一招手便带领众人蹿房越脊地蹿出了城，大家来到三团指挥部，将金条与银圆放下，铁蛋带领众人又返回了城。这时城里四门的兵营里传来了惊天动地的爆炸声，不一会儿袭击四门的战士们都返了回来。战士们吃完早饭又出动了，可是从南门到北门、东门到西门，战士们走了几个来回，直到中午也没见到一个鬼子和伪军。铁蛋与李斌商议道："看来鬼子是采用了死守阵地的方法，他们不会出来。如果不出来，我们在城里也没什么作用，不如撤出！"

李斌说："好，我同意，我们可出其不意，杀出北门。"

铁蛋道："我们小战士负责城门顶上的五十多个鬼子，你们预防城门两边兵营里的鬼子。城门一开，立即冲出，不要恋战。"

"好！"李斌答应一声，一挥手领大家向北门走去。

远远看见城门紧闭，城门下十多个鬼子在防守，城门顶上有五十多个鬼子。铁蛋对李斌说："你们大人容易引起敌人的注意，你们先隐蔽一下，由我们来解决这些鬼子。"

李斌说："好，多加小心。"说着示意大家择地隐蔽。

铁蛋领着五十多个穿着破烂衣服的小战士三三两两地靠过去。起先敌人未注意，见越集越多地来了这么多的叫花子，正要驱赶，突然这些小"叫花子"的怀里喷出了火舌，十多个鬼子和十多个伪军一枪未放，便全部倒地身亡。

铁蛋一挥手，五十多个小战士纵身跃起，一齐上了城头，城头上的鬼子还未反应过来，小战士们的怀里吐出了串串火舌，五十多个鬼子无声无息地倒了下去。铁蛋打开城门，李斌等人已来到城门口，大家一齐冲了出去。

铁蛋一招手，五十多个战士捡起鬼子的枪支，一招雁落平沙的家数，齐齐地跃下了城头，向北奔去。等兵营里的鬼子发觉时，战士们早已无影无踪。

李斌和铁蛋向周建章团长汇报了城里的情况。

周团长笑道："鬼子叫你们杀怕了，看来是引不出来了，我们团的战士还没捞着仗打，这岂不白来了吗？"

铁蛋道："不能白来，我们团长说了，城里的鬼子如果引不出来，这里到威海宋家洼有二十多座炮楼，我们不妨将它们端了。"

周团长是位老红军，身经百战，什么样的硬仗恶仗没打过，但他与独立团这些小战士接触后，他对这些小战士有了全新的认识，特别是攻打鬼子看守所和龙须岛码头的战斗，使他非常佩服。谈笑间歼灭了四千多敌人，而付出的几乎是零的伤亡。而这次三只手闹县城，进去了只有二百人，却杀了上千敌人，缴获了大量的黄金与银圆，而八路军却无一伤亡。他虽然身经百战，却从未打过这样的仗。他对独立团这些小战士很是佩服，所以今天铁蛋一提端炮楼，立刻引起了他的重视，忙问道："小伙子，胃口不小哇。一下子怎么可能端掉这么多炮楼，说说你的想法。"

铁蛋道："我算了一下，从这里到威海宋家洼共二十四座炮楼，我们一个炮楼派一个排，再加上两名侦察员，今晚十二点开始。打完明天早晨正好到宋家洼伏击威海的鬼子。"

周团长问道："每个炮楼连鬼子带伪军平均一百多人，我们去一个排怎么打？"

铁蛋道："我们只需如此如此，但是，自从前几次我们袭击了敌人的炮楼后，敌人加强了防守，炮楼顶上的敌人如果很多，各队可立刻撤出，不要强攻。"

周团长道："好，依你的，我今晚亲自看你是怎么领一排人端掉炮楼的。"

铁蛋笑道："好，我领一排人去端大水泊乡那个最大的炮楼，你等着看好戏吧。"

周团长说："好，我下面分配任务……"

大水泊的鬼子炮楼修在村东公路旁，这里一马平川，视野开阔，公路四通八达，炮楼周围有一道两丈宽、一丈深的壕沟。壕沟外有三道滚筒状的铁丝网。炮楼里面有二百多鬼子和二百多伪军驻守，如果是白天强攻，炮楼周围这几百米的开阔地，恐怕上千人也难冲过去。而那三道滚筒式的铁丝网更是连一条狗也钻不过去，更不要说是人。

午夜十一点半，铁蛋与周团长带领一排人，身披隐蔽网，慢慢移动到离炮楼一百多米处便伏下不动。看看时针刚指向十二点，铁蛋与他身边的一个侦察员提起炸药包一跃而起，使出了草上飞的夜行功，一眨眼便到了炮楼的上空，人一落地，但见刀光闪动，两个看守探照灯的鬼子和四个放哨的鬼子便已倒下。周团长等人看着两人的功夫，不禁看得呆了。

铁蛋与侦察员放好两大包炸药，拉开了导火索，两个人一招大雁落平沙的家数便落回了埋伏地点，两人刚刚伏下，接着便是一声震天巨响，偌大的一个炮楼，立刻变成了一堆瓦砾。

周团长领人冲了上去，只捡了一些破枪，二百多敌人是一个活口没有。

这时从乳山到威海卫宋家洼这一路传来了连续不断的爆炸声。

周团长高兴地道："听，他们也成功了。"

但还是有十二座炮楼因为敌人防守太严，没能端掉。

再说王祝带领着三百多武林战士初七早上四点来到威海城外，王祝把人分成了两队，一队由马鸣与松明道长带领，由西门向东杀，一队由寒梅与王祝带领，由东门向西杀。这些武林人士杀人更是五花八门，他们有的用无声手枪，有的用飞刀，有的用飞镖、铁蛋子、石子等。十几个人的鬼子队伍，往往被他们一两个人便悄无声息地射杀了。

时至八点，王祝与寒梅领人正往西行，突然迎面开来了一百多鬼子和二百多伪军，这是准备下乡扫荡的敌人。他们排成了四排，指挥官在后面骑着高头大马。王祝一见马上一声呼哨，这些武林人士有的打扮成农民，有的打扮成商人，有的打扮成农妇……他们三三两两地围了上来，只听一声呼哨，这些人的怀里立刻吐出了火舌，这队鬼子与伪军的枪还都扛在肩上，便一声不响地被打死。而鬼子指挥官骑的那匹马，王祝却放了回去。王祝一挥手，大家便择地隐蔽起来，进行守株待兔。

守威海卫的鬼子司令官名叫寺内寿一，他是日本陆军军官学校指挥系毕业，其人练过统剑道，嗜杀成性，性格非常暴躁，今天他刚打发梅津少佐下乡扫荡，这时正在院子里练习日本刀法。忽然看到梅津少佐的马浑身是血地跑了回来，他大吃一惊：梅津少佐刚走，这时并未出城，他的马怎么会全身是血地跑回来？思虑了一番，认为梅津少佐一定遇难，多准是被八路军的狙击手射杀了。想到这里，他立刻叫一个名叫松月武二的少佐，领了一百多鬼子去察看情况。

　　王祝等人远远地见鬼子跑步过来，一招手大家便三三两两地靠了上去，松月武二只注意前边鬼子的尸体，根本没注意这些乱七八糟无关紧要的人。突然他们怀里喷出了串串火舌，只听得一阵噗噗的闷响，这一百多鬼子全无声无息地倒地丧命。王祝等人马上又远远地择地隐蔽起来，继续"守株待兔"。

　　再说寺内寿一打发松月武二走后，再也无心练刀，便坐在司令部里等松月武二的消息，可是一等也不来，二等也不来，天快晌了，寺内寿一再也坐不住了，他便亲自率领二百多鬼子出来察看。寺内寿一很狡猾，他骑着马，与鬼子队伍相距三十多米远。

　　王祝与寒梅远远见了，一声呼哨，战士们便慢慢地靠了上去，等到将这些鬼子围上时，寺内寿一远远地见了感到不对劲，刚要喊叫，战士们已经开火，二百多鬼子割谷草般地倒地身亡。吓得寺内寿一打马便逃，寒梅举枪欲打，王祝拦住道："留着他回去派兵来。"说着领着大家向西行去。

　　再说马鸣与松明两人率领的一队战士，射杀了一队二百多人跑早操的鬼子和出来游荡的零星敌人七八十人，中午时与王祝及寒梅在环翠楼相遇，两队交换了情况后，王祝道："鬼子下午准要挨家逐户地搜查，我们则'以其人之道，还治其人之身'，也挨家逐户地射杀他们。"

　　马鸣与松明道："好的，我们吃饭吧。"

　　下午果然寺内寿一令各营房派出了八百多鬼子和伪军，挨家逐户地搜查，结果这八百多人全被无声无息地消灭在威海卫的各个街道、小巷、墙角等处，吓得寺内寿一再也不敢派兵出来。满大街的鬼子尸体也不敢派人收。

　　晚上，鬼子四门的营房里又被投了大量的炸弹，鬼子伪军死伤七八百人。

初八、初九两天鬼子紧闭城门，但晚上营房里又被投了大量的炸弹，敌人又死伤了七八百人，威海卫城内只剩下三百多鬼子和伪军，他们龟缩在营房或工事里，再也不敢出来。

王祝把三百多战士分成了四队，今天后半夜分袭四门，并派人去宋家洼联系准备伏击的周团长明早两点半准备入城。

结果独立三团来到时，四门的三百多鬼子和伪军已被歼灭，独立三团只是来搬胜利品。

回头我们再说徐文良率领独立二团来到昆嵛山驻下，腊月初七由王仁哲参谋长与石头连长率领二百人混进了文登县城。二人把人员分成了两队，石头领着他的二连六十名小战士和四十名独立二团的成年人，由北向南杀，王仁哲则领一百人由南向北杀。

先说石头领的一路很顺利地射杀了一个四十多人的特务队和两个二十多人的鬼子巡逻队，外加一些零散的鬼子及伪军八九十人，时至九点多钟，大家正向南行，突然南边一里远处传来了激烈的枪声。石头马上断定准是王参谋长出了事，他立刻叫四十名不会武功的成年战士就地隐蔽，他把六十名小战士分成了三组，手持双枪分左、中、右三路蹿房越脊地向南跃去。

原来，王仁哲率队由南门向北门杀去，一路上杀了七八十个敌人。大家正顺着大街向北行时，突然对面来了一队二十多个鬼子组成的巡逻队，王仁哲一挥手有二十多人便靠了上去，出其不意地将其击倒，谁知有一个鬼子在中枪时也扣动了扳机，这一声枪响，正好惊动了不远处有一队准备下乡扫荡的三百多敌人。这队敌人立刻围了上来，机枪、步枪是暴雨般地狂射。王仁哲所领的人全是短枪，根本抵挡不住，大家且战且退，鬼子是发疯般地紧追上来。当退到了一条死胡同时，王仁哲看看无路可退，连忙指挥大家上房抵抗，可是敌人的机枪急如暴雨，根本无法上房，正在危急时，石头领的小战士来到，这六十人如同六十只老虎，人未落地，手中的双枪在鬼子背后已打响，鬼子是一心向前攻，哪里还提防后面，立时被打了个措手不及。六十个小战士脚不离地，如同猿猴般地在房上蹿来纵去，不到十分钟便全歼了这股敌人。

石头与王仁哲会合了，一清点人数，王仁哲率领的人牺牲了八人，伤了二十多人。石头找了一家酒馆，将酒馆控制起来，外面挂上停业的牌子，把伤员安顿好，牺牲的战士尸体也藏了起来。石头对王仁哲道："要防备敌人全城大搜捕，我们要沉着、机动、灵活地浑水摸鱼，在敌人分散挨家逐户搜捕时消灭他们。"

王仁哲点了点头道："好的，刚才太危险了，要不是你们及时赶到，后果不堪设想。"

石头说："以后多加小心。"说着二人领着战士们又漫游在大街上。但一直到天黑，两队人员再也没遇上一个鬼子和伪军。

原来驻文登县的鬼子司令官名叫吉村荣二，是个非常狡猾的家伙，当他得知下乡扫荡的三百多人被歼时，立刻被吓出了一身冷汗，能在城里十多分钟消灭三百多人的队伍，绝不是普通的八路军，派人去搜查这样的队伍，恐怕是有来无回，不如严加防守，以逸待劳。所以他立刻下令各处鬼子不准外出，严密防守。

石头等人与王仁哲会合后，石头说："王参谋长晚上你领人隐蔽好，我们去袭击城门两边的鬼子营房。"

王仁哲道："好的，千万要小心。"

石头把六十个小战士分成了六队，十人一队，其中一队袭击北门两个营房，二队袭击南门，三队袭击东门，四队袭击西门，五队袭击鬼子司令部。石头则亲率一队袭击鬼子银行。石头对大家说："大家只是摸掉岗哨，向营房里投掷炸弹，投后立即返回，不可恋战，半夜一点打响战斗。"

单说石头领十人午夜十二点来到了鬼子银行对面的房顶上，但见大门两边各有四个鬼子站岗，营房里有二十多个鬼子在睡觉。银行大楼两边的值班室里各有四个鬼子值班。

石头一挥手，四个队员凌空跃下，人未落地，飞刀已射出，八个守门的鬼子无声无息地丧了命。与此同时，石头等六人同时跃下，六支无声手枪对着营房的窗子朝里面开火，只听见几声闷响和玻璃的破碎声，二十多个鬼子全被无声无息地点了名。

石头一挥手，五人奔大楼门东边的房间，五人奔大楼门西边的房间。两个房间里值班的鬼子正在打盹儿，可能是听到外面玻璃的破碎声，都一激灵地站了起来，刚要摸枪，窗外的无声手枪已响，八个鬼子全丧了命。

石头拔出了他的"五胴切"宝刀，三下五除二地砍开了大门，众人一会儿便找到了金库。众人把一百多斤黄金和八百多万银圆装进袋子背好，立刻撤了出来，几个起落便跃回了酒馆。这时四个城门处也传来了惊天动地的爆炸声。两点多钟，袭击四门鬼子营房及司令部的战士都陆续回来。

石头说："王参谋长先隐蔽在这里，我领人把伤员和牺牲同志的尸体及黄金和银圆送出城，你们千万别乱动，等我们回来接你。"

王仁哲道："你们千万要小心。"

石头说："没事的。"说着叫四十名战士背上牺牲同志的尸体及伤员、黄金和银圆。石头一招手，大家凌空跃起，几个起落便踪影不见。王仁哲等人见了是感叹不已。

天快亮时，石头等人返了回来，大家吃了干粮，石头和王仁哲领人分别上街寻找猎物，可一整天也不见一个鬼子和伪军。晚上十二点钟，石头领着六十个小战士蹿房越脊地来到东门两个鬼子营房的对面一栋大楼的顶上，但见营房里漆黑一片，院子里又无岗哨，石头知道鬼子昨晚被袭，今天已有准备，便揭起了一片瓦，运足内力扔了过去，瓦片在营房的院子里嘭的一声碎裂，立时各营房的窗子和门都枪声大作，枪响了好一阵才渐渐停下来，营房里的鬼子都涌了出来，小院子站满了敌人。石头一挥手，大家跃向营房四周的房上，立刻无数的手雷扔向了院子，站满鬼子的院子一时血肉横飞，犹如天上下了一场肉雨，小院子立刻躺满了鬼子的尸体。石头一招手，大家一齐跃下，人未落地，手中的双枪齐射，未被炸死的一百多鬼子立刻被报销。

石头叫大家把营房里的一些鬼子的衣服带上，并把鬼子的二十多挺机枪带上，又捡了一百多支长枪，一声呼哨，大家一跃而起，蹿房越脊地撤回了酒馆。

石头对王仁哲道："鬼子不出来，我们在这无益，不如撤出城。"

王仁哲道："好的。大家快吃干粮，吃完了换上鬼子的服装。"

时至八点，石头领着六十个小战士三三两两地向北门走去，王仁哲则领着一百多人穿着鬼子服装，扛着长枪的队伍远远地跟着。

远远地但见城门紧闭，城头上七八十个鬼子荷枪实弹地在防守，城门下的岗亭里有八个鬼子和十二个伪军在防守，石头等十多个战士慢慢地靠了过去，离鬼子二十多米时，石头突然跃起，同时双枪齐发，只听见一阵噗噗噗的闷响，守门的八个鬼子与十二个伪军全部倒地身亡。石头一招手，靠过来的六十个小战士如同六十只猛虎，一齐凌空跃向城头，人未落地，他们的双枪已吐出火舌，一阵噗噗噗的闷响后，七八十个鬼子一枪未放地全部倒地身亡。这时王仁哲已领人冲了过来，石头忙叫人打开城门，王仁哲带人连忙冲出，石头等人则捡起鬼子的枪支，众人一招大雁落平沙的家数飞下城头，高高兴兴地撤回了昆嵛山团指挥部。

徐文良接着大家说："鬼子叫你们杀怕了，根本不敢出来，我们伏击也不用打了，是不是该撤回去了？"

石头说："鞠卫华团长说过，鬼子如果不出门，我们可以把文登县到北柳村这一路十六个鬼子据点端了。我们不能白来一趟。"

徐文良说："你们杀了上千的敌人还叫白来，你的胃口也太大了吧！你讲讲我们怎样端掉鬼子这十六个炮楼？"

石头说："我们今晚只需派出十六个排，我给你们每排派出两个会轻功的战士，今晚十二点这三十二个战士同时跃上这十六个炮楼，安上炸药将其炸毁。"

徐文良道："这么简单？炮楼里平均有一百多鬼子和伪军，你不是开玩笑吧！"

参谋长道："团长，你放心吧，万无一失。"

徐文良不放心地说："好吧，这仗由你与石连长来指挥。"

傍晚，石头对袭击炮楼的战士道："前几次我们袭击敌炮楼，敌人已受了惊，有的炮楼敌人防守很严，炮楼顶上有许多敌人看守，各队可视情况而定，能打则打，不能打则撤，千万不可强攻。"

"是！"战士们齐声回答。

石头与王仁哲将袭击炮楼鬼子的战士打发走后，便与徐文良带着剩下的队伍向北柳村撤去，十二点后，连续不断的爆炸声远远地传来。行进中的徐文良长长地舒了口气，拍了拍石头的肩头道："小鬼，真了不起，真有你的！"

但是，由于敌人加强了防守，十六座炮楼只端掉了六座。

　　大家刚到北柳村，这时一个小战士骑马来到说："徐团长，伏击战不用打了，荣成县的鬼子已被歼灭了。我们团长要你带队去搬运缴获的物资。"

　　徐文良奇道："他们一百人是怎么消灭了这么多敌人？"

　　石头道："你去了就知道了。"

　　徐文良道："好，队伍开向荣成县。"

　　原来，鞠卫华初七晚上十点便领人进入了荣成县，鞠卫华把人分成了五组，每组二十人，各组带足了手雷，有四组分别袭击四门的鬼子兵营，鞠卫华则领一组直奔鬼子司令部。

　　单讲鞠卫华一组来到鬼子司令部前面的一栋楼顶，但见楼前鬼子两个营房里的鬼子已睡，院子里有一个六人的流动哨，两个营房的门口各有两个鬼子在站岗，鞠卫华纵身跃下，人未落地，十颗石子分别射出，四个门岗和六个流动哨一声未响地倒下。众人跃下，十人奔东营房，十人奔西营房，每人提两只手雷，只听一声呼哨，一齐从门或窗子投入。大家刚刚跃离，两个营房便响起了震天动地的爆炸声，两个营房全变成了一堆瓦砾。

　　而鞠卫华扔完手雷时，却凌空跃向了鬼子司令部大楼，鬼子司令官正在桌上和两个鬼子军官看文件，鞠卫华一个青龙入洞从窗外射了进来，刀光一闪，三个鬼子全被砍下了头颅。这时外面早已爆炸连天，鞠卫华等人立即撤了回来，这时四门方向都传来了连续不断的爆炸声，不一会儿各小队都陆续返回。

　　天亮了，因为鬼子司令官及两个中佐已死，街上乱糟糟的，到处都是鬼子和伪军，鞠卫华领五十人从南门向北杀，吴满仓领五十人从东门向西射杀，满街的鬼子和伪军谁也没注意这些穿得破破烂烂的孩子，虽然他们双手下垂，但怀中却突然喷出了串串火舌，一排排的鬼子与伪军在不知不觉中被歼灭。当吴满仓领五十人从东门杀到西门时，鞠卫华一组也从南门杀到了北门，街上到处都是鬼子和伪军的尸体。

吴满仓和鞠卫华又领人分头往回杀，当两队杀到头时，街上已不见鬼子和伪军。

晚上鞠卫华等人又分别袭击了各门的临时兵营，而司令部里空无一人。第二天街上不见一个鬼子和伪军。鞠卫华等人知道鬼子与伪军已不多，经过侦察，鬼子军官中有一个少佐活着，全城共三百多鬼子和伪军，每个城门头上只有五十多人，剩下一百多人全守在仓库旁的一座四层楼上，他准备凭此楼死守以待援兵。

晚上十二点，鞠卫华把人员分成了五组，四组分别袭击四门，鞠卫华则领一组袭击鬼子仓库。大家来到了仓库对面的一栋大楼顶上一看，但见鬼子大楼的三层与四层里面灯火明亮，楼下有四个鬼子站岗。鞠卫华领人轻轻跃起，慢慢地落在了鬼子的大楼顶上。他扬手向楼下打出了四枚铁钉，楼下四个站岗的鬼子分别倒下。鞠卫华示意大家以倒挂金钟的家数，将双脚挂在楼顶的檐板上，头下脚上，十人掏出了手雷，一声呼哨，大家一齐投了进去，接着飞身跃开，紧接着一连串的巨响，大楼倒塌了。这时分袭四门的战斗也已打响，但听隆隆的爆炸声不绝于耳。

天亮了，鞠卫华等人分头检查了一遍，确认全城的鬼子伪军已被全歼，便派人分别去联系徐文良和李天虎，叫他们立即进城搬运缴获的物资。

独立团的小战士们开着汽车或赶着马车，把威海卫与荣成县两地的鬼子仓库搬了个一干二净。

这次战斗打下了两座县城，端掉了十八座炮楼，歼灭鬼子四千多人，伪军一万多人，缴获各种枪支一万多支，子弹五百多万发，追击炮四十多门，炮弹一千多发，各种炸弹三万多枚，汽车一百多辆，马车二百多辆，马匹四百多匹，粮食、猪肉、牛肉及军装等物资一宗。而独立三团牺牲了八人，伤了二十二人。

当地的老百姓听说八路军打了胜仗，更是欢欣鼓舞，他们自发地提着鸡、鸭、鱼、肉等东西送给八路军过春节，荣成县京剧团春节主动到老人翁山上唱了三天大戏。

第十八章

反扫荡勇发三路兵　歼倭寇初次用火攻

春节刚过，鞠卫华与苏月华及王祝分别下到各团，抓紧政治学习和大练兵。特别是马上刀法和枪法的练习，要求每一个战士枪要打得准，最低要学会马上十二招刀法，人人都会打炮。各级干部以身作则，带头练习，要人人过关，就山上的男女民兵也要打好枪。同时加强了山前工事的修建，由原来的两层扩建为四层，一百米宽的防线，每层五十个暗火力点，配置了二十挺重机枪、二十挺轻机枪、一百支长枪，形成交叉火力，以防敌人狙击手封锁火力点。同时，鞠卫华带领连营以上的干部骑着马，从农历的二月二日到三月清明止，用了一个多月的时间，察看了伟德山和昆嵛山各处地理形势，并画了地图。同时老人翁山上山下还收留了大量难民，鞠卫华组织人为他们盖了许多草房，山上有的是耕牛，这些人在山下开了三千多亩荒地，独立团为他们买了各种作物的种子，无偿地资助了这些人。独立团又招收了二百多个少年，编为十一连和十二连。由一连侦察员谢涛任十一连连长，二连侦察员刘静任十二连连长，他们天天进行射击与骑马及刀法练习，整个老人翁山上下呈现出军民大生产与大练兵的景象。

一九四三年四月初的一天上午，鞠卫华与石头及王祝等人正在教新编独立一团的十一连与十二连的小战士刀法。这时山下四人骑马急急地向山上跑来，到山上一看，原来是黄星书记与他的警卫员白云，另两人大家都不认识。

众人下马，黄星指着那位高个的四十岁上下的人向鞠卫华等人介绍道："这是八路军山东纵队的杨天民首长。"又指着另一个年轻的小伙子道："这是他的警卫员李文疆同志。"接着又指着鞠卫华向杨天民介绍道："这就是我向你提到的胶东独立团的团长鞠卫华同志。"

鞠卫华忙向杨天民行了一个标准的军礼道："首长好！"

杨天民一把握住鞠卫华的手道："真是自古英雄出少年，胶东令敌人闻风丧胆的竟是这样一位少年，真了不起呀！"

鞠卫华不好意思地道："首长，我可没做什么呀！"

杨天民笑道："看看，我们的小英雄还不好意思，打得鬼子闻风丧胆还说没做什么，那么你要是做什么是不是还要抓住日本的天皇啊？"

众人大笑后，黄星书记说："卫华，还是到指挥部谈吧，我们还有重要任务。"

"好的。"鞠卫华答应一声，领着众人来到指挥部。独立二团及三团团长也被喊来。

周建章与王之栋一见杨天民，立刻跑过去道："老首长！"

杨天民也是大惊道："你们原来在这里！"说着三个人紧紧地抱在一起，激动得流出了眼泪。

好半天杨天民才道："我还以为再也见不到你们了，你们怎么在这里？"

三人情绪稳定后，周团长将被俘经过及独立团解救的过程说了一遍，大家感叹不已。

杨天民转对鞠卫华道："小团长，太了不起了，你解救了这么多八路军战士，谢谢你！"

鞠卫华笑道："咱们一家人不用谢嘛。"

杨天民道："好，一家人不用谢，鲁南战场八路军兵力吃紧，我可以把他们带走，支援鲁南战场吗？"

鞠卫华笑道："那有什么不可以，到哪里都是打鬼子。需要我去我也去。"

杨天民笑道："小团长真有大局观念。"

鞠卫华问道："首长，总部有什么指示？"

王祝给大家倒了一杯水，杨天民喝了口水道："日本自发动太平洋战争以来，在欧洲战场上连连失利，依靠东北运输线远远不够用，又开辟了第二条运输线，即胶东龙须岛码头这条，去年被你们打掉了。同时，你们还缴获了鬼子大量的冲锋枪及许多先进的大炮和坦克等武器，这些武器可装备一个整师团，他是日本鬼子的命根子，日本鬼子妄想依靠这条运输线及这批先进的武器扭转失败的战局，可这两项均被你们打掉了，日本侵华总部为了重新打开这条运输线，夺回这些先进的武器，纠集了约两万多鬼子和五万多伪军，定于四月二十日，由多田山俊为将，分八路对胶东进行拉网式的大扫荡，延安八路军总部指示我们，鉴于敌强我弱，是否可晓宿夜行，瞅敌人结合部的缝隙穿插到敌人后方，寻机歼敌。"

鞠卫华道："首长，你可知道多田山俊是个什么人？"

杨天民道："多田山俊今年四十八岁，毕业于日本皇家陆军学校指挥系。此人练过统剑道，嗜杀成性，他是侵占东北的急先锋，他的部队所到之处，全是执行三光政策，即抢光、杀光、烧光。

在中国制造了大量的无人区，侵华以来从未打过败仗，自诩为常胜将军。日本的许多大将他都不放在眼里，对中国的军队他更是不屑一顾。他对中国人从来不叫人，而称'中国猪'。"

鞠卫华笑道："我在胶东给日本鬼子挖了十万个坟坑，他这次只来了七万多人，我们白白浪费了三万多个坟坑，这次是大计小用了！"

众人听了都很诧异，个个摸不着头脑，大家互相看看，半晌都没有说话。

杨天民疑问道："你有应敌方案吗？"

鞠卫华道："从去年我们一打龙须岛码头我就知道，这个码头是敌人的命根子，我们打了他，好比捅了日本鬼子的天一样，敌人是决不肯善罢甘休，一定要百倍千倍地报复，我们早已做好了应对准备，只是没想到敌人来得这么晚，而且只来了七万多人。"

杨天民问道："你们山上共有多少人？"

鞠卫华道："三千多人。"

杨天民道："三千人对七万人，怎么应敌？"

鞠卫华道："第一，兵不在多而在勇，我们虽然只有三千人，但我们八路军作战能力强，可以以一当十，或当二十，或当百；第二，将不在勇而在谋，武是小胜，文是大胜，我们的将士文武结合，所向无敌；第三，敌人是骄兵，'自古骄兵多致败，从来轻敌少成功'。鬼子只会靠坦克和大炮一股劲儿地进攻，猛冲猛打，他们怎么能不败呢？"

杨天民道："请说说你的具体破敌方案。"

鞠卫华道："我预设了四个战场：第一个设在昆嵛山南麓，那里山高林密，我们可采用续伏的方法，在那里歼敌一路。第二个战场在伟德山南麓的黑茶山下，那里有一条河谷，可伏兵歼敌一路。第三个战场在距老人翁山五里处，即大山口村北有一条山谷叫回不通，可伏兵歼敌一路。第四个战场是我们老人翁山前，这里敌人就是来十万也别想再出去。最后把剩下的敌人全歼在这里。"

杨天民笑道："轻描淡写，说得这么简单就把敌人消灭了，你可详细说说昆嵛山那一仗怎么打？"

鞠卫华道："敌人既然是拉网式的扫荡，其结合必然紧密，可派一支部队袭击敌人，引敌人迅速脱离大部队，二百多里长的昆嵛山，由两支部队交替续伏八次左右，每次可歼敌八百人左右，剩下一千多鬼子一次夜间袭击可歼之。"

杨天民道："好，我不走了，这次我要亲自去看昆嵛山这场战斗。"

鞠卫华道："欢迎首长指导。"

一九四三年的四月十日，胶东独立三团和王庆的炮兵营开往黑茶山，二团开往回不通，鞠卫华与王祝、杨天民、黄星亲率独立一团小战士开往昆嵛山，各团分别派出侦察员侦察敌情。

先说鞠卫华一路。

四月二十日早晨五点钟，敌人七万多人从烟台至乳山开始，南到南海沿，北到北海沿，以网式的形式一字排开向东扫荡，所到之处是先抢光，再杀光，最后烧光，所到之处成了片片无人区。离独立团最近的是桥本四郎大佐率领的一路，这一路日军两千五百人，伪军六千五百人，共九千多人，一路上气势汹汹地向东杀来。当部队到达文登县界石村北山一个小山坡下时，突然小山上砰砰砰地射出了五排子弹，敌人立刻倒下了八九百人，这些人打完立刻就跑。

被激怒的鬼子立刻一窝蜂似的追了下去。王祝和石头领的二百小战士是成天爬山练出来的，领着鬼子一下跑出了二十多里，这与大队的鬼子一下子拉开了距离，当这些鬼子气喘吁吁地跑到一道土岭时，鬼子再也跑不动了，有些鬼子则坐下来大口大口地喘着气，突然土岭后面的茅草里射出了排排的子弹，敌人立刻倒下了八九百人。

桥本四郎大怒，忙令轻重机枪及迫击炮一齐开火，打得是沙石横飞，接着大队的鬼子冲了上去，却空无一人，鞠卫华早已领着二百多人撤走了。

桥本四郎白白地损失了一千多人，而他却连八路的影子也未看到，心里正在恼怒，突然前面树林里几挺轻机枪暴雨似的急射，鬼子立刻倒下了一大片，大队的鬼子立刻冲了过去，树林里的人是撒腿就跑，鬼子一下又追下了十多里，当追到一个上坡时，王祝率人早已绕到了坡顶，大批的鬼子蜂群似的涌了上来，快到坡顶时，突然坡顶上二百支冲锋枪一齐开火，距离又近，暴雨般地急射，蜂拥而上的鬼子立刻片片倒下，整个山坡前层层叠叠地堆满了敌人的尸体，桥本四郎立刻组织炮击，大小口径的迫击炮打了十多分钟，鬼子又蜂拥而上，当快到坡顶时，又遭到了冲锋枪的一阵急射。原来鬼子炮击时，王祝带人撤离了坡顶，鬼子炮击一停，王祝带人胸前穿着防弹盾牌又上了坡顶。而就在王祝开火的同时，鞠卫华领着二百多人在鬼子的侧后也是一阵冲锋枪的暴射，鬼子如同割谷草般地片片倒下，当桥本四郎再次组织攻击到坡顶时，坡顶空无一人，他用望远镜一看，只见前面不远处一队拿枪的人竟是一群孩子，原来就是这群孩子使他损失了四千多人。把他气得是三孔冒火、七窍生烟，立刻拔出了指挥刀，歇斯底里地喊着，令日军全力追了下去。

鞠卫华与王祝各领着二百多人交替伏击，打打停停，天黑时，桥本四郎所领的九千多人，只剩下两千多人。桥本四郎损兵折将，更怕陷入夜战，忙下令宿营。远远地见敌人依着山根扎下了二十三个帐篷，中间三个大的，看来是指挥部，东西南北各扎了五个，每个帐篷外点了一堆大火，火堆旁六个敌人轮流添柴，中间有七八个流动哨。

午夜两点，鞠卫华与王祝挑选了四百六十个轻功好的战士分成了二十三个组，王祝领五组攻北边五座帐篷，寒梅领五组攻东边五座帐篷，松明道长领五组攻南边五座帐篷，马鸣领五组攻西边五座帐篷；而鞠卫华、石头、铁蛋各领一组攻中间三座帐篷。各组隐蔽靠近敌营，只等三点动手。

惊恐疲劳了一天的敌人这时睡得死猪一般，看守火堆的敌人也大多睡得东倒西歪。

时针刚刚指向午夜三点，各小组几乎同时凌空跃地，人未落地，已用暗器射杀了看守火堆的敌人和六个流动哨。各小组迅速将手中的手雷投进了敌人的帐篷后迅速跃开。随着一声声巨响，鬼子的尸体随着帐篷飞上了天。一些侥幸未死的敌人早已晕头转向，被冲上来的战士们如同砍瓜切菜似的杀死。

天亮了，鞠卫华叫人打扫完战场，他挑出了五百个武功高的战士留下，其余的人则安排回老人翁山，而鞠卫华则带领这五百战士与杨天民等人骑着马去增援黑茶山的独立三团。

大家边行边吃着干粮，下午两点多钟来到了黑茶山下的伏击点。这个伏击点是一条河谷，河谷宽一百多米，南边是陡峭的山壁，北边是一道小山梁，虽然不是太陡，但攻起来也不容易，战场西边的入口有二十多米宽。

四月二十日，团长周建章派出了三个连，由王之栋率领着吸引住了离他最近的一路敌人。三个连交替续伏，远了用步枪射杀，近了用冲锋枪扫射，晚上又派侦察小组袭击了敌人的兵营。四月二十一日下午两点，只剩下五千多人的敌人进入了伏击圈，疲惫不堪的日伪军正往前行，身披隐蔽网的二百多名八路军一阵冲锋枪急射，鬼子哗地倒下了一大片，接着便放起火来，南北一百多米宽的河谷，堆了许多柴草，上面全浇了大量的汽油，立时敌人面前燃起了冲天大火，形成了一百多米长的火墙，阻住了他们的去路，敌人慌忙后退，但西边二十多米宽的入口立时被几挺机枪封住，而与此同时，两个炮兵营五百多门大小口径迫击炮同时开火，五千多敌人立刻笼罩在一片火海中，敌人立时大乱，丢枪弃甲地争相逃命，有的冒烟突火地冲出了火墙，但立刻被神枪手消灭。

炮火轰击了十多分钟后，敌阵里枪声寥寥无几，周团长喊道："炮兵停止，吹冲锋号。"

随着"滴滴答答"的号声，骑兵们大喊一声："冲啊！"真是人如潮涌，马似山崩，一千多骑兵冲入了敌阵，战士们左手冲锋枪，右手战刀，远处枪击，近处刀杀，会轻功的战士杀得兴起，纷纷跃离马背，脚不沾地地在空中斩杀。这些乱了阵的敌人东蹿西撞，战士们如同砍瓜切菜一般，三十多分钟便结束了战斗。

杨天民看了高兴地对黄星等人道："这仗打得太漂亮了，真是以少胜多的典例。这些战士真是以一当十当百呀！"

黄星道："鞠卫华从不打无把握之仗，他用兵是奇正结合，处处打的是'出其不意，攻其无备'。日本鬼子这些骄兵根本不是他的对手，他自创建少年独立团以来，处处都是以少胜多，他用兵处处也是以一当十当百地用，杀了大量的鬼子，而代价往往是零。"

杨天民道："他小小年纪，孩童气还很浓，用兵却如此老道，智计过人，他是从哪里学来的？"

黄星道："他的武功及兵法都是其师所传，鞠卫华深得兵法精髓，用兵极活，其续伏战与迭伏战是一大创新。他治军很严，手下的战士个个都是神枪手，个个都学刀法，难怪鬼子与他是屡战屡败。我想下一战场在回不通，那一战一定更精彩漂亮。"

杨天民道："百闻不如一见，我以前只听说胶东有个少年会打仗，心里还不大相信，今日一见，果然是名不虚传。"

这时鞠卫华叫周团长领人打扫战场。转身对杨天民道："杨叔叔，我们到'回不通'看戏！"

杨天民笑道："好，小伙子，看你回不通的戏怎么演？"众人说着随鞠卫华带领的五百名武林战士直奔回不通山谷。

再说徐文良率领二团与四月十日进驻回不通山谷，此谷长一千五百多米，谷底宽约五十多米，南北东三面是陡峭的石壁，西边是三十多米宽的入口。谷里杂草丛生，树木遮天蔽日。

徐文良率兵来到回不通山谷后，首先派出了柳树斌和郭长顺及王传勇前去诱敌。然后将每桶重二百五十斤的二百桶汽油分别抬上了谷两边的山崖，每隔十五米一桶，一字摆开，油桶的两头各捆上十枚炸弹，然后将油桶或用石块垫好，或用绳索固定，每个油桶有二人防守待敌。

再说柳树斌与郭长顺及王传勇带队来到威海东的正棋山上隐蔽下来。四月二十一日上午十点多钟，敌人远远而来。

柳树斌对郭长顺与王传勇道："我们的任务不在歼敌多少，而是要激怒敌人，把他们引进伏击圈。我们可以这样……两人表示同意，各带人分头行动。"

来的敌人是田奇正雄大佐率领的一路，这路敌人配有汽车、摩托车、马车一百多辆，昨天从烟台到威海一路顺利，未遇一枪抵抗。这时前边是三十辆摩托车开路，后面是步兵，炮兵及汽车和马车在后，一路上气势汹汹地开了过来。

柳树斌这时正伏兵在南侧的一道山梁上，见敌人这种阵势，连忙对一排三十多人道："你们排先干掉前面开摩托车的鬼子。大家瞄准了打，不许放空枪，大家一定要争争气。"

一排长说："放心吧连长，这正是打活靶子的好机会，跑不了这些家伙。"

看看敌人离阵地一百五十米左右，柳树斌大喊一声："打！"

早已严阵以待的战士们立即开火，一排枪响，前边的三十辆摩托车司机全部中弹，摩托车及车斗里的敌人一起冲向了路边的沟里。战士们不慌不忙，如同平日练枪打活靶子，敌人一片片地倒下，五排枪过后，柳树斌看看敌人要组织反击，立刻带人向东且战且退。

田奇正雄两天来到处找八路军决战，今天突遇抵抗，立刻命令各队长咬住这伙八路军，务必将其消灭。各队长得令后，指挥鬼子和伪军潮水般地涌了过去，一气追下了二十多里，正跑得气喘吁吁，突然两边的树林里射出了一排排子弹，鬼子立刻倒下了一大片。几排枪后，敌人大队人马冲了过去，树林里却空无一人。

田奇正雄正发怒时，前边又响起了枪声，田奇正雄指挥日军又追了下去。三个连交替伏击，日军是打又打不着，追又追不上，把个田奇正雄气得是一路嗷嗷叫，下午五点多钟，敌人追到了回不通谷口，一百多民兵模样的人打了十多排枪退进了山谷。田奇正雄忙令部队紧追，渡边队长忙道："道路狭窄，山崖相逼，树木丛杂，提防谷内伏兵！"

田奇正雄道："土八路只是轻武器，我军有机枪大炮，纵有伏兵我们也不怕，我们可用炮火将其消灭。"遂不听渡边队长之劝，驱兵入谷。前边的敌人追到了谷的东头，见是悬崖峭壁，无路可通，而八路军又踪影不见。

原来，柳树斌等战士退到谷东头，山上放下了数十根粗绳，等鬼子追到了谷东头，柳树斌等战士早已攀绳爬上了崖顶。

田奇正雄率领鬼子进入山谷，见前边无路，忙令鬼子出谷，这时山上滚下了无数捆浇了汽油的柴草堵住了谷口，谷外只剩下汽车、马车及大炮。田奇正雄忙令人搬开柴草，这时几支火把丢了下来，腾地一下燃起了熊熊大火，与此同时，山谷两边的山崖上滚下了二百只大汽油桶，油桶刚到谷底，上面的二十枚炸弹立刻爆炸，被炸开的汽油桶立刻汽油飞溅，腾地一下燃起了冲天大火，当时正是春干物燥，又值东南风大作，正是火借风势，风助火威，整个山谷是火光灼天，弹片横飞，喊叫声、哭号声震动山野。而谷外一百多个看守车辆和大炮的鬼子，被神枪手们一个个点了名。

鞠卫华、杨天民、黄星、苏月华等人来到山顶，见鬼子被烧得伸拳舒腿，哭号连天，都死于谷中，臭不可闻。

杨天民道："这一场大火重演了当年孔明火烧藤甲兵的场面。"

徐文良道："鬼子们好好的日子不过，偏偏侵略中国，真是罪有应得。"

藤野元次郎听了叹道："你以为他们愿来中国打仗吗？谁不想在家过安生的日子，都是那些政客们好战，才把这些无辜的年轻人送上了战场，送上了不归路。"说完露出了悲愤的神色。

杨天民道："日本军国主义发动的这场侵略战争，给中日两国人民带来了无穷的灾难，这笔账我们应记在日本军国主义的头上。"

众人听了都点了点头。

　　大家急忙打扫战场，将车辆和大炮等物资运回了老人翁山。

　　一回到山上，鞠卫华相好了地势，忙安排人在山下布下了一万多个地雷，安装好起爆装置。工事里放足了枪支弹药，山上山下的老百姓全搬入山洞。山上的马匹及牛羊等全藏在大石后或山洞中，备好干粮，静待敌人来战。

第十九章

独立团燕尾阵歼敌　歼倭寇再次用火攻

　　回不通山谷的大火一直烧到第二天上午才熄灭。这场冲天大火把多田山俊及他所带领的各路大军全吸引了过来。

　　四月二十二日上午，敌人来到回不通山谷外，多田山俊带领各联队长亲自入谷，看见鬼子一片片烧焦的尸体，是又惊、又怕、又怒。几天的胶东大扫荡，他所领的八路大军白白地折去了三路，而且败得又是如此之惨，这是日本侵华以来从未有过的事。气得多田山俊咬牙切齿地吼道："不扫平老人翁山，决不收兵，哪怕是一人、一草、一木也不放过。"说完便领着鬼子兵发老人翁山。

　　老人翁山下是一片平坦的山谷，南北宽一千多米，东西约四百多米，东边山谷出口只有几米宽，早已被鞠卫华炸下山上的土石塞断。西边谷口有六七十米宽。四月二十日下午一点，四万多日伪军纷纷开到老人翁山下，敌人拿出干粮正要吃饭，鞠卫华在山上远远望见，忙叫道："王祝，快打三发绿色信号弹。"

　　王祝忙举起信号枪，只听砰、砰、砰三声枪响，三发绿色信号弹飞上天空。埋伏在山下的石头等侦察员忙按下起爆装置，山下一万多个地雷被同时引爆，随着惊天动地的爆炸声，四万多日伪军被笼罩在大片的烟尘火海中。过了好一阵，烟尘散去，地下躺满了敌人的尸体，其中有一个联队长被炸死。多田山俊看着五千多日伪军被炸死，气得哇哇怪叫："混蛋，八路的狡猾狡猾的！"边喊边叫鬼冢一郎旅团长攻山。

鬼冢一郎立即调来二百多鬼子和六百多伪军，六百多伪军在前排成六排，一字摆开向山上进攻。二百多日军在后排成两排，一字摆开，驱赶着伪军向山上攻来。

鞠卫华等人躲在山上一块巨大的岩石下，远远见敌人攻了上来，鞠卫华忙将王祝叫过来，告诉他怎样打。

守一层工事的是谢涛率领的十一连，守二层工事的是刘静率领的十二连，守三层工事的是高粱率领的第四连，守四层工事的是李天虎率领的第五连。王祝来到地下工事通过竹话筒道："各阵地把长枪装上消音器，三、四层的战士隐蔽，一层的准备打第一批，二层准备打第二批，听我的命令！"

山前阵地上摆了很多树枝，再加上敌人已被地雷炸得心惊胆寒，所以走得很慢。两批进攻的敌人间隔五十米。王祝看看第一批伪军离阵地只有五十米，第二批日军有一百米，便大喊一声："打！"

一、二层工事里装了消音器的二百多支步枪同时开火，只见枪眼吐出了火舌，但却听不见枪声。但见敌人层层倒下，四五排枪弹后，八百多敌人连同指挥官全部倒地身亡。

山下的鬼冢一郎见了大惊，八路军在山上安装了什么先进的武器，竟一枪不响地吃掉了他八百多人？气得他连忙调来了一个日军步兵大队，一窝蜂似的向山上冲来。

鞠卫华笑对杨天民与黄星道："鬼子这是赶着猪羊往屠户家

跑——找死来了。"

工事里的王祝见了忙传话道："各工事里的机枪做好准备，没有机枪的用冲锋枪，听我的命令！"

阵前的敌群如同一层层海浪，快冲到工事前，正庆幸没遭到枪击时，王祝大喊一声："打！"

立时悬崖上四层工事里四十挺重机枪、八十挺轻机枪、四百多支冲锋枪同时开火，但见弹雨织成的密集火网，打得阵前沙石横飞，敌人片片倒下，一千多鬼子一个也没有逃出火网。阵地前摆满了鬼子层层的尸体。

山下的多田山俊与鬼冢一郎见了再也不敢派兵攻击，忙令炮兵攻击。

大型的榴弹炮及各种迫击炮五百多门，立刻对老人翁山阵地轰击。密集的炮火立刻覆盖了老人翁山，炮击整整进行了一个多小时，鬼冢一郎认为山上已无活人，便停止了炮击，一千多日伪军海浪式地一层层地涌了上来。

看看离阵前只有十几米时，王祝大喊一声："打！"

四层工事里一百二十挺轻重机枪和四百多支冲锋枪立即开火，一千多敌人立刻全被弹雨织成的火网笼罩，只见敌人割谷草般地片片倒下，后边的敌人见了，吓得连忙后逃，但一个也没能闯出火网，十多分钟后，一千多敌人被全部歼灭。

多田山俊如同输红了眼的赌棍，集中了所有的大小炮，覆盖式地对老人翁山进行轰击，大口径的榴弹炮打在山上的岩石上，山摇地动，震耳欲聋，战士们被震得个个烦心呕吐，山上树木的树冠尽被弹片削光，只剩下一些光秃秃的树桩。山上的泥土如同被犁深深地翻过一般，到处焦土一片。炮击整整进行了两个多小时才停止。接着二百多日军在后押着八百多伪军蜂拥而上地冲上山来。

看着海浪式的铺天盖地的敌人涌上山来，独立团的小战士们沉着、勇敢地等待着，看看鬼子来到阵前，王祝大喊一声："打！"

立时各层工事里射出了无数仇恨的子弹，滚动的麦浪式的敌群全被消灭。这一轮攻击后，敌人好长一段时间也没炮击，也没进攻。

鞠卫华看看阵地前堆积如山的敌人尸体，深感为难。转对黄星和杨天民道："现在天气暖和，温度高，如不及时处理，很快就会腐臭，这可怎么办？"

杨天民想了想道："是否叫山下的鬼子来搬？"

鞠卫华一拍大腿道："对！我们叫鬼子来搬。"说着忙叫人去找来了曾在鬼子司令部里干过翻译官的鞠洪才。

鞠卫华道："你可向山下的鬼子喊话，就说八路军准许鬼子派人不带枪支上来搬尸，我们八路军讲信义，决不开枪。"

鞠洪才拿起了话筒，用日语向山下喊了十几遍后，果然山下上来了一千多赤手空拳的日伪军来搬运尸体，鞠卫华严令，任何人不许打冷枪，一千多敌人来来往往地一直运到天黑，四千多具尸体才搬完。

鞠卫华拿着望远镜正在察看山下敌人的情况，突然看到几个鬼子军官正在山下察看老人翁山阵地西边，并指指点点地说着什么。

鞠卫华立刻派人叫来松明连长说："今晚敌人必然派精干部队偷袭我们，你可带人埋伏在阵地西侧那片山崖上，鬼子必然从那里偷袭，等敌人上来后将其歼灭。"

"是！"松明连长答应一声转身离去。

晚上，山下的鬼子挖了十多个大坑，将搬下山的鬼子尸体放进坑里，浇上汽油焚烧，熊熊的大火烧了整整一夜，才将大量的鬼子尸体烧完。而伪军的尸体则被草草埋掉。

再说松明连长晚上领人穿好隐蔽网，埋伏在阵地西边，果然十一点多钟有三十多个身手敏捷的鬼子依靠绳索攀爬上来，结果被松明连长等人用暗器全部打中穴道活捉，鞠卫华连夜审讯出口供。

原来，多田山俊久攻不下，正气得暴跳如雷时，鬼冢一郎献计道："八路军阵地西边崖壁只有十多丈高，可派精干的勇士攀上去，进行内外夹攻，可攻取八路军阵地。"

多田山俊带人亲自察看了地形，最后选出三十多个精干勇士晚上攀崖上山，约定攀登成功，可用手电向山下发出三长两短的信号，山下可派人进攻，内外夹攻，夺取阵地。

鞠卫华立刻叫王祝去工事里作好准备，用手电向山下发出了三长两短的信号。果然，不一会儿一千多敌人悄悄涌了上来，王祝看看来的切近，大喊一声："打！"

工事里的机枪、冲锋枪一齐开火，一千多敌人全部被歼。

多田山俊又白折了一千多人，气得忙令炮击。炮击了两个钟头后，又发动了海浪式的进攻，连续两次，敌人又折去了两千人，多田山俊大有黔驴技穷之感，他所率领的七万多人马，如今只剩下三万多人。发报给上司要求退兵，结果被上司一顿狗血淋头的臭骂后，令其务必剿灭这股八路军，打通运输线，夺回从德国进口的先进武器。否则，只有剖腹谢罪。多田山俊正愁得无计可施，鬼冢一郎献计道："炮击后用骑兵攻击或可奏效。"

多田山俊道："我早想过，八路军机枪火力太厉害了，骑兵恐怕也难以冲过。"

鬼冢一郎道："加大炮火攻击力度，骑兵速度快，或可成功。"

多田山俊道："别无良策，只可拼此一搏了。"说着便下令
炮兵轰击。

炮击了三个多小时后，早已等待攻击的两千多骑兵立刻旋风
般地向山上冲去。

鞠卫华早已用望远镜看到了山下敌人集结了大量的骑兵，忙
叫独立团骑兵做好准备。

鞠卫华对周建章道："你们一二营从左边出击，三四营从右
边出击，我率独立一团从正面出击杀到敌人后面，断敌后路，用
燕尾阵将敌人围住，层层向里围杀，切不可陷入阵中。"众人领
令而去。

敌人炮击一停，八路军骑兵立刻从隐蔽处出来，战士们将路
障刚刚抬过一边，敌人的骑兵便蜂拥而来，鞠卫华大喊一声："冲
啊。"两路骑兵立刻冲了下去，他们一路攻向左边，一路攻向右边，
燕尾形地将敌人包了起来。战士们身穿防弹盾牌，右手使刀，左
手使冲锋枪，他们近处的鬼子用刀杀，远处的用枪击。而鞠卫华
与王祝率领的五百多名武林人士则身穿防弹盾牌，左手枪，右手
刀，凌空跃起，如同猛虎下山。他们脚不沾地，但见条条白光闪动，
所到之处，鬼子纷纷落马。而鞠卫华与王祝、石头、铁蛋、高粱、
吴满仓等三十多人则是手舞双刀，但见团团刀光闪动，所到之处，
鬼子人头纷纷落地，马上只留下一些无头尸体。

鬼子骑兵联队长小泽正男见鞠卫华和王祝两人异常神勇，忙
指挥三十多个日军骑兵向两人围来。鞠卫华见了冷笑了两声，一
声清啸，鞠卫华与王祝突然双双跃于空中，两人如同燕子戏水，
围着敌人旋了一圈，但见银红闪动，敌人的头颅纷纷滚落。

小泽正男见了吓得魂不附体，打马想逃，被王祝纵身追上，
一刀斩下了头颅。

山上杨天民和黄星及苏月华都看得呆了。

杨天民叹道："这些勇士何止以一当十，我看以一当百当千也不为过。"

鞠卫华所领的五百人从北头杀到南头，鬼子骑兵已全部被歼，战士们将两千多匹战马，全部赶上了山。

山下的多田山俊远远地看到骑兵被歼，真是痛断肝肠，心惊胆寒。这支八路军如何这么英勇，两千多骑兵被杀得无一生还？一直到天黑，多田山俊再也没有组织进攻。

鞠卫华忙叫鞠洪才喊话，叫鬼子们搬运尸体。

鞠卫华转对徐文良道："敌人兵败必然向西逃走，你可带上汽油和炸弹从密道下山，绕到西边山谷两边山上，明天早上敌人逃至，你可再用一次火攻。"

"保证完成任务！"徐文良答应一声离去。

鞠卫华又叫石头与铁蛋道："你二人下山去侦察一下敌人的炮兵阵地，看看有多少敌人及帐篷等情况。"

"是！"二人答应一声离去。

吃完晚饭，独立团的指挥部正在开会，石头与铁蛋首先报告侦察情况。

石头说："敌人的炮兵是一个联队，围着阵地共扎了二十四个帐篷，中间一个大帐篷，每个帐篷外有一堆火，有四个鬼子看守火堆，帐篷里有两盏马灯，大约睡着一百多鬼子。炮阵地有十二个鬼子巡逻。"

鞠卫华对王祝道："你把独立团五百武林战士分成二十五组，带领他们分袭敌人炮兵，尽量不要放枪，今晚十二点动手。"

王祝道："保证完成任务！"

鞠卫华转对王庆道："明天独立团所有炮兵由你指挥，早晨五点钟开始炮击山下敌兵营，炮火要覆盖敌人兵营，一直打到敌人向西山谷逃跑为止。"

王庆道："是！"

鞠卫华转对周建章道："明早我们的炮火一停，你率三团骑兵从左边围杀，王祝率一团的骑兵从右边围杀，只留西边一条路放敌人逃走，敌人逃入山谷西边的出口大家不要入谷追赶，每人必须穿好防弹盾牌。"

"是！"周团长答应一声。

鞠卫华道："大家还有问题吗？"

杨天民道："你们领导都要一线参战吗？"

鞠卫华道："是的！"

杨天民道："这是错误的，指挥员万一伤亡谁来领导指挥？"

鞠卫华笑道："全体参战这已成为习惯了，以后慢慢改。"

杨天民道："山下还有三万多敌人，你们千万要小心，能打则打，不能打则走，千万不要硬拼。"

鞠卫华道："你放心吧杨叔叔，我们从来不死拼硬打，不会吃亏的。"

杨天民道："你们刚才说敌人逃入山谷西出口不要追赶，能告诉我为什么吗？"

鞠卫华笑道："西山谷明天还有一场大火，准备请大家吃烤猪！"

众人听了都笑了起来。

先说王祝把五百武林战士分成了二十五组，每组二十人，晚上十一点半钟王祝带领各组分别埋伏在各个帐篷周围的树冠上或草丛里。看看时钟正好十二点，王祝一声呼哨，各小组分别用暗器射杀了火堆旁的鬼子后跃入帐篷。而与此同时，王祝则凌空跃下，人未落地，双手连扬，十二把飞刀分别射杀了十二个巡逻的鬼子。接着领着二十人无声无息地跃入了帐篷，帐篷里的鬼子睡得如同死猪一般，有一个起夜的鬼子见忽然进来了这么多人，刚要张嘴喊叫，一把飞刀已射入了他的咽喉。紧接着战士们砍瓜切菜般地砍下了鬼子的头颅。王祝等人杀完了鬼子出来后，各组分别袭杀了各帐篷的鬼子。王祝叫大家带上了一些能搬动的小炮等，立刻返回了老人翁山。

再说鞠卫华十一点半飞跃下山，山下许多鬼子正在焚烧尸体，鞠卫华脚踏着树冠直奔中间的一个大帐篷。鞠卫华轻轻地落在帐篷顶上，用刀子将帐篷割开了一个小洞，偷眼向里一瞧，只见四个鬼子大佐军官围着一个少将开会。

原来，自四月二十日开始胶东大扫荡以来，多田山俊是损兵折将，特别是今天鬼子骑兵队被歼，他感到已经是黔驴技穷，再也无力进攻，老人翁山根本攻不下来，而上司逼他剿灭这股八路军，他认为更是不可能。这个傲慢不可一世的武士道将军，经过胶东这几天的战斗，傲慢之气已是一扫而光，他从心里感到，这支八路军真是太狡猾了，仅仅三千人的八路军队伍，却使他损失了四万多人，他从心里认为自己不是这支八路军的对手，再战下去，恐怕剩下的三万人将要全军覆没。他硬着头皮电请总部退兵，可鬼子总部一听八路军只有三千多人，而且被他困在山上，总部司令官大怒，大骂他无能，堂堂七万多将士消灭不了三千人的八路军，大日本帝国的颜面全让你丢尽了。总部司令官令他务必消灭这支八路军，夺回丢失的军火，打通胶东这条运输线。多田山俊被逼无奈，连夜召集各联队长及旅团长开会研究对策，可直到半夜，谁也没想出计策，这时正在发愁研究时，鞠卫华在帐篷顶将帐篷割开飞身跃下，同时五颗石子射出，三个联队长和一个旅团长咽喉各嵌进一颗石子，立刻丧命，而多田山俊则被打中了膻中穴，立时动弹不得，鞠卫华蹿过去将他一把提起，接着一招一鹤冲天跃出了帐篷，如同鹰隼抓着兔子，几个起落便飞腾回老人翁山。

鞠卫华将多田山俊放下，大家见了都吃了一惊。

杨天民赞道："好功夫，你捉了多田山俊，山下的敌人可由你摆布了。"

鞠卫华说："天一亮就消灭他们。"

这时袭杀敌炮兵的战士也都回来，鞠卫华看了看表，正是午夜一点半，忙道："大家抓紧休息，二点半吃饭，四点开始攻击！"

"是！"众人答应一声散去。

再说多田山俊被鞠卫华擒上山，三个联队长及一个旅团长被暗器打死，鬼子们全然不知，晚上鬼子兵看着焚烧的一个个无头尸体，个个心惊胆寒。

原来，鬼子们很崇信命运，他们认为人死了如果无头，那就是无头之鬼，永远不能超生，将永远飘荡在阴间地狱，两千多鬼子骑兵大部分被斩去了头颅，鬼子兵们见了是惊得肝胆俱裂，他们生怕自己也被斩去头颅，将来做游荡阴间地狱的鬼魂。好不容易等到午夜将尸体烧完，鬼子们才得以入睡。

早晨四点钟，老人翁山上三颗红色信号弹飞上天空。早已严阵以待的独立团炮兵们立即开火，六百多门各种火炮一齐发射，明晃晃的密如蛛网般的弹道曲线划过夜空，排排的炮弹带着刺耳的啸声落入了敌兵营，惊吓加疲劳的敌人在死猪般地沉睡着，顿时被炮火覆盖，睡梦中的日伪军立刻被肢解，他们的肉块及残肢断臂、五脏六腑被肢解后高高地抛洒空中，凭空下了一场场血肉之雨。没死的敌人大乱，来不及穿衣服，个个争相逃命。然而，在密集的炮火笼罩下又有哪里可逃？敌人伤亡惨重，驻扎在靠近山谷西边出口的敌人见西出口那条谷道没落炮弹，立刻有一群鬼子便涌了过去。其他的鬼子见了，马上跟了过去，大队人马随之而逃，真可谓势如潮涌般地向西山谷逃去。

鞠卫华在山上见了，立即打出了两发红色信号弹，炮火立刻停止轰击，而骑兵立即出击，真是形似地裂，势如山崩。两千多骑兵从东边分左、中、右三路燕尾式地向敌人围杀过去，敌人大多衣服都没穿，武器也没带，骑兵所到之处，立刻是波开浪裂，纷纷被杀。

鞠卫华与王祝等人身穿防弹盾牌，舞动着双刀，鬼子兵片片倒下，一时杀得兴起，他们腾身跃离了马背，脚不沾地，但见片片刀光闪动，所到之处，鬼子的头颅纷纷滚落下来。伪军纷纷跪地投降。这一场大战，直杀得天昏地暗，日月无光，尸横遍野，血流成河。四十多分钟后，除了一万多敌人逃入了西谷外，剩下的敌人被全部歼灭。

再说逃入西山谷的一万多敌人大多没来得及穿衣服，也没带武器，兵不见官，官也找不到自己的兵，一窝蜂似的沿着山谷向西逃窜，真是：急急如丧家之犬，忙忙如漏网之鱼。前边的正奔逃时，忽然两边的山上堆下无数的柴草，接着便是数支火把，那些浇了汽油的柴草马上熊熊地燃烧了起来，向西的出口立刻被封住。与此同时，东边的入口也被火封住，而最为厉害的是山谷两边的山崖上滚下了数百个绑了炸弹的汽油桶，这些油桶一落入谷底，桶上绑的炸弹立刻爆炸，谷底马上燃起了冲天的大火。时值春夏相交之际，春干物燥，又值东南风大作，风助火势，火借风威，熊熊的大火烧红了半边天，战士们相隔数百米，尚感到热浪灼天，火势迫人。这场大火一直烧到天黑才渐渐熄灭。

　　日本的胶东拉网式大扫荡历时十天，五万多伪军和两万多鬼子全军覆灭，鬼子妄想打通胶东的运输线及夺回可武装一个师团的先进武器的梦想也化为了泡影。

　　晚上，老人翁山上杀猪宰羊地庆贺反扫荡的胜利，独立团的指挥部里，主要领导齐集这里。酒过三巡，杨天民问鞠卫华道："这次鬼子大扫荡，何以败得这样快？"

　　鞠卫华道："一是鬼子是骄兵，'自古骄兵多致败，从来轻敌少成功'，鬼子来的虽然多，摆出一副气势汹汹、不可一世的样子，但他们是一群蠢猪式的部队，从上到下不讲战略战术，不动脑筋，只是一味地蛮冲猛打，安有不败之理；二是鬼子是无备而来，我们是有备而战，每战我们都是出其不意，攻其不备，以极少的代价，换取了敌人大量的伤亡；三是我们的战士是以一当十，甚至当百，我们每一个战士都是神枪手，弹无虚发，每一个战士都会刀法，一人可抵三五个鬼子，甚至十几个鬼子。他们根本不是我们八路军的对手。"

　　杨天民道："自古一计不可二用，而你却多次使用续伏阵及火攻，这是为何？"

　　鞠卫华笑道："读兵书不可读死了，一计不可二用是要看对手，对懂得战略战术的精明的指挥员讲的是一计不可二用，但也不全是，兵法云，虚则实，实则实，虚虚实实，虚实结合，才是用兵之道。而对鬼子蠢猪式的军队，他们不动脑，不用战略战术，不要说一计二用，就是三用、四用也可以，我们以后打鬼子恐怕还要用更多次。"

　　杨天民问道："你用兵的心得是什么？"

　　鞠卫华道："八个字，出其不意，攻其无备。"

　　杨天民转问周建章道："周团长通过打这几仗有什么体会？"

周建章说："第一，独立团每打一仗都是严密的布置，对敌情、我情、地理环境等了如指掌，每一仗都打敌人个出其不意，攻其无备！第二，独立团很重视战士的培训，每个人都要求枪法过关，刀法过关，身体素质过关，个人战斗技能很高，真正是以一当十，甚至当百，这些很值得我们学习。"

杨天民道："独立团的战士枪打得准，刀使得好，个人素质高，是一部分，但指挥员机动灵活的战略战术，能够很好地利用山川地理来消灭敌人，这是很值得大家学习的。希望我们的小团长继续努力，早日把鬼子赶出中国。"

鞠卫华道："请首长放心，我们会努力的！"

黄星道："饭凉了，来！我们大家吃饭。"

第二天吃完早饭，杨天民要回山东八路军司令部，随行的有独立二团和三团，因鲁西南战场抗日兵力薄弱，这两个团要奔赴鲁西南战场。独立二团装备成一个重炮团，三十二门榴弹炮，配备了足够的车辆、马匹及炮弹，二十挺轻重机枪，每个战士还配有一支长枪。独立三团装备成了一个骑兵团，清一色的日本大洋马，三十挺轻重机枪，二十门迫击炮，足够的车辆弹药，每个战士一支波司登冲锋枪，一把马刀。

两个团的战士们个个军容整齐，雄赳赳，气昂昂，准备出发。

周建章与徐文良两位团长真有些依依不舍，周建章道："小首长，真舍不得离开你，很想再跟你学习打鬼子。"

徐文良道："我在黄埔军校学了两年，但也没有这几场战斗学的东西多。"

鞠卫华笑道："胶东是弹丸之地，鲁西南是大海，你们两个团进入鲁西南，那是龙入大海，你们定能翻江倒海，将来在山东抗日战争史上写下光辉的一页。那时我们相逢，再举杯相庆。"

徐文良道："我们不会辜负你的期望，一定多杀鬼子。"

周建章道："我的小首长，要分手了，不送我们几句用兵心得？"

鞠卫华道："我的用兵体会是，了解敌情、我情、地形、环境，出其不意，攻其不备，共十六个字，你们按此行兵打仗，绝不会吃亏。"

两人齐道："谢谢首长。"

这时杨天民与黄星走了过来，杨天民道："小团长，这次抽走了你两个团，是不是舍不得？"

鞠卫华道："当然舍不得，我们都有感情。但他们应该到更需要他们的地方去，那里将有更艰巨的任务等着他。他们到那里将要发挥更大的作用。"

杨天民道："你能看到这一步太好了，不过，我们走了，你的担子可不轻。这次反扫荡你们消灭了那么多敌人，敌人是不会善罢甘休的，你们的斗争会更严峻，千万多加小心。"

鞠卫华道："首长放心，那些蠢猪式的部队，不能拿我们怎么样，我们只要从战术上重视他，我们就会打胜仗！"

杨天民道："好，祝你取得更大胜利，等有时间我再来看你们这些小战士，再见！"说着翻身上马，带领着两个团，浩浩荡荡地奔赴新的战场。

第二十章

反扫荡英雄战瘟魔　众侠客横扫敌炮楼

一九四三年八月初的一天，独立团的战士们白天收了一天玉米，大家很疲劳，晚上便都早早地入睡了。鞠卫华与王祝、石头、铁蛋、高粱、吴满仓等人在一块大青石上围坐在苏月华周围，听她讲红军长征的故事，大家听了一会儿便东倒西歪地睡着了。鞠卫华则仰面躺在大青石上观看天上的星象。这时正是万籁俱寂，鞠卫华看得入神。突然，不远处传来了"嗖、嗖"的声音，他知道这是夜行人飞行破空之声，他一个激灵地跃了起来，这时王祝等人也跃起，只见远处四道黑影向东飞跃，鞠卫华一招手便和王祝等人追了下去，前边黑影直奔战士营房，鞠卫华心知不妙，便运足内力急追。看看追的切近，突然前边两个黑影一回身，两把飞刀直奔面门而来，鞠卫华早有防备，一个凤点头，两把飞刀贴着头皮而过。而鞠卫华一扬手，左手六把飞刀分袭左边黑影的上、中、下三路，右手六把飞刀分袭右边黑影的上、中、下三路。两个黑影是左腾右闪，竭尽全力让过了上、中路的四把飞刀，而下路两把却躲闪不及，分别射中了两腿的穴道，立时倒了下去。石头与铁蛋赶上将其擒住。与此同时，鞠卫华正追上了前边一人，

一招三截斩，一招三式，分袭敌方上、中、下三路，对方一招泥
鳅过江，左腾右闪地躲过了这一招三式的致命杀招，而同时还上
一招二鬼分金，一招二式，分别斩向鞠卫华的双腿。鞠卫华一见，
知道对方不弱，忙双腿一蹬，跃上空中一丈多高，同时抽出了背
上的龙凤双刀，一招笼盖四野，双刀已舞起了一片刀光，将对方
笼罩在里边。对方立处下风，但其刀法丝毫不乱，一把刀舞得风
雨不透，将其身紧紧地裹在里边。鞠卫华越攻越紧，斗到酣处，
鞠卫华的刀法霍地一变，但见四面八方都是鞠卫华的刀光身影，
敌人立时有些慌乱。鞠卫华见了立即卖个破绽，放敌人一刀搂头
砍下，鞠卫华右手龙刀由下而上旋起，一个大风车的招数将敌人
的刀旋低，而左手凤刀一招败刀的招数，直击对方单刀，只听当
的一声，敌人的刀断为两段。敌人大惊，忙将手中断刀向鞠卫华
头上抛来。鞠卫华一个凤点头，让过激射而来的断刀，而右手金
龙刀一招大浪排空，刀口逼向敌人的咽喉，敌人吓得连忙后跃。
鞠卫华哪肯放松，说时迟，那时快，一招拨草寻蛇，右手金龙刀
随敌势而上，直斩向敌人颈部。敌人连忙后仰欲躲，但为时已晚，
眼见得一颗头颅已从肩头滚了下来。

　　而王祝追的那个黑影也被他杀死，但他在被杀之时，向独立
团四连营房扔了一颗炸弹，炸弹只有鸡蛋大，威力不大，只腾起
了一片滚滚的白烟，没有炸伤人。但就是这么一颗小小的炸弹，
却几乎要了独立团的命。

　　鞠卫华回到指挥部，连忙将擒来的两个敌人的穴道解开。鞠
卫华仔细打量了一下，只见两人身体不高，但粗壮结实，挺着脖子，
眼露凶光，一副桀骜不驯的样子。鞠卫华问道："你们是什么人，
到这里干什么？"

　　那个圆脸的道："我们是大日本帝国武士，来这里消灭你们

这些中国猪。"

鞠卫华冷笑道："就凭你们几个蠢猪也想消灭我们吗？你们是螳臂挡车，自取灭亡！"

那个圆脸的道："就刚才那一个炸弹，也能要了你们许多人的命，你们就等着瞧吧！"

鞠卫华一惊，暗道："几个武功极高的鬼子千里迢迢来到这里，绝不会只为了扔一颗那么小的炸弹，这个炸弹定有什么特殊威力。否则，这两个家伙不能这么得意忘形。"想到这里，鞠卫华不露声色地道："你们那样小的炸弹能奈何我们吗？你们看看我们不挺好的吗？"

两个鬼子冷笑着，其中那个长脸的道："告诉你们吧，刚才炸的那个炸弹是细菌炸弹，明天你们就知道厉害了！"

鞠卫华心知不妙，忙喝道："疫苗在哪里？"

那个圆脸的鬼子道："你以为我们会告诉你们吗？你们就等着挖坑埋人吧！"

鞠卫华过来搜了搜两个鬼子的衣袋，又搜出了四个鸡蛋大的炸弹。鞠卫华道："你们不说是吧，那我就叫你们尝尝这细菌炸弹的滋味。"两个鬼子立刻吓得傻了眼，那个圆脸的道："你们不能那样，八路军是优待俘虏的。"

鞠卫华道："可你们是没穿军装的间谍，你们应该知道国际上是怎样对待间谍的吧！"

鞠卫华一挥手道："将他们捆好扔在屋子里，给他们放一个炸弹。"

石头和铁蛋立刻将他们捆了个结实，众人都退出了屋子，鞠卫华拿炸弹刚要扔，两个吓傻了眼的鬼子立刻齐叫道："别扔，我们说！"

鞠卫华忙进来坐下喝道："详细说，漏一点就要了你们的命。"

那个圆脸的鬼子说："日本陆军总部一是想夺回被你们抢去的那批德国进口的枪炮，以装备新的兵团；二是想打通胶东这条运输线，但几次扫荡围剿都未能得逞。这次陆军总部接到驻威海卫和荣成县两个司令官报告，老人翁山上抽走了两个团，现在山上只剩下一千多人的孩子队伍。日本陆军总部便从国内找了四个日本武术高手来山上投放细菌炸弹，如果得手，马上向空中打两发红色信号弹，山下十里处有荣成县日军司令官吉村丰仁中佐率领的四百多鬼子和一千多伪军，他们一见红色信号弹便立刻杀上山来，想里应外合，攻破此山。"

鞠卫华问道："预防细菌炸弹的疫苗在哪里？"

圆脸的鬼子道："在威海卫日军司令部里，只不过……"

"不过怎的？"鞠卫华忙问。

圆脸鬼子说："不过数量极少，那是为了预备少数日军万一感染而用，大约也只够三五个人用，山上这么多人肯定是不够的。"

鞠卫华道："押下去，严加看管。"转身对王庆道："你领五百人带上汽油下山如此如此。"

"是！"王庆答应一声离去。

王庆走后，鞠卫华严令各连不要走动，以免传染病菌。接着对王祝道："你连夜下山到贞庄头村找老中医鞠夕张，无论如何得把他请来。"

"是！"王祝答应一声，一跃而起，消失在夜幕中。

鞠卫华与苏月华等人坐在办公室里，看看已是清晨五点，出门向空中打了两发红色信号弹。

再说鬼子司令官吉村丰仁中佐带领着四百多鬼子和一千多伪军隐伏在崖西村北的一片树林里，一直等到早晨五点钟，方才看到老人翁山上升起了两发红色信号弹，忙催动大军火速向老人翁山进发。

队伍一进老人翁山下面的西谷，吉村丰仁便有些心悸。

原来，这条山谷就是四月份日军大扫荡时，鞠卫华用炮火把鬼子赶进了这条山谷，然后用火攻，在这里烧死了一万多日伪军。所以，今天吉村丰仁看着上次被火烧的焦黑的树桩和岩石，便有些心悸。但看看两边山坡被大火烧得光秃秃的，已无可燃之物，便心中坦然地带领大队人马进入了山谷。当队伍行近东边出口时，突然山上滚下了无数捆柴草将道路塞断。接着山上丢下了数支火把，那些浇了汽油的柴草立刻燃起了大火，将道路封死。吉村丰仁吓得忙令后队作前队，前队做后队，火速退出山谷。就在此时，西边出口两边的山上也滚下了许多柴草火把，这些浇了汽油的柴草立时燃起了大火，将西边出口也封死。吉村丰仁虽然害怕，但他总认为谷中无草木可燃，便令各大队组织炮兵用炮火炸开火堆。但命令还未下达完，两边的山上同时滚下了一百多个大汽油桶，每个桶上捆了二十个炸弹，油桶一到谷底，桶上捆的炸弹立刻炸响，桶中的汽油到处飞溅燃烧起来。整个谷底弹片横飞，火花四溅，烈焰冲天，相隔数百米尚感到热浪灼人，成了一座人间炼狱。鬼子个个被炸得支离破碎，没被炸死的也被大火烧得伸拳舒腿，哭号之声震动山野。大火整整烧了一天，直到天黑才渐渐熄灭，一千多敌人无一生还。

早晨天刚亮，王祝便领着老中医鞠夕张来到山上，走进四连营房一看，但见一百多个小战士头肿如斗，眼鼻子肿平，有些人颅顶已绽开了一条裂口，黄水淋漓不断地从里面流出来。个个如身坐火炉中，身热如焚，烦躁口渴。

鞠夕张看了后出来对苏月华与鞠卫华等人说："此病名叫大

头瘟，传染性强，死亡率高，需马上救治。但我的药房中缺三味药，一是马勃，二是水牛角，三是牛黄。这三味药用量很大，需一二百斤，你们需要到县城买，但现在恐怕各县药铺均被鬼子控制，不易买到。"

鞠卫华道："大叔，你放心，我们就是抢也要抢回来。"说完转身对王祝道："你和铁蛋带十人赶一辆马车去威海购买，我和石头带十人去荣成县购买，带足钱和枪弹，必要时抢也要抢回来，但一定要注意安全。"

"是！"大家答应一声，分头准备去了。

先说鞠卫华和石头一组赶着大车，车上拉着一车柴草，九点多钟来到荣成县北门，大家把武器藏在大车底下的夹层里，没费力便混进了城。鞠卫华把大车停在隐蔽处，便和几个队员直奔中药铺，但走了几家都说没有。鞠卫华等人又来到一家门牌上写着"杏林堂"三字的药铺。一进门，但见一个五十多岁的老先生正在碾药，鞠卫华道："大叔，我买药。"说着将药单递了过去，老先生停了活接过药单一看，便说："没有。"

鞠卫华道："大叔，我们家里人病得很厉害，你能不能想法帮我们买到？"

老先生看了看鞠卫华道："我看你们也不是坏人。实话告诉你，前几天鬼子把全城的药铺中清火解毒的药全收走了，下令任何人不许卖清火解毒的药，否则按私通八路罪枪毙。不但我这里没有，就是全城也难买到，只有日本鬼子开设的'太和大药铺'才能买到，但谁敢去买？"

鞠卫华问道："大叔，太和大药铺怎么走？"

老先生又看了看鞠卫华道："从这里出门向西走二百米便是，里边全是鬼子和特务。"

鞠卫华道："谢谢大叔。"说着与石头出了门，领着大家向西走去，行了大约二百米远，果然路北有一家大药铺，门上边的牌子写着"太和大药铺"。

鞠卫华叫大家在门外隐蔽，他和石头二人走进药铺，但见这是一导一正两进房子，里边一个身穿白衣的人正在算账，两个穿黑衣的人正在喝茶。鞠卫华道："老先生，买药。"说着递上了药单。

一个穿黑衣的人起来接过药单一看，伸手去怀中掏枪。

说时迟，那时快，鞠卫华的三颗石子同时射出。两颗分别打中了两个黑衣人的咽喉，两个黑衣人一声不响地倒了下去；一颗打中了白衣人的章门穴，白衣人立刻动弹不得。鞠卫华一使眼色，两人迅速冲进后院。后院里两个鬼子正坐在院子里闲聊，一见鞠卫华与石头进来，刚要站起，石头两把飞刀激射而出，分别插入了两个鬼子的嗓子眼。两人脚不停步，迅速跃进北屋。北屋里四个穿黑衣的人正在打麻将，周围四个鬼子在看，其中两个鬼子看到鞠卫华与石头进来，刚要喝问，鞠卫华的八颗石子射出，四个鬼子和四个黑衣人立时丧命。二人又搜了一遍屋子的各个角落，确定无人时才来到前屋，鞠卫华给那个白衣人解开穴道，石头拿刀逼住鬼子的咽喉道："快说，马勃、水牛角、牛黄这三味药在哪里？"

那个穿白衣的人说："别杀我，我不是鬼子，我是被他们捉来的中国医生，我领你们去取。"

石头收了刀，将门外的七个队员招了进来，叫一人去把大车赶过来。大家跟随老医生来到后院西厢房，指着靠墙角的一堆袋子说："你们要的清热解毒药全在那里。"

鞠卫华说："老先生，先委屈你一下。"说着一使眼色，一个队员拿出绳子将老医生绑了起来。十个队员将写着马勃、水牛角、牛黄的麻袋背起，这时大车赶了过来，大家把十几麻袋的药全装上车。并将钱柜里十多万银圆及枪支也装上车。大家上了车，石头赶着大车向北门跑去。来到北门，两个鬼子和两个伪军正要拦车检查，鞠卫华的四颗石子急射而出，分别嵌入了四个敌人的咽喉。四个敌人一声不响地倒下。石头一个响鞭，那匹马如离弦的箭似的冲出城门。大车跑出了一里多地后，才听到城门口响起了枪声。

下午两点多钟大家赶回了老人翁山，但见王祝等人早已买药回来，大家正在熬药抢救病人。

原来，王祝等人混入威海卫后，打听到威海卫最大的药铺是鬼子开的"太和大药铺"，便直奔而去。到了药铺门口，王祝与铁蛋等几个人进了药铺，但见药铺里只有一个戴眼镜穿白衣服的人坐在桌前看着什么。王祝道："我们进药。"说着递上了药单。

那穿白衣的人接过药单一看，见数量大，又将王祝等人看了看，便喊道："伙计，搬药！"这时屋里出来了两个穿黑衣的人，将王祝等人看了看，接过药单，到后面仓库搬药，不一会儿几麻袋药材搬了出来。

原来，这个药铺是鬼子的特务机构，那穿白衣的鬼子是宪兵队的小队长，王祝等人一进来便引起了他的注意，他想放长线钓大鱼，把药材给他们，然后派人跟踪消灭他们。

王祝见药材搬了出来，忙叫大家装车，他掏出银圆装作付款的样子，就在鬼子刚要接钱时，王祝的手中突然射出了三把飞刀，直贯三个鬼子的咽喉，三个鬼子立即无声无息地倒下。王祝等人跳上马车，铁蛋赶着马车飞也似的直奔南大门。看看离大门还有四五十米，但见守门的鬼子正要关门。王祝知道是守门的鬼子接到了报警，便双手一扬，六把飞刀分袭两个鬼子和四个伪军，六个敌人的咽喉各中了一刀，全部倒地丧命，铁蛋则赶着马车直冲城门，城门两边的岗亭里有四个鬼子和八个伪军，慌忙跑出来想要阻拦，铁蛋双手连扬，射出了十二把飞刀，十二个敌人的咽喉各中了一把，全部倒地丧命。而王祝与八个侦察员一跃而起，飞身上了城头，个个双枪齐发，只听噗噗噗的一阵闷响，城头上四十多个鬼子糊里糊涂地丧了命。众人一招雁落平沙，飞身跃下了城头。大家上了大车，一气奔回了老人翁山。

四连的小战士们服了两天药后，头上的裂口已不流黄水，头皮也不紧绷外胀，一个多月后，头肿渐消，但战士们身体极度虚弱，老中医鞠夕张调治了半年多，大家才算恢复了健康。

转眼是一九四四年五月。鞠卫华看战士们都恢复了健康，便与苏月华商议，决定对日寇进行一次大的进攻。

五月二十日，吃完早饭，鞠卫华与苏月华及王祝召开独立团排长以上的干部会议。

苏月华首先发言说："日本在太平洋战场迭遭失败，日军的海上运输线也被同盟军切断了，日本本土也遭盟军飞机的轰炸，日本现在兵力与物力严重不足，到处吃败仗，日本已是离水之鱼、临冬的蚂蚱，势衰力竭，离失败的日子已经不远了。现在正是春暖花开用兵的好时节，现在全国的各个战场都对日寇展开了强大的攻势，我们独立团也不落后，也要对日寇发动进攻。下面由鞠卫华布置战斗任务。"

鞠卫华道："去年日本鬼子投细菌炸弹，害苦了我们不少战士，现在是我们报仇的时候。下面我来分派战斗任务。

乳山县各乡共有五十二座炮楼，由松明连长与马鸣连长带一百零四人，每两人一组，运用轻功于五月二十五日午夜十二点将其全部炸毁。"

"保证完成任务！"松明连长与马鸣连长齐声回答。

鞠卫华道："文登各乡共有八十六座炮楼，由寒梅与吴梦竹带领一百七十二人，利用轻功于五月二十五日午夜十二点将其全部炸毁。"

"保证完成任务！"寒梅与吴梦竹齐声回答。

鞠卫华道："荣成县共有八十八座炮楼，由王祝与石头领一百七十六名战士，每两人一组，利用轻功，于五月二十五日午夜十二点将其全部炸毁。"

"保证完成任务！"王祝与石头齐声回答。

鞠卫华道："威海卫各乡共有五十八座炮楼，由我与铁蛋带领一百一十六人，每两人一组，利用轻功，于五月二十五日午夜十二点将其全部炸毁。"

鞠卫华喝了口水又道："我们将敌人的炮楼炸毁后，敌人必然派人抓民工重建。要求我们利用晚上袭击驻在各处负责修炮楼的鬼子和伪军，或投炸弹，或用枪击，能消灭则消灭之。总之，大家不拘一格，机动灵活地打击敌人，不能让敌人再修炮楼，要求我们坚持袭击干扰敌人十天以上，直至敌人不修为止，要达到胶东从此无炮楼，这就要求我们至少要带十天的干粮与弹药。大家夜行晓宿，隐蔽到达各县集结地。剩下的人员由王庆与妈妈政委守山。我讲完了，大家有什么意见吗？"

"没有！"大家齐声回答。

鞠卫华道："大家分头准备，散会。"

单讲寒梅与吴梦竹两人率队于五月二十二日到达文登县昆嵛山上隐蔽起来。寒梅与吴梦竹将一百七十二人每两人一组，共分得八十六组，分别对八十六座炮楼。每组战士领了任务后，他们化装成当地的老百姓，分别对各自要炸的炮楼进行侦察。五月二十三日十二点各侦察人员全部返回，寒梅要每组队员带足炸药与干粮，或骑马，或步行，分别奔赴各自攻击的炮楼附近隐蔽，定于五月二十五日午夜十二点将其炸毁。

　　单讲寒梅与一个战士负责炸毁文登县城北门外一个大炮楼。这个炮楼很大，里面有一百多鬼子和二百多伪军防守，建在北门外三里处。它与守北城门的鬼子成为掎角之势，一有战事，两地可互相呼应，是北门的门户。午夜十一点半，寒梅与一个叫李明的战士来到离炮楼二百米处隐蔽下来。硕大的炮楼外边有一条两丈宽、一丈多深的壕沟，壕沟外是三层铁丝网。炮楼顶上有两架探照灯不停地转动，将炮楼下的开阔地照得如同白日一般。

　　看看时针指向了午夜十二点，寒梅轻轻一碰身边的李明，两人双脚一蹬，凌空跃起，直奔炮楼的上方。炮楼上有八个看守探照灯的鬼子和四个站岗的鬼子，寒梅与李明如同两只鹰隼，看看将要落上炮楼，四个鬼子哨兵见了大吃一惊，刚要张嘴喊叫，说时迟，那时快，李明已凌空打出了四支飞镖，直贯四个鬼子的咽喉，四个鬼子一声未哼地倒地身亡。与此同时，寒梅打出了八支飞镖，八个看守探照灯的鬼子立时倒下，魂归东洋。

　　两人迅速将两大包炸药放好，拉燃了导火索，立刻跃离炮楼。两人飞腾出二百多米，身后一声惊天动地的巨响，硕大的炮楼变成了一堆瓦砾，一百多鬼子和二百多伪军全部埋葬于瓦砾中。这时周围的一些炮楼也传来了震耳欲聋的爆炸声。

　　第二天下午，寒梅与李明远远地侦察，果然五十多个鬼子与一百多个伪军抓了许多老百姓在搬运石料，要重修炮楼。晚上寒梅与李明悄悄来到离炮楼一百多米处仔细观察，但见有两座大帐篷，看来里面住的是鬼子和伪军，帐篷外的泥地上横七竖八地睡了一百多个民工，有四个鬼子和四个伪军围着两堆大火放哨。

寒梅一招手，与李明身披隐蔽网，分别悄悄接近火堆，看看离鬼子只有三十多米，两人分别打出了四支飞镖。看守火堆的八个鬼子一声未响地倒地身亡。

这时惊动了两个睡觉的民工，寒梅一摆手，示意不要出声，那两个民工立即一声不吭。寒梅叫他们悄悄地唤醒其他民工快离开。两个民工立即悄悄推醒大家，民工们悄悄地跑掉，但还是惊动了帐篷里的鬼子和伪军。听得里边有响动，寒梅与李明同时向两个帐篷各投了两个大型手雷，然后迅速跃开。只听四声惊天动地的巨响，五十多个鬼子和一百多个伪军，立时被炸得血肉横飞，连同帐篷一起飞上了半天。

第二天鬼子又抓了一百多民工修炮楼，晚上又被寒梅与李明炸了帐篷。这样鬼子一连抓了三次民工修炮楼，晚上寒梅与李明就一连炸了三次。直到六月六日，鬼子再也没抓民工修炮楼。

六月六日下午，分袭各炮楼的战士全部返回，文登县各地炮楼全被炸毁，并且再也不敢修炮楼了。寒梅与吴梦竹便带领战士们连夜返回了老人翁山。

这时分袭乳山县、荣成县及威海卫各处的战士均已返回，胶东地区的炮楼全部被炸毁。胶东的鬼子全部龟缩在几处县城，白天也很少出城扫荡了。

第二十一章

三只手再次闹胶东　独立团解放四县城

一九四四年八月底，老人翁山独立团的指挥部里正在召开会议。

黄星道："一九四四年的一月至现在，八路军同日伪军作战取得了重大成果，收复了大量失地。敌后战场在局部反攻中，共作战二万多次，毙伤日伪军二十二万余人。俘虏日伪军六万余人，争取伪军反正三万余人，收复县城十六座，攻克敌据点五千多处，收复国土八万多平方公里。敌后战场的作战，大量地消耗了敌人的人力和物力。特别是太平洋战争，日本更是节节失利，今年二月美军在马绍尔群岛登陆，夺取了中部太平洋战场的战略要点。日军多次惨败，兵力非常不足，现在鬼子想从山东抽兵支援太平洋战场。上级指示我们，利用各种方法对敌作战，务必拖住敌人，不让敌人抽出一兵一卒。现在胶东各独立营均在鲁西南战场作战，拖住胶东鬼子的任务就落在了我们独立团肩上。你们独立团炸了胶东鬼子的炮楼，对鬼子的打击很大，鬼子对周围根据地的老百姓进行了疯狂的报复。马石山村的老百姓有的被枪杀，有的被活埋，就连三岁的孩童也不放过，全村一千多口人无一幸免。上级指示我们要以牙还牙，给鬼子以沉重的打击，彻底消灭鬼子的嚣张气焰，绝不能让他们在中国的土地上肆无忌惮地横行。但鬼子在胶东各县还有一万多人，伪军二万多人，能不能拖住敌人，就看我们独立团的。小团长，有没有信心？”

鞠卫华道：“有！我们再来一次三只手大闹四县城。同时，在伟德山上有许多毒草，名叫断肠草，此草剧毒无比，入口即死。我们采了熬成汤汁投放到鬼子伙房的水缸里，准能够鬼子喝一壶。”

黄星道：“很好，上次你们三只手大闹四县城，给了鬼子沉重的打击，我们再来一次，定能拖住鬼子。”

散会后，鞠卫华带领队员割了许多断肠草，在山上支起了十几口大锅，熬了三天三夜，熬成后装瓶备用。

九月五日，鞠卫华与苏月华等人召开作战会议。

鞠卫华首先发言：“松明连长与马鸣连长带二百人袭击乳山县。”

“保证完成任务！”松明连长与马鸣齐声回答。

鞠卫华道：“石头与铁蛋带二百人袭击文登县。”

“保证完成任务！”石头与铁蛋齐声回答。

鞠卫华道：“寒梅与吴梦竹带二百人袭击威海卫。”

“保证完成任务！”寒梅与吴梦竹齐声回答。

鞠卫华道：“我与王祝带二百人袭击荣成县。”

鞠卫华喝了口水接着说：“这次战斗分三个阶段。第一阶段是三只手闹县城，时间五天，这五天必须杀得鬼子与伪军不敢出门；接着第二阶段是利用晚上用炸弹袭击各兵营，时间五天，各队要侦察好鬼子与伪军营房的位置与数量，机动灵活地投放炸弹，给鬼子和伪军以大量的杀伤，削减其战斗力，能消灭则消灭之，如不能消灭，鬼子与伪军必然日夜防守，我们或可进行第三阶段，即投放毒药，这个活动只一次，定于九月十六日晚上四县城同时行动。投药位置最好是各兵营伙房中的水缸，但是不拘一格，可相机而行。大家明白吗？"

"明白！"大家齐声回答。

鞠卫华道："各队带足干粮、枪支及弹药等物资，今晚全部骑马奔赴各县，将马匹隐藏在树林里安排人管好，各队的战士今天下半夜可用轻功进城，明早就开始行动。大家还有问题吗？"

"没有！"众人齐声回答。

鞠卫华道："好，大家分头准备，散会。"

先说文登县日军的司令官是范本大佐，共有日军二千五百多人，伪军五千多人，分守四门及仓库和司令部，因为日军经常派人下乡进行报复性的扫荡，杀害老百姓，老百姓对他们是恨之入骨。

石头与铁蛋带领二百人于九月五日来到文登县城北的昆嵛山上，将马匹安排好。铁蛋与石头把二百人分成了四队，每队五十人，分别装上假手，定于明早从四门杀入。

单说石头带领五十人化装成各式各样的人，于早晨六点钟来到北门，刚好开了城门，城门两边各有四个鬼子和四个伪军挨个搜查过往行人。石头站在队伍的前头，当鬼子检查到石头时，石头突然双手一扬，射出了八颗石子，石子深深地嵌入了八个敌人的咽喉，八个敌人一声不响地倒了下去。五十个人轻松地进了城。众人拉开了距离，三三两两地向南走去。这时迎面大约二百多人的一队鬼子穿着白色的内衣，排成了四队，赤手空拳地在大街上跑操。

石头见了一声呼哨，五十个打扮成各式各样的小战士一字排开地靠了上去，看看来的切近，突然这些人的怀里喷出了串串火舌，只听噗噗噗的一阵闷响，二百多鬼子毫无声息地倒地死亡。

战士们又继续向南行去，又射杀了十多个鬼子和伪军。时值八点钟，石头的一队与铁蛋的一队在文登城中心大街碰面。正好这时一百多鬼子与二百多伪军扛着枪，排着整齐的四行队伍要出城扫荡。石头与铁蛋一使眼色，一百个小战士立刻靠了过去。这些鬼子与伪军正一个劲儿地朝前走，哪里还注意这些叫花子样的孩子会有枪。看看走得近了，孩子们的怀中全喷出了串串火舌，只听噗噗噗的一阵闷响，三百多敌人全部报销。

这时东西两队也杀入了街心，石头与铁蛋立即将这些人退入了大街两边的隐蔽处，要来个守株待兔。

十点多钟，范本大佐接到报告，下乡扫荡的鬼子与伪军以及北门守军和二百多跑操的鬼子被杀。惊得他肝胆俱裂，忙令守西门和守东门的鬼子军官各派出二百多鬼子过去看看。

石头与铁蛋见远远地两队鬼子奔来，二人一打手势，石头领一百人向西面的一队鬼子靠去，铁蛋则领一百人向东面的一队鬼子靠去。四百多鬼子全被无声地消灭。

石头对铁蛋说："全城的鬼子必然全向这里集中，然后进行全城大搜捕，我们可十人一组，分别隐蔽于墙角或楼顶，等敌人搜捕时人员分散，我们可伺机歼敌。"

铁蛋说："好的。"

他们马上把人编组分散开。

果然，范本大佐听说东西门派出的四百多日军全被杀死，立时命全城的日军和伪军出动搜捕。结果搜到天黑，不但一无所获，日军和伪军又被打死了一千多人。范本大佐又惊又怕，但也无计可施，便严令日军和伪军严守四门和营房及工事。无论白天与黑夜，均不许出动。

铁蛋与石头所率领的战士仅九月六日一天就歼灭敌人一千五百多人，但后面一连四天文登城大门紧闭，大街上不见一个鬼子和伪军。

九月十一日，石头与铁蛋经过侦察，四门各有两个兵营，各驻有鬼子三百多人，伪军七百多人。石头与铁蛋于是把人员分成了六组，于九月十一日午夜两点分袭六处敌人的兵营。

单说石头领一组袭击北门西边的鬼子营房，几天来鬼子与伪军提心吊胆，没有一个人敢出门。晚上虽然加了岗哨，但前半夜谁也不敢入睡。石头领着三十多人蹿房越脊地来到北门西边鬼子营房对面的楼顶，但见营房外两队各十二人的巡逻队，不停地从东西两头相对而行地巡逻，两队相遇后继续行走成为相背而行。石头等敌人相背而行将要转身时，忙一招手，与一个叫大强的战士一跃而下，分袭两队巡逻队，两人都是人未落地，各打出了十二把飞刀。飞刀力大势猛，贯颈而入，两队鬼子无声无息地倒了下去。

楼上的队员们一跃而下，各掏出两个手雷。六十个手雷，同时从门或窗子投了进去。众人立即跃开，紧接着是一连串的惊天动地的爆炸声，鬼子的营房伴随着鬼子的肢体和肉块飞上了天。这时文登县各城门都传来了惊天动地的爆炸声。石头一声呼哨，领着大家跃出了城，返回了驻地。

如此一连又炸了两个晚上。到第四个晚上各城门及司令部均无守军，而鬼子仓库旁的一栋大楼上却布满了鬼子。

九月十五日石头派人进城侦察。原来，几天的枪击与爆炸，城里的鬼子与伪军损失殆尽，连受伤的鬼子也只有一百多人，伪军二百多人。范本大佐几天来不断地向上司求救兵，但鬼子兵力奇缺，无兵可派，只令其坚守。范本大佐无奈，只好将仅存的三百多人齐集于仓库，将仓库旁的一栋大楼的墙壁上开了枪眼，当作一座碉堡，妄图负隅顽抗。

石头与铁蛋经过商量，决定消灭这伙敌人，拿下县城，同时派一人骑马回老人翁山，向黄星报告这里的情况。

九月十五日午夜十二点，石头与铁蛋带领二百多小战士来到鬼子的仓库对面不远处的一栋楼上，但见仓库顶上二十多个鬼子和五十多个伪军东倒西歪地躺满了房顶，旁边一栋大楼里亮着灯，楼上面两只探照灯不停地扫射着周围。

石头与铁蛋计议一番后，石头拿起了一大包炸药，几个起落便上了楼顶。人未落地，便打出了六把飞刀，四个看守探照灯的鬼子和两个岗哨立刻丧命。石头放好了炸药，拉燃了导火索，随后跃开。一会儿一声惊天动地的巨响，大楼立刻成了一堆瓦砾，范本大佐连同二百多敌人全葬身在瓦砾中。这时铁蛋领着其他队员，一跃而起，手中的冲锋枪吐出串串火舌，仓库顶上的鬼子和伪军刚被爆炸声惊醒，还未回过神来，便被冲锋枪吐出的串串火舌要了命。

天亮了，战斗结束。这时文登县地方县委书记李静带了一批人来接管文登县，石头与铁蛋便带队返回了老人翁山。

九月十七日，派去袭击各县的队员都返回了老人翁山。他们都打下了县城，而熬制的毒药水均未用。至此，一九四四年的九月十七日，胶东四县城的鬼子和伪军全被消灭，胶东四县获得了解放。这片神圣的土地终于回到了人民的手中，胶东四县的老百姓们载歌载舞地欢庆了三天。

鞠卫华与王祝及苏月华抓紧在各县征兵，十月份共征了五千多新兵。鞠卫华忙分队整训。到一九四四年的年底，全部整训结束。

一九四五年三月十五日上午，一支抗日大军浩浩荡荡地奔赴鲁西南战场。走在前边的是侦察营，其中有营长寒梅，副营长吴梦竹；其次是步兵一团，其中有新任团长鞠石头，副团长松明；再后面是步兵二团，其中有新任团长鞠铁蛋，副团长马鸣；走在第四的是骑兵团，其中有新任团长吴满仓，副团长高粱；走在第五的是炮兵团，其中有新任团长王庆，副团长藤野元次郎；走在队伍最后的是师警卫连，其中有新任师长鞠卫华，副师长王祝，师政委苏月华。

苏月华看着沐浴在阳光中的滚滚铁流，不禁感叹道："来胶东抗战快八年了，这片神圣的土地终于回到了人民的怀抱。"

鞠卫华道："日本鬼子已是跳入油锅中的鱼了，经济全面崩溃，政治四面楚歌，军事节节失利，离失败已不远了。我们明天的任务会更艰巨，战斗会更激烈，但已是旭日东升的时候。不久，胜利的曙光便会照耀全国……"

后 记

卢沟桥的炮声音未绝，南京大屠杀的烟未灭。

抗战的硝烟刚刚散尽，有些人便已忘却、麻木……

"忘记过去，就意味着背叛。"

豺狼永远是豺狼，对豺狼是永远无理可讲。他们对人类永远是不会仁慈的。豺狼不吃人，那便不是豺狼。但愿此书能唤醒那些忘记过去的人们的灵魂，对豺狼不要抱有任何幻想，只有完全、干净、彻底地消灭、消灭、消灭！